LE BAL DES IMPOSTEURS

Né en Afrique du Sud, Richard Mason a fait ses études en Angleterre. Il a publié à 21 ans ce premier roman traduit en quinze langues et en cours d'adaptation pour le cinéma.

RICHARD MASON

Le Bal des imposteurs

ROMAN TRADUIT DE L'ANGLAIS PAR ANNIE HAMEL

LATTÈS

Titre original :

THE DROWNING PEOPLE
publié par Michael Joseph, Londres.

A mes chers amis
Christina, Rod, Marina, Victoria et Lycia Parker.
En remerciement de leurs nombreuses gentillesses,
et avec ma profonde affection.

Je préférerais encore sauter dans les flots bleus et me noyer, plutôt que de rester assis sur le rivage, d'écouter leurs conseils et de boire leur thé.

JOHN KEATS.

Prologue

Sarah, qui était ma femme depuis plus de quarante-cinq ans, s'est tiré une balle dans la tête hier après-midi.

C'est du moins ce que pense la police. Je joue le rôle du veuf éploré avec ardeur. Et crédibilité. Sarah m'a appris à vivre dans l'illusion — donc dans l'imposture. Je sais qu'elle ne s'est pas suicidée. Ma femme était trop sensée, trop ancrée dans la réalité pour se supprimer. Des remords, pour ce qu'elle a fait dans le passé ? Je suis sûr que non. De la culpabilité ? Ce sentiment lui était étranger.

Je l'ai tuée.

Mes raisons ne sont pas celles que vous pourriez imaginer. Nous n'étions pas malheureux ensemble, loin de là. Sarah était — jusqu'à hier — une très bonne épouse, une femme aimante. Scrupuleuse à l'extrême, à certains égards. C'est étrange, mais un être humain peut avoir des valeurs contradictoires et très bien s'en arranger.

Ma femme était, du moins en apparence, prévenante, digne, sereine. « Elle se sera inlassablement dévouée à cette île et à ses habitants. » Voilà ce que dira le chapelain, demain. Et je lui donnerai raison. Sarah possédait maintes vertus. A commencer par le sens du devoir. Devoir accompli avec une telle sérénité que c'en devenait un plaisir. Le souvenir qu'elle laissera sera essentiellement lié à cela. Son calme était contagieux : il infiltrait la vie de ses proches, la faisait tranquille, rangée, sécurisante. Selon sa conception de la sécurité, bien sûr, mais j'aurais opté pour la sécurité à n'importe quel prix, quand je l'ai épousée. Et c'est resté vrai pendant plus de quarante-cinq ans.

Si vous me connaissez, pas un instant vous n'imagineriez que je puisse tuer. Je ne me considère pas comme un homme violent — le fait d'avoir tué Sarah ne changera rien à cela. En soixante-dix ans, j'ai appris à me connaître, et la violence — du moins la violence physique — n'est pas au nombre de mes faiblesses. J'ai tué ma femme parce que le sens de la justice l'exigeait. En la tuant, j'ai pu rétablir un semblant de justice. Mais est-ce que je ne me leurre pas ? Des doutes se font jour, de vieilles blessures se rouvrent. Mon obsession du châtiment et du péché, si mal étouffée dans un lointain passé, ressurgit. Je me surprends à me demander de quel droit j'ai jugé Sarah, et combien plus durement je serai moi-même jugé pour avoir statué sur son cas. Pour l'avoir jugée et châtiée, alors que moi, je n'ai été ni jugé ni châtié.

J'aurais pu ne jamais en arriver là. Ne jamais savoir. Mais le sens du devoir conjugal, exacerbé chez Sarah, l'a trahie. Si seulement elle s'était montrée un peu moins zélée, elle ne serait pas morte, à l'heure qu'il est. Elle organisait une fête pour mon soixante-dixième anniversaire. Non pas que les préparatifs d'une telle fête aient pu rester longtemps secrets, sur cette île. Ils se sont rapidement ébruités. Depuis plus d'un mois, je savais qu'il se préparait quelque chose. Cela m'avait touché. Mais j'ai des principes, en ce qui concerne les réceptions. Je n'aime pas qu'on invite les habitants de l'île. Et je n'aime pas certains amis de Sarah, flagorneurs. Aussi est-il normal que j'aie voulu consulter la liste des invités, j'aurais ainsi pu exprimer mes désirs de façon détournée.

Lundi dernier, l'après-midi, comme elle était sortie, j'ai fouillé ses tiroirs. Elle était allée superviser la vente des billets, derrière le nouveau guichet. Par hasard, j'ai ouvert le tiroir où elle a gardé cette chose cachée toutes ces années. L'arrogance de ma femme me fait froid dans le dos. Même maintenant qu'elle est morte, et quasi enterrée.

1

Je suis dans le petit salon — un ancien cabinet de toilette — situé entre ma chambre et celle de Sarah. C'est la pièce la plus petite, donc la moins froide de cette maison glaciale. Avec un feu dans l'âtre, les radiateurs allumés sous les fenêtres en ogive et les deux portes fermées, ce salon est presque agréable. Il n'y a pas de bureau, seulement un sofa, deux fauteuils, une petite table chargée de livres. De vieux livres. Mes livres préférés. Leurs dédicaces ont pâli, les gens qui me les ont offerts sont morts.

Ces ouvrages sont sur cette table depuis plus de quarante ans : une bible reliée en veau — celle de ma mère —, le « Fowler's » de mon grand-père, des poèmes d'amour de Donne, une vieille édition empruntée à Ella, il y a des années. Dans un coin de la pièce, un pupitre à musique qui ne sert presque plus, cadeau de mes parents pour mon diplôme universitaire. Depuis mon fauteuil, je vois mes initiales gravées à la base du pupitre : « Pour J.H.F., juin 1994. » Cela fait presque cinquante ans. Je possédais ce pupitre avant de la connaître.

Je veux m'être expliqué avec moi-même quand ils arriveront. Je tiens à être lucide. L'enquête du coroner est prévue pour demain. Ensuite il y aura l'enterrement, la mise en terre. La maison sera pleine de monde. A partir de demain soir, je n'aurai plus un moment de tranquillité, et ce pendant des semaines. Si je dois jamais établir la chronologie des événements de ma vie, il me faut entreprendre cet examen sans tarder. Je dois tenter, je le sais, de comprendre les mobiles de mon acte, d'analyser comment j'en suis arrivé, à soixante-dix ans, à tuer ma femme. Et à en éprouver si peu de remords.

Cette absence presque totale de repentir est étrange. Maintenant que Sarah est morte, et que je sais la vérité, je n'ai pratiquement aucun regret. Aucun regret manifeste. Ce calme, cette torpeur sont presque effrayants. Cette insensibilité : la sienne, qui aurait déteint sur moi au fil des années. Détaché, serein, je reste assis là tout seul. Je devrais me réjouir en un sens. Ce manque de satisfaction me frappe. Découvrir cette chose affreuse des années plus tôt m'aurait libéré. Permis de renaître, de faire marche arrière.

Il est donc curieux que je n'éprouve rien. Ou presque rien. Ces mois, ces semaines où tout a commencé — il y a un demi-siècle — ont été le théâtre d'événements dignes d'une tragédie. J'en sais l'intrigue, je compatis au sort des personnages, mais le jeune homme de vingt-deux ans qui joue un rôle si important dans cette histoire est pour moi un étranger. Il n'a plus grand-chose en commun, outre une vague ressemblance physique, de plus en plus floue, avec l'image que me renvoie le miroir, au-dessus de la cheminée, avec l'homme qui regarde les livres, le pupitre, les vagues, le ciel gris menaçant.

Ma vie semble s'être ralentie. Le présent occupe une telle place ! Je me revois à vingt-deux ans. Jeune, très jeune. Un côté dégingandé, un petit nez aquilin, comme celui de ma mère, des lèvres fines, des yeux marron pâle, un visage d'un ovale régulier, de petites oreilles, un menton un peu pointu. Pas très beau, en somme. Et encore dénué de cette espèce de dignité qui vient avec l'âge.

Mon visage en impose davantage aujourd'hui. Les années ont sapé sa naïveté éclatante, mais c'est là une évolution normale.

Sans doute mes origines sociales, mon éducation ont-elles influé sur le tour qu'a pris ma vie, sur ma métamorphose. Peut-être est-il temps d'exhumer certains fantômes, de voir mes parents tels qu'ils étaient à quarante et à cinquante ans : ma mère, avec ses cheveux grisonnants, ses yeux bleus perçants, si fine, si volubile ! Mon père, avec ses grandes mains aux veines apparentes, ses larges épaules qui commençaient à se voûter. C'était un homme posé. Il avait en lui une confiance inébranlable, qualité qu'il n'a jamais réussi à me transmettre.

En revanche, j'ai hérité de sa ténacité — la meilleure chose que m'ait léguée ma famille. Cette fermeté m'a soutenu quand je n'avais plus rien sur quoi m'appuyer, quand ma morgue et mon assurance m'avaient lâché.

Qu'attendaient de moi mes parents ? Qui étaient-ils vraiment ? Il est si difficile de répondre à ces questions. Nous n'étions pas riches, nous connaissions des gens riches — ce que ma mère jugeait suffisant. Sans doute mon père et ma mère, comme tous les parents, espéraient-ils que leur fils ferait son chemin dans le monde. Dans « leur » monde, devrais-je dire. Car ils vivaient, comme tant de couples de leur milieu et de leur génération, dans un calme douillet, immuable, imperméable au changement. Mes parents ne regardaient pas autour d'eux. Ils restaient dans les limites de leurs ambitions, sereins, sûrs de leur place dans l'ordre des choses — ce qui souvent m'exaspérait.

Leurs dieux : tradition et maintien des privilèges. Ils regardaient vers le haut et vers le bas : déférents envers la classe supérieure, polis avec les classes inférieures. Ils lisaient le *Times,* votaient conservateur, avaient des opinions arrêtées et prévisibles sur l'actualité. Les changements des années soixante n'avaient nullement ébranlé leurs certitudes ni entamé leurs espoirs secrets. Aimants, ils voulaient influer sur mon avenir, et ce avec l'acharnement des gens dont la sincérité est mise en doute.

Mon désir de devenir violoniste, exprimé sans détours durant ma deuxième année à Oxford, ne pouvait que leur déplaire. Et leur déplut, en effet. La fin de mon adolescence fut ponctuée de crises. La tension montait, la dispute éclatait. S'ensuivait une longue semaine d'échanges acerbes, de politesse glacée.

Quelle ironie ! Je finis ma vie dans une belle demeure, avec une femme issue de la noblesse, d'une famille au passé prestigieux. Des parents ne pourraient rêver mieux pour leur enfant.

Quelle ironie ! je me suis battu pour imposer mes idées et qu'ai-je fait, sinon combler les vœux de mes géniteurs ?

Après mon mariage, ma carrière musicale déclina lentement. Sarah ne put m'inspirer comme Ella — elle n'essaya d'ailleurs pas. Mon capital émotionnel s'est peu à peu tari. Mon talent se nourrissait d'une passion privée. Qui faisait de moi un interprète éblouissant. Une fois cette passion brisée, étiolée, et finalement changée en poussière, poussière si fine que la plus petite brise suffit à la dissiper, il n'y eut plus rien à interpréter. Ma technique restait remarquable — j'ai toujours été appliqué —, mais j'ai arrêté de jouer quand je ne pouvais plus parvenir qu'à une excellence formelle.

Je m'égare. Je perds le fil de mon récit. Rien d'étonnant chez un homme de mon âge, j'imagine.

Il y a peu de choses à dire sur mes études. J'ai été assez intelligent pour aller à Oxford, comme la plupart de mes camarades. Et ce à la grande joie de mes parents. Jusqu'à dix-neuf ans, j'ai fourni les efforts qui correspondaient à leur investissement. Pourtant durant cette séparation de trois ans d'avec ma famille, mes fréquentations et mes lectures m'ont encouragé à un certain détachement. Cette distance me rendait critique durant l'année scolaire, suffisant pendant les vacances.

A cette époque, je me vouais avec ferveur à ma passion secrète : le violon. Je le pratiquais dans la solitude. Je me découvris un don — sur le tard. Mes professeurs m'encouragèrent : je pouvais faire carrière.

Mon talent musical devint mon cheval de bataille : j'eus ainsi ma première vraie confrontation avec mes parents. Elle dura tout l'été qui suivit la remise de mon diplôme. Je m'entêtais : je serai musicien !

Encore une digression dans ma tentative — insatisfaisante à maints égards — de faire revivre en moi l'homme que j'étais à vingt-deux ans. Je le revois : son sourire hésitant, ses joues roses, ses cheveux trop longs qui lui tombent dans les yeux. Cependant je ne le connais plus : je ne partage plus ses goûts, ses enthousiasmes — presque tous éteints. Je m'efforce de me souvenir des gens qui illuminaient sa vie, des amitiés qu'il avait nouées. Passionné, absolu, il oscillait entre une sociabilité extrême et une mélancolie noire.

Rares sont ceux dont je me souviens nettement. Camilla Boardman se détache du lot : jolie, pétillante, moins superficielle qu'elle ne se plaisait à le paraître. Ma mère rêvait que je l'épouse. Mais j'avais un comportement d'insulaire, à vingt-deux ans. Aimable avec tous, je ne m'ouvrais qu'à très peu. Je suis resté introverti. Peut-être n'avais-je pas grand-chose à partager. Sans doute ma vie d'alors ne recélait-elle rien de remarquable. Mon parcours d'écolier, puis d'étudiant s'était fait sans heurts. Je n'avais ni beaucoup réfléchi, ni vraiment regardé autour de moi. Je prenais la vie comme elle était, comme j'accepterai plus tard mon mariage : avec une détermination bornée, que je me refusais d'admettre en mon for intérieur.

Inconscient, aveugle, ignorant, je dérivais dans la vie. Jusqu'au moment où je rencontrai Ella. Elle me baptisa, me jeta dans cet océan qu'est le monde. Spontanément, sans s'inquiéter, sans même avoir conscience du bien ou du mal qu'elle pourrait faire. Cet abandon farouche, ce besoin violent de vivre des expériences, d'analyser les choses, reflétaient sa nature. Ella m'obligea à nager, me tira des hauts-fonds où je me réfugiais. Avec elle, j'ai barboté vers la surface.

Je dois me tourner vers elle, vers les souvenirs que j'ai d'elle, pour tenter d'expliquer mon acte. Dans mon souvenir, elle est petite, menue, elle a mon âge. Ses cheveux sont blonds, ébouriffés. Ses yeux verts, posés sur moi, pétillent de malice. Elle me regarde, complice — aujourd'hui encore je sens cette complicité. Elle est dans un parc, Hyde Park. Un matin, très tôt, mi-juin. Des oiseaux chantent. Des jardiniers en salopettes vertes installent des chaises longues. L'air sent l'herbe fraîchement coupée. Je m'entends haleter.

J'étais allé courir. Levé à l'aube, tôt sorti pour échapper aux flèches empoisonnées qui étaient mon lot depuis mon admission au Conservatoire. Mon père souhaitait vivement me voir dans une banque d'investissements. Ma mère, généralement une alliée — mon bonheur lui importait plus qu'à mon père, lorsqu'elle envisageait mon avenir —, faisait front avec lui. « Mes petits-enfants ne grandiront pas à Hounslow, sous prétexte que leur père est un musicien sans le sou ! » claironnait-elle.

J'avais commencé par leur dire, en vain, que les musiciens ne sont pas tous pauvres. J'avais fini par les traiter de bourgeois. Je m'étais juré que rien ne me détournerait de mon dessein. A la maison, l'ambiance se ressentait de la dernière dispute, violente pour les deux partis. Cette scène datait de l'avant-veille. Je fuyais un repas qui à nouveau se déroulerait dans un silence réprobateur.

J'allai courir au parc. Je m'entends souffler : le sang me battait aux tempes. Je me souviens de ce que je portais : un tee-shirt blanc, un short de sport, les chaussettes du club nautique d'Oxford. Je me rappelle également la façon dont Ella était vêtue : je l'ai remarquée bien avant qu'elle me voie. Elle était assise sur un banc, elle portait une robe noire qui moulait ses hanches étroites. Ses yeux brillaient d'insomnie. Un café, dans un gobelet en polystyrène, posé sur le banc, à côté d'elle. Ce breuvage dégage de la vapeur. Dans sa main fermée, qui tremble un peu, un collier de perles — que je connais bien, pour l'avoir vu depuis sur un autre cou. Ella, personnage dramatique, assise, presque immobile, sur ce banc, dans la lumière fragile du matin naissant. Je suis passé deux fois devant elle avant qu'elle me voie, raccourcissant mon parcours chaque fois. Lors de mon troisième passage, elle a levé les yeux vers moi. Elle a souri.

Je me suis arrêté à petite distance du banc, regrettant d'avoir fait un troisième tour par l'allée carrossable. J'ai tourné la tête vers elle. Elle souriait toujours.

— Dur parcours ! a-t-elle dit.

— Oui.

Nous avons hoché la tête, courtois.

— Dure nuit ? ai-je lancé en regardant ses vêtements.

Elle a vu mes yeux s'attarder sur sa main. Le tremblement a cessé.

— Longue nuit, plutôt, a-t-elle dit.

Un accent américain, mais une intonation mélodieuse, des voyelles prononcées à l'anglaise. Elle parlait d'une voix douce. On se souriait. Je cherchais quoi dire. Elle a rompu le silence.

— Je connais ces chaussettes, a-t-elle déclaré.

— Vraiment ?

— Ce sont les chaussettes d'un club universitaire, n'est-ce pas ?

Elle s'est tue quelques instants.

— Mais sans doute que je me trompe, a-t-elle dit. Avec la chance que j'ai, ça doit être les chaussettes d'une école, ou d'une tout autre association. Il y a tellement de sortes de chaussettes en Angleterre !

Ravi qu'elle m'ait donné un sujet de conversation, je lui dis qu'elle avait raison.

— Ce sont les chaussettes du club nautique de mon université, ai-je déclaré avec une fierté d'adolescent.

Je repense à notre rencontre, et je songe que le cours de ma vie a été infléchi par le choix d'une paire de chaussettes. Etrange. Si j'avais porté d'autres chaussettes, ce matin-là, Ella ne les aurait sans doute pas remarquées, et sans doute ne l'aurais-je jamais connue. Et ne serais-je pas l'homme que je suis. Je n'aurais pas tué ma femme, hier après-midi. Je ne serais pas dans cette pièce enfumée, à essayer de me réchauffer, à écouter les vagues s'écraser sur les rochers, sous mes fenêtres. Etrange : des détails à priori insignifiants, comme le choix d'une paire de chaussettes, peuvent générer une suite d'événements dont la dynamique influe sur le cours d'une vie. Mon impact sur l'existence d'Ella, ma responsabilité dans la mort d'Eric, l'assassinat de Sarah ont leur origine dans un fait aussi banal que le choix d'une paire de chaussettes.

A nouveau je m'évade, je cherche une explication qui m'absolve, qui masque ma déraison, ma naïveté, ma... sans doute devrais-je avoir le courage de dire : culpabilité. Car il s'agit de culpabilité, de péché. Aucune analyse, la plus fine soit-elle, n'y changera rien.

Je me vois me diriger d'un pas nonchalant vers ce banc où elle est assise, prêt à lui poser une question. Ella est d'une totale immobilité. On aperçoit ses fines clavicules à travers sa peau diaphane. Elle est légèrement penchée vers l'avant, ce qui accentue cette impression de fragilité. Sans cette robe sexy, cette coupe de cheveux à la mode, avec une raie sur le côté, elle aurait l'air innocent.

Je m'approche. Ses pommettes saillantes, les cernes bleu pâle qui soulignent ses yeux la rendent presque lugubre. Son regard, vif, vert, acéré, chasse cette impression. Ses yeux me toisent quand je m'approche, semblent m'indiquer une place sur le banc. Je m'assois.

— Ce sont les chaussettes du club nautique de mon université, dis-je pour la deuxième fois.

— Je sais, dit-elle. Oriel, à Oxford, n'est-ce pas ?

J'acquiesce d'un hochement de tête, étonné par sa précision.

— Comment le savez-vous ? demandé-je, en souriant.

Un silence. Son sourire s'envole, son visage redevient sérieux. Ses doigts se souviennent qu'ils tiennent un collier de perles. Sa main les fourre dans un petit sac carré, à ses pieds, geste de protection inconscient.

— C'est une question difficile, déclare-t-elle. Plus difficile qu'il n'y paraît.

Elle voit mon embarras. Elle poursuit.

— Disons que je connais quelqu'un qui a les mêmes.

Elle boit une gorgée de café, s'aperçoit qu'elle a vidé son gobelet, paraît surprise, un peu irritée.

— Qui ?

Je veux savoir qui est cette personne. Ainsi j'en saurai plus sur Ella.

— Vous ne pouvez l'avoir connu. A moins que vous ne soyez plus vieux que vous ne le paraissez.

Elle semble peu disposée à en dire plus. J'insiste.

— C'est difficile d'évaluer l'âge de quelqu'un, dis-je. On a parfois des surprises.

— Il s'appelle Charles Stanhope, dit-elle.

Ce nom ne m'évoque rien. Je le lui dis. Elle lève les yeux, me sourit.

— Je vous ai interrompu dans votre footing, dit-elle. Pardonnez-moi. J'étais assise sur ce banc depuis si longtemps que j'y serais restée indéfiniment si quelqu'un n'avait pas rompu le charme.

— Quel charme ? ai-je l'audace de demander.

— Le charme des nuits blanches.

Elle lève les yeux vers moi, des yeux pétillants.

— Quand la même pensée revient en boucle dans votre cerveau parce que les événements ont pris un tour inattendu, dit-elle.

L'air absent, elle cherche une cigarette dans son sac,

l'allume. Je vois des cercles de fumée monter vers un ciel bleu pâle. Il fait plus chaud dans le parc, à présent. Les premiers passants nous regardent, couple étrange sous les arbres. Je sens l'odeur d'Ella : savon, fumée de cigarette, parfum subtil. J'entends le clic de son briquet, quand elle en fait jaillir une flamme. Elle tient sa cigarette entre deux doigts. Un de ses ongles est rongé jusqu'au sang.

— Vous avez passé la nuit ici ?

Elle acquiesce d'un hochement de tête. Léger pincement des lèvres. Sa bouche est pâle.

— Oui, dit-elle. Ce banc et moi sommes de vieux amis. Je lui ai fait tant de confidences ! Il doit commencer à se lasser !

— Il a été de bon conseil ?

— Eh bien c'est l'avantage du banc par rapport à l'homme : il ne donne pas de conseils, il ne compatit pas. Il vous écoute. Il vous rappelle, par son mutisme, par son immobilité, que rien n'a d'importance. Rien de tel qu'un banc pour désamorcer un mélodrame.

Elle lève les yeux vers moi.

— Vous devez me trouver mélodramatique, dit-elle l'air rêveur, plus pour elle-même que pour moi. Je suis assise là, je porte une robe de soirée. Je fume, je bois du café. J'établis des rapports privilégiés avec des bancs.

Elle me regarde, timide cette fois. Nous rions.

— Pas du tout, dis-je.

Je brûle de l'interroger plus avant. Quelque chose me retient. Quoi ? Mon éducation — on m'a appris à ne pas poser de questions indiscrètes. Ce côté réservé qui ne m'a jamais quitté. Peur d'imaginer qu'elle en aime un autre, que ça la bouleverse. Un autre que je hais d'instinct, un autre dont je m'inquiéterai le plus tard possible, par crainte de voir son existence confirmée.

— Vous êtes très poli, finit-elle par dire sur un ton qui me fait douter de la sincérité du compliment.

Je hoche la tête. Ses mots sonnent comme une accusation. Je sens qu'elle attend quelque chose de moi. Je ne sais pas quoi. Je n'ai pas l'habitude de parler avec des jolies femmes. Je me tais.

— Je me demande si c'est votre personnalité ou votre éducation qui vous rendent si respectueux de ma vie privée, poursuit-elle. A votre place, j'aurais envie de savoir ce qui pousse une femme à passer la nuit dans un parc assise sur un banc, à parler aux alouettes.

Elle m'invite à l'interroger, semble-t-il. Ce que je fais prudemment.

— Vous me le diriez si je vous le demandais ?

J'entends claquer le fermoir de son sac.

— Il y a cinq minutes, je l'aurais peut-être fait, dit-elle, mais votre présence m'a revigorée. Je ne suis plus portée aux confidences. Et puis ce vieux banc n'a pas bougé d'un poil depuis hier soir : un bon exemple pour nous tous.

Elle s'interrompt.

— L'immuabilité dans un monde en plein bouleversement, déclare-t-elle.

Elle sourit, tapote le bois usé du banc.

— Je me sens mieux, à présent, dit-elle. Moins encline à vous ennuyer avec mes problèmes. Que j'ai d'ailleurs créés de toutes pièces.

— Vos problèmes ne m'ennuieraient pas un seul instant, dis-je.

Je désire plus que jamais savoir ce qui préoccupe cette jolie femme fragile, à l'accent étranger, aux ongles rongés.

— Je suis heureuse de voir que vous êtes compréhensif, dit-elle.

Nous rions.

— Puis-je au moins savoir votre nom ? dis-je enhardi par l'imminence de son départ.

— Vous pouvez. Notre nom est ce que nous avons de moins intime.

Elle se lève, se penche, écrase sa cigarette dans l'allée, puis met le mégot dans un paquet vide, dans son sac. J'entends deux clic. Elle a ouvert et refermé son sac. Je m'aperçois qu'elle est nu-pieds. Elle ramasse ses chaussures : deux escarpins en satin noir, couverts de rosée pour avoir séjourné sous le banc. Un silence.

— Alors, comment vous appelez-vous ?

— Ella Harcourt, dit-elle.

Elle redresse la tête, me tend une main. Que je serre.

— James Farrell, dis-je.

— Eh bien, James...

Une gêne entre nous. Due à une tentative d'intimité — ratée.

— Ce fut un plaisir, finit-elle par dire.

« Est-ce son éducation ? » pensé-je. Son départ me contrarie. Elle le voit, elle rit.

— Au revoir, dis-je, en me levant à mon tour.

— Courez bien ! lance-t-elle.

Là-dessus elle s'éloigne, nu-pieds, ses escarpins dans une main, son gobelet vide dans l'autre. Elle a une rougeur aux talons, due au frottement de ses chaussures. Elle marche d'un pas léger, mais vif, déterminé. Elle ne se retourne pas. Elle sait que je la regarde — je le sens. Longtemps, elle reste dans mon champ de vision : l'allée carrossable est rectiligne, presque déserte. Je suis des yeux la silhouette d'Ella qui rétrécit, j'entends à nouveau le sang me battre les tempes, conscient de bruits infimes qu'on ne remarque pas : le grattement des griffes d'écureuils sur l'écorce des arbres ; le frémissement des feuilles dans la brise ; les vives protestations d'une pie.

2

Je m'efforce de me voir tel que j'étais. De me replonger dans ma personnalité d'alors. A vingt-deux ans, j'étais pétri de certitudes. A soixante-dix, je ne suis plus sûr de rien. Je doute de moi, de mes souvenirs, de mes sensations. Ma mémoire, longtemps inemployée, est paresseuse. Pourtant certaines images vous accompagnent toute votre vie. Ella assise dans le parc, ce premier matin, est l'une de celles-ci. Cette vision m'est revenue sans effort, parfaite, absolue, comme si elle datait d'hier. Elle a fait ressurgir une foule d'autres images : le décor, le bruit qui servirent de toile de fond à notre deuxième rencontre ; ces groupes de gens, massés de chaque côté ; leurs rires compulsifs, blessants, calculés ; le goût sucré du cognac dans le champagne. Dominant ce tumulte, la voix de Camilla. Ses intonations aiguës, ses accentuations vives et pointues, ses voyelles, étirées — « Chééri ! »

Une scène se précise : Camilla chez elle, le soir de son vingt et unième anniversaire. Je la vois penchée sur la table où trônent les cadeaux. Des boucles brunes lui encadrent le visage avec art. Camilla sourit, passe un doigt dans le nœud soyeux d'un gros cadeau enveloppé dans un papier rayé. Le dîner « intime » pour quelques amis « chers » est terminé. Repas auquel je n'ai pas été convié. Je viens « grossir la troupe » avec une nuée d'invités.

Je suis fatigué. J'ai passé sept heures à répéter dans une petite pièce mal aérée, sous les combles de la maison de mes parents. J'ai dans la tête un trille d'une sonate pour violon de Beethoven, les doigts de ma main droite s'agitent sur ce rythme, involontairement. Leurs extrémités sont douloureuses : j'ai souvent recommencé un pizzicato compliqué. Il se mêle au trille, tandis que je salue des invités. Je n'ai qu'une envie : me coucher, rêver tranquillement à ma musique.

Le destin et ma mère en ont décidé autrement. Ils m'ont envoyé — baigné, coiffé, légèrement abruti — à l'anniversaire d'une fille très épousable qui m'effraie un peu, mais que j'apprécie. « Une fille qu'il faut fréquenter si l'occasion se présente », disent mes parents.

Nous sommes chez les Boardman, à Cadogan Square, dans un grand salon haut de plafond. Des messieurs emperruqués, figés pour l'éternité sur des toiles sombres, fixent l'assemblée. On a repoussé les meubles pour dégager le centre de cette pièce tout en longueur. La plupart des gens sont debout. Des sœurs cadettes et leurs amies, vêtues de jupes noires et de chemisiers blancs, circulent parmi les invités, des coupes de champagne sur des plateaux. Elles attendent deux heures du matin : on leur donnera alors un chèque pour leur peine.

Camilla Boardman aura été l'amie la plus marquante de ma jeunesse — pour son panache : notre intimité n'aura été que tardive, et platonique. Camilla échappait au cliché, à la parodie. Ses boucles étaient plus bouclées, ses robes plus ajustées, ses seins plus ronds, ses voyelles plus longues. Elle avait la passion du point d'exclamation.

Ma mère se réjouissait de notre relation. Sans doute rêvait-elle de me voir épouser Camilla. J'avais moi-même une admiration mêlée de crainte pour cette beauté châtaine qui jetait ses bras autour de mon cou au moindre prétexte — faveur dont jouissaient tous les hommes de sa connaissance — et qui, ce soir-là, prit le cadeau que je lui tendais avec un cri de joie. Elle m'entraîna vers le centre de la pièce pour que je me « mêle aux invités ».

— Quelle élégance, mon cher ! roucoula-t-elle.

Elle tâta le revers de mon smoking, me rappelant ainsi, avec cette délicatesse qui la caractérisait, que je ne l'avais pas encore complimentée sur sa robe.

— Tu es superbe, Camilla, dis-je sincère.

Je reluquai avec un réel plaisir ce chiffon de soie blanc qui lui collait à la peau, ne masquait que le minimum décent, tranchait si joliment sur son bronzage.

— Tu dis ça à toutes les filles ! me souffla-t-elle, espiègle.

Elle n'eut pas le temps de me traiter de « méchant garçon » : nous avions rejoint un groupe de gens qui tous semblaient se connaître, mais qui pour moi étaient de parfaits inconnus. Camilla fit les présentations à la hâte : les invités envahissaient l'entrée.

Les visages de ces gens se brouillent dans mon souvenir. Leurs noms ? Ils s'entrechoquent dans ma tête, se confondent avec ceux d'autres invités, dans d'autres fêtes, à qui je n'ai parlé que cinq minutes.

Je me souviens de robes noires, de plastrons blancs brillants, de cheveux bouclés, de tentatives de chic bohème, de boutons de manchettes frappés d'initiales — des gens de mon milieu, que je méprisais secrètement. A cet âge, je m'efforçais à une pensée personnelle. Je voulais m'affranchir des idées reçues en héritage, du respect obligé des conventions, qu'une éducation des années cinquante avait inculqués à mes parents. A mon esprit éclairé, ces valeurs inspiraient un extrême dédain.

Il n'en avait pas toujours été ainsi. Et dans cette fête, en dépit de ma suffisance, j'avais conscience de ressembler aux autres : par ma mise, ma conversation, mes intonations. Je me demandai, toujours en proie à ce trille redoutable, s'ils me jugeaient comme je les jugeais. Etait-ce un jeu, pour nous ? Goûtions-nous l'absurdité de ce rituel qu'on nous forçait à respecter ? Peut-être n'étions-nous aussi nombreux à nous y soumettre avec cette apparente bonne volonté qu'en société.

On a ce genre de pensées, à vingt-deux ans. Je n'avais pas encore cédé aux avantages du conformisme, à un mode de communication convenu. Je n'avais pas encore éprouvé les bienfaits de la sujétion à un système social destiné à tenir les gens et les sentiments en respect. Système étayé par une longue tradition d'hypocrisie. Les bonnes manières n'incitent pas à tuer. Si je n'avais pas envisagé un autre système de valeurs que celui en vigueur dans ce salon, je n'aurais sans doute pas tué Sarah. Si je ne m'étais pas aventuré au-delà des limites d'une morale éprouvée, de sermons donnés dans des chapelles d'écoles devant un auditoire entweedé, je n'aurais pas été capable de la châtier comme il convenait. Un mot odieux, châtiment.

J'arrivais dans cette fête. J'étais naïf. Bientôt mes yeux allaient s'ouvrir à une réalité autrement intense, à une morale moins étriquée, donc plus dangereuse, que celles auxquelles j'avais jusqu'alors été confronté. D'habituels soucis m'occupaient l'esprit : le regard des autres, mon regard sur eux. Cette révolte contre mon milieu me masquait d'autres perspectives — mais suis-je en droit de parler de révolte, quand je ne l'avouais qu'à moi-même, et, occasionnellement, au plus fort de nos querelles, à mes parents ?

Ce soir-là une pensée m'obsédait : certains invités me méprisaient-ils comme je les méprisais, pensaient-ils que je parlais, moi aussi, de vacances dans le sud de la France, de réceptions londoniennes où je feignais d'avoir été convié ? Je m'interrogeais. Cependant, je parlais avec animation d'une maison d'amis, à Biarritz, sans avoir les moyens, ni le courage, ni peut-être même le désir de critiquer.

Tout me revient ! Ces contradictions que je prenais pour de la lucidité : vouloir en finir avec ce rôle, et me prouver qu'il n'avait pas meilleur interprète que moi ; fomenter des théories sociales sans avoir le cœur de les exprimer — sauf dans ce combat avec mes parents à propos de mon avenir ; ce mélange d'arrogance et d'humilité qui me faisait tour à tour aimer, puis détester mon hypocrisie. J'avais à cette époque une capacité à penser et à ne pas penser, à me convaincre que je vivais quand je ne vivais pas, que je ressentais vivement les choses quand j'ignorais tout des sentiments.

Tout me semblait clair : mes opinions, mes valeurs, mon esprit. J'étais d'une suffisance qui défiait le destin. Comme je n'avais pas conscience que mon comportement risquait de m'attirer des ennuis, quand ils se présentèrent, je les négociai aussi mal que possible.

J'en parlerai plus loin.

Ce soir-là, à ces gens-là, je parlai d'une villa à Biarritz. J'étais souriant et buvais des cocktails au champagne. Je découvris que le frère d'un invité avait été mon condisciple. Je racontai une anecdote amusante, qui le fit paraître sous un jour peu avantageux. Il m'arrivait de capter les aigus de la conversation de Camilla : le chapelet de superlatifs qui ponctuait l'arrivée de chaque invité, accueillait chaque cadeau ; les échos de présentations hâtives, les exclamations théâtrales à propos d'une robe.

J'allais épuiser mon sujet favori, les villas à Biarritz, quand Camilla me toucha le bras et introduisit dans notre cercle un long garçon aux cheveux blonds et mous, aux mains petites pour sa grande taille.

— Mon cher James, dit-elle, s'adressant au groupe, voilà un de tes vieux amis.

Je n'avais jamais vu cet homme, mais l'assurance de Camilla me troubla. Sans doute lui avais-je été présenté. Mes neurones s'affolèrent, cherchèrent désespérément son nom.

— Bonsoir, dis-je.

Je lui serrai la main avec ardeur. Sa main était moite.

— Bonsoir, dit-il.

Il s'efforçait de me situer. Lui non plus ne me connaissait pas. Je le dis à Camilla.

— Mais vous vous connaissez *forcément* ! Vous étiez à Oxford ensemble. Dans le même collège. Charlie est aussi un ancien d'Oriel.

— Je ne pense pas que nous soyons de la même promotion, dis-je.

— Non, effectivement, déclara Charlie, de plus en plus gêné.

— Je vais donc devoir vous présenter, soupira Camilla, comme si tout à coup elle devait se charger du poids du monde, pendant qu'Atlas partait se chercher une coupe de champagne.

— James Farrell, Charlie Stanhope. Charlie Stanhope, James Farrell.

Camilla avait dit cela très vite, en agitant des mains

parfaitement manucurées. Mes voisins semblaient bien connaître Charlie. J'eus tout le loisir de l'observer, tandis qu'il se soumettait aux baisers des femmes et aux poignées de main des hommes.

Une semaine avait passé depuis ma rencontre avec Ella Harcourt à Hyde Park. Je m'étais résigné à ne jamais la revoir. Et voilà qu'un fil d'Ariane apparaissait ! Ella avait reconnu mes chaussettes parce que Charlie Stanhope portait les mêmes. Donc Charlie connaissait Ella. Peut-être me dirait-il où la trouver, si je savais l'en persuader.

L'éventualité qu'il pouvait s'agir d'un autre Charlie Stanhope me traversa l'esprit. Non ! me dis-je. Le destin ne saurait être aussi cruel ! Je regardais les petites mains de Charlie serrer les épaules des femmes qu'il embrassait. J'éprouvais un sentiment d'excitation que j'avais peine à contrôler.

Il se redressa. Je vis qu'il était très grand. Plus grand que moi, et encore plus dégingandé. Ses cheveux avaient la couleur et l'aspect de la paille, ses yeux étaient bleu pâle. Ce grand nez détonnait dans ce visage sans caractère. Vu les mouvements incessants de sa pomme d'Adam, son col devait être trop serré.

J'envisageai divers moyens d'arriver à mes fins — ravi d'une telle opportunité, mais prudent. D'abord quelques civilités. Ensuite les questions indiscrètes sur ses amis. Aussi je cessai de disserter sur les villas françaises et me tournai vers Charlie Stanhope. J'entamai la conversation. Je lui tins les propos que, à coup sûr, Camilla souhaitait m'entendre lui tenir.

— Comment avez-vous trouvé Oxford ? demandai-je poliment.

Charlie, avec une égale politesse, fit sa première réponse éprouvée à une question éprouvée. Il parla, tout en pensant à autre chose, avec une aisance qui trahissait son habitude de ce genre de situations. La conversation bifurqua naturellement sur le sport, la vie à l'université, et je ponctuais son verbe élégant de gracieux encouragements. Cependant ses anecdotes n'étaient pas à la hauteur de son éloquence : elles étaient sans intérêt, chose qui me procura un étrange soulagement. Charlie Stanhope s'était comporté comme un étudiant qui vit la plus belle période de sa vie : respectueux des rites en vigueur, il avait sauté dans la rivière, le 1er mai ; on le voyait sur la photo des « Rescapés » du dernier bal de sa promotion, à Oriel ; il était sorti d'Oxford avec des notes honorables.

Bon prince, avec la politesse un peu lasse d'un homme rompu à de telles conversations, il me décrivit chacun de ces événements. Il travaillait à présent dans la banque familiale. Il vivait à Fulham. Il appartenait au club de tennis de Hurlingham. Il allait à Ascot avec sa grand-mère, le jour réservé aux dames. Il s'était fiancé récemment. Il accueillit mes félicitations d'un hochement de tête. « Une fille merveilleuse », dit-il, l'air absent. « Mais n'en parlez pas, nous n'avons pas encore annoncé nos fiançailles. » Charlie me devenait sympathique au fil de son récit, au fur et à mesure que mon hostilité à son égard se dissipait. Si Ella Harcourt souffrait à cause d'un homme, ce n'était pas celui-là ! Bien que je ne sache rien d'Ella, hors ses confidences dans le parc, même si je devais ne jamais la revoir, je la devinais assez pour savoir qu'un homme aussi parfaitement recommandable que Charlie Stanhope ne pourrait avoir de prise sur elle. Il n'était pas un rival potentiel. Comme cette pensée s'imposait à moi, je me mis à apprécier le jeune homme inoffensif qui avait une grande pratique de la conversation de salon, et qui, à l'évidence, s'ennuyait.

Quand nous eûmes parlé de sa carrière et de sa vie d'universitaire, je lui demandai, désinvolte, s'il connaissait une femme du nom d'Ella Harcourt.

— Je la connais très bien, dit-il.

Il baissa les yeux vers moi, me regarda à travers des cils presque invisibles. Il ne semblait pas disposé à en dire plus. Après un silence, je lui demandai s'il la connaissait depuis longtemps.

— Oh, des années ! dit-il.

— Vraiment ? fis-je.

Comment formuler la question suivante ?

— Oui, dit-il.

Il tendit le bras vers un plateau qui passait à sa portée. Sa petite main se saisit d'un cocktail au champagne.

— Vous ne sauriez me dire comment la contacter, j'imagine ?

Une approche directe serait la moins suspecte.

Charlie me regarda, l'œil interrogateur.

— Voyez, dis-je — m'apprêtant à lui mentir, sans trop savoir pourquoi —, j'ai quelque chose à elle. Un sac, qu'elle a oublié dans une fête où nous étions, la semaine dernière. Je voudrais le lui rendre.

— C'est très aimable à vous, dit-il. Pourquoi ne pas le lui rendre tout de suite ?

Je suivis son regard. Ella venait d'entrer dans la pièce.

Je la revois, debout sous une toile sinistre des ancêtres Boardman. Elle sourit à Camilla, mais ne la regarde pas. Elle porte la robe qu'elle avait à Hyde Park. Non, d'ailleurs, car je vois ses genoux — l'autre robe était longue. C'est la couleur noire et la coupe décolletée avec de fines bretelles qui m'ont induit en erreur. Autour de son cou un foulard diaphane, noué sur la nuque, et dont les extrémités retombent dans le dos, telles deux fines bandes de tissu. Ella est plus petite que Camilla, d'une beauté moins agressive. Je me demande ce que j'éprouverais si je touchais le creux de sa clavicule. Camilla prend le cadeau d'Ella, hésite devant l'échafaudage de présents qui se dresse sur la table, pose cette chose minuscule sur le sommet le plus élevé, où elle oscille, en équilibre instable. Ce cadeau est enveloppé dans un papier ocre, il a un nœud doré, léger comme le foulard d'Ella. Je me demande ce que c'est.

— Je lui en parlerai, si vous voulez.

La voix de Charlie, soudain pressante, rompit le charme. Déjà, il s'avançait dans la foule à la rencontre d'Ella.

— Du sac, je veux dire ! lança-t-il en s'éloignant.

— Ce n'est pas la peine, marmonnai-je.

J'espérais que mon mensonge, mon inutile mensonge, ne serait pas découvert. D'autres pensées se pressaient dans ma tête. Avant que j'aie pu dire autre chose, Charlie avait disparu. Je marchai lentement vers Ella, frôlai des gens au passage, m'en excusai d'un sourire. Je vis Charlie lui tapoter le dos. Elle se retourna et l'embrassa. Ils s'écartèrent de l'entrée où affluaient les invités. Je modifiai ma trajectoire, me dirigeai droit sur eux.

— Bonsoir Ella, dis-je, quand enfin je fus derrière elle.

Elle se retourna, me vit, me sourit. Elle sut masquer sa surprise.

— Hello James. Quelle surprise !

— N'est-ce pas ? dis-je.

— Absolument.

— Pour moi aussi.

Nous nous regardâmes. Elle essayait de se rappeler ce qu'elle avait dit à l'étranger qu'elle croyait ne jamais revoir. Moi je détaillais son visage à l'ossature fine avec avidité : la raie droite dans les cheveux blonds coupés au carré ; les cernes bleus sous les yeux ; l'éclat des joues ; la mobilité des yeux verts. Elle se ressaisit la première.

— Nous avons parlé de Charles Stanhope, dit-elle. Vous vous souvenez ?

J'acquiesçai d'un hochement de tête.

L'air dérouté de Charles me réjouit.

— Eh bien, c'est lui, dit Ella.

Elle pivota d'un quart de tour vers Charlie, se retrouva entre lui et moi.

— Charlie, je te présente un ami, James Farrell. Il était à Oriel, lui aussi. Un an ou deux après toi, je crois.

La voix mélodieuse d'Ella me ravissait.

Charles me sourit, hésitant.

— Nous nous connaissons, dit-il. Nous avons parlé une heure ensemble, pendant que vous vous frisiez les cheveux, Ella. Vous vouliez être en retard, comme il sied à une lady !

Charles pressa affectueusement l'épaule d'Ella.

— James a quelque chose à vous rendre.

Ella me regarda tandis que Charles poursuivait :

— Un sac, dit-il. Vous l'avez oublié la semaine dernière dans une fête, jolie petite tête distraite !

Je soutins le regard d'Ella, m'efforçai de ne pas rougir. Ses yeux exprimèrent l'étonnement. Puis elle comprit. Je vis de l'espièglerie dans son sourire.

— Oui, dit-elle, les yeux pétillants. Quelle sotte ! Vous savez comme je suis étourdie !

— Je le sais, dit Charles en souriant.

Ella se tourna vers lui.

— Vous seriez un amour si vous alliez me chercher du champagne. Sans cognac, s'il vous plaît. J'ai horreur du cognac.

Charlie acquiesça d'un hochement de tête, s'éloigna obligeamment. Ella et moi suivîmes des yeux sa tête blonde dans la foule. Il dominait les autres d'au moins quinze centimètres.

— Ainsi, on se rencontre à nouveau, James.

Je hochai la tête.

— Merci d'avoir joué le jeu.

— Ne vous inquiétez pas de ça. Je suis plutôt flattée. Et ravie de vous voir plus audacieux que la dernière fois.

— C'est si audacieux de mentir ?

— Oui. C'est hardi de mentir à Charlie pour obtenir des informations sur moi ! Je vous en félicite.

Nous nous sourîmes.

— Comment allez-vous ? demandai-je.

— Oh, comme la dernière fois. Rien n'a changé. Une nouvelle robe, un nouveau maquillage, de nouvelles chaussures. Hélas, il est plus difficile de résoudre un problème que de choisir une robe ou un rouge à lèvres.

— Ainsi le problème subsiste, dis-je. Celui dont vous avez refusé de me parler.

— Vous êtes direct ce soir !

Avant que j'aie pu répondre, Charlie était revenu avec une coupe de champagne pour Ella et un verre de jus d'orange pour lui.

— A la vôtre ! me dit-il en levant son verre.

Il sourit, regarda l'assemblée. Quelqu'un se mit à chanter *Happy Birthday.* L'assemblée reprit le refrain en chœur, pleine d'entrain. On baissa les lumières. On avança un grand gâteau d'anniversaire sur une table roulante. Les vingt et une bougies étaient allumées.

Camilla, qui se tenait au centre de la pièce, eut la bienséance de rougir.

— N'est-elle pas géniale ? me souffla Ella.

3

L'arrivée et le partage du gâteau d'anniversaire occupèrent la demi-heure suivante. Je perdis Ella de vue. Les invités se scindèrent en deux camps : ceux qui voulaient s'amuser toute la nuit, et ceux — très minoritaires — qui profiteraient de l'occasion pour se retirer. Ella s'était éclipsée avant la fin du *Happy Birthday*. Charles se faisait servir une part d'un épais gâteau à la crème. Je me retrouvai une fois de plus en conversation avec la fille qui avait une villa à Biarritz. Je la soupçonnais de jouer avec moi — comment va-t-il procéder pour se faire inviter ? Je pris un malin plaisir à décevoir son attente.

Dix minutes plus tard, je félicitais mon hôtesse de sa réception, une part de gâteau à la main, quand je vis enfin Ella. Elle observait l'assemblée, légèrement en retrait. Qui regardait-elle ? Qui cherchait-elle ? Moi, peut-être. Ce faible espoir me suffit. Je m'excusai, me dirigeai vers l'endroit où se tenait Ella : une alcôve tapissée de livres jamais ouverts. Elle semblait pâle, dans cette pénombre, contrastant avec les reliures rouge vif des ouvrages.

— Salut James, dit-elle à mon approche.

De la musique jouait — trop fort — dans une autre pièce. Nous regardâmes les invités confluer vers la porte, attirés par les sons martelants. La propriétaire de la villa à Biarritz parlait dans un téléphone portable, l'air affolé.

— J'aimerais savoir ce qui se passe dans toutes ces têtes, déclara soudain Ella.

Son regard erra dans ce miroitement de smokings et de robes ultracourtes.

— Si toutefois ils ont un cerveau, ajouta-t-elle. Ce dont je doute, étant donné leur comportement.

Exactement la question que je m'étais posée ! J'en fus désarçonné. La réflexion d'Ella confirmait un doute qui ne m'avait pas quitté lors de maintes soirées de ce genre : je ne pouvais être le seul à critiquer ce monde basé sur le rituel et le paraître. Je n'étais pas à l'abri de ce mépris que je prodiguais aux autres dans le secret de mon âme, et ce n'était pas une pensée réconfortante.

— Nous avons tous un cerveau, dis-je, mais certains préfèrent ne pas s'en servir.

Un silence.

— Sans doute devrais-je expliquer mon arrogance, dit-elle doucement.

— Seulement si vous le souhaitez.

Je pouvais me montrer magnanime : elle ne semblait pas m'inclure dans sa critique.

— Oh, je serai ravie de m'expliquer. Je le fais depuis des années !

Ella me sourit.

— Vous voyez, James, mon problème n'est pas de laisser mon cerveau en sommeil, ce qu'il m'arrive de déplorer, au demeurant. Mon problème...

Elle s'interrompit.

J'attendis.

— Mon problème...

— Oui ?

Ella hésita, se ressaisit.

— Mon problème est que je parle trop, dit-elle. Je ne devrais pas vous dire tout ça. Nous nous connaissons à peine. Vous n'avez aucune raison d'écouter mes élucubrations. Je ferais mieux d'aller rejoindre Charlie.

Elle se pencha pour ramasser son sac.

— Non, ne partez pas ! dis-je, à voix basse.

L'urgence qui perça dans ma voix l'arrêta.

— Ne partez pas. Racontez-moi.

Encore un silence.

— Ça m'intéresse, ajoutai-je.

— Vraiment ?

J'acquiesçai d'un hochement de tête, touché par la vulnérabilité que trahissait cette question inattendue.

— Les pensées d'une fille que vous connaissez à peine ne peuvent réellement vous intéresser.

— Si. Racontez-moi.

Nouveau silence.

— Eh bien, dit-elle en parcourant l'assemblée du regard, j'ai un cerveau, mais je refuse trop souvent de m'en servir, voilà mon problème. Je n'arrive à me dominer que trop tard, une fois que les événements m'ont totalement échappé. Sans doute suis-je sans pitié avec ces gens uniquement pour me persuader que je ne suis pas seule dans ce monde de cons.

— Nous sommes au moins deux, si cela peut vous consoler.

— C'est très gentil à vous.

Elle fouilla dans son sac, le même que dans le parc, une semaine plus tôt. A nouveau j'entendis le clic du fermoir, quand elle l'ouvrit, puis le referma. Encore une fois, je la regardai sortir un paquet de cigarettes, je suivis les premières volutes de fumée — vers un plafond blanc cette fois, et non vers un ciel bleu pâle empreint des dernières rougeurs de l'aube.

— J'espère seulement que la faute revient à cet océan, là, et non à moi.

Elle s'interrompit.

— La société est un océan, ne trouvez-vous pas ? reprit-elle.

Elle agita sa cigarette en direction de ce ressac humain, à l'extérieur de notre alcôve.

— Je continue à espérer, au-delà de toute logique, que je ne suis pas responsable d'avoir échoué sur le rivage où j'ai échoué. Les attentes des gens à votre endroit sont vives, tels des courants violents. Qui suis-je pour prétendre lutter contre elles ?

— Vous oubliez que j'ignore tout de votre île, dis-je.

— Oui, je l'oublie, dit-elle, presque tendre.

Elle tira une bouffée de sa cigarette. Une longue bouffée.

— Je ne vous ennuierai pas avec la géographie de cette île. Ce n'est pas très intéressant.

J'attendis, ne sachant que dire.

— Mais vous êtes d'accord avec moi, dit-elle, revenant au sujet précédent d'un ton angoissé, la société ressemble à un océan ?

— Je n'en suis pas sûr.

— Regardez les gens dans cette fête, par exemple. Ils nagent avec le courant, soumis, ils se meuvent aisément dans cette partie de l'océan qui est la leur. Ils n'ont nul besoin de s'interroger sur le but de l'aventure. Combien sont-ils à réfléchir à leur destination ? Est-ce qu'un seul d'entre eux s'essaie à nager longtemps en solitaire ?

Elle aspira une bouffée de tabac.

— Les gens se déplacent groupés, comme des bancs de poissons. C'est plus sécurisant.

J'écoutais, fasciné par l'aisance avec laquelle elle exprimait ce que j'étais incapable de formuler.

— Mais est-ce que ça les rend heureux ? demandai-je.

— Quoi ?

— Cette grégarité ?

— D'une certaine façon, j'imagine. S'ils n'ont jamais rien connu d'autre, ils ne peuvent désirer beaucoup plus que ce qu'ils ont. L'ignorance est une bénédiction. Pour certains.

— Et pour vous ?

Protégé par l'intimité de l'alcôve, j'étais hardi, et pas vraiment surpris de l'être.

— Hélas, dit-elle, ma sagesse est limitée : je vois le peu de liberté que j'ai, mais je ne sais pas quoi faire pour remédier à cet état de fait. Peut-être aurais-je dû nager plus courageusement, car dans le passé j'ai essayé de... nager en solitaire. C'est si difficile ! Si fatigant !

Elle écrasa sa cigarette d'un geste qui semblait clore le débat.

— Il n'est pas trop tard, quoi que vous ayez fait. Quel âge avez-vous ? Vingt-deux, vingt-trois ?

— Vingt-trois ans.

— Eh bien, allez-y, vous avez toute la vie devant vous !

— Ne dites pas ça. Cette perspective ne me réjouit pas. Et de toute façon...

Ses mots se perdirent : Charlie Stanhope arrivait. Il la prit par la taille, s'excusa auprès de moi, me l'enleva.

— Dansons, lui dit-il. Désolé d'être un rabat-joie, marmonna-t-il plus ou moins à mon intention.

A ma grande surprise, Ella se laissa entraîner sans

protester. Je restais où j'étais, encore sous l'emprise de ses yeux verts, pénétrants.

Languissant, je m'adossai aux rayonnages et regardai sa silhouette s'éloigner. Charlie Stanhope la tenait gauchement par les épaules. La distance entre elle et moi grandissait. Mes yeux restaient fixés sur l'arrière de sa petite tête blonde : j'attendais un signe de sa part. Effectivement, arrivée à l'autre bout de la pièce, elle se retourna un bref instant vers moi. Elle ne souriait pas. Elle m'offrit un visage tendu, pâle, qui me sortit de ma rêverie, me rappela ses yeux brillants d'insomnie, à Hyde Park, le tremblement de sa main qui tenait un gobelet de café.

Avant que j'aie pu bouger, on l'entraîna de l'autre côté de la porte. Elle se perdit dans la cohue qui encombrait le couloir. J'entendis à nouveau le martèlement de la musique. J'imaginai Ella, corps gracile ondulant en rythme dans la pénombre. Je humai un effluve de savon, de fumée de cigarettes, de parfum de marque.

Je me souviens de ce que j'éprouvais alors : sensation de plaisir frustré, impatience de la voir revenir. Cinquante ans après, ce souvenir m'est toujours resté. Même à présent, assis dans mon fauteuil près de la fenêtre, le souvenir de ce moment — vif, empreint de grâce et de mille possibilités — me fait battre le cœur. Telle la toute première dose d'une forte drogue, ce moment balaya toutes les sensations d'avant, me détermina à rechercher de nouveau cet état.

Ma première impulsion, bien sûr, fut de suivre Ella, de l'arracher à Charles. Cependant j'attendis, je réfléchis à un moyen plus subtil de la reprendre. Comment savoir si elle accueillerait favorablement cette initiative ? Avait-elle le sentiment d'être allée au-delà d'un certain seuil de décence ? Je songeai, avec délice, que notre conversation n'avait rien eu d'un échange entre étrangers, même si nous étions des étrangers. Je voulais lui faire part de cette réflexion, partager avec elle mon excitation, mais il me manquait un prétexte pour aller la trouver. Il me faudrait attendre qu'elle vienne à moi.

Puis je vis son sac : en velours, carré, compact. Tombé à mes pieds, oublié par sa propriétaire. Lentement, je me penchai pour le ramasser. J'espérai, au-delà de toute logique, qu'elle l'avait volontairement oublié. J'en tirai de folles conclusions. Je le pris, le posai sur l'étagère, rapide, furtif — quelqu'un pouvait le voir, vouloir s'en charger. J'attendis cinq minutes, dix minutes, un quart d'heure, jouissant de l'aspect romanesque de la situation. Après quoi je me saisis de ma récompense, me faufilai dans la foule moins dense, et cherchai Ella.

Un tour rapide du salon me convainquit qu'elle n'y était pas. Elle n'était pas non plus dans le couloir, ni dans la pièce où l'on dansait. Le disc-jockey détonnait avec ses platines, près de la cheminée Renaissance. J'attendis deux minutes devant des toilettes — réservées aux filles, à l'évidence. Ella pouvait apparaître, pensai-je. Je vis sortir Camilla. Se frottant le nez avec ostentation, elle souriait. Son regard croisa le mien.

— Oh, mon chéri, je n'en ai pas *vraiment* pris, me souffla-t-elle à l'oreille.

Elle me prit le bras.

— Mais aujourd'hui, il faut *au moins* faire semblant, ajouta-t-elle.

Je constatai, amusé, que Camilla se conformait aux us en vigueur, même lorsqu'il s'agissait de cocaïne.

Nous retournâmes dans la pièce d'où je venais. Je vis Charles Stanhope danser, plutôt mal, dans un coin.

Je pressai le pas : je n'avais nulle envie qu'il m'accompagne dans ma quête. Camilla dit à quelqu'un : « C'est insensé ! » Alors une pensée me frappa : et si Ella s'était éclipsée sans rien dire ? Cela me fit un coup au cœur, je vacillai. Je me ressaisis, me raisonnai : non, elle ne pouvait être partie. Elle était là ! Je retournai inspecter le couloir, me frayai un passage entre des groupes bruyants qui prenaient congé — premiers remerciements, premiers adieux de la soirée. Ella restait introuvable. Les larmes me montèrent aux yeux — larmes déraisonnables. Je regardai en direction de l'escalier. Je gravis les marches à la hâte : si elle était partie sans dire au revoir, si ma fougue était sans objet, si elle parlait de la sorte à tous les hommes qu'elle connaissait, il me fallait chercher refuge dans un coin sombre. On n'affrontait pas Camilla Boardman dans un tel état d'esprit : elle appréciait les gens extravertis. Aussi montai-je le grand escalier des Boardman jusqu'à un palier peu éclairé. Jusqu'au palier suivant. Je grimpai encore deux étages. Les marches devenaient plus étroites à chaque volée. Je progressais à pas lents, prudents. La pénombre s'accentua au point que je dus marcher sur la main d'Ella pour m'apercevoir de sa présence. Elle était assise sur une marche, dos à la rampe. Elle poussa un cri aigu. Sa peur était réelle : elle ne m'avait ni vu ni entendu.

— Qui est-ce ? dit-elle d'une voix perçante.

Peut-être prit-elle subitement conscience du spectacle qu'elle offrait, ainsi perchée au sommet de l'escalier, si loin de la fête.

— Ce n'est que moi, soufflai-je.

— Vous ? James ? Que faites-vous là ?

— Je pourrais vous poser la même question.

— Oui, mais vous ne le ferez pas. Vous attendrez

que je vous le dise, prisonnier de votre réserve tout anglo-saxonne. Eh bien je ne vous le dirai pas ! lança-t-elle, irritée. Je ne vois pas pourquoi vous me suivez dans cette chienne de fête ! J'ai déjà du mal à supporter Charlie...

Je l'interrompis en lui mettant son sac dans la main.

— Je vous ai cherchée pour vous donner ceci. Vous l'avez oublié au pied de la bibliothèque.

Elle resta silencieuse. J'entendis un clic. Une main s'agita dans le sac. Une flamme jaillit, projeta sur nous une brève lueur orangée : Ella s'allumait une cigarette. Je vis qu'elle avait pleuré. Elle s'en aperçut.

— Un truc de filles, dit-elle, en guise d'explication et tandis que la flamme s'éteignait. Ne faites pas attention. Nous aimons pleurer, à l'occasion. Moi plus que les autres.

Elle se tut. Je m'installai deux marches plus bas, dos au mur.

Nos yeux s'accoutumèrent à l'obscurité, je lui fis face.

— Pardonnez-moi de m'être énervée, tout à l'heure, finit-elle par dire. Il y a des soirs, comme ça. Merci d'avoir rapporté mon sac.

Elle fit l'inventaire de ses possessions.

— Ne faites pas attention.

— C'est la deuxième fois que vous me dites ça, remarquai-je à voix basse.

— Dans ce cas, tenez-en compte.

Elle prit une longue bouffée de sa cigarette, veilla à ne pas souffler la fumée dans ma direction.

— Je n'ai pas pour habitude de parler dans le vide, déclara-t-elle.

— J'imagine, oui.

Un silence.

— Pourquoi faites-vous ça ? dit-elle.

— Quoi ?

— Pourquoi êtes-vous toujours là ? Pourquoi n'êtes-vous pas redescendu ? N'est-il pas évident que j'ai envie d'être seule ?

Nouveau silence.

— Je vous remercie encore une fois de m'avoir rapporté mon sac. Dans l'état où je suis, j'ai plus besoin de fumer que de parler.

— Vous voudriez que j'aille rejoindre le banc de poissons ?

Je m'appropriai son expression. J'en eus un frisson, comme si nos doigts s'étaient touchés.

Elle se pencha vers moi. Je discernai la ligne de son nez dans la pénombre.

— Non, dit-elle d'une voix toute différente. Je ne veux pas vous renvoyer dans ce banc de poissons. Je ne suis pas sûre qu'une vie dans le sens du courant vous conviendrait.

Je rougis de fierté. Il y eut encore un silence.

— A propos, je suis d'accord avec ce que vous avez dit, osai-je déclarer.

— Avec quoi ? Mon discours sur les océans et les courants ?

— Oui.

— J'ai tendance à me laisser emporter dans des métaphores. Surtout quand j'essaie de trouver une explication à mes actes. C'était gentil à vous d'avoir écouté.

— Nous avons beaucoup d'opinions communes.

— Vraiment ?

— Oui.

Je m'interrompis, sentant qu'elle voulait que je précise ma pensée.

— J'ai passé la soirée à me mépriser : je ressemble tellement aux autres poissons ! dis-je.

— Je ne trouve pas que vous leur ressembliez.

— J'espère que non, mais je m'habille comme eux, j'emploie leur langage, peut-être même que ma pensée est proche de la leur. Mes convictions manquent de fermeté, comparées aux vôtres.

— Mes convictions me sont d'une grande utilité, en ce moment ! ironisa-t-elle. Je sentis qu'elle souriait dans le noir.

— Hélas, James, on doit se soumettre aux pressions extérieures. Etre humain, c'est aussi cela, j'imagine. Nous sommes des animaux qui vivent en société. Le danger est de trop céder à ces pressions, qui alors vous tirent vers le fond. On devrait garder la maîtrise de sa vie, mais dans la réalité, c'est autre chose. Nous acceptons que nos opinions sur la religion, la sexualité, la politique, l'organisation sociale — tout ce qui importe — nous soient dictées par d'autres, par ceux qui nagent dans les mêmes eaux que nous. Vous pensez comme vos amis, comme votre famille, comme votre classe sociale. Vos opinions sont influencées par votre éducation. Combien d'humains agissent à leur guise, hors des limites de leur petite communauté, de ce groupe d'individus particuliers qui est le leur ? Très peu à mon sens. Et ils sont encore plus rares dans notre milieu.

— Et quel est ce milieu ? demandai-je fasciné.

Je l'incitai à poursuivre : j'aimais l'entendre parler.

— Vous me posez la question ? Après avoir passé la soirée avec ces gens, à parler de Biarritz et du dernier défilé de mode à Berkeley, vous me posez la question !

Elle s'indignait.

— L'argent, des études poussées devraient vous donner toute liberté d'action, de pensée. Or il n'en est rien. Les privilèges de classe vous attachent au monde de vos arrière-grands-parents, vous lient indéfectiblement à votre milieu, contrainte que ne subissent pas les poissons d'autres obédiences. Vous n'imaginez pas les ambitions que peut avoir votre famille pour vous quand l'une de vos ancêtres a séduit Charles II et obtenu ainsi un titre pour son mari !

— L'une de vos ancêtres a fait cela ?

— Oui. Vous me prenez peut-être pour une Américaine, à cause de mon accent. Or ce sont des intonations acquises. Je suis on ne peut plus anglaise. Je suis à ce point imprégnée de la tradition familiale qu'il m'arrive de me demander si j'existe en tant qu'individu. Quelle part de moi-même puis-je revendiquer comme mienne ?

Elle aspira une dernière bouffée de sa cigarette.

— L'essentiel de mon esprit appartient aux générations qui m'ont précédée. En fait, ce sont mes ancêtres qui régissent ma vie.

Elle acheva son discours en même temps que sa cigarette. Un bruit de carton : elle mettait son mégot dans un paquet vide.

— Une habitude regrettable, notai-je.

— N'est-ce pas ?

Nous restâmes assis en silence.

— Me trouvez-vous très bizarre, James ?

— Je vous trouve remarquable.

— Merci.

Je faillis prendre sa main dans le noir, mais j'hésitai un peu trop longtemps.

— A quoi ressemble votre île ?

— Mon île ?

— Celle où vous avez échoué.

— Oh ! encore une de mes métaphores !

— Décrivez-moi cette île. Vous l'avez jugée inintéressante, or ce n'est pas l'impression que j'ai.

Il y eut un silence. Le profil d'Ella se découpait dans la pénombre.

J'apercevais la ligne de son nez, de sa mâchoire. Elle ouvrit la bouche pour parler : éclat de ses dents blanches.

— Oubliez les îles, dit-elle. J'ai fait quelque chose que je n'aurais pas dû faire. Et dont je ne devrais certes pas vous parler.

— Continuez.

— Le contrôle de la situation m'a échappé, j'imagine. Et je ne sais comment y remédier.

Elle se tut, cherchant un apaisement dans l'obscurité. Puis elle s'agita.

— Je dois redescendre, maintenant, dit-elle.

Sa robe bruissa : elle se levait pour partir.

— Vous n'allez pas me dire ce que vous avez fait ?

— Vous n'allez pas tarder à le savoir.

La rampe craqua, comme elle s'y appuyait et entamait sa lente descente dans le petit escalier.

Je ne la retins pas. C'eût été inconvenant, selon moi. Je restais assis dans le noir, sans bouger, j'écoutais ses pas décroître, je humais la fumée de sa cigarette, je lui laissais de l'avance. Deux étages plus bas, la porte d'une salle de bains s'ouvrit, se referma, se rouvrit deux minutes plus tard. J'imaginai Ella, de nouveau radieuse, descendre la dernière volée de marches et pénétrer dans l'entrée des Boardman, sereine dans l'agitation ambiante : certains dansaient, d'autres prenaient congé.

Moi je manquais de sérénité. Ma curiosité à moitié satisfaite me taraudait. Cependant j'attendis, comme j'avais attendu dans l'alcôve, qu'elle ait le temps de se noyer dans cette foule d'invités. Alors je me levai, j'entamai une descente prudente de l'escalier. J'allais bientôt savoir, avait dit Ella. Cela me satisfaisait. Et m'intriguait : comment choisirait-elle de me dévoiler ce secret ?

Je me souviens de ce moment. De ma position stratégique — sans doute dans l'escalier. Devant moi un couloir étroit, du marbre noir et blanc sur le sol, très brillant. A travers des doubles portes ouvertes, je vois le salon : des gens las, échoués sur des chaises, rient et finissent les cocktails au champagne. Il est deux heures passées. Les sœurs cadettes et leurs amies ont filé au sous-sol, où leur propre fête bat son plein. La porte de la pièce où l'on danse est fermée, mais on entend la musique — des sons frénétiques, martelants. Soudain la musique s'arrête. Une voix, que j'ai déjà entendue, joyeuse, excitée, demande aux invités de bien vouloir passer au salon : cette personne a quelque chose d'important à leur annoncer. Les doubles portes ne tardent pas à s'ouvrir. Je vois une marée d'humains, rouges, exténués, envahir le couloir, le salon. Parmi eux Ella, un Charlie Stanhope à nouveau empressé. Les exclamations excitées de Camilla volent jusqu'à moi. Elle rayonne. La fête est une réussite complète : à deux heures du matin, l'essentiel des invités « qui comptent » sont toujours présents. Elle se réjouit de l'annonce à venir : elle en sait la teneur. Elle attend demain avec impatience — demain elle pourra dire à tout le monde : « Ç'a été un supplice de ne rien dire, mais un secret est un secret ! » Je lis les pensées qui se forment derrière ce front sans rides, je les devine dans l'éclat vainqueur de ces yeux noisette. La fille qui possède une villa à Biarritz sourit d'un air absent, un peu grise, un cocktail au champagne dans une main — de l'autre, elle se tâte le haut de la nuque, s'assure qu'une pince d'une importance vitale est toujours en place. Elle repère un ami, oublie sa coiffure, prend le garçon par la taille.

Dans la voix qui tout à l'heure a quêté un moment d'attention, une voix qui porte, une voix excitée, je reconnais celle de Charlie Stanhope. Je suis surpris qu'il ait quelque chose à dire. Puis je me souviens qu'il n'a pas encore annoncé ses fiançailles. Je reste dans l'escalier afin de mieux voir le déroulement des opérations. J'observe les femmes qui entourent Charlie. « Vous êtes mes meilleurs amis, dit-il. Je veux que vous soyez les premiers à apprendre la nouvelle. »

Il faut que je voie sa main dans celle d'Ella pour comprendre. Et même à ce moment-là, j'ai du mal à y croire. Quand Charles se penche et l'embrasse longuement devant tout le monde — quand ils s'embrassent —, le doute n'est plus permis. Les invités lèvent leurs verres. Quelqu'un entonne : *For They're Two Jolly Good Fellows*. Les fiancés se redressent, rougissent de bonheur. Ella lève les yeux, sourit à l'assemblée, me voit dans l'escalier.

Nos regards se croisent, me semble-t-il.

4

J'ai quitté cette immense demeure, dans un brouillard, j'ai pris congé de Camilla, qui m'a serré contre son cœur. J'ai évité Charles et Ella, dans cette foule d'invités qui s'embrassaient. Je vois des hommes aider les femmes à enfiler leurs manteaux. La scène est floue dans ma mémoire, mais je sais, après toutes ces années, qu'une exaltante impression de lucidité m'a accompagné au sortir de cette maison. Cette situation me semblait d'une totale clarté. Je me sentais seul capable de la changer.

Je savais désormais à quoi ressemblait l'île d'Ella : théâtre du devoir, de l'ennui, de l'immobilité ; la sécurité d'un mariage de convenance ; une île stérile. Je savais quel courant avait fait échouer Ella sur sa rive, je devinais comment elle avait succombé par paliers aux reflux des marées, je voyais sa force faiblir progressivement. Son dilemme a un côté XIXe siècle ! pensai-je. Elle-même était XIXe à bien des égards. Je me souvenais de son discours sur les ancêtres et la tradition, avec la fascination du non-initié. Ma famille connaissait sans doute des familles de ce style, mais nous n'avions nous-mêmes aucune expérience directe des ancêtres et de la tradition — bien que chez moi on prétendît souvent le contraire.

J'imaginais les conversations d'Ella et de sa mère ;

le nombre de fois où on lui demanda qui elle préférait, parmi les jeunes gens qu'elle connaissait ; l'enthousiasme avec lequel sa famille accueillit un jeune homme aussi éligible que Charlie Stanhope. Pour les contenter, elle s'était mise à le voir davantage. Peut-être lui avait-elle laissé entendre qu'elle avait pour lui un sentiment plus profond qu'il n'y paraissait.

Puis les événements, comme elle l'avait dit elle-même, l'avaient prise de vitesse de façon spectaculaire. Avant qu'elle ait compris ce qui lui arrivait, un Charles fervent annonçait leurs fiançailles, Ella subissait les félicitations de ses amis, la joie de sa famille. C'était un dilemme romanesque, un dilemme dans lequel j'avais un rôle : sauver Ella. Dans les semaines qui suivirent l'anniversaire de Camilla, je me raccrochais à ce rôle, nourrissant des projets romantiques d'enlèvement, comme un très jeune homme.

Si j'avais pu imaginer à quel point je me trompais, mes sentiments auraient été tout autres. Dans l'erreur, je m'adonnais à une rêverie éveillée du matin au soir. Ce qui surprit mes parents : je n'étais plus ce compagnon maussade des petits déjeuners. J'avais désormais un but étranger à ces disputes. J'étais prêt à me montrer conciliant. Plutôt que de me battre avec ma famille, je concentrais mes forces sur un objectif immédiat : libérer Ella des griffes du conformisme. Si j'avais pu accomplir mon dessein mûrement pesé, je me serais ridiculisé. Même maintenant je frémis à cette pensée. Je ris aussi de ma naïveté. Avec ma démarche traînante et mon front ridé, je ne réussis pas à prendre en pitié le personnage ardent que j'étais. J'envie à ce moi perdu sa passion. Car il était amoureux. Il aimait d'un amour éperdu. Ce qui n'est pas une sensation déplaisante.

Cette sensation ne dura pas, du moins dans sa forme originelle. Pendant six semaines, je nourris des projets fous mais j'agis fort peu. Mon seul succès fut d'obtenir le numéro de téléphone d'Ella auprès de Camilla Boardman, sous prétexte que je n'avais pas eu l'occasion de la féliciter de ses fiançailles.

« Jamie chéri, roucoula Camilla, au téléphone, c'est bien toi d'être aussi attentionné ! D'où tiens-tu d'aussi *bonnes* manières ? »

La personne à la voix revêche qui répondit chez les Harcourt, à Chester Square, chaque fois que je trouvais le courage d'appeler cette semaine-là, eut le regret de me dire qu'Ella était sortie. Ainsi éconduit, j'envisageais d'écrire, me ravisais. Je pensais la guetter, l'aborder en bas de chez elle. Je ne retins pas cette possibilité, du moins comme mesure initiale. Je songeais à envoyer des fleurs, un télégramme mélodramatique, une bague de fiançailles accompagnée d'une déclaration d'amour. Je renonçai à chacune de ces idées. Des jours durant, je me complus dans ma douleur : je voyais approcher la date du mariage d'Ella, je ne pouvais rien y changer.

Un après-midi, je fus à nouveau catapulté dans la réalité en voyant l'objet de mon désir au bord du lac, dans une chaise longue, le nez dans un livre, un grand chapeau de paille sur la tête. J'étais sur l'autre rive. J'errais de nouveau dans Hyde Park, après avoir fait un long détour dans Chester Square, dans l'espoir de la voir. Espoir peu réaliste, je le savais. Je m'étais posé au bord du lac « Serpentine » pour profiter du soleil et m'offrir ce plaisir de rêver à ce qui aurait pu être. Confronté de façon si inattendue à l'objet de mes rêves, je fus désarçonné. Peut-être cette apparition n'était-elle pas Ella ? Je regardai à nouveau la liseuse, mon pouls s'accéléra. Sur l'autre rive était assise la fille sur laquelle mes pensées se focalisaient depuis plus d'un mois. Une éternité, à cet âge. Comment confondre l'ovale délicat de ce visage avec un autre ? Ce nez à peine retroussé, l'éclat de ces joues ? Pour une demoiselle dans une telle détresse, elle rayonnait de santé !

Lentement je me levai. Je fis le tour du lac, me faufilai entre les nuées de passants qui encombraient le pont. Je la traquais en douceur. Je me demandais ce qu'elle dirait quand elle me verrait. Je m'approchai. Elle sortit un paquet de cigarettes et un petit briquet en argent d'un grand panier posé à ses pieds. Je m'arrêtai. Je regardai ses doigts au moment où elle tentait d'allumer le fin rouleau de tabac. Son briquet avait besoin d'être rechargé. Je vis également qu'elle ne fumait plus les mêmes cigarettes. Lorsque je fus assez près, mais encore derrière elle je m'arrêtai, toussai, dis son nom. Les pâles yeux bleus qui se posèrent sur moi me firent comprendre mon erreur — à défaut des autres traits du visage. Des yeux étrangers que j'ai fini par connaître par cœur.

— Je suis Sarah, pas Ella Harcourt, dit la fille en se tournant vers moi.

Elle ôta son chapeau, libéra une manne de cheveux noirs, secoua la tête pour les dégager.

— Ne soyez pas gêné, dit-elle.

Elle me sourit, comprenant mon embarras.

— Enfants, on nous confondait souvent, reprit-elle. Jusqu'à ce que mes cheveux foncent, en fait.

Il y eut un silence.

— Nous ressemblons toutes les deux à notre grand-mère, comprenez-vous, dit-elle, comblant ce vide entre nous avant qu'il ne prenne des proportions effrayantes.

Ne sachant que dire, je hochai la tête pour lui montrer que je comprenais. En mon for intérieur, je trouvais curieux qu'elle m'ait confié une telle chose. Puis à la réflexion, je me dis qu'Ella aurait aussi bien pu provoquer ce genre de confusion. Aussi renvoyai-je la balle à Sarah. Toutefois, je notai qu'elle avait un accent britannique, bien éloigné des intonations américaines de sa cousine.

— A distance, vous êtes la réplique parfaite d'Ella, dis-je. Excepté les cheveux, bien sûr.

Un semblant d'irritation contracta ce pâle visage, qu'elle leva vers moi, perdu dans cette lourde chevelure. Les lèvres fines de Sarah se composèrent un sourire poli, mais un peu froid. Elle parla :

— Il est rare que des cousines se ressemblent autant, paraît-il.

Nouveau silence. Qu'elle sembla s'attendre à me voir rompre, cette fois.

— Votre grand-mère devait avoir des gènes dominants, dis-je.

Sarah hocha la tête en signe d'acquiescement.

— C'était une femme exceptionnelle, déclara-t-elle. Elle a marqué bien des gens. Je ne l'ai pas connue, mais j'ai lu certaines de ses lettres. Elle se moquait des Anglais de façon très drôle !

— N'était-elle pas anglaise elle-même ?

Affichons un intérêt poli, me dis-je. C'était la meilleure attitude à adopter, dans cette situation invraisemblable.

— Non, elle était américaine. Ma famille a une branche américaine, qui remonte assez loin dans le temps. Mais vous devez le savoir, si vous connaissez Ella. Elle est l'une des leurs, en quelque sorte.

— Je pensais qu'elle était anglaise, dis-je.

— De naissance, oui, dit sa cousine, mais de par son éducation elle ne pourrait être plus étrangère. Or c'est l'éducation qui compte en pareil cas, je pense que vous serez d'accord avec moi.

Elle parlait de ce caractère étranger comme d'une grosseur bénigne, mais déplaisante à la vue : l'un de ces petits désagréments de la vie, regrettables, bien sûr, mais pas réellement menaçants. Le fait d'avoir une quasi-Américaine dans sa famille, sous-entendait Sarah, était une chose dont il fallait savoir s'accommoder.

Comme elle parlait, je la regardai de près et vis qu'elle ne ressemblait pas autant à Ella que je l'avais cru de prime abord. Ce qui la différenciait le plus de sa cousine, c'étaient ses cheveux : ils lui tombaient dans le dos comme une aile lustrée. Son visage, aussi : plus allongé, avec une bouche moins pulpeuse, plus sévère que celle d'Ella, un nez plus étroit. Sarah appartient à une autre génération, me dis-je. Je lui donnai à peu près le même âge que moi, mais je la respectais instinctivement, sans trop savoir pourquoi. Sarah Harcourt, me sembla-t-il — et en cela je ne me trompais pas — n'était pas une personne avec laquelle on prenait facilement des libertés.

— Puis-je faire quelque chose pour vous, ou faut-il absolument que ce soit Ella ? s'enquit Sarah.

Elle leva les yeux vers moi. J'hésitais.

— Je vous dirai où elle est si vous m'achetez une glace, dit Sarah.

Sans doute était-elle d'humeur bavarde.

— Je n'ai plus de monnaie, ajouta-t-elle.

Elle continuait à me regarder, assise sur sa chaise longue rayée. Dans sa voix, une touche d'autorité. Devant laquelle je m'inclinai.

Nous nous dirigeâmes vers le kiosque, sur le pont. Pour entretenir la conversation, je lui demandai comment il se faisait qu'elle avait une grand-mère américaine.

— C'est une longue histoire, dit-elle.

J'acquiesçai d'un hochement de tête.

— Mais je peux vous la raconter, si vous voulez.

— J'en serai ravi.

Elle me dévisagea d'un air inquisiteur, cherchant visiblement à s'assurer de ma sincérité. Son examen dut la satisfaire : dès que nous fûmes installés au bord du lac, une glace à la main, elle entama son récit. Ce faisant, elle me convainquit, mieux que quiconque n'aurait sans doute pu le faire, qu'Ella Harcourt était exceptionnelle et unique en son genre. Si j'avais cru, dans mes rêveries éveillées, idéaliser sa beauté, le spectacle de Sarah me prouva que je m'étais leurré. Ella n'était pas seulement plus belle, elle avait aussi plus de charme que sa cousine. Une certaine similitude de gestes, de manières chez les deux cousines ne faisait que souligner, selon moi, la supériorité d'Ella. Supériorité qui m'apparaissait petit à petit tandis que je regardais parler son double. La position altière et un peu raide des épaules osseuses de Sarah mettait l'accent sur la grâce innée d'Ella. Les yeux bleus et froids de la première tranchaient dans mon souvenir avec le regard vert et vif de la seconde. L'absence de gestes de Sarah conversant me rappelait l'usage, modéré mais plaisant, que faisait Ella de ses mains en parlant. Cela dit, Sarah était attirante, à sa manière — bien qu'il émanât d'elle une certaine autorité, dont Ella était dépourvue.

— Mon grand-père, dit-elle, était un homme très pauvre, au nom illustre. Ma grand-mère était une riche Américaine sans ascendance.

— Je ne vois pas le rapport.

— Oh, il est très simple. Le père de ma grand-mère

a pensé qu'un titre donnerait une respectabilité à sa fortune. Son futur beau-fils possédait une vieille demeure sans électricité, dont le toit fuyait.

Sarah me regarda, pour s'assurer que j'avais apprécié son anecdote. Je souris.

— Aussi arrangea-t-on un mariage, dit-elle. Il y eut des négociations. Chaque partie obtint ce qu'elle voulait : mon arrière-grand-père aurait des descendants nobles ; mon grand-père un chauffage central. La seule personne qu'ils omirent de consulter fut ma grand-mère, Blanche. Elle arriva en Angleterre à dix-huit ans. On la maria à dix-neuf. Un an plus tard, elle avait conçu une aversion définitive pour son époux, aversion compréhensible, en un sens.

J'acquiesçai d'un hochement de tête.

— Cela ne l'empêcha pas de lui donner quatre enfants en parfaite santé, reprit Sarah. Un héritier et trois pièces de rechange, si vous préférez. Après cela, Blanche sut qu'elle avait rempli son contrat.

La cousine d'Ella s'interrompit, puis reprit :

— Mais elle était de ces femmes qui veulent de la vie et du monde autour d'elles. La maison décrépite, un château en fait, se trouvait en Cornouailles. Son père refusa d'investir dans une maison de maître, à Londres, de leur financer un train de vie digne de leur statut social. Aussi Blanche languit-elle en Cornouailles. Sargent fit son portrait, mais elle vécut coupée de la haute société.

— Que faisait-elle de son temps ?

Je me surpris à m'intéresser à cette jeune Anglaise peu amène, qui mangeait une glace à côté de moi. Mon étonnement fut d'autant plus grand quand je compris que mon intérêt n'était pas uniquement dû à sa ressemblance avec Ella.

— Elle écrivait des lettres, elle redessinait le jardin, elle veillait à l'éducation de ses enfants. Elle dirigeait la maison en douceur, régnait sur la petite armée nécessaire à l'entretien des lieux et à la bonne marche du ménage. Elle gâchait, autant que faire se pouvait, les infidélités de son mari.

— Je vois.

— Cependant elle ne pouvait se contenter de ça.

Sarah me sourit.

— Blanche, voyez-vous, n'était pas une femme d'intérieur. Et puis elle était très brillante, ce qui n'arrangeait rien.

— Qu'est-il advenu d'elle ? Qu'a-t-elle trouvé à faire ?

— Elle n'a rien trouvé du tout. Ce qui a été son drame. Or une femme de sa trempe ne peut supporter indéfiniment la solitude. Par solitude j'entends être coupée du monde, des gens intéressants.

— Que lui est-il arrivé ?

La petite-fille de Blanche resta un moment silencieuse, contempla le lac ensoleillé où glissaient des barques.

— Elle a fini par se tuer, dit-elle. Elle a sauté d'une fenêtre et atterri sur la terrasse, en contrebas.

Un silence.

— Cela a fait scandale, à l'époque, comme vous pouvez l'imaginer. Je l'imaginais fort bien.

— C'est horrible, dis-je à voix basse.

— N'est-ce pas ? Cela a sans doute profondément marqué ses enfants.

— Certainement.

Un nouveau silence.

— Voilà, dit Sarah posant à nouveau les yeux sur moi, vous connaissez l'histoire de ma grand-mère américaine. J'espère ne pas vous avoir ennuyé.

— Non, pas du tout, dis-je. J'ai trouvé cela fascinant. Tragique, aussi.

— Oui, dit Sarah, songeuse. C'est le terme qui convient.

Elle se tourna vers moi, prête à se confier.

— J'aimerais faire une biographie de Blanche, un jour. Tout ce qu'elle faisait avait une qualité romanesque. Son histoire serait intéressante à écrire, je crois. Je pense également qu'elle aurait aimé qu'on la raconte.

— Elle a choisi une manière spectaculaire de mettre un terme à sa vie.

— Oui.

Une pause.

— Et puis son statut est intéressant, historiquement parlant, ajouta Sarah.

J'acquiesçai d'un hochement de tête.

— Elle fut l'une de ces jeunes Américaines émancipées qu'on envoya en Angleterre pour relever la noblesse féodale avec l'or de la démocratie !

Sarah sourit.

— Des jeunes femmes comme Blanche aidèrent à restaurer tout ce que les pères pèlerins avaient fui en allant aux Etats-Unis. Quelle ironie !

— Oui, dis-je.

Il y eut un silence, complice cette fois.

— Je suis sûr que ça ferait un livre très intéressant, finis-je par dire.

— Vous le pensez vraiment ?

— Oui, je le pense.

Je me levai.

— Mais j'ai abusé de votre temps. Vous lisiez.

D'un hochement de tête, je désignai un livre posé sur la chaise longue.

— Je lis *Les Boucanières* d'Edith Wharton, dit-elle. Une amie de ma grand-mère.

— Et de Henry James.

— Effectivement.

— Eh bien, au revoir.

— Au revoir.

Sarah me tendit la main.

— Vous ne pourriez pas transmettre un message à Ella, n'est-ce pas ? demandai-je.

Encore cette lueur d'irritation dans ses yeux. A nouveau masquée par un sourire forcé.

— Bien sûr que si, dit-elle, mais je ne sais pas quand je la verrai. On se voit peu.

— Pourquoi ça ?

— On ne s'entend pas.

Un silence.

— Oh, ne soyez pas gêné, dit-elle, voyant mon embarras. Ce n'est un secret pour personne. Je la trouve assez peu raffinée. Elle me trouve trop anglaise, trop réservée. Mais elle vous dira tout le bien qu'elle pense de moi quand vous la verrez, je n'en doute pas.

— Cela me surprendrait, dis-je, doutant de jamais revoir Ella.

A l'évidence, la fréquentation de Sarah ne servirait en rien mon dessein.

— Oh, elle ne s'en privera pas, croyez-moi. Elle dira ça de façon charmante, mais implacable. C'est sa manière. Mais voulez-vous me laisser malgré tout un message pour elle ? Au cas où je la verrais avant vous ?

— Dites-lui que vous avez vu James Farrell.

Je n'avais pas encore dit mon nom à Sarah. Elle ne me l'avait pas demandé.

— Dites-lui que vous avez vu James Farrell et qu'il

se demande si la vie sur son île n'est pas trop difficile.

— C'est tout ?

Sarah me lança un regard perplexe.

— Oui, dis-je. Elle comprendra.

— Je l'espère.

— Au revoir.

— Au revoir.

Là-dessus je la quittai. Je retraversai le pont, repris la voie carrossable. Comme je m'éloignais, je sentis les yeux froids de Sarah sur moi. Au bout du pont, je me retournai pour lui faire signe. Elle était assise, le nez dans son livre. Si elle me vit, elle n'en laissa rien paraître.

5

Je n'eus pas de nouvelles des Harcourt dans les jours qui suivirent ma rencontre avec Sarah. Je passais ces journées à jouer du violon, à penser à Ella. Je découvris, ravi, que je pouvais transmuer la frustration douce-amère d'un amour sans espoir en énergie créatrice. Mes parents furent étonnés de mon ardeur au travail. Durant ce mois d'août caniculaire, je ne m'éloignais jamais longtemps de la petite pièce étouffante, sous les combles, où était mon violon. Je jouais pour un public imaginaire, composé d'une seule personne. Ce faisant, j'espérais que telle gamme l'impressionnerait, que telle sonate lui arracherait un sourire. Je jouais beaucoup de Brahms à cette époque. La qualité dramatique de sa musique reflétait mes rêves secrets : je serai son chevalier, je la sauverai.

La jeunesse n'est pas raisonnable, et un jeune homme fou amoureux l'est encore moins. Aujourd'hui encore, je souris au souvenir de ces journées grisantes dans cette pièce sans air. Je souris, mais je suis heureux de les avoir vécues, même si je suffoquais dans la chaleur, la poussière, même si j'étais jeune et sot.

Ella, qui sans le savoir occupait mes pensées, demeurait introuvable, invisible. Elle n'était jamais chez elle quand je téléphonais. Rien n'indiquait qu'elle recevait mes messages. Le portail sévère de la maison de Chester Square, d'inspiration classique, ne s'ouvrait jamais sur sa mince silhouette quand je passais devant chez elle, ce qui m'arrivait souvent. La façon dont elle avait envahi mes pensées, la rencontre fortuite avec sa cousine, les photos d'elle et de Charles, vues dans les magazines que je lisais chez mon coiffeur, tout cela attisait mon intérêt pour sa personne. Je continuais à jouer, à rêver, à être déçu.

Or l'intérêt d'un garçon, même très impressionnable, peut décroître. Sans aucun encouragement de l'objet de ma dévotion, ma fougue perdit en intensité. Sans doute se serait-elle éteinte, aurait-elle scellé la fin d'une adolescence ardente, si le destin, dans la mesure où une telle force existe, n'en avait décidé autrement.

L'instrument du destin qui nous remit en présence, Ella et moi, fut choisi avec un goût exquis. Ce fut Camilla Boardman. Elle téléphona au moment où je décidai qu'il n'y avait rien à faire, qu'Ella était libre de gâcher sa vie avec Charles Stanhope, si elle le désirait.

— Mon « chéééri » ! roucoula une voix que je n'avais plus entendue depuis qu'elle m'avait donné le numéro de téléphone d'Ella, il y avait de cela des semaines.

— Camilla ! Comment vas-tu ?

— Et toi ? C'est moi qui devrais te poser la question !

— Ça va, merci.

— Alors pourquoi tu te caches ? Pourquoi tu fuis tous tes amis ?

Camilla feignait d'être peinée. Je la connaissais trop pour ne pas me méfier. Prudent, je répondis que je ne fuyais personne : je répétais, avant d'entrer au Conservatoire.

— C'est vrai qu'une grande carrière de musicien t'attend. J'espère que tu ne m'oublieras pas, quand tu seras célèbre, chéri. Quand toutes ces femmes éblouissantes se jetteront à ton cou !

Un compliment était de mise. Je fis une tentative, hésitant.

— Elles ne pourront être plus éblouissantes que toi, Camilla... chérie.

— Oh, Jamie, tu es *si* gentil. *Si* adorable. Tu as *toujours* été adorable !

Vu la multiplication des emphases, nous touchions au but.

— En fait, c'est précisément pour ça que je t'appelle. Ed Saunders vient encore de me faire faux bond.

J'en déduisais que Ed Saunders était l'homme du moment. Je feignis de reconnaître son nom.

— Oh ! Ed, dis-je.

— Oui, la crapule !

Irritée, Camilla devenait encore plus inquiétante.

— Et la réception pour les fiançailles d'Ella Harcourt commence dans une heure, tu imagines ?

— Ella Harcourt, as-tu dit ?

Je retins mon souffle, fou d'espoir.

— Oui. Ses parents donnent un déjeuner pour elle et Charlie. Tout le monde y sera. Pamela, la belle-mère d'Ella, est une hôtesse géniale. Et cette crapule de Ed vient de m'appeler pour me dire qu'il a une laryngite, et qu'il ne peut pas venir. Une laryngite, franchement ! s'exclama Camilla, comme s'il s'agissait d'un mal exotique. En août ! Aussi — le ton de sa voix changea — je me demandais si d'aventure tu serais libre. Je ne supporte pas l'idée d'y aller seule ! Et puis — comprenant qu'elle risquait de paraître égoïste — je ne t'ai pas vu depuis des siècles ! Et je me souviens qu'Ella et toi vous êtes très bien entendus à mon anniversaire.

Je me demandai combien de garçons elle avait appelés avant de tenter sa chance auprès de moi. A voix haute je déclarai :

— Je ne sais pas, Camilla. Je serais ravi de te voir, bien sûr, mais tu me préviens vraiment au dernier moment.

Camilla ne respectait rien tant que les gens très sollicités.

— Je *sais,* mon chéri, dit-elle. Si Ed réchappe à sa laryngite, tu peux être sûr qu'il ne survivra pas à ma fureur. Mais ça me ferait *tellement* plaisir de te voir ! Et si cela peut te rassurer, ça va être une réception des plus brillantes.

Camilla déployait des trésors de ténacité quand il s'agissait de mondanités.

— Et puis il y aura *plein* de gens d'Oxford, poursuivit-elle. Et...

Que pouvait-elle encore offrir comme argument ?

— La cousine d'Ella sera là. Elle est *très* jolie. Bizarre, dit-on — Camilla rapportait fidèlement les racontars — mais *très* jolie.

— Je sais, dis-je, pensant à la beauté froide de Sarah.

— Alors tu m'accompagnes ?

Une heure plus tard, j'étais sur le perron de la maison de Chester Square. J'étais passé maintes fois devant cette porte noire, dans l'espoir de voir Ella. Camilla, debout à côté de moi, me serra la main pour exprimer son soulagement. Elle eut ce sourire parfait, si souvent éprouvé, le rouge vif des lèvres tranchant sur le blanc immaculé des dents.

— Chéri, tu es mon *sauveur,* me souffla-t-elle, comme je tirai la sonnette.

Nous étions en retard : Camilla aimait se faire désirer. Nous entrâmes au salon quand les invités, tenaillés par la faim, commençaient à s'agiter et à regarder leurs montres. Nous étions peut-être une trentaine : un couple respectable, chic, vêtu de tweed, les Stanhope, sans doute, plusieurs personnes de mon âge, dont la fille possédant une villa à Biarritz, et les Harcourt, grands, imposants, tels que je les avais imaginés, qui parlaient à Sarah, devant l'une des hautes fenêtres donnant sur le square. Charles et Ella n'étaient nulle part en vue.

Camilla se dirigea droit sur ses hôtes, les bras tendus, pour les embrasser. Avançant dans son sillage, je notai que les voix s'étaient tues.

— Lady Harcourt, s'exclama-t-elle, en étreignant une femme grande et maigre, aux cheveux rouges, avec un gros chignon sophistiqué sur le dessus de la tête.

— Quel *plaisir* de vous voir !

Lady Harcourt lui dit de ne pas faire de manières, d'une voix traînante de Bostonienne.

— Je m'appelle Pamela, déclara cette femme efflanquée, avec une certaine emphase.

Elle me tendit une main décharnée, chargée de bagues.

— Nous attendons les heureux fiancés, dit-elle. Ils sont en haut, ils regardent leurs cadeaux de fiançailles.

Je me rendis compte que j'étais venu les mains vides. Avec un à-propos remarquable, Camilla sortit un présent de son sac, dans un emballage extravagant.

— De notre part à tous les deux, dit-elle avec son plus beau sourire.

Elle embrassa son hôtesse.

Alexander Harcourt était blond, comme sa fille, mais il commençait à perdre ses cheveux et ses joues étaient plus rouges que roses. Il avait des yeux bleus, comme Sarah, mais lumineux comme ceux d'Ella. Il se mouvait avec cette assurance qu'ont les hommes séduisants. Il avait de grandes mains, de larges épaules, l'air ouvert. Il me plut.

— Les voilà, dit-il, désignant les portes du salon d'un mouvement de tête.

Pamela, très droite dans une robe verte qui ne lui allait pas, alla accueillir sa belle-fille. « Que tu es belle ! » l'entendis-je lui dire comme elle l'embrassait sur la joue.

Belle ? Je ne trouvais pas. Les mains expertes d'un coiffeur avaient donné du volume, une certaine souplesse à ses cheveux courts et raides. Un maquilleur lui avait fait les paupières bleu nacré, la bouche rose. Si elle avait toujours des cernes, on les avait habilement masqués. Dans sa robe rose à fleurs aux manches bouffantes, Ella ressemblait à une poupée edwardienne — ses mouvements en avaient d'ailleurs la raideur. Elle ne sembla pas me voir.

— Tu es *superbe* ! s'exclama Camilla, bonne première, bien sûr, dans la file improvisée qui s'était formée pour féliciter les fiancés.

Charles se tenait derrière Ella. Il portait un costume sombre. Il avait une raie sur le côté. Il rayonnait de bonheur, tandis que sa fiancée se prêtait à l'étreinte de son amie. J'attendis avec les autres invités que Charles et Ella, libérés à contrecœur par Camilla, reçoivent les félicitations de leurs parents et amis.

Trois personnes nous séparaient encore quand Ella me vit. Elle embrassait Sarah sur les deux joues avec cérémonie. Nos regards se croisèrent. Elle détourna les yeux. Je crus la voir rougir sous son fard. Un sentiment de triomphe secret me fit chaud au cœur.

— Je ne pensais pas vous trouver chez moi, dit-elle, en arrivant à ma hauteur.

Elle se fit un point d'honneur à m'offrir sa main, plutôt que sa joue.

— Camilla m'a invité, dis-je. De toute façon, je n'avais pas encore eu l'occasion de vous féliciter, Charles et vous.

Elle me regarda, plus gênée qu'hostile, se déporta vers l'invité suivant. Charles me salua comme un vieil ami.

— Voici donc la fille merveilleuse dont je ne devais pas parler ? dis-je en souriant.

— C'est elle, oui, dit-il en regardant Ella. Elle est vraiment merveilleuse, non ?

— Félicitations, dis-je doucement.

Charles passa à la personne suivante. L'après-midi suivit son cours. On servit le déjeuner sur une longue table couverte d'argenterie. La salle à manger était une pièce haute de plafond, tapissée de rouge. Elle donnait sur le jardin, elle était éclairée par une suspension imposante, copie d'un lustre ancien. Dehors il pleuvait. J'étais assis entre Camilla et Sarah, face à la fille qui possédait une villa à Biarritz, elle-même placée à la gauche de Charles. Le repas, comme l'avait prédit Camilla, était excellent, les vins honorables. Des bouquets de roses, de la même couleur que la robe d'Ella, embaumaient la pièce. Il m'arrivait de capter des bribes de la conversation d'Ella, trois places plus loin, sur ma gauche, si proche — un vrai supplice !

Au fil du repas, je comprenais que ses propos étaient convenus. Mon amour parlait avec ces mots creux, cette aisance mondaine qu'elle critiquait si vivement quelques semaines plus tôt. Elle remerciait les gens de leurs cadeaux de façon charmante. Elle montrait pour ce mariage un enthousiasme savamment dosé. Elle refusait de parler de sa robe de mariée, comme il se devait. Où était la femme aux traits tirés, qui m'avait parlé de noyade, dans les ténèbres de l'escalier des Boardman ? Cette métamorphose me rendait fou. Ella, semblait-il, avait décidé de nager dans le sens du courant. Elle le faisait avec une grâce policée qui me rappelait celle de Charles et m'impressionnait d'autant moins.

Pourtant je ne désespérais pas totalement d'elle. Quelques-unes de ses intonations me rappelaient la voix entendue dans le parc et dans l'alcôve. Je me rappelais son trouble, la sincérité avec laquelle elle s'était enflammée contre ces forces qui... comment avait-elle formulé cela ? la tiraient vers le bas. Ella, piégée dans les hauts-fonds, avait décidé de prendre la chose bravement. Voilà ce que je pensais et j'avais en partie raison. Ce constat était plus proche de la vérité qu'aucun de mes fantasmes romantiques. Je pensais savoir ce qui l'avait fait déchoir, mais là, je me trompais.

Aussi tentante que fût la proximité d'Ella, je n'oubliais pas mes devoirs envers Camilla Boardman, qui d'ailleurs me laissa le choix. Son rire contagieux, cette façon — confidentielle — de livrer les secrets des autres, cette attention parfaite, gratifiante, pour mes répliques, me mirent d'humeur badine. Ella n'était pas la seule, me dis-je, à pouvoir masquer ses sentiments sous une débauche de délicatesses apparemment spontanées. J'étais aussi doué que quiconque en la matière. Pour le lui prouver, je parlai avec Camilla, avec Sarah, avec la fille qui possédait une villa à Biarritz. Toutefois je me demandai comment j'allais pouvoir m'isoler un moment avec Ella. Je me promis de ne pas quitter cette maison sans avoir au moins fait une tentative en ce sens.

Sarah Harcourt se tenait à ma gauche, un peu crispée dans sa robe en lin bleu. Elle me dit trouver cette débauche de fleurs roses d'un goût douteux. Il me semble que sa critique, que son hôtesse ne pouvait entendre, s'adressait plus à Pamela qu'aux roses. Je pensai deviner l'origine de sa désapprobation : pour Sarah, Pamela était une intruse. Elle avait l'accent américain, mais le pire était sa volonté d'angliciser sa personne, et cela avec affectation. Cet empilement de mèches crêpées, sur le dessus de la tête, était une caricature de coiffure edwardienne. Elle portait de gros bijoux démodés. Elle s'adressait à la servante dépêchée par le traiteur sur le ton en vigueur dans ce genre de maison — ni trop dédaigneux ni trop poli. Tout cela irritait Sarah, comme la conversation badine de sa cousine m'irritait moi. Sarah avait beau ne rien dire, je sentais en elle une hostilité à l'égard des étrangers, particulièrement les étrangers usurpateurs, haine latente dans certaines âmes anglaises. Ma voisine de table touchait à peine aux mets qu'on posait devant elle, superbe dans sa réserve. Je vis que personne ne lui parlait, mais que sa présence ne passait pas inaperçue. Une fois de plus je me dis qu'il fallait la traiter avec déférence, sans familiarité. Elle restait à l'écart par choix, et aussi à cause des circonstances. Même Camilla, que personne n'impressionnait, semblait hésiter à engager la conversation avec Sarah, la jugeant difficile à conquérir. Sarah serrait les lèvres. Je me demandais comment j'avais pu la confondre avec Ella, et j'éprouvais pour elle une pitié que je n'aurais jamais osé exprimer. Sarah était emmurée dans sa maîtrise de soi, pensais-je. Quand j'y repense aujourd'hui, je sais que je ne me trompais pas.

La fille qui possédait une villa à Biarritz tenta d'engager la conversation avec Sarah. Une fois, une seule. Et fort maladroitement.

— J'ignorais qu'Ella avait une sœur, dit-elle.

Sarah était son vis-à-vis. Entre elles : des roses.

— Vous êtes très proches ? insista la fille.

Sarah ne répondit pas immédiatement. Ce bref silence fut assez froid pour geler les conversations alentour. Sarah sourit, déclara qu'Ella était seulement sa cousine.

— Quoi ? Mais vous pourriez être jumelles ! s'exclama la fille, souriant toujours.

— Nous ne pourrions pas être jumelles, non, déclara Sarah assez fort pour qu'Ella l'entende.

La jovialité forcée dont faisait preuve Ella me fit penser qu'elle avait entendu l'affront et l'ignorait délibérément.

— Oh, mais si, vous pourriez être jumelles, s'enferra l'infortunée jeune femme. Vous vous ressemblez comme deux gouttes d'eau !

— Mais nous n'avons pas le même style.

La réponse tomba, polie, accablante.

Sarah s'appuya contre le dossier de sa chaise, sereine, comme pour forcer la comparaison entre sa simplicité et les joues trop fardées d'Ella. Elle alluma une cigarette — le geste était gracieux, les doigts longs et fins — et sourit à sa cousine. Camilla dut meubler le silence qui suivit : elle déporta notre attention sur les splendeurs de l'exposition florale de Chelsea.

Le déjeuner se termina, enfin, par un café à l'odeur divine, à l'arôme prononcé, servi dans des tasses en porcelaine d'une extrême finesse, en forme de boutons de roses. Ce service comprenait des tasses de différentes couleurs — la mienne était jaune. Cela m'amusa qu'on en donne une rose à Sarah. Je cherchai son regard, pensai que nous pourrions goûter l'ironie de la chose, mais elle avait l'œil fixe, aveugle. Camilla, avec sa discrétion coutumière, complimenta son hôtesse sur l'« *exquise* » délicatesse des tasses, et la cousine d'Ella regarda sa montre.

Nous sortîmes de table dans un bel ensemble, obliquâmes vers le salon, qui recelait maints sofas inconfortables en bois sculpté recouvert de tissu aux sombres motifs. L'assemblée se scinda presque aussitôt : le déjeuner avait duré plus longtemps que prévu ; nombre d'invités, attendus ailleurs, étaient déjà en retard. Sarah fut l'une des premières à prendre congé. Elle serra la main de Pamela, embrassa Alexander, et Ella — ce frôlement de joues entre elles deux n'était pas l'expression pudique d'une affection réciproque. Charles se leva. Il se pencha vers Sarah et n'eut en récompense qu'une main blanche et fine à serrer dans la sienne.

Lorsque Sarah fut partie, Camilla trouva une place à côté de moi sur un sofa et déclara, assez bas pour que seules deux personnes de confiance l'entendent :

— Je t'avais dit qu'elle était bizarre. Tu vois que c'est vrai. *Très* bizarre. Elle n'a quasiment pas desserré les dents.

Camilla considéra la question pendant trente secondes.

— Elle est condescendante, déclara-t-elle d'un ton sans appel. Or, a-t-elle une seule raison de l'être, d'après toi ?

C'était là une question de pure forme. Camilla n'attendait pas de réponse de ma part. Je ne relevai pas. Elle parla d'autre chose. Je l'écoutai d'une oreille distraite, me concentrant sur la stratégie à adopter pour m'isoler un moment avec Ella. Un moment suffirait, me dis-je. Hélas, les invités se levaient les uns après les autres pour se retirer. L'espoir de la voir en tête à tête s'amenuisait. Elle semblait peu encline à me parler, et je n'allais pas traverser ce long tapis pour m'asseoir avec elle et Charles. Je la voulais pour moi seul. Ou pas du tout.

Ce fut à nouveau Camilla qui me sauva : elle suggéra qu'on voie les cadeaux de fiançailles.

— Ella chérie, lança-t-elle, depuis notre sofa, tu ne meurs pas d'envie de voir ces présents ?

— Evidemment que si, dit Pamela, en souriant.

Sentant ma chance et voyant Ella sur le point de protester, je claironnai avec les autres : « Nous aussi ! »

— Pourquoi ne pas les ouvrir maintenant, chérie ? intervint Charles, avec à-propos.

Ella semblait dubitative.

— On pourrait, oui, dit-elle.

— Alors allons-y, déclara Pamela d'un ton décidé.

Elle se leva.

— Ça ne vous ennuie pas de monter au premier, n'est-ce pas ? dit-elle aux rares invités encore présents. Il y a trop de cadeaux pour qu'on les descende.

Dans un grand rire, elle prit le bras de son futur beau-fils, sortit de la pièce, ouvrant la marche vers l'étage. Alexander suivit, avec Camilla et la fille qui possédait une villa à Biarritz. Hormis une dame rondelette, assoupie dans un fauteuil, parente des Harcourt, Ella et moi nous retrouvâmes seuls au salon.

— C'est donc ça, déclarai-je, laissant percer une part de l'agacement qui ne m'avait pas quitté de tout le déjeuner.

— Quoi ?

Elle me lança un regard aigu, sous cette frange qui avait pris du volume grâce à un brushing. Je retrouvai quelque chose de la femme qui était gravée dans mon souvenir.

— L'île, c'est ça ?

Un silence. La dame endormie dans le fauteuil émit un doux ronflement.

— Vous pensiez à ça quand vous disiez que la situation vous avait échappé ? persistai-je, hardi après des semaines de frustration et d'excitation contenue.

D'un bref hochement de tête, Ella me fit signe de quitter la pièce. Je la suivis jusqu'au pied de l'escalier.

— Je ne vois pas ce que vous voulez dire, déclara-t-elle en posant un pied sur la première marche.

— Sans doute pas, non. J'oubliais que dans ce banc de poissons où nous évoluons, on n'admet pas que nos paroles puissent refléter nos pensées.

La note de sarcasme dans ma voix la mit mal à l'aise.

— A fortiori quand on s'adresse à quelqu'un qu'on ne connaît pas depuis l'enfance.

Ma facilité d'élocution me surprenait, me réjouissait.

— Ne me parlez pas de bancs de poissons, dit-elle.

— Pourquoi ?

— Parce que cette métaphore a vécu.

— Très bien.

Avec ce frisson d'excitation qu'éprouve l'homme qui va plonger, je déclarai :

— Dans ce cas je vais vous poser la question sans détour : qu'est-ce que vous êtes en train de faire ?

— Je vais épouser l'homme que j'aime, James.

Sa voix sonnait faux. Nous nous en aperçûmes l'un et l'autre.

— De toute façon, souffla-t-elle, farouche, en

colère elle-même, à présent, en quoi cela vous regarde-t-il que je sois heureuse ou non ?

— Cela me regarde uniquement dans la mesure où vous m'en avez parlé, dis-je, très calme.

— Eh bien je suis navrée d'avoir évoqué le sujet.

— Je ne crois pas que vous le soyez, non.

— Je vous demande pardon ?

— Vous n'avez pas l'air navré, dis-je. Le matin où vous m'avez rencontré, dans le parc, vous cherchiez une échappatoire. De même que le soir de l'anniversaire de Camilla, n'est-ce pas ? Vous vouliez que je vous aide à en trouver une.

J'eus la bonne idée de ne pas dévoiler certaines de mes folles théories sur les mobiles d'Ella. Jusqu'alors, l'essentiel de mes propos était fondé. Ella ne me contredit pas.

— Et quand finalement vos fiançailles ont été annoncées, continuai-je m'enflammant pour mon sujet, quand les événements vous ont réellement dépassée, vous avez ployé l'échine, vous vous êtes résignée à ce mariage. Pour utiliser l'une de vos métaphores, vous avez décidé qu'il était plus simple d'aller dans le sens du courant que contre lui.

— Chut ! fit-elle. Ils vont vous entendre !

Je baissai d'un ton mais poursuivis :

— Cependant vous continuez à vous mépriser pour avoir cédé, n'est-ce pas ?

— Comment osez-vous...

— Dites-moi que vous ne vous méprisez pas. Que vous prenez plaisir à porter cette robe ridicule, à ressembler à une poupée sans cervelle. Dites-le-moi, conclus-je, triomphant, et j'irai à l'étage me répandre en compliments devant vos cadeaux. Dites-le-moi, et je ne vous ennuierai plus !

Elle me regarda et je vis, avec un mélange d'horreur et de soulagement, qu'elle avait les yeux brillants de larmes.

— Dites-le-moi, insistai-je, et je partirai. Dites-moi, claironnai-je, car à présent j'étais lancé, que vous ne pouvez imaginer aimer un jour un homme plus que vous n'aimez Charlie Stanhope et je partirai. Je ne dirai même pas au revoir, si vous le désirez. Je m'en irai, tout simplement.

— Je ne vous dirai rien de la sorte, déclara-t-elle, s'efforçant de rester digne. Mais vous feriez mieux de partir, de toute façon.

— Pas avant que vous m'ayez dit pourquoi, ripostai-je, trouvant un autre angle d'attaque. Ne serait-ce que pour satisfaire ma curiosité. Dites-moi pourquoi vous l'épousez.

Certain de connaître la réponse, je m'attendais à ce qu'elle s'effondre et se réfugie dans la confession. Je n'obtins pas satisfaction. Elle se dressa de toute sa hauteur, me regarda droit dans les yeux.

— Ella chérie ! cria une voix perçante, depuis l'étage.

— Allez-y, persistai-je, dites-le-moi !

Ignorant tout ce que j'avais dit jusqu'ici, Ella fit un effort pour se ressaisir et déclara, avec autorité :

— Rien ne vous autorise à penser que je vais vous répondre. Vous êtes l'invité de mes parents, dans notre maison. Vous avez certains devoirs. Honorez-les, et ayez l'obligeance de faire ce que je vous dis.

— A savoir ?

— Je veux que vous montiez voir ma belle-mère et que vous la remerciiez pour ce délicieux déjeuner, dit-elle, d'une voix neutre. Après quoi vous ramènerez Camilla chez elle, puis vous rentrerez chez vous. Oubliez mes métaphores, oubliez ce que j'ai dit dans le parc, oubliez notre conversation chez les Boardman.

Attribuez cela à ce que vous voudrez, mais cessez de m'interroger.

— Ella !

Un appel en provenance de l'étage, plus fort cette fois, une voix d'homme. Le bois craqua. Quelqu'un, dont je reconnus le pas, descendait la chercher.

— Ella, chérie, qu'est-ce que tu fabriques ?

La voix de Charlie Stanhope, toujours aussi gaie.

— J'espère que vous m'avez comprise, dit-elle.

Nos regards se croisèrent. Nous entendîmes Charlie, sur le palier, au-dessus de nous.

— James, je vous en prie, dit-elle, changeant d'attitude. Pas maintenant !

Elle vit une lueur d'espoir dans mon regard, elle ajouta :

— Jamais.

Elle me regarda droit dans les yeux.

— Je n'ai pas fait tout ça pour rien. J'irai jusqu'au bout.

— Il n'est pas trop tard, dis-je. Vous avez toute votre vie devant vous. La vivre échouée sur une île avec Charlie Stanhope n'est pas une perspective excitante.

— Ne me parlez pas d'îles.

— Pourquoi pas ? C'est un mot à vous.

— La métaphore a vécu, je vous l'ai dit.

— Je continue à la trouver pertinente.

— Libre à vous, siffla-t-elle.

Je la sentais exaspérée.

— Vous ne voyez donc pas que avez toute la vie devant vous, Ella ? dis-je plus gentiment.

— C'est ce que vous n'avez pas cessé de me dire l'autre soir, déclara-t-elle, comme Charles apparaissait en haut des marches.

— Vous bavardez depuis tout ce temps-là ? dit-il jovial.

— Ça reste valable, marmonnai-je.

— Qu'est-ce qui reste valable ? s'enquit Charlie.

— Le fait que les trains n'attendent pas, lança Ella, gaiement, en lui prenant le bras. Et que James refuse de rater celui-là, bien que j'aie beaucoup insisté.

— Dommage, dit Charles comme je les suivais à l'étage pour faire mes adieux.

6

Jusqu'ici je perdais, tenu en respect par la volonté de fer manifestée par ces yeux verts. Soyez sûr que je pris ma défaite à cœur dans les jours qui suivirent le déjeuner à Chester Square. Je n'en poursuivis pas moins mes visées romantiques : je pensais à elle, à sa triste situation, avec une ardeur nouvelle. J'avais, me dis-je, marqué un point le jour des fiançailles d'Ella, créé un lien plus fort entre nous, de façon manifeste, quoique impalpable. En cela je niais l'évidence, mais la jeunesse est optimiste, c'est là sa consolation. Patient, j'attendais que les événements suivent leur cours, en espérant qu'il se passerait quelque chose.

Pourtant je n'étais pas présomptueux au point de penser qu'Ella ne saurait résister à la tentation de me revoir. Une autre tentation la taraudait, selon moi : le besoin de se justifier de façon plus convaincante qu'elle ne l'avait fait le jour de ses fiançailles. Je décidai donc d'attendre mon heure.

Le mariage Stanhope-Harcourt devait avoir lieu en mars, sept mois plus tard. Plusieurs jours passèrent, une semaine s'écoula après le déjeuner à Chester Square. Je me persuadais que le temps, à défaut du reste, était mon allié. Ella Harcourt était une femme orgueilleuse. Je me raccrochai à cette idée, qui pouvait expliquer son silence prolongé. Je me dis — à juste titre — qu'il serait stupide de forcer sa porte. J'avais fait tout ce que je pouvais. Je ne croisais plus un seul membre de la famille Harcourt, même si je restais à l'affût d'une rencontre fortuite.

Le huitième jour, je reçus sa lettre. Je l'ai gardée — j'ai gardé toutes ses lettres. Quand je vois cette écriture irrégulière, ce papier épais, cette encre marron, je pense, avec une douleur aiguë, à la fille qui l'a écrite, et je voudrais, comme tant d'autres avant moi, que le passé soit plus fluide, je voudrais revivre, autrement que dans mon souvenir, ce jour où la lettre d'Ella atterrit sur le tapis, dans l'entrée de mes parents.

Je me félicite de pouvoir dire ces choses-là : je suis ainsi confronté à un passé que j'essaie d'occulter depuis plus de trente ans. Je revois le jeune homme que j'étais — ce garçon romantique, naïf, innocent —, et je commence à le comprendre. C'est là un grand pas. Il est important que j'aie conscience de son innocence. Je sais à présent que ce jeune homme — moi — n'était pas naturellement méchant. Son péché — mon péché — ne venait pas seulement de moi, mais aussi de l'extérieur, il était le résultat de la malchance, de ma faiblesse, et d'un concours de circonstances malheureux, que je n'aurais pu prévoir, ni maîtriser. Jamais les choses ne me sont apparues aussi clairement : le jeune homme qui lit la lettre d'Ella est un garçon des plus banals — il n'a rien d'exceptionnel, de remarquable, d'extraordinaire. Il est par essence innocent. Si Ella Harcourt me fascinait, ma fascination pour elle reflétait celle de maints jeunes gens pour maintes jeunes femmes. Je m'interrogeais sur les fondements de la société, comme des millions d'autres. Je voulais m'affranchir des conventions, des idées reçues, comme n'importe quel jeune homme en proie à des états d'âme. Je n'étais pas unique. D'autres auraient pu faire ce que j'ai fait.

Ils s'en sont abstenus, je dois l'admettre.

Nombre d'hommes ont commis des actes pires que les miens, mes fautes ont leur place sur une échelle fictive. L'histoire regorge d'êtres plus diaboliques que moi : Néron, Ivan le Terrible, Hitler. Leur châtiment sera-t-il plus dur, le mien plus doux ? Peut-être ont-ils, comme moi, débuté dans l'innocence. Cela m'intéresserait d'entendre leur histoire. De mieux connaître celle de Sarah. Pourquoi ? L'idée de circonstances atténuantes m'intéresse. Et puis pour quoi vivre à présent, si ce n'est pour ma satisfaction intellectuelle ? Justice a été faite, en quelque sorte, j'ai été l'instrument de cette justice dans le cas de ma femme, dépourvue de remords jusqu'au bout. Aussi puis-je utiliser mon énergie jusqu'à ma mort à satisfaire ma curiosité. Alors je serai jugé, même si, contrairement à Sarah, je regrette ce que j'ai fait, et ce depuis presque cinquante ans. Ce qui sera pris en compte, peut-être.

Avant de braver mon avenir, je dois affronter mon passé. Si je pouvais faire un vœu, ce serait celui-là. Affronter son passé n'est pas chose facile : hier encore, je ne pensais qu'au présent. J'avais peur de regarder en arrière et devant moi : d'un côté, je voyais ce que j'avais fait, ce que nous avions fait, Ella et moi ; de l'autre je voyais le châtiment qui m'attendait. Je me sens plus courageux désormais, capable de regarder les choses en face.

J'ai la lettre d'Ella. Je vais vous la lire. Elle a été écrite un samedi, l'adresse, griffonnée, est celle du « 23, Chester Square, Londres S-O ».

Cher James,

Grâce à vous, j'ai compris que je m'étais fait un maquillage ridicule, la semaine dernière. Notre conversation aura au moins eu cet effet. Vous aviez raison : je ressemblais à une poupée. Sans doute fallait-il quelqu'un d'assez présomptueux et insultant pour me le dire — je vous remercie de votre insolence. Vu votre éducation, peut-être ai-je été la dernière à en bénéficier — j'espère que non. Cela dit, je n'ai pas ressemblé longtemps à une poupée, rassurez-vous. Quand ils ont été partis, j'ai tout enlevé. Je me suis également mouillé les cheveux. Au dîner, Pamela a dit que j'avais l'air « positivement défaite » — elle a des expressions de ce genre. Elle était furieuse : nous avions passé la matinée chez son esthéticienne, voyez-vous. Mon visage était le résultat d'un exploit plastique.

Comme c'est américain ! devez-vous penser. Eh bien je suis américaine, et fière de l'être. Cependant, j'ai un nom anglais. Or le nom est la chose la moins intime qui soit, nous sommes tombés d'accord là-dessus, vous vous en souvenez. Ce sera peut-être le début d'une réponse à votre question de la semaine dernière : « Pourquoi ? m'avez-vous demandé, pourquoi épousez-vous Charles ? »

Oui, pourquoi ? Mais avant de vous emporter, mettez-vous à ma place, ne serait-ce qu'un moment. Si votre — je ne sais pas combien de fois arrière — grand-mère avait également séduit Charles II, vous saisiriez mieux mon propos. Votre nom, au lieu de vous donner une simple identité, pourrait vous définir selon des critères stricts qui ne vous conviennent pas — c'est mon cas. Mon nom me définit, ô combien ! Pensez-vous sérieusement que l'honorable Ella, fille de lord et lady Harcourt, nièce du comte et de la comtesse de Seton, mentionnée dans le Who's Who *?, pourrait « réellement » épouser un autre homme que Charles Stanhope, diplômé d'Oxford, fils aîné de sir Lachlan et lady Stanhope, de Barton Manor, Wilts et Windham Road, à Fulham ? Bien sûr que non. Nous avons vingt ans dans les années quatre-vingt-dix, mais nous ne sommes pas tous aussi libres que nous nous plaisons à le penser (je ne plaisante qu'à moitié en disant cela).*

Plaisanterie à part, sans doute me dois-je d'être franche avec vous. Je me suis mise dans une situation inextricable, comme je vous l'ai dit à Hyde Park. Une situation que j'ai créée de toutes pièces — ça aussi je vous l'ai dit. J'admets cet état de fait. Voilà pourquoi j'ai envisagé de poursuivre ce gâchis, ces dernières semaines : j'avais bâti une réalité, autant la vivre. Quant à savoir pourquoi j'ai voulu le faire, pourquoi j'ai mis en branle cette drôle de machinerie, je ne puis vous l'expliquer parfaitement. Je me suis posé la question des milliers de fois, sans trouver pour moi-même de réponse satisfaisante. Comment pourrais-je en avoir une pour vous ? Il y a cependant une réponse — disons plusieurs raisons mineures à mon acte. Si vous voulez vraiment savoir pourquoi j'épouse Charles Stanhope, si vous pensez avoir une idée brillante — une fois que vous connaîtrez toutes les réponses mineures à cette question majeure — pour me sortir de cette situation ridiculement démodée, retrouvez-moi demain après-midi, à Paddington, sous le panneau de départ, à deux heures et demie. Si je ne vous vois pas, je saurai que vous aurez eu la sagesse de vous retirer du jeu. Je ferais sans doute de même à votre place.

Cordialement,

Ella Harcourt.

Rien d'affectueux, rien de plus intime que son nom.

Bien sûr j'y suis allé. Qui ne l'aurait pas fait à ma place ? J'y suis allé en fredonnant, le cœur léger.

Ella était sous le panneau de départ, à Paddington, toute menue, perdue dans la foule. Vêtue d'un jean et d'un vieux pull-over, les cheveux ébouriffés comme au sortir du lit, elle n'aurait pu être plus différente de la femme policée, qui parlait de mariage et de cadeaux de fiançailles une semaine plus tôt.

— Salut James, dit-elle, quand elle me vit.

— Bonjour Ella.

Nous nous regardâmes.

— Merci d'être venu.

— Inutile de me remercier.

Elle acheta les billets. Puis elle me dit, comme pour s'excuser :

— Je crains que ce ne soit un assez long voyage, mais je puis vous promettre une nourriture excellente à l'arrivée. Il y a un pub charmant au village. Je suis sûr qu'il vous plaira. En attendant, vous devrez vous contenter des sandwiches du train.

Elle me prit la main, m'entraîna vers le quai où attendait le train pour la Cornouailles.

Je la revois dans le train. Je me rappelle la laine verte de son chandail, tranchant sur sa peau ivoirine, irisée, la vitalité de ses cheveux fraîchement lavés, l'odeur de son savon. Ella sans artifice, non plus le personnage décadent de Hyde Park, ni l'invitée décorative à la réception de Camilla Boardman, ni la poupée apprêtée au déjeuner de sa belle-mère. Ella Harcourt avait maintes facettes, elle pouvait changer de visage à volonté, faculté que je n'ai jamais retrouvée chez aucune autre femme, or j'en ai connu un certain nombre en soixante-dix ans. Assise dans ce wagon de deuxième classe orange et marron, elle me parut aussi ravissante que dans le parc, ou dans la pénombre d'une alcôve tapissée de livres. Je la buvais des yeux. Je cherchais une explication à ma fascination et je découvris une vérité : la beauté est subjective, elle échappe à toute définition. Une jolie femme se prête à la description, une belle femme non. La beauté est inclassable, noble. Ella était belle.

Elle était également d'humeur communicative. Quelques encouragements de ma part, et elle me raconta sa vie dans les grandes lignes.

— Si vous tenez réellement à le savoir, commença-t-elle, en souriant, je suis née à Londres, un jour brumeux de novembre, il y a vingt-quatre ans. Je faisais la fierté de mes parents, mais je n'étais qu'un affreux bébé sans cheveux, doté de poumons performants. J'avais une nature braillarde.

Je ris. Elle eut un sourire forcé.

Elle alluma une cigarette, poursuivit :

— J'avais six ans quand ma mère, jeune Anglaise des plus charmantes et des plus respectables, prit la liberté de mourir dans un accident de voiture. Chose tout à fait regrettable. Pour elle, bien sûr, pour mon père, très amoureux d'elle, mais surtout pour la famille. Ils ne purent retenir Alexander : éploré, il partit en Amérique avec armes et bagages. Il espérait commencer une nouvelle vie, trouver à nouveau le bonheur. Quel manque de goût, se dirent-ils, de se laisser ainsi dominer par ses émotions. Pire, il insista pour emmener sa petite fille avec lui, laquelle, sous l'influence de colons barbares, acquit, comme tout le monde l'avait craint, des habitudes déplorables dont elle porte encore les stigmates aujourd'hui. Ils eurent le sentiment — quoiqu'on ne dise pas ce genre de choses — qu'elle ternirait leur blason.

Ella s'interrompit pour secouer sa cendre dans un gobelet en plastique. Je l'écoutais, absorbé par son récit.

— Lorsque ce pauvre Alexander, douze ans plus tard, revint à Londres avec une nouvelle femme — une Américaine, suprême trahison —, ils désespérèrent de lui, reprit Ella, singeant une vive désapprobation. Pire : sa fille était passée à l'ennemi. Elle n'accentuait plus ses voyelles. Ses manières, qui avaient toujours laissé à désirer, s'étaient terriblement dégradées. Un acte de rétorsion s'imposait. Hélas, elle avait dix-huit ans, c'était une forte tête, elle se refusait à écouter tout conseil. Une enfant difficile. Elle n'en restait pas moins une Harcourt, fait acquis et définitif. Il était donc vital qu'elle apprît à se comporter comme telle sans délai.

Elle tira une longue bouffée de sa cigarette, songeuse.

— Comment lui faire réintégrer son moule ? Le problème demeurait entier. Heureusement, elle s'intéressait à l'histoire de l'art, discipline acceptable. On en profita pour l'envoyer à l'institut Courtauld, lieu civilisateur où elle préparerait son diplôme.

Elle sourit.

— Elle obtint son diplôme, acquit la pratique de la conversation de salon. Il parut alors malséant qu'elle prît un travail sérieux, aussi capable et désireuse fût-elle de le faire. On lui trouva divers protecteurs, on lui présenta une foule de gens, on lui fournit un échantillonnage d'amis fidèles et élégants. A vingt-trois ans, elle connaissait des filles comme Camilla Boardman, arbitre de l'excellence en matière de jeunesse londonienne, et elle était fiancée à un garçon charmant. Même ses intonations, qui demeuraient bien imparfaites, s'étaient disciplinées. On pouvait enfin la marier sans honte.

— Et Charles Stanhope était le charmant garçon ?

— Oui.

— Je vois.

Un silence.

— Alors que pensez-vous de mon histoire ? s'enquit Ella. Elle vous plaît ? Elle correspond à ce que vous imaginiez ?

— Oui, dis-je, content de voir à quel point mes théories se révélaient justes.

Ella mit son mégot dans le gobelet en plastique, tira une autre cigarette du paquet qu'elle avait dans son sac.

— Hélas, dit-elle, j'ai omis une part de l'histoire. Une bonne part de l'histoire.

— Comment cela ? dis-je, surpris par ce changement d'attitude.

— Vous vous rappelez ma lettre ?

J'acquiesçai d'un hochement de tête.

— Je disais que plusieurs raisons pouvaient expliquer ma situation, vous vous souvenez ?

J'acquiesçai à nouveau.

— L'histoire que je viens de vous raconter n'est qu'une de ces raisons. Sans doute la moins importante.

— Quelles sont les autres ?

— Il n'y en a pas tant que ça. J'ai exagéré. Il n'y en a qu'une, en fait.

Ella respira profondément.

— C'est une raison moins honorable que celle que je viens de vous donner.

Ella s'interrompit, me regarda dans les yeux.

— Ces deux raisons sont liées, bien sûr, mais différentes, en substance. Celle que vous ignorez relève d'une certaine... préméditation.

Elle me fixa de ses yeux verts et je sentis qu'elle me défiait.

— Je vous écoute, dis-je, soutenant son regard.

— Vous êtes sûr de le vouloir ?

Elle alluma sa cigarette, inhala profondément la fumée, la souffla par les narines, dans un tourbillon provocateur.

J'éprouvai le frisson, le frisson d'un homme sur le fil du rasoir.

— Allez-y, dis-je.

— Très bien, mais vous devrez attendre que nous arrivions.

Elle me sourit, je vis ses épaules se décontracter.

— Je veux vous montrer quelque chose, dit-elle. Un tableau bien plus éloquent à lui seul que toutes les explications que je pourrais vous donner.

Pour moi, tout commence à ce moment-là, pendant ce voyage — que j'ai refait depuis maintes et maintes fois. A Londres, j'étais fasciné, fascination liée à la nature romantique de la situation d'Ella : elle était piégée, j'allais la sauver. Ella occupait mes pensées, telle une princesse de conte de fées. Je ne la voyais pas comme un être de chair et de sang, mais nimbée d'une aura irréelle. J'avais succombé, pauvre mortel. On m'avait ignoré, tenu à distance. Notre intimité était fortuite, sans substance.

Or je venais de réussir une épreuve dont je ne saisissais pas toutes les nuances, mais dont je sentais l'importance. Je m'étais impliqué. En échange, on m'avait donné le droit d'exiger quelque chose. J'ignorais quoi, mais on me traitait soudain en privilégié.

Cette femme énigmatique au regard changeant, à la bouche souriante, m'avait arraché à ma vie en un tour de main. Elle m'avait entraîné dans un voyage de six heures, voir un tableau que je ne comprendrais peut-être pas. De tous les gens qui peuplaient sa vie, parmi toutes ses connaissances, c'était moi qu'elle avait choisi comme confident ; à moi qu'elle voulait expliquer ce mélange confus de mobiles et de mauvaises raisons qui l'avaient amenée à se fiancer ; moi qui devrais la tirer de l'abîme où elle se débattait. Dans ce banc de poissons qui miroitait autour d'elle, elle m'avait choisi, moi, pour nager avec elle, braver les courants, les océans, les marées.

Ainsi les métaphores d'Ella me traversaient l'esprit, se bousculaient, s'associaient, se confondaient à mes rêves romantiques de vaillance et de passion. J'étais un rêveur, oui. Pour cette accusation je plaide coupable. Rêvant, je regardais son cou fin et blanc, je me sentais prêt à tout pour mériter sa confiance.

Nous fîmes le reste du voyage en silence. Derrière la vitre du compartiment, des villes défilaient à toute allure. Nous avons somnolé, bercés par le bruit du train. Ella a beaucoup fumé. J'observais ses doigts, quand elle allumait puis éteignait ses cigarettes.

7

Le train longea la côte pendant une demi-heure avant d'arriver à Penzance. Ella et moi restions assis sans parler. Le compartiment se vidait peu à peu, alors que nous traversions le Devon. Elle ne fumait plus : elle contemplait la vue. J'observais son profil. Je suivais parfois son regard. Elle ne cillait pas, tout à la pensée des heures à venir. Je me demandais ce qu'elle attendait, ce qu'elle espérait. Elle m'avait caché notre destination. Jouissant du suspense, je n'avais rien demandé. Puis je vis où nous allions, je sus l'objet de son attente : le château de Seton. Il se dressait au-dessus de la mer, coiffé de maintes tourelles. Ses fenêtres miroitaient dans le couchant, comme s'il clignait des yeux. Derrière sa tour, le soleil, sphère écarlate, frôlait l'horizon. Il dardait des rayons dorés dans un ciel mauve, changeait le gris du granit du château en rose, ricochait sur l'or des girouettes tournoyant dans le vent. Le château était mystérieux, altier, saisissant.

— Voilà notre île, dit Ella tout bas.

Des années plus tard, marié, je devais entendre les mêmes mots, dits sur un autre ton, dans une autre intention, lors du même voyage. Cependant, voyant Seton pour la première fois, je pensais plus au passé du château qu'à mon avenir, aux siècles écoulés pendant qu'il dominait, impassible, les falaises à pic de sa petite île écorchée, indifférent aux drames humains qui se jouaient dans ses murs. A présent cela me semble étrange, mais un jour j'ai vu ce château pour la première fois, je l'ai découvert derrière la vitre d'un train, dans un compartiment de deuxième classe. Il n'était lié en rien à mon passé, et il y avait peu de chances qu'il fît jamais partie de ma vie. Seton est un château austère et froid, superbe, réservé, mais sa confiance, une fois accordée, est éternelle. Il veillera sur le corps de Sarah avec la vigilance inlassable d'une mère pour son jeune enfant. Il accueillera également mon corps en son sein quand mon heure viendra. Oui, il prendra mon corps aussi.

Ella et moi étions assis en silence, alors que le train filait dans le soir. Nous regardions la vision de conte de fées disparaître dans le lointain.

— On dirait le château du roi Arthur, vous ne trouvez pas ? souffla-t-elle.

— Oui, dis-je.

La gare de Penzance était le théâtre d'une certaine agitation : voyageurs, bagages, file d'attente à la station de taxis.

— Venez, dit Ella en tirant sur ma manche. Marchons. On n'en a que pour une heure. Et puis le dernier bateau pour l'île ne part qu'à dix heures.

Nous traversâmes Penzance à pied. A la sortie de la ville, un petit crachin se mit à tomber. Ce voyage en train nous avait fatigués, donné chaud, et nous profitâmes de la pluie, du vent, des senteurs iodées. Nous allions du même pas, souriants, un peu gênés : le fait d'être arrivés nous mettait dans un état bizarre. La route n'eut bientôt plus qu'une voie, les voitures se firent rares. La ville, les humains, leurs maisons étaient derrière nous, enfin ! Je suivis Ella le long d'un chemin qui menait à la plage.

— Regardez, dit-elle comme nous arrivions sur un petit promontoire couvert de galets.

Le château se dressait sur son île conique, comme le prolongement de son assise de granit, entouré d'une mer bleue.

— Ainsi c'était la vue qu'avait Blanche, dis-je.

Un silence.

— Que savez-vous de Blanche ? demanda Ella.

Elle me lança un regard dur.

— Peu de choses. Je sais qu'elle était votre grand-mère et qu'elle vivait dans ce château.

— Qui vous l'a dit ?

— Sarah.

— Je vois.

Nouveau silence.

— Ainsi elle vous a déjà trouvé, déclara Ella.

— Je ne comprends pas.

— Vous ne pouvez pas comprendre.

— Alors expliquez-moi.

— Pas maintenant, James.

Elle repartit avant que j'aie pu dire quoi que ce soit. D'abord elle marcha, puis elle courut sur le tapis d'herbes vivaces qui couvrait la pente raide conduisant à la plage.

— Nous devrions trouver un bateau un peu plus loin, lança-t-elle, tandis que je restais hésitant sur le promontoire.

— Courez !

Le vent porta cet ordre jusqu'à moi. Je courus sous la pluie, comme enfiévré par la fatigue. Mes vêtements me collaient à la peau : mélange de bruine et de sueur après des heures passées dans le train. Il se mit à pleuvoir plus fort. Je continuais à courir. Ella me devançait. Elle poussait un long cri ininterrompu, de rage et de joie. Un cri indescriptible, incompréhensible, mais qui me tint sous son joug, même quand mes chaussures se remplirent de sable, quand l'eau de pluie me coula dans le dos. Je la poursuivais, je la rattrapais, elle m'échappait. Maintenant que j'en parle, je sens le goût du sel dans l'air, le sang qui bat dans mes tempes.

Un pêcheur barbu nous emmena dans l'île, surpris de nous voir sans bagages.

— C'est le dernier bateau, monsieur, si vous pensiez rentrer ce soir.

— Nous n'avions pas l'intention de rentrer, répondit Ella à ma place.

— Très bien, mademoiselle.

Nous fîmes la traversée dans ce vieux bateau qui sentait le maquereau. Lorsque nous débarquâmes dans le port de l'île, le soleil disparaissait derrière l'horizon. Je fus presque surpris de voir un village au pied du château : déjà, dans mon esprit, Seton était une entité autarcique, coupée du monde. Cela dit, je me réjouis de boire une bière et de manger des beignets de cabillaud fumants, dans le « charmant petit pub » dont m'avait parlé Ella. Ils avaient des chambres. Ella en réserva deux avant le dîner, sous le nom de Warrington.

— Le nom de ma mère, me souffla-t-elle en me passant le registre. Mieux vaut ne pas signer Harcourt sur cette île. Nous n'aurions pas un moment de tranquillité.

Je compris, j'acquiesçai d'un hochement de tête, je signai à mon tour.

Nous nous assîmes à une table de ce bar tranquille. Nous entendions la pluie frapper les carreaux. Ella me sourit.

— Voilà, nous y sommes, dit-elle.

— C'est cela que vous vouliez me montrer ? demandai-je.

Je sentais le poids du passé, de l'histoire, de sa famille, même dans le cuir usé du pub, dont l'enseigne portait les armes des Harcourt.

— Entre autres, oui, dit Ella. Je voulais vous montrer l'île et le château. Et autre chose, de bien précis.

Notre poisson arriva. Elle s'interrompit.

— Cela devra attendre demain. Tout est fermé aux touristes jusqu'à demain matin.

— Mais je croyais que c'était votre château, dis-je, surpris. On ne peut pas vous traiter en touriste dans votre propre famille !

— Non, répondit-elle, souriant devant mon innocence. Je pourrais vous emmener déjeuner chez oncle Cyril et tante Elizabeth, si je voulais. Ils ne seraient pas fous de joie de me voir débarquer, mais ils ne le montreraient pas. Mais bien entendu je ne peux pas le faire, pour des raisons évidentes.

— Par exemple ?

— Eh bien, pour commencer vous n'êtes pas Charlie Stanhope. Il est inconcevable qu'ils me reçoivent avec un autre homme que lui.

— Du moins pas avant de vous être tirée de cette situation ?

— Pas avant de m'être tirée de cette situation, comme vous dites.

— Je vois.

— Il y a une autre raison.

— Oui ?

— Je préfère vous montrer ce tableau incognito. Les visiteurs ne nous gêneront pas. C'est la présence de la famille que je veux éviter, si possible. Je veux garder l'anonymat du touriste. Et puis vous connaissez déjà bon nombre de mes parents.

Le petit rire sec qui suivit me laissa deviner de qui elle parlait.

— Je n'ai vraiment parlé à Sarah qu'une fois, dis-je. Je l'ai prise pour vous, en fait.

— A mon déjeuner de fiançailles ? dit Ella, haussant un sourcil.

— Non. Avant cela. A Hyde Park.

Le sourcil reprit sa place. Ella me regarda dans les yeux.

— Vous êtes devenus très copains, pour qu'elle vous raconte l'histoire de la famille, dit finalement Ella.

— Sarah m'a parlé de votre grand-mère, précisai-je. Je suis navré.

Ella se tut.

— Je ne l'ai pas connue, finit-elle par dire, ignorant ma compassion.

— Je voulais que Sarah me parle de vous, dis-je.

— Elle a dû le faire avec joie. Vous a-t-elle dit que j'étais une petite parvenue ? Ou étais-je seulement vulgaire ?

— Elle m'a dit que vous n'étiez pas très proches, répondis-je, évasif.

Elle sentit que j'éludais la question.

— Elle aura été plus prolixe, j'en suis sûre. Elle aura dit des choses que votre éducation vous interdit de répéter. Je comprends, James. Je sais très bien ce qu'il en est, de toute façon.

Il y eut un silence. Je sentis qu'Ella me regardait. Je me concentrai sur mon poisson. Assise en face de moi, elle alluma une cigarette.

— Ça ne vous ennuie pas ? souffla-t-elle.

Je fis non de la tête.

— Merci.

Encore un silence.

— J'aimerais que vous me regardiez, déclara-t-elle.

Je levai les yeux. Elle hésita, comme si elle pesait le pour et le contre — peut-être le faisait-elle. Puis elle dit, assez bas :

— Vous savez ce qu'est la jalousie, James ? Ce que ça peut faire à quelqu'un ?

Je secouai la tête en signe de dénégation. Je pensais pourtant que je n'étais pas si naïf.

— Oui, dis-je. Je sais ce qu'est la jalousie.

— Vous avez déjà été jaloux ?

— Oui.

— Mais seulement par à-coups, dit Ella rapidement. Vous avez envié à quelqu'un sa voiture, son argent, une chose sans importance.

J'acquiesçai d'un hochement de tête.

— Mais ce sentiment n'a pas duré, n'est-ce pas ? Il ne s'est pas mué en obsession, il n'a pas dégénéré, jusqu'à vous ronger ?

— Non, dis-je, sincère.

— Cette forme de jalousie n'a qu'un rapport lointain avec celle qui m'occupe. Ça ne vous ennuie pas que je vous en parle ?

Je fis non de la tête.

— La jalousie à laquelle je pense est une maladie, un mal profond. Il gagne peu à peu du terrain, altère votre intelligence. Il s'insinue partout, dans vos actes, dans vos pensées.

Ella souffla la fumée vers le plafond.

— Ce que vous avez éprouvé, et ne me tenez pas rigueur de ce que je vais dire, est une forme banale de jalousie. Elle touche chacun d'entre nous, à un moment ou à un autre, telle la grippe, et bien que certains en soient sérieusement affectés, ils s'en remettent. Il ne s'agit pas d'un mal virulent, on s'en débarrasse facilement. En tout cas, les symptômes liés à cette maladie peuvent disparaître, ou au pire s'atténuer. Vous me suivez ?

J'acquiesçai d'un hochement de tête.

— Encore une de vos métaphores, déclarai-je.

— Encore une métaphore, oui, dit-elle, et elle rit.

Ce rire fut bref. Son visage redevint sérieux, elle me regarda dans les yeux.

— La jalousie que j'essaie de décrire est extrême, reprit Ella, une note d'urgence dans la voix. Elle représente un danger que ne recèle pas votre jalousie. On ne peut influer sur elle, comme on est parfois impuissant à endiguer la progression d'un mal. Les remèdes qui peuvent l'éradiquer doivent être administrés au tout premier stade de son développement, sinon c'est sans espoir. Si on laisse suppurer, le mal infeste tout. Il empoisonne l'esprit du malade.

— Pourquoi me raconter ça ?

— Pour que vous compreniez ce que je vous dirai demain, répondit-elle calmement.

— Dites-le-moi maintenant, lançai-je, soudain décidé, emprisonnant sa main, comme elle se levait de sa chaise. Je ne peux pas attendre une nuit de plus !

Ella me regarda, l'œil étréci.

— N'essayez pas d'être autoritaire, James, ça ne vous va pas.

— Je m'en fiche.

J'étais à bout de nerfs.

— Vous m'avez fait prendre le train pendant six heures pour m'amener sur une île dont j'ignorais jusqu'à l'existence. Vous m'avez parlé d'océans, de familles, de tableaux énigmatiques qui détiennent la clé de votre mystère. La peinture m'indiffère, les métaphores me lassent. J'ai assez peu de goût pour le mystère. Dites-moi seulement pourquoi vous m'avez amené ici.

— Lâchez-moi.

— Non.

— Vous vous rendez ridicule.

— Ça m'est égal.

Je la regardai, sérieux, inébranlable devant l'ordre muet que je lisais dans ses yeux furieux, dans sa moue dédaigneuse. Lentement, elle se rassit.

— Je vous ai amené ici pour que vous m'aidiez, finit-elle par dire, presque bougonne.

— Je vous aiderai, répliquai-je, relâchant ma prise sur sa main, mais il faut que vous soyez plus claire !

— J'ai été claire.

— Non. Je glane de vagues informations par-ci par-là, soit. Vous me parlez du poids des conventions, de la pression exercée par l'opinion des autres. Vous dissertez sur votre famille et sur un monde qui m'est étranger. Puis vous me parlez de jalousie, de cette forme particulière de jalousie qui vous affecte.

— Elle n'affecte pas que moi, siffla Ella.

— Qui d'autre ?

— Eh bien... si vous voulez vraiment le savoir, je partage ce sentiment avec Sarah.

— Sarah ?

— Je sais que vous ne me croyez pas. C'est pourquoi vous devrez attendre demain. Vous ne me croyez pas parce que vous ne comprenez pas. Vous ne pouvez pas comprendre. Je ne puis vous en dire plus.

— Sur quoi ? Sur les raisons qui vous ont poussée à vous fiancer ?

— Sur des choses bien plus graves. Mais à ce propos aussi, oui.

— Pourquoi ne pas tout me dire maintenant ?

— Parce que vous ne me croirez pas, et qu'alors vous risquez de me mépriser.

Elle me retira sa main.

— J'aimerais qu'une métaphore sur les courants et les marées puisse expliquer dans quelle impasse je me suis mise avec Charles, dit-elle. Et elle l'explique, en partie. Mais seulement en partie.

Ella sourit, plus calme à présent. Je l'écoutais.

— Ma famille est ravie que je me marie. Ils seraient horrifiés que j'épouse quelqu'un de moins convenable que Charlie. Soit. Mais il n'y a pas que ça. Je me suis empêtrée dans une situation que j'ai du mal à expliquer, et qui m'effraie davantage que l'idée de ce mariage. Il y a quelque chose, dans mon passé — une habitude, un comportement, si vous voulez — que je ne contrôle pas. Oh, ce n'est pas la drogue, s'empressa-t-elle d'ajouter, devant mon expression compréhensive. Mais je me conduis comme une droguée. Je ne suis plus capable d'arrêter. Le fait que j'aurais pu épouser Charles en est la preuve. Cela — cette chose — est en train de prendre le contrôle de ma vie. Elle m'a poussée à agir, et je me méprise d'avoir fait ce que j'ai fait. Avez-vous idée de ce que c'est d'avoir du mépris pour soi-même ? Pas uniquement pour ce que vous avez fait, mais pour ce que vous pourriez être capable de faire. Je suis descendue bien bas, j'ai vu la noirceur en moi. Mais je ne connais pas les limites de ce mal, et il me fait peur.

— Ce mal étant la jalousie ?

J'essayais de me repérer dans le brouillard.

— Oh non, James. Enfin, si... mais c'est plus compliqué que ça. Toutes mes explications, mes métaphores, ne sauraient donner une vision exacte de cette maladie. Elle vit en moi. Dans mon âme. Subtile, insaisissable, difficilement identifiable, sauf peut-être par une autre personne. J'ai moi-même du mal à l'identifier. Mais elle me terrifie, je vous le dis en toute honnêteté.

— Pourquoi moi ?

— Comment ça ?

— Vous auriez pu dire cela à n'importe qui d'autre. Pourquoi vous confier à moi ?

Ma question interrompit sa confession chaotique.

— Je ne sais pas, dit-elle lentement. Je l'ignore et, d'une certaine façon, je vois très bien pourquoi. Vous êtes arrivé au moment où j'avais besoin de vous. Quand j'étais assise sur ce banc, dans ce parc désert, me sentant plus seule que jamais, vous êtes apparu. Oh, je ne veux pas dire que vous étiez un ange, en tout cas pas dans cette tenue de footing.

Ce souvenir la fit rire.

— De toute façon, un ange ne m'aurait servi à rien. Ce dont j'ai besoin, c'est que quelqu'un m'aide.

Elle eut un sourire timide.

— Je vous ai presque tout dit ce matin-là. Je vous aurais tout raconté si vous me l'aviez demandé. Mais vous n'avez posé aucune question. Et ensuite quelque chose m'a retenue. J'ai su qu'avant de pouvoir expliquer mon histoire à quiconque, je devais d'abord en comprendre les éléments. J'ai également compris qu'il ne servirait à rien de la raconter à un inconnu. Aussi me suis-je tue.

Elle s'interrompit.

— J'ai besoin d'une cigarette, dit-elle.

Elle en alluma une.

Je la regardai tirer une bouffée, pensai à la cigarette qu'elle avait fumée à Hyde Park, dans ce matin d'été — il y avait des semaines de ça. J'eus le sentiment que des années avaient passé depuis le moment où j'étais rentré chez moi avec une image d'Ella, dont j'avais fait un être en trois dimensions durant des heures de rêveries solitaires, éveillées. Je voyais cette construction se désintégrer sous mes yeux. Des débris de la poupée romantique que j'avais créée émergeait une femme — à mille lieues des dilemmes romantiques, des sauveurs fougueux. Cela dit, elle était seule, apeurée, comme la fille que j'avais inventée — je m'étais seulement trompé sur les raisons de cette peur, de cette solitude. Cette nouvelle femme me tendait la main. Je pris cette main sans savoir jusqu'où elle pourrait m'entraîner.

Ella poursuivit.

— Puis vous avez reparu chez Camilla Boardman, dit-elle, au moment où j'essayais de me persuader que les choses n'allaient pas si mal que ça. Vous avez inventé cette histoire de sac, vous m'avez été immédiatement sympathique.

Elle sourit.

— Vous m'avez écoutée, dans cet escalier. J'ai eu le sentiment que j'avais devant moi quelqu'un qui pourrait me lancer une corde.

Elle s'interrompit.

— Mais je n'en voulais pas, finit-elle par dire. Il faut admettre qu'on se noie avant de pouvoir être sauvé. Or j'en étais incapable. Vous seul pouviez décider de me nouer cette corde autour des poignets, de force s'il le fallait. Je ne pouvais solliciter votre aide. Peut-être n'en aurais-je jamais été capable. Mais vous avez ressurgi — vous, encore vous ! — à mon déjeuner de fiançailles, et alors vous avez noué cette corde autour de mes poignets, si l'on peut dire.

Elle posa sa main sur la mienne.

— J'ai bien vu que ça vous terrifiait. Votre éducation vous interdisait de parler à une femme comme vous m'avez parlé ce jour-là.

J'écoutais toujours.

— Vous m'avez montré que vous pourriez être assez fort pour m'aider. La main qui tire la corde doit être sûre, le bras puissant. J'ai pensé que vous pourriez avoir cette force. Je vous ai écrit, sans savoir si vous viendriez à la gare ou non. Vous êtes venu. Vous êtes là.

Elle se pencha vers moi.

— Merci, dit-elle tout bas.

Et elle m'embrassa.

Cinquante ans après, je ressens encore le contact de ces lèvres douces, le frisson qui me parcourut quand elles approchèrent des miennes. Depuis longtemps je contemplais la bouche d'Ella, je l'imaginais à moi. J'ai fini par l'avoir. Notre baiser fut électrique, long, tendre, hardi. Je sens encore sur ma langue ce goût de cigarette.

— Merci, dis-je à mon tour.

— Vous en savez un peu plus maintenant.

— Oui.

— Vous saurez le reste demain.

— Si vous le dites.

— Je vous le promets. Bonne nuit, James.

— Bonne nuit, Ella.

Elle se leva lentement et sortit du bar, désert à cette heure, hormis quelques habitués qu'on avait enfermés à l'intérieur : qu'ils puissent continuer à boire en paix. Il était bien plus de minuit.

8

Le lendemain la température baissa. Un vent froid fouettait les ruelles de l'île. Les touristes se réfugiaient dans des salons de thé aux portes basses, dont les poutres dataient du XVIe siècle. Les insulaires, indifférents au froid, allaient, les joues rouges, sous les rafales qui délogeaient les tuiles de leurs toits, aspergeaient d'eau de mer leurs jardins et leurs bateaux. Au-dessus du village le château voyait monter avec dédain cette nouvelle armée qui pour entrer payait des gardiens en uniforme. Ces envahisseurs avaient troqué la hallebarde, la baïonnette et le mousquet contre d'autres armes : appareils photo, giberne du voyageur des temps modernes. Leurs chefs n'exhortaient plus leurs troupes à la vaillance, sur de grands destriers blancs. Ils expliquaient, dans toutes les langues, qu'on trouvait des souvenirs de l'île à des prix intéressants, dans une boutique, après la fontaine italienne, sur la gauche. Je glanais des bribes d'histoire, quand Ella et moi nous trouvions derrière ces guides. J'appris que Seton avait été un monastère du début du XIIe siècle jusqu'en 1536, date à laquelle un Henry vengeur et son cardinal avaient chassé les moines. Les vastes salles étaient restées inoccupées pendant près de cent ans. Le XVIIe siècle avait ramené l'île à la vie de façon intermittente, en faisant tour à tour une caserne, une réserve de munitions, une prison. En 1670, me dit Ella, un roi — reconnaissant ou coupable, allez savoir — donna le château à Margaret, comtesse de Seton, pour « services rendus », précisa sa descendante avec un sourire malicieux.

Comme j'écoutais cette histoire, je sentis le château nous regarder — moi et les autres envahisseurs qui grimpaient ses pentes abruptes — avec détachement, sérénité, dédain. Si les boulets de canon et les tirs au fusil n'avaient pu le toucher durant la guerre civile, quelle chance avions-nous de l'atteindre avec nos flashs et nos gommes à mâcher ? Taillé dans un granit ancestral, avec, par places, des murs épais d'un mètre vingt, Seton avait cette impassibilité sensationnelle du monument qui a bravé le vent et la mer glacée pendant huit cents ans. Je franchis ses grilles ouvragées — un ajout victorien — avec Ella, et sentis qu'aucune transformation, aucune concession au confort, aussi importante fût-elle, ne changerait la nature fondamentale du lieu. Seton ne se laisserait jamais modeler, il ne plierait jamais, même sous les plus persuasives des mains. Les hommes pouvaient apporter modifications, rajouts, améliorations, s'offrir l'eau chaude et l'électricité, comme l'avait fait Blanche. Ils pouvaient installer le chauffage central et les meubles de leur choix, le caractère du château resterait inchangé : il était fixé dans la pierre de ses créneaux, s'exprimait dans la solidité de ses tours carrées, dans l'épaisseur et la hauteur de ses murs.

A l'intérieur, nous traversâmes des salles à l'atmosphère lourde, au mobilier imposant, interdites d'accès par des cordons de soie. J'écoutais les accents américains d'Ella, j'imaginais une autre jeune Américaine, une femme du temps passé, marchant dans les corridors où nous allions. Ella me prit la main, me montra une bibliothèque, un salon magnifiques. Je vis la chambre du roi : brocart poussiéreux, paravents chinois. Nous gravîmes des marches, longeâmes des couloirs pour déboucher enfin dans le grand hall, pièce impressionnante, somptueuse, haute de plafond, avec des dalles de pierre et des fenêtres à meneaux. De chaque côté, dans la longueur, les trophées de chasse de gentlemen victoriens. Tout au bout de la salle, entre deux immenses fenêtres, un tableau, un portrait.

— Voilà, dit Ella à voix basse, en désignant le cadre lourd, doré. Je vous ai amené jusqu'ici pour vous montrer ça.

Je m'approchai du tableau, Ella sur les talons. Ses paroles se mêlaient à des échos de français, d'allemand, d'anglais, de japonais, code secret des nouveaux envahisseurs de Seton. Le grand hall, longue salle rectangulaire située au premier étage du château, est l'ancien réfectoire du monastère. On y entre par la porte située à mi-distance du mur ouest. Sur les côtés nord et sud deux couples de fenêtres arrivent presque jusqu'au sol. Deux de ces croisées géantes donnent sur un balcon étroit, inexplicable ajout victorien, dont la balustrade n'est pas très haute. Du balcon, on aperçoit une terrasse, en contrebas. Les deux autres fenêtres donnent sur la mer, qui vient frapper les falaises, trente mètres plus bas. C'est une salle impressionnante, non dénuée de charme. Au centre, une très belle table élisabéthaine, taillée dans du bois qui servait à construire les navires, récupéré sur l'Armada. Outre cette table, le portrait de Blanche et les têtes de cerfs, la salle est vide.

Le tableau est accroché — commémoration ou cruelle ironie — entre les croisées qui ouvrent sur le balcon. Or elle s'est jetée de ce balcon. Une plaque de bronze, incrustée dans une dalle, au sol, rappelle les faits sans que soient précisées les circonstances de sa mort. Les guides du château traduisent machinalement l'inscription qui est écrite en latin.

Je me souviens de la première fois où j'ai vu le portrait de Blanche : c'était Ella, c'était Sarah, et pourtant ni tout à fait l'une ni tout à fait l'autre, leurs traits respectifs fondus dans un visage d'un charme extraordinaire. Je revois les coups de brosse figurant les cheveux : blonds, abondants, coiffés en chignon, un chignon très haut sur le dessus de la tête. Je revois ce visage au nez fin, aux pommettes marquées. Elle porte une robe bleu pâle. On aperçoit une petite main qui tient un livre fermé. Elle regarde la mer d'un air rêveur. Peut-être a-t-elle la nostalgie de sa patrie.

— Vous comprenez, à présent ? demande Ella à voix basse.

Je commençais à comprendre, mais les choses restaient nébuleuses, fragmentées. Je regardai cette femme, à ma droite, cette femme vivante qui me tenait la main. Je la contemplai à nouveau, immobile, sujet d'une peinture à l'huile, dans un cadre imposant. Je commençai une phrase, je me tus.

— Expliquez-moi, finis-je par dire.

Sans rien dire, Ella m'entraîna hors de la pièce, puis dans la longue galerie qui abrite les porcelaines de Seton. Plusieurs couloirs partaient de cette galerie. Leur accès était condamné par un cordon de soie rouge. Un garde somnolait sur une chaise à haut dossier, au bout du premier couloir. Ella l'observa avec attention, pour s'assurer qu'il ne nous voyait pas. Elle enjamba le premier cordon de soie, me fit signe de la suivre.

— Vite, siffla-t-elle.

Rapide, courant presque, je la suivis dans le corridor. Nous franchîmes une porte, montâmes l'escalier en spirale qui se trouvait derrière. Nous gravîmes des dizaines de marches, la pénombre dissipée à chaque volée par une meurtrière, à travers laquelle nous voyions la mer, de plus en plus lointaine au fil de notre ascension. Nous dépassâmes deux portes enchâssées dans la pierre. Nous nous arrêtâmes devant la troisième.

— J'espère que c'est ouvert, dit Ella en essayant de tourner la poignée en fer forgé ouvragé.

— Allez-y, James, poussez !

Je poussai, forçai sur la porte, qui pivota lentement sur ses gonds rouillés. Nous nous retrouvâmes dans un petit salon biscornu, coincé entre l'escalier et le mur de la tour. Une pièce inutilisée, à l'évidence. Des draps blancs recouvraient les meubles. Ella en enleva un : apparut une grande maison de poupée, dans un coin.

— Ça donne le frisson, non ? dit-elle, ravie.

Elle ôta un autre drap. Dessous, un sofa mangé par les mites.

— Oui, dis-je.

— C'était ma pièce préférée quand j'étais petite. J'y venais de temps en temps avec mon père. J'ai fini par m'approprier l'endroit. Le château est tellement grand qu'on ne l'a jamais revendiqué !

Ella eut un sourire rêveur en contemplant la maison de poupée.

— Ma mère me l'avait offerte, dit-elle.

Très vite, avant que j'aie pu dire quoi que ce soit, elle ajouta :

— Vous êtes la seule personne, hormis mon père, à qui j'aie jamais montré mon sanctuaire.

— Merci, dis-je. C'est charmant.

— N'est-ce pas ?

Ella regarda autour d'elle.

— Je me demande pourquoi ils l'ont laissée en l'état.

— Sans doute n'en ont-ils pas l'usage. Alors pourquoi prendre la peine de la vider ?

— Vous avez sans doute raison. Pourquoi se fatiguer ? Il y a suffisamment de pièces à dépoussiérer.

— Oui, sûrement.

— Trois cents, en fait.

— Non ! dis-je, mais je la croyais volontiers.

— C'est vrai, dit-elle.

Elle s'installa sur un rebord de fenêtre, me fit signe de m'asseoir sur le sofa poussiéreux.

— Qu'avez-vous pensé de ce tableau ? dit-elle, plus sérieuse.

— Artistiquement ou...

J'hésitai.

— ... ou compte tenu de votre histoire d'hier soir ?

— Les deux.

— Je l'ai trouvé très beau.

— C'est une toile de Sargent, vous savez.

— Sarah me l'a dit.

— Sarah ? Pourquoi vous a-t-elle parlé de ça ? s'écria Ella, l'œil brillant, aussitôt en rage.

— Aucune idée. Elle ne m'a pas dit grand-chose en fait.

— Que vous a-t-elle dit ?

— Rien. Que Sargent avait fait le portrait de votre grand-mère.

— Cette toile était le cadeau de mariage de mon grand-père.

— Je vois.

Il y eut un silence.

— Vous ne m'avez pas amené ici pour me parler de la valeur artistique de cette toile, j'imagine.

— Non.

— Dans ce cas...

Elle se leva, se posa sur un autre rebord de fenêtre — plusieurs croisées basses éclairaient la pièce. Assise sur cette saillie, les genoux remontés sous le menton, elle se mit à parler. Je la revois, elle se détache sur le bleu de la mer, en contrebas. Je me souviens de ses mots, choisis avec soin. De l'intensité de ce moment : elle ose se confier, j'essaie de comprendre. Je me rappelle cet après-midi d'hiver, notre intimité, presque palpable dans cette petite pièce étrange de forme irrégulière. Je voulais que nous soyons plus proches encore, et à la fois j'avais peur de cette intimité dont je sentais déjà le pouvoir sur moi.

— Je vous ai parlé hier soir d'une maladie. De ma maladie, dit Ella.

Je hochai la tête.

— J'ai essayé de trouver l'origine de ce mal. De voir de quoi il s'est nourri. Vous me suivez ?

A nouveau j'acquiesçai.

— Je crois que la réponse est dans ce tableau.

— Comment cela ?

— Ce tableau évoque la famille. Ma famille. Le malheur, la folie, la splendeur. Des milliers de choses.

Elle me conta en quelques phrases la vie et la mort de Blanche, dont Sarah m'avait déjà parlé.

— J'avais six ans et Sarah sept quand ma mère et ses parents sont morts dans un accident de voiture.

— C'est horrible. Je suis navré.

J'aurais voulu trouver autre chose que ces mots banals.

— Oui, ç'a été affreux.

Ella m'a regardé. Nous sommes restés un long moment sans bouger.

— Pour Sarah aussi, c'était terrible de perdre ses parents à... quel âge avez-vous dit ?

— Sept ans.

Je me tus, une idée se fit jour dans mon esprit.

— Votre histoire est en rapport avec Sarah, n'est-ce pas ? hasardai-je, sentant que je touchais au but.

— Oui, James. Mon destin a toujours été lié au sien.

— Continuez.

— Je devrais arrêter de sauter du coq à l'âne. D'abord je vous parle de ma grand-mère, puis de Sarah et de moi. Il serait peut-être utile que je vous parle de la génération intermédiaire.

— Très bien.

— Blanche a eu quatre enfants : Cyril, l'aîné, qui vit ici avec sa femme ; Alexander, mon père ; Anna, la jumelle de mon père ; et Cynthia, la mère de Sarah. Cyril avait dix ans quand sa mère est morte, mon père et Anna en avaient huit ; Cynthia six. Vous imaginez ce que ça a dû être pour eux.

Elle regarda la mer.

— Chacun a réagi à sa façon, mais tous ont été marqués. Cyril s'est réfugié dans l'excentricité, mon père a refoulé ses émotions, de même que Cynthia. Anna, en revanche, ressemblait à Blanche : brillante, très brillante, mais pas très équilibrée. La mort de sa mère est devenue une obsession pour elle.

Elle prit une cigarette dans le paquet qu'elle avait dans sa poche, l'alluma.

— Elle s'est identifiée à Blanche. De façon malsaine : elle a adopté la coiffure de sa mère, elle s'est mise à porter ses robes. Elle a conçu pour son père une haine farouche.

Ella s'interrompit, puis reprit :

— Il y a plusieurs cas de folie dans notre famille.

Elle aspira une bouffée de sa cigarette.

— Cette maison recèle de terribles secrets.

Je restais assis en silence, j'attendais qu'elle poursuive.

— Anna a fini par se suicider, dit Ella. Pas ici. A Oxford. Elle a sauté d'une fenêtre, comme sa mère. On l'a enterrée à Seton, bien sûr. Ma mère et les parents de Sarah se sont tués en revenant de son enterrement.

— Oh, mon Dieu !

— Mon père a donc perdu sa sœur jumelle et sa femme en l'espace d'une semaine. C'est pourquoi il m'a emmenée en Amérique. Je crains d'avoir abordé la question de façon un peu légère, dans le train, mais je n'étais pas sûre de tout vous dire. Et voyez comme c'est facile !

Elle me regarda, je lui souris.

— Quoi qu'il en soit, reprit-elle, mon père déteste cet endroit. Sans doute juge-t-il Seton en partie responsable de ces drames. Ou peut-être le château recèle-t-il trop de souvenirs. Je ne sais pas. En revanche, je suis sûre d'une chose : il a peur que je finisse comme Anna et ma grand-mère. C'est la raison pour laquelle il m'a emmenée aux Etats-Unis. D'abord en Californie, puis à Boston, quand il a rencontré Pamela. Rien n'est plus éloigné de Seton que San Francisco. Il a tenté d'oublier jusqu'à l'existence de cet endroit. Il devait y revenir de temps à autre, mais il limitait chaque fois la durée de son séjour.

— Je le comprends, dis-je.

— Vraiment ? J'en suis ravie. Parce que c'est maintenant que commence mon histoire.

Elle aspira une longue bouffée de sa cigarette.

— Vous voyez l'influence qu'a eue Blanche sur la famille, particulièrement sa mort. Même si personne ne l'a dit — les Harcourt ne parlent pas, voyez-vous — tout le monde a pensé à la folie, à la maladie mentale. Ils sont devenus obsédés par la mort, par l'idée de la mort violente. Ils avaient perdu tant d'êtres chers dans des circonstances atroces : leur mère, deux sœurs, ma mère, le père de Sarah. Sarah et moi avons grandi dans cette atmosphère. Nous étions les seules enfants de la famille. On s'inquiétait pour nous, nous le sentions, et nous savions que c'était lié au suicide de notre tante et de notre grand-mère. Ce ne sont pas des choses dont un enfant s'arrange facilement.

Ella s'interrompit, réfléchit.

— Cela aurait pu nous rapprocher, j'imagine, si nous nous étions vues davantage, à cette époque cruciale. Et si nous n'étions pas devenues chacune le sosie de notre grand-mère. Cette ressemblance nous rappelait constamment que nous pouvions en arriver au suicide. Sarah en avait encore plus conscience que moi : elle voyait ce tableau tous les jours.

— Vous voulez dire qu'elle vivait ici ?

— Oui. Oncle Cyril et tante Elizabeth l'ont prise avec eux à la mort de ses parents car ils n'avaient pas d'enfants.

— Sarah a grandi ici ?

— Oui.

— La malheureuse !

— Moi j'ai grandi en Amérique, loin de tout ça. Mais je n'ignorais rien, bien entendu. Je venais à Seton en visite, je regardais le portrait de cette femme, je me voyais devenir son sosie.

— Et puis ?

— Je regardais Sarah. Sarah me regardait.

— Et vous voyiez la même personne.

— Exactement.

— Je crois que je commence à comprendre.

— Nous avions l'impression d'être les deux moitiés d'un tout, mais cela ne nous rapprochait pas. Nous n'étions pas jumelles. Chacune avait besoin d'écraser l'autre pour devenir elle-même. Vous comprenez ? Ce sentiment qu'à des milliers de kilomètres un autre vous-même vit, pense, grandit ! Si nous étions restées séparées, les choses n'en seraient pas arrivées là. Mais quand j'ai eu dix-huit ans, papa a épousé Pamela. Londres était pour elle une trop grande tentation, surtout avec un nom comme Harcourt qui ouvre toutes les portes. Aussi sommes-nous revenus.

— Sarah et vous avez de nouveau été confrontées l'une à l'autre. On avait réuni les deux moitiés.

— J'avais parfois cette impression, oui. Et nous étions des moitiés si différentes !

— Vous aviez eu des vies très différentes.

— Certes. Sarah avait vécu ici, sur cette île, pétrie de tradition. Elle a grandi dans le culte de notre famille.

— Je vois.

— Non, vous ne voyez pas. Vous n'avez pas idée de la façon dont on traite les Harcourt sur cette île. Ce petit royaume est féodal, coupé du monde. C'est une vie gouvernée par le devoir, le rituel, les obligations... toutes choses auxquelles j'avais échappé, en Amérique. Loin de Seton, je pouvais être moi-même. Elevée dans ses murs, Sarah ne pouvait devenir que la future châtelaine, la gardienne potentielle des lieux. Et c'est ce qu'elle est devenue.

Ella alluma une autre cigarette.

— Le drame, cependant, c'est que Sarah n'aura jamais Seton. Quand Cyril mourra, s'il n'a pas d'enfants, ce qui semble de plus en plus probable, le château reviendra à mon père. Puis à moi. On l'a donné à une femme, à l'origine. Un acte du Parlement en a fait une propriété cessible à d'autres femmes. Oh, il y a maintes conditions à cette succession : l'héritière ne sera ni catholique, ni divorcée, ni reconnue coupable d'un crime. Nous devons cette dernière clause aux victoriens, je pense. Typique de l'époque. Mais n'étant ni catholique, ni divorcée, ni criminelle, je finirai par hériter de Seton.

— Cela explique que Sarah...

— Me haïsse, dit Ella, achevant ma phrase.

— Je vois.

— Circonstance aggravante : elle adore cet endroit, elle le comprend comme je ne saurai jamais le comprendre. Je ne serai jamais qu'une touriste ici. Avec mon accent et mes idées, que pourrais-je être d'autre ?

— Jusqu'ici je vous suis.

Je m'interrompis, essayant d'ordonner mes idées.

— Mais qu'entendiez-vous hier par « ce comportement que je ne puis changer » ? Vous avez parlé d'une dépendance, n'est-ce pas ?

Elle acquiesça.

— De qui parliez-vous ? Que vouliez-vous dire ?

— Je parlais de moi et de Sarah, James. Vous ne pouvez imaginer à quel point nos destins sont liés. Je sais que Seton m'appartiendra un jour, et je me sais indigne d'en être l'héritière. Vous imaginez ce que je ressens ?

Me voyant sur le point de répondre, elle s'empressa de poursuivre.

— Vous ne pouvez l'imaginer et c'est tant mieux, dit-elle.

Ella ouvrit la fenêtre derrière elle, laissa entrer une bouffée d'air froid.

— Ma famille vit ici depuis plus de trois cents ans. Avez-vous idée du temps que ça représente, des responsabilités que ça implique, du poids d'un tel passé ?

Je hochai la tête.

— Et puis savoir que vous n'êtes pas à la hauteur, qu'une autre personne l'est, qu'elle a reçu l'éducation nécessaire et vous pas ! Il m'arrive de me dire que Sarah et moi devrions échanger nos rôles. Si je pouvais lui transmettre mon accent, elle pourrait porter mon nom et moi le sien. Je serais alors libre de mes pensées, de mes actes, j'aurais cette liberté que je désire plus que tout et que possède Sarah. Ma cousine pourrait accomplir son destin.

Elle se passa une main dans les cheveux.

— Mais les rôles sont inversés, reprit-elle. Le destin nous a joué un tour. Sarah ne pourra jamais être ce que je suis. Quant à moi, je dois m'évertuer à devenir ce qu'elle est : une femme pleine de sang-froid, maîtresse d'elle-même, sûre de sa place en ce monde. Tout cela est si étranger à ma nature, mais je veux tellement y arriver ! Je veux prouver à Sarah que je mérite son cher Seton, que je saurai m'en occuper. Je veux m'en tirer honorablement, pour l'amour du ciel !

Ella se tut quelques instants.

— Vous comprenez ?

— Je comprends, Ella. Je comprends très bien.

— Dans ce cas, dites-moi pourquoi j'ai failli épouser Charlie, me demanda-t-elle brusquement.

Je sentis l'importance de cette question piège.

— Vous vous êtes fiancée à Charlie, dis-je en pesant mes mots, parce qu'il est le genre d'homme que Sarah aurait pu épouser. Eton, Oxford, charmant, sans être trop intelligent. Il aurait été le partenaire idéal pour la comtesse de Seton. Vous aurez le titre en même temps que la maison, j'imagine ?

Elle acquiesça.

— Mais parce que vous n'aurez jamais que le nom de la comtesse de Seton, parce qu'au moment de vous noyer vous trouvez la force de nager contre le courant, vous n'épouserez pas Charles. En fin de compte, vous avez trop de respect pour vous-même pour faire ça.

— Je l'espère, James, dit Ella.

Je me levai de mon sofa, traversai la pièce pour l'embrasser. Elle m'arrêta d'un geste de la main.

— Non. J'ai une dernière chose à vous avouer.

— Laquelle ?

— Charlie Stanhope n'est pas seulement le genre de garçon que Sarah aurait pu épouser. Elle l'aurait épousé si je n'avais pas...

Sa voix mourut.

Je m'écartai d'elle.

— Si vous n'aviez pas...

— Sarah était amoureuse de lui, James. Totalement éprise, comme le sont les gens froids quand ils aiment. Je lui ai pris Charles, en partie pour ce qu'il représentait, je l'admets. Pourtant j'aurais pu résister à la tentation.

Elle s'interrompit.

— L'aspect honteux de l'affaire, dit-elle, la preuve que je ne maîtrise plus rien, c'est que j'ai pris Charlie à Sarah uniquement parce qu'elle était folle de lui. Froidement, usant de stratégie, j'ai entrepris de le lui prendre. Et j'ai réussi.

Ella me regarda.

— Vous voyez comme c'est effrayant ? dit-elle. J'aurais fait n'importe quoi, j'aurais sacrifié n'importe quoi — mon avenir, celui de Charlie — uniquement pour blesser Sarah, lui montrer que ses manières irréprochables, son excellente éducation lui sont inutiles.

Ella pleurait, à présent.

— Je n'arrive pas à croire que j'ai fait ça !

Je ne pouvais espérer la calmer avec des mots. C'était trop tôt. Je m'approchai du rebord de fenêtre froid où elle était assise, passai un bras autour de ses épaules secouées par les sanglots.

— Allons, dis-je, doucement. Il n'est pas trop tard. Au moins vous analysez la situation, vous reconnaissez vos torts.

Dans mon esprit, comprendre une chose équivalait à s'en libérer, à en être absous. J'omettais la confession, qui vient avant ou après la prise de conscience, mais sans laquelle on ne peut retrouver la sérénité. J'oubliais également le rachat des fautes, qui donnerait un poids au pardon, bien que le pardon soit possible sans cela. Je ne ferais pas les mêmes erreurs aujourd'hui. Lorsque nous péchons, nous payons de mille façons. Reconnaître ses fautes et s'en confesser nous rapproche de l'absolution, mais une faute demande réparation. Ella avait la possibilité, même si elle préféra ne pas le faire, de réparer ses torts, de demander à Sarah de lui pardonner ; elle aurait pu lui avouer ses fautes, et retrouver ainsi la paix intérieure. A cinquante ans de distance, je lui envie cette liberté.

Je n'ai personne auprès de qui racheter mes fautes, du moins pas en ce monde. Personne ne peut donc me pardonner. Je ne puis accéder à l'absolution. Il arrive que Dieu pardonne aux hommes. Peut-être me pardonnerait-Il si je le Lui demandais. Mais je ne puis le Lui demander, ne L'ayant jamais sollicité auparavant. Je n'ai jamais pensé à Lui que vaguement, poliment, dans des prières de pure forme, à Noël, à Pâques, à l'occasion d'un mariage. Je ne puis donc me tourner vers Lui maintenant que mon besoin est si grand et que je n'ai rien à offrir : ni remerciements pour Sa grâce, ni louanges pour le bonheur qu'Il m'aurait accordé. Je n'ai que de l'amertume pour toutes ces années perdues. Je devrais ajouter l'ingratitude à mes péchés. Je dois me résoudre à vivre avec ma culpabilité. Eric, qui seul aurait pu me pardonner, est mort.

Le péché appelle la confession et l'absolution. On se doit d'observer un rituel, si l'on veut être un jour lavé de sa culpabilité. J'ignorais cela, en tenant cette jeune femme dans mes bras, sur ce rebord de fenêtre. Je regardais l'océan, les larmes d'Ella me mouillaient le cou. Je croyais alors pouvoir la sauver. Mon aide, ma compassion suffiraient, pensais-je. Je ne lui dis pas d'aller voir Sarah : je ne voulais pas qu'elle partage l'intimité de la confession avec quelqu'un d'autre que moi. Déjà j'étais jaloux de la confiance qu'elle m'accordait. Je la serrais dans mes bras tandis qu'elle pleurait. Elle me demanda si je la haïssais. Je lui dis que non. Je lui murmurais des mots d'amour, de pardon, d'encouragement — quand il m'appartenait seulement de l'aimer. Mes paroles furent efficaces. Ella cessa de pleurer. Elle crut ce que je lui disais, et ce fut une grave erreur. Elle ignorait, ou ne voulait pas savoir, que seule Sarah était en mesure de lui pardonner — ce que je sentais, mais ne lui dis pas. Je me rassure en pensant que si elle l'avait su, elle aurait probablement préféré le prix d'une culpabilité dont elle ne mesurait pas encore l'ampleur, à la honte de s'excuser. Ella — je l'avais pensé en la rencontrant, et j'aurais dû en être convaincu à ce moment-là — était une femme orgueilleuse, et l'orgueil a mené plus d'un homme à sa perte.

Or ce n'est pas sa fierté qui a causé la perte d'Ella. Pour n'avoir pas été fidèle à elle-même, elle a perdu sa confiance dans le monde, c'est ce qui a provoqué sa chute. Ceux qui donnent s'attendent à beaucoup recevoir ; ceux qui volent craignent d'être dépouillés. En voulant la rassurer je cachais à Ella les dangers que son comportement lui faisait courir. Je ne lui rendis pas service. J'aurais dû lui dire — car en ce bref moment elle aurait suivi n'importe lequel de mes conseils — de rentrer à Londres par le premier train, de se confesser à Charles et à Sarah. Il y aurait eu des cris, des larmes, de l'amertume. Ç'aurait été comme une catharsis et de vieilles blessures infectées se seraient rouvertes chez les deux cousines, mais une fois purifiées, ces plaies auraient pu se refermer. On devrait guérir de ses blessures intérieures, comme de la culpabilité. Or souvent ces blessures se font plus profondes, souvent la culpabilité grandit.

En consolant Ella, je lui masquais une grande part de sa culpabilité. La blessure de Sarah put donc s'infecter à loisir, chose que je n'aurais pu prévoir — de cela au moins je suis sûr —, et cette blessure prit des proportions alarmantes. Je caressais les cheveux d'Ella, j'embrassais son cou, si doux, je ne pensais qu'à sécher ses larmes, à guérir son mal. J'étais trop jeune pour savoir que les larmes peuvent purifier, trop peu sûr de moi pour guider Ella, au lieu de la réconforter. Mes bonnes paroles rendirent inutiles, puis impossibles, sa confession et donc le pardon qui auraient pu libérer les deux parties. Comment aurais-je pu deviner que ce pardon nous aurait tous sauvés ?

9

Un ou deux jours après mon retour de Cornouailles, Camilla Boardman me téléphona. Je reconnus ce côté faussement essoufflé, ces voyelles accentuées.

— Chéééri. Où étais-tu passé ? roucoula-t-elle.

Il était établi que j'étais le fautif chaque fois qu'entre nous s'instaurait un silence un peu long. Dix jours s'étaient écoulés depuis le déjeuner de fiançailles chez les Harcourt, depuis que je l'avais déposée devant sa porte, souriant et déférent — nous nous étions promis de nous rappeler très vite.

— Je n'ai pas bougé, Camilla, mentis-je, mais j'étais très occupé.

— Encore à musicailler ?

Camilla rangeait l'effort créatif dans trois catégories : musicailler, peinturer, écrivailler.

— Oui. Je répète. Pour le Conservatoire. L'année va bientôt commencer.

— Je sais, mon chéri.

— Que puis-je faire pour toi ?

— Demande-moi plutôt ce que moi je peux faire pour toi. Je viens d'avoir une idée géniale.

— Ou-oui.

Je me méfiais des idées géniales de Camilla.

— Je me demande pourquoi je n'y ai pas pensé plus tôt !

— Ou-oui.

— Je tiens absolument à te présenter quelqu'un. Vous allez vraiment vous plaire.

Camilla était sincère — quoique pas toujours désintéressée — dans sa générosité d'intermédiaire mondaine.

— Qui ? demandai-je.

Son enthousiasme était communicatif.

— Ma mère, dit-elle, simplement.

Et c'est ainsi que j'assistai à ma première « matinée » chez Regina Boardman.

La maison de Cadogan Square ne gardait aucune trace de l'anniversaire de Camilla. Cigarettes semées sur les tapis, coupes de champagne renversées ? On avait habilement camouflé les dégâts, ou ôté le mobilier endommagé. Toutefois, cette impression d'espace, et donc de richesse, avait vécu. Je m'en fis la réflexion le lendemain, lorsqu'une femme de ménage portugaise m'introduisit dans les lieux, pour disparaître avec un sourire dès qu'elle eut refermé la porte derrière moi. Mobilier et bibelots avaient retrouvé leur place dans l'entrée et au salon, changés en bazar victorien. Au-delà de ce fourbi, une double porte ouvrait sur la pièce utilisée comme salle de danse le soir de l'anniversaire. J'aperçus un groupe de sept ou huit personnes des deux sexes, assises sur des chaises inconfortables, en demi-cercle autour de leur hôtesse. Regina Boardman portait bien son nom : elle était imposante et bien conservée. Elle parlait sur ce ton à la fois prévenant et autoritaire d'une femme de la haute société.

— Je trouve que « salon » est un mot horrible en anglais, disait-elle au moment où j'entrai.

J'attendis en silence qu'elle remarque ma présence. Comme elle ne me voyait pas, je toussai. Elle se

tourna lentement, avec le souci de ne pas déranger sa coiffure me sembla-t-il.

— Vous devez être monsieur Farrell, me dit-elle chaleureusement.

Elle me donna sa main droite à serrer, m'indiqua une chaise de la main gauche.

— Ma fille m'a dit que vous aviez beaucoup de talent.

— Merci, dis-je, en prenant place dans le cercle bavard.

Aussi brillante que fût la conversation ce matin-là, je ne me rappelle pas les sujets abordés, ni les visages des différents intervenants. Je me torture les méninges, je cherche un souvenir d'Eric : ma mémoire me fait défaut. C'est un plan d'ensemble qui me revient. Je vois Regina Boardman, passée maîtresse dans l'art de rassembler des fonds pour des œuvres de charité, sainte patronne d'artistes en difficulté et autres causes perdues, pérorer devant son auditoire dévoué. Une scène qui, habilement changée en allégorie, aurait pu trôner sur l'un des murs de sa maison, d'une lourdeur toute victorienne : la Charité dans toute sa splendeur. Cela dit, les manières de Regina n'avaient rien de victorien, contrairement à son mobilier. Sa façon de s'adresser à nous, comme d'aborder toutes ses causes, était tout à fait moderne. En fait — je m'en souviens à présent — ma mère disait que Regina avait quelque chose de son ex-mari : efficace, coriace (« comme Gerald, tu vois Jamie »), sachant flairer les opportunités. Lorsqu'elle ne s'occupait pas de recueillir des fonds pour sauver de vieux monuments, elle avait du temps et du goût pour la charité privée.

Ce matin-là, je fus admis sous sa protection avec un sourire gracieux et une tasse de café. J'accueillis ces deux offrandes avec plaisir, me joignis à la dis-

cussion avec enthousiasme : je savais ce qu'on attendait de moi. Regina, contrairement à sa fille, avait un grand respect de la culture. Elle n'avait rien d'une intellectuelle, mais elle aimait être considérée comme telle. Aussi veillait-elle à écouter les gens qui pensaient, et à aider ceux qui mettaient leurs pensées au service de ses causes.

Ce rapport d'intérêt s'illustrait également de façon plus concrète, ce que j'appris au moment de me retirer. Regina Boardman était assez intelligente pour comprendre ce que la générosité gratuite peut avoir de pesant. Aussi, quand nous prîmes congé, « en masse », dans le hall d'entrée, elle avait arraché la même promesse à chacun de ses invités : contribuer à une cause qui ne leur vaudrait aucun avancement dans leur carrière. Cet arrangement était tacite. Regina émettait un souhait, vous y répondiez. Elle voulait que vous mettiez votre temps, votre savoir-faire au service de ses causes. Elle ne vous demandait pas d'argent. Ce matin-là, elle demandait de l'aide pour la restauration d'édifices religieux en péril. Les joyaux de St Paul ou de l'abbaye de Westminster ne l'intéressaient pas : ces monuments nationaux ne donneraient pas la mesure de ses prouesses de dame patronnesse. Elle leur préférait les petites églises, les bâtiments qui, dans leur ruine, paient le prix de leur indifférence pour le clergé régulier.

Elle organisait un concert à St Peter, à Eaton Square. Le succès de cette entreprise reposait sur deux personnes dont l'une lui avait fait faux bond.

— J'ai prévu trois sonates pour violon de Beethoven, me dit-elle, avec un air de martyre, et le soliste sur lequel je comptais a signé un contrat avec une maison de disques. Il est parti enregistrer à Berlin. Tant mieux pour lui, mais ça tombe très mal.

Les sonates en question étaient au programme du Conservatoire, cette année-là, et je les travaillais depuis des mois. Dans un éclair de lucidité, je compris que Mme Boardman tenait cette information de sa fille, qu'on ne m'avait pas convié à Cadogan Square par pure bonté ni par hasard. Cela dit, Regina était experte dans un art que Camilla s'efforçait toujours de maîtriser : elle veillait à ce que ses requêtes servent les intérêts de la personne à laquelle elle arrachait une faveur. Elle savait créer la motivation. Debout sur son perron, saluant d'un geste de la main les invités qui traversaient la place, Regina tourna élégamment autour de la question, puis m'offrit un encouragement franc : Michael Fullerton, critique au *Times,* assisterait au concert.

— Il pense qu'il va entendre Donovan, dit Regina, d'un ton léger.

Donovan était donc le protégé au succès tout frais, qui avait promis de jouer et se voyait dans l'incapacité de respecter cet engagement.

— Michael fait un article sur les jeunes musiciens qui montent, poursuivit mon hôtesse. Or je ne vois pas pourquoi vous ne seriez pas le jeune talent de l'année à la place de Donovan, qui s'en est fort bien tiré sans l'aide de Michael, apparemment.

Elle me sourit avec bienveillance.

— Bien entendu, nous ne dirons rien du changement de programme jusqu'au dernier moment, déclara-t-elle avec malice. Vous savez comment sont ces critiques.

Je fis oui de la tête, bien que je n'en eusse aucune idée. Elle me sourit d'un air encourageant.

— Si vous voulez profiter de cette opportunité, à vous de jouer.

J'émis une réserve :

— Vous êtes certaine de ne pas vouloir m'entendre

avant de remettre le succès de cette entreprise entre mes mains ?

— Oh, mon cher, dit-elle en riant. La musique n'est pas mon fort. Si vous jouez assez bien pour le Conservatoire, vous jouez assez bien pour moi.

— Dans ce cas, dis-je, je suis votre homme.

— C'est merveilleux ! Merci du fond du cœur !

— Et quand est-ce ?

— Le concert ?

— Oui.

— Vendredi prochain, m'annonça-t-elle joviale.

« Aussi, pensai-je, je suis votre dernier espoir. »

— J'ai donc peu de temps pour répéter, dis-je.

— Mais n'êtes-vous pas censé étudier ces sonates au Conservatoire ?

Elle leva les yeux vers moi, consternée.

— Les programmes sont déjà imprimés et... Bien entendu, nous insérerons une carte avec votre nom, si c'est cela qui vous préoccupe.

Je la rassurai en quelques mots.

— Je suis tellement soulagée. Merci beaucoup !

Nous nous serrâmes la main. Je descendais les marches de son perron quand elle me rappela.

— Excusez-moi, James, lança-t-elle d'une voix haute et claire.

Déjà, nous nous appelions par nos prénoms — la familiarité était la clé de la méthode Regina.

— Je ne vous ai pas dit avec qui vous alliez jouer.

Elle me sourit.

— Je suis vraiment distraite. Il s'appelle Eric de Vaugirard. C'est un jeune homme délicieux. Très français. Il a un grand sens artistique. Il était d'ailleurs à ma « matinée ».

Elle s'empressa de sortir un stylo et un papier de son volumineux sac à main.

— Voilà son numéro de téléphone, dit-elle. Je lui donnerai le vôtre, que vous puissiez vous contacter et répéter ensemble cette semaine.

— Merci, dis-je en empochant le papier.

— C'est moi qui vous remercie, répliqua-t-elle en m'embrassant vigoureusement sur les deux joues.

Elle me fit un signe de la main, comme je descendais les dernières marches du perron. Puis elle rentra dans la maison, après avoir refermé brusquement sa porte à la peinture éclatante.

10

Il fait froid dans cette pièce ; le feu s'éteint, les radiateurs ne servent à rien. Ce lieu résiste à toute tentative de réchauffement. Mais je resterai ici le temps qu'il faudra, jusqu'à ce que je trouve un enchaînement logique aux événements de ma vie. Non seulement je dois défaire le tissage, considérer chaque fil distinctement, mais il faut aussi que je reforme l'ensemble et que j'en comprenne le motif. Processus laborieux, mais gratifiant, quoique les maigres outils dont je dispose ne me facilitent pas la tâche. Quand on passe cinquante ans à essayer d'oublier, on finit par y arriver. Quand on a évité les sujets graves pendant un demi-siècle, on ne sait plus comment les aborder le moment venu. Les mots sont des armes efficaces, dont je me suis servi avec brio à une époque. Hélas, ce don est tellement lié à ma culpabilité — il me permettait de masquer ma naïveté avec un tel succès ! — que je l'ai sciemment laissé tomber en désuétude. Ce fut difficile d'apprendre à ne pas se souvenir, à ne pas penser, à ne pas parler de choses importantes — défi que j'ai relevé avec bonheur. Avec un tel bonheur en fait, que maintenant, quand j'essaie de me rappeler, de formuler et d'exprimer ces pensées, mes facultés me trahissent. Vouloir se souvenir est frustrant : on a beau ruser pour enclencher le processus, on se heurte à une mémoire sélective. Certaines choses sans importance me reviennent avec une parfaite netteté. D'autres m'échappent totalement.

Ella a marqué ma mémoire au fer rouge, je n'ai eu aucune difficulté à l'évoquer. Sarah a vécu avec moi cinquante ans : je ne pourrai pas l'oublier. C'est Eric qui s'est évanoui. Ma culpabilité — mon péché — voile son image. Je voudrais réparer mes torts vis-à-vis de lui, mais il est mort. Ses traits se brouillent dans ma mémoire — quelle impression affreuse !

J'ai dû le rencontrer dans la semaine qui a suivi ma première « matinée » chez Regina Boardman : Eric était le pianiste qui jouerait avec moi à St Peter. Au sortir de la maison de Regina, en ce jour ensoleillé du mois d'août, je descendis Sloane Street en sifflotant, le numéro d'Eric dans ma poche. Sans doute lui ai-je téléphoné. Sans doute nos répétitions se sont-elles bien passées : le concert fut un succès. Pour la première fois, je jouais en public. Ce début sera toujours cher à mon cœur.

J'ai donné maints concerts depuis, dans des salles bien plus prestigieuses que l'église froide et humide où j'ai joué ce soir-là, et devant des publics autrement plus amateurs que l'assemblée venue m'écouter à St Peter. Mais cinquante ans plus tard, à la fin d'une carrière qui eut ses heures de gloire, je repense à cette soirée avec nostalgie : la tension délicieuse des nerfs, le frisson jouissif des applaudissements perdent en intensité avec les années. Je revois les piliers sombres de l'église ; je sens la fraîcheur, l'humidité du lieu ; j'entends ce silence attentif tandis que je me place près du piano, sur la scène improvisée dans la nef. Je fais signe à Eric que je suis prêt à commencer. Et là son image m'apparaît. Dans ce souvenir, quoique je ne connaisse pas encore bien Eric — et peut-être parce que je le connais à peine —, je le vois clairement. Silhouette digne en smoking et cravate blanche, ses cheveux rebelles domestiqués pour l'occasion. Oh oui, je le vois tout à coup, et le voyant, je me souviens. Eric était grand, pas aussi grand que moi, mais mieux charpenté. Il avait le cou puissant, la peau basanée — il y avait de l'Espagnol en lui —, les yeux marron foncé. Ses yeux et ses mains le distinguaient de cette lignée de gentlemen-farmers qui avaient cultivé les terres des Vaugirard pendant des siècles. Il avait de grands yeux sombres, presque noirs, le regard vif, lumineux, joyeux.

Je me souviens des applaudissements, ce soir-là. Je revois le visage d'Ella, ravi, rayonnant — elle était assise au premier rang, à côté de son père et de sa belle-mère. Je me revois saluer, inviter Eric à faire de même, d'un geste, et je me souviens... Mais à quoi bon me rappeler ce concert. Cela ne m'aidera pas à comprendre les événements que je souhaite expliquer. Ma carrière n'a rien de mystérieux pour moi. Je ne cherche pas à faire la chronique de ma vie, mais à accepter ce que j'ai fait. Je veux affronter mon crime et tenter de le comprendre, à défaut de l'expliquer. Mais j'ai beau chercher, je ne vois aucun signe dans la fierté radieuse de ce soir-là, aucun oracle qui m'aurait soufflé que d'ici trois mois — ou bien était-ce quatre ? — Eric serait mort.

Je cherche un indice, je n'en trouve aucun, mais un souvenir me revient : ma première interview avec Michael Fullerton. C'est son visage — si peu signifiant pour moi à présent — qui me revient, pas celui d'Eric. Je vois sa panse généreuse, je sens son haleine fleurant le whisky.

Regina Boardman avait été précise et franche, dans ses instructions. « Michael Fullerton, me dit-elle la veille du concert, est une vieille tante. Un amour, s'empressa-t-elle d'ajouter (car Regina Boardman n'avait rien, absolument rien contre les homosexuels, en tant que tels), mais disons qu'il chasse ailleurs que chez les dames. Aussi le fait que vous soyez un beau jeune homme n'affectera en rien vos chances de voir demain votre nom dans le *Times.* Soyez fringant. S'il flirte avec vous, n'en prenez pas ombrage. Soyez sémillant, c'est tout ce qu'on vous demande — outre un jeu “inspiré”, bien sûr. Après quoi tout est possible. Michael est un homme influent, il connaît beaucoup de gens. Des relations utiles. Mieux vaut s'en faire un allié. Faites tous les efforts que vous pourrez. »

Je fis de réels efforts. « Il faut absolument qu'on vous photographie pour un papier que j'écris », me dit Michael. Lorsqu'il loua ma virtuosité. (« Très viril, monsieur Farrell, mais tellement sensuel, presque érotique »), je souris. Il m'invita à prendre le thé au Ritz le lendemain pour que nous puissions parler : j'acceptai de bonne grâce. Dès qu'il fut parti, je rapportai ses propos à Regina mot pour mot.

« C'est “merveilleux”, James ! s'écria-t-elle. Cela vous garantit une véritable interview, à la différence de ces petits échanges bâclés qu'il a avec les musiciens après les concerts. Vous lui avez plu, mon garçon, à l'évidence. Vous n'avez désormais plus besoin de mon aide. Dès l'instant où Michael Fullerton vous trouve bon, ça marche tout seul. Il m'a dit, ajouta-t-elle, sur le ton de la confidence, qu'il n'était pas fâché le moins du monde qu'on ne l'ait pas averti du changement de soliste. Il m'a dit que vous aviez un talent inouï. Ce sont ses mots. »

Regina Boardman rentra donc chez elle ravie. J'allai tout aussi ravi au rendez-vous secret qu'Ella et moi nous étions fixé la veille, dans l'après-midi. Nous devions nous retrouver dans les jardins d'Eaton Square. Je ne me revois pas prendre congé d'Eric, ni le remercier, quoique j'aie sans doute dû sacrifier à ces deux rituels avant de quitter l'église. Jusqu'alors, son image reste floue, mais dans les souvenirs dont il n'est pas l'acteur majeur, je le revois avec une plus grande netteté. Comme d'aucuns l'ont fait avec des photographies, j'ai censuré mes souvenirs de lui. Pourtant on ne détruit pas des souvenirs comme on déchire des photos, on ne peut que les enterrer dans cette poussière mentale que sont les détails accumulés au cours d'une vie. Les détails de mon amitié avec Eric, la fin de cette amitié, sont poussiéreux, car je les ai profondément enfouis. Mais ils me reviennent à l'esprit, ils reprennent vie.

Je n'ai aucune difficulté à me rappeler l'entretien avec Michael Fullerton : j'ai bu du thé, mangé des groseilles à ses frais, lui ai parlé de ma passion pour la musique, des incertitudes qui accablent la jeunesse. Un photographe du *Times* parut. Il prit des photos de moi dans Green Park, cheveux au vent. Ce fut tout. L'entrevue ne porta ses fruits qu'une semaine plus tard — Camilla fut la première à le voir et à venir m'en informer en personne : elle se présenta chez moi, journal en main, un matin d'août, à neuf heures et demie.

— Salut mon chéri ! L'« heureux » garçon !

Groggy au sortir du lit — j'avais ouvert la porte moi-même —, je la regardai sans comprendre.

— Bonjour, Camilla, dis-je.

Je me demandai ce qu'elle faisait sur le pas de ma porte, puis je vis le journal dans sa main.

— Donne-moi ça, dis-je, soudain réveillé.

— Tsut, tsut, tsut. Qu'est-ce qu'on dit ?

— Camilla, donne-le-moi !

Un mélange d'irritabilité matinale et d'excitation me rendait le rituel social de Camilla insupportable.

— Je ne te le montrerai pas si tu continues à être aussi discourtois. Le moins que tu puisses faire est de m'inviter à entrer et de m'offrir une tasse de thé. J'ai traversé la moitié de Londres pour te montrer cet article !

Ce n'était pas tout à fait exact, mais Camilla prenait toujours des libertés avec la géographie.

— Oh, bon, d'accord, dit-elle l'air boudeur.

Comme je restais impassible sur le pas de la porte, elle capitula, me tendit le journal, voyant mon visage s'éclairer, Camilla m'étreignit. Et de façon si spontanée ! Ce qui me rappela pourquoi j'avais autant d'affection pour elle. Mon amie me dit que j'étais « formidable ».

Je partageais ce sentiment, sans l'ombre d'un doute. L'article que Michael Fullerton écrivit sur moi, intitulé « Un musicien à suivre », signa la fin des hostilités avec mes parents. Notre affrontement avait duré presque deux ans. Il était à son paroxysme depuis deux mois — depuis que j'avais quitté Oxford. J'avais expliqué ma passion, charmé, et finalement insulté mes parents. Ils m'avaient dit, avec calme, puis de façon glaciale, que j'étais un garçon impulsif qui perdait l'esprit.

A présent je déboulais dans le salon où nous prenions le petit déjeuner, Camilla sur les talons. Je leur montrai l'article, en poussant des cris de joie, comme un écolier. J'ai toujours cet article ; je l'ai gardé, depuis toutes ces années. Il m'est inutile de le lire : quelques phrases, arrachées à ma mémoire, suffiront à vous montrer que, au moins une fois dans ma vie, j'ai été insouciant et plein d'avenir. « Ce jeune homme passionné, avait écrit Michael Fullerton, a l'étoffe des musiciens célèbres : il est promis à un succès fulgurant, à Londres et dans le monde entier. Tour à tour dans la maîtrise et l'abandon, souvent inspiré, son jeu dément le nombre de ses années. » Ma mère pleura, ce qui est tout à son honneur. Mon père me serra la main. La guerre était terminée.

Mais c'était Ella que j'avais le plus envie de voir, Ella dont j'espérais les louanges avant toute autre. J'étais comme un épagneul avec un faisan dans la gueule. Je téléphonai donc à Chester Square et demandai à Ella de me retrouver sur les marches de la National Gallery, une demi-heure plus tard.

— Tu as eu un article, hein ? Il a parlé de toi, n'est-ce pas ?

Je restai muet.

— Je cours acheter le *Times* immédiatement. Oh ! mon Dieu, c'est merveilleux ! Qu'a-t-il dit ? Comment est la photo ?

Je demeurai énigmatique jusqu'au bout.

— Retrouve-moi dans une demi-heure, dis-je.

— OK chéri. Dans une demi-heure.

Entendre Ella m'appeler « chéri » gomma toutes mes angoisses concernant notre avenir. Elle n'était toujours pas libre. Dans le train, au retour de Cornouailles, nous avions discuté six heures sans discontinuer. Nous avions convenu de nous séparer comme si nous étions deux étrangers. Inutile qu'on nous voie, qu'on nous somme de nous expliquer, il était trop tôt.

— C'est mieux ainsi, avait-elle dit. Je ne peux me sortir de cette situation d'un coup. Avant de penser à moi, je dois tenir compte d'un certain nombre de gens : Charlie, Sarah, mes parents, ma famille. Personne ne doit nous voir. Personne ne doit rien soupçonner de notre histoire.

Je lui avais donné raison.

S'ensuivirent des semaines de rendez-vous secrets : les plus belles de ma vie. Nous nous embrassions furtivement dans les musées, nous nous caressions subrepticement dans les salles obscures, nous parlions à cœur ouvert sur les bancs publics. Nous vivions dans le calme avant la tempête. Nos rendez-vous clandestins, difficiles à organiser, n'en étaient que plus agréables. Il y avait là intrigue, beauté, passion : ce qu'on trouve dans les romans. De tels amours sont rares, et par nature éphémères. Pour Ella et moi, comme pour tous les gens éblouis au début d'un amour interdit, l'enchantement était dans le présent. Dans son état initial, parfait, cette passion était sans avenir. Elle nous liait néanmoins avec une force, qui reste la même encore aujourd'hui, malgré tout ce qui s'est passé. Oui, cet amour a créé entre nous un lien indestructible ! Je pourrais parler de culpabilité, plier sous le poids du péché, mais je mourrai avec le souvenir de ces quelques semaines volées, quand nous étions absorbés l'un par l'autre, que le bonheur nous rendait égoïstes. Etait-ce mal ? Alors c'était une faute insignifiante en regard de celles qui ont suivi. Est-ce un péché ? J'en supporterai la culpabilité. Durant ces semaines je me suis senti vivant, comme je ne l'avais jamais été, comme je ne devais plus jamais l'être. Je n'étais pas un poisson parmi ses congénères, ou si je l'étais, Ella et moi formions un banc à nous tout seuls, et nous parcourions les mers ensemble.

Ce fut une époque de perfections multiples : l'amour agit comme un catalyseur à tous égards. Mon inspiration grandissait. Je me souviens des heures que passait Ella sur le sol de mon grenier inconfortable, à m'écouter jouer. Je la revois — elle s'asseyait toujours dans la même position : les jambes repliées sous les fesses, le dos droit. Elle se posait sur un coussin, dans le coin où les avant-toits approchaient du sol. D'une main, elle repoussait parfois ses cheveux dorés de ses yeux. Elle ne bougeait pas, persuadée que je jouerais mieux si j'oubliais sa présence. Et quoique le contraire fût vrai, sa jubilation muette — d'autant plus sensible qu'Ella restait immobile — m'apaisa, puis me sortit des bas-fonds d'une technique dans laquelle j'aurais pu stagner. Ella s'asseyait, restait sans bouger pendant deux ou trois heures d'affilée. Elle assistait à mes gammes, à mes exercices, à la répétition apparemment sans fin de la même phrase musicale. Après quoi elle ouvrait les fenêtres sales, laissait une brise estivale entrer dans la pièce. Elle souriait, elle riait, elle me disait que j'étais merveilleux, que je ne pouvais imaginer combien je la rendais heureuse. Nous buvions du thé, ou du vin, tandis que le soleil couchant inondait la pièce d'une chaleur poussiéreuse. Ensuite Ella fumait une cigarette, reprenait sa position sur le coussin, et m'écoutait, les yeux fermés, jouer pour elle : des morceaux que je connaissais depuis l'enfance ; les sonates de Beethoven que j'avais répétées pour le Conservatoire ; des extraits d'œuvres symphoniques qu'elle aimait, dans les partitions pour violon.

Ses goûts étaient éclectiques, mais elle avait ses musiques préférées. Je les lui jouais pendant des heures, je la regardais poser son front sur son genou. J'aimais l'éclat de ses joues, son regard rêveur. Elle me demandait souvent la *Quatrième sonate pour violon et clavecin* de Bach, la valse dans l'acte I du *Lac des cygnes.* Ce fut sur sa suggestion, et grâce à ses encouragements, que je me mis à travailler la *Symphonie en mi mineur* de Mendelssohn, sans savoir que je lui devrais ma consécration. Ella m'écoutait avec un tel bonheur ! Je découvris le plaisir de jouer pour un auditoire. Grâce à elle, l'homme timide que j'étais acquit une présence subtile. Elle m'apprit à affronter les sommets de mon art, à jouir du pouvoir qu'il me donnait d'émouvoir les autres.

Les relations entre les êtres évoluent : les plaisirs changent, les conflits se placent sur d'autres plans. Ce premier jaillissement de joie, d'une pureté inouïe, ne se répète pas : il se développe, il grandit ; sans doute prend-il un certain poids. Ce faisant, il perd de son pouvoir d'envoûtement : la magie s'évanouit dans la triste réalité d'un monde qui échappe au contrôle des amoureux. Semaines sublimes ! Ella et moi étions ivres d'amour, à présent je m'en rends compte. Pour maintes raisons, notre ivresse ne s'évanouit pas d'elle-même — elle n'en eut pas le temps, ses conséquences nous dépassèrent. Nous ne pouvions poser les bases de notre amour, qui ne put exister, ni s'épanouir, comme d'autres amours. Les espoirs d'une époque à venir, plus stable, furent étouffés avant même d'être nés. Notre passion était une drogue, nous étions accrochés à ces sensations, à l'intimité que provoquait l'alchimie de nos deux êtres, dépendants de cette aventure, de ces expériences que nous vivions. Ella bouleversa ma conception de la vie. Je fis de même pour elle. Ensemble, nous avons dynamité l'histoire et regardé, euphoriques, d'autres univers naître, riches de possibilités, grandir avec l'énergie frénétique que leur insufflait notre fusion romantique. Nos nuits ensemble — rares, volées, secrètes — se muaient en éternités. Nos jours n'étaient que discussions passionnées, explorations diverses, musique, rires et... Mais pourquoi tenter de les revivre ?

Déjà l'ombre grandissait sur Ella et moi : nous nous délections du pouvoir que nous donnait notre union, mais ce pouvoir nous dépassait. L'amour n'a pas toutes les qualités, mais presque. Ses armes sont multiples, plus puissantes qu'on ne l'imagine. Ella et moi, amoureux pour la première fois, n'étions pas préparés à l'intensité de l'éblouissement initial, si enivrant. Nous étions des enfants. Nous nous abandonnâmes à la passion comme des enfants, mais nous jouions avec des armes d'adultes. Nous détruisîmes notre univers avec une arrogance divine : tradition, devoir, étranglement du moi sous les conventions, tout cela vola en éclats sous la virulence de notre attaque. Nous pensâmes recréer la société à notre image. Ce faisant, nous oubliâmes notre place au sein de cette société, et dans l'ordre divin. Les êtres humains ne sont pas des dieux, ils ne devraient pas jouer avec le feu de Dieu. Ella et moi avons commis ce péché — fatal, nous ont appris les Grecs — d'oublier nos limites dans un orgueil démesuré. D'oublier que toute démolition exige une reconstruction, que le cœur des gens est fragile, qu'il est diabolique de jouer avec leurs sentiments.

11

Après St Peter, je donnai d'autres concerts au bénéfice d'œuvres patronnées par Regina Boardman et Eric m'accompagna à plusieurs reprises. Je sais au moins cela, j'ai la mémoire des faits. Je sais aussi que nous étions des habitués des concerts de Regina. C'est Eric qui me l'a dit, plus tard : je n'ai pas de souvenir précis de lui, parmi ces gens réunis dans la bibliothèque de Cadogan Square, qui rivalisaient d'érudition. J'essaie à présent de me rappeler une réflexion d'Eric, un point sur lequel nous aurions été en désaccord, une plaisanterie qui nous aurait réjouis. Rien ne me revient. Nous devions cependant avoir des rapports de bonne camaraderie : je ne fus pas surpris qu'il m'invite à prendre le thé chez lui. Nous avions donné deux concerts, depuis notre succès à St Peter, nous avions eu une autre critique élogieuse de Michael Fullerton dans le *Times*. Je me revois assis chez moi, un matin, attendant Ella : je lis le mot d'Eric, écrit sur une feuille bleue. Cette invitation ne m'a pas surpris. Elle m'a fait plaisir, sans plus.

J'ai très peu de souvenirs des débuts de notre amitié. Je me rappelle seulement cette invitation et l'après-midi que nous avons passé ensemble, quelques jours plus tard. Dans ma mémoire, Eric reste un quasi-étranger jusqu'au jour de sa grande idée. Pourtant il était déjà un ami à cette date, et me considérait comme l'un de ses proches. J'aimerais tant retrouver les détails des rares conversations que nous avons eues dans les débuts, voir comment, par degrés, nous sommes devenus presque intimes. Las, j'ai délibérément enfoui toute pensée ayant trait à lui sous la poussière des ans, qui voile ces détails, les rend inaccessibles. Ce qui est frustrant. Peut-être ces faits infimes m'auraient montré quelque signe, indice des événements à venir.

Je me rappelle très bien l'appartement minuscule où il vivait, la vue sinistre sur la station de métro de Battersea. Son salon inconfortable, sa salle de bains de la taille d'un placard. Je ne me souviens pas de sa chambre, car je ne l'ai sans doute jamais vue, mais le reste me revient, de plus en plus précis. Eric avait une théorie sur les maisons : on devrait leur apprendre, comme aux enfants, à dépasser leurs limites, disait-il. La limite de son appartement était sa taille : dans chaque pièce, deux adultes pouvaient, en tendant les bras sur les côtés, se toucher le bout des doigts, et atteindre chacun un mur. Eric se libérait de cette contrainte en la niant : ses pièces étaient pleines d'un mobilier demesuré. « Il faut traiter une maison comme si elle devait grandir, disait-il, ce qui peut finir par arriver. » Ainsi ce petit appartement sombre dans lequel son budget de musicien débutant l'obligeait à vivre était-il meublé avec l'opulence d'un palace. Je soupçonnais Eric d'avoir glané ses trésors dans des salles des ventes de réputation douteuse et autres ventes par adjudication. On passait tout juste entre le canapé Chesterfield et le palmier en pot, mais leur association produisait un effet impressionnant. Seul le piano disposait d'un peu d'espace : Eric respectait les objets qui avaient de la valeur pour lui. Son instrument, contrairement à son sofa, avait ses aises : seul dans un vide relatif, on lui épargnait les outrages fortuits auxquels le reste du mobilier était soumis.

Plus j'essaie de me souvenir de cet intérieur, plus les détails de la personnalité d'Eric me reviennent. Eric n'était pas seulement respectueux des objets, comme tant d'êtres que leur sensibilité, leur intelligence éloignent du monde, dans sa définition courante. La musique ne l'absorbait pas tout entier, bien qu'il vécût pour elle. Son esprit ne l'isolait pas du reste de l'humanité, bien que ce fût un esprit supérieur à bien des égards. Eric se liait facilement aux autres. Le bien-être de ses amis passait avant la satisfaction de ses propres désirs. L'égoïsme du citadin lui était presque étranger : il partageait ce qu'il avait. Il était originaire de Provence. Il y avait du gentleman-farmer en lui, en dépit de son urbanité. Cela donnait un côté authentique à son érudition, quand sa force physique lui conférait une certaine présence. Regina Boardman — je m'en souviens à présent — l'appelait le « fils de la terre ». L'éducation et les bonnes manières n'avaient pas privé Eric de sa vitalité, contrairement à Charlie Stanhope. Mon ami était un garçon vigoureux, qui s'exprimait avec raffinement.

Je me rappelle sa vigueur, son enthousiasme, sa confiance — entière, comme celle d'un enfant.

Je me rappelle aussi cet après-midi de septembre que nous passâmes à boire du thé. L'anglophile en lui adorait cette institution qu'est le thé de cinq heures : le rituel du thé allait avec une élégance toute française, avec les délices de sa table à cette occasion — j'ai dû en jouir assez souvent pour me souvenir qu'ils étaient riches et variés. L'après-midi en question, je suis assis à une extrémité du Chesterfield, le pied posé avec précaution dans la petite brèche entre sofa et table à thé. Eric s'active avec une passoire — il désapprouvait l'usage du thé en sachet —, une cuiller et du sucre en poudre dans un vieux bol en porcelaine. Son service était éclectique : des pièces toujours magnifiques, mais d'occasion, accumulées sans suite au fil des années. Ainsi une soucoupe Spode pouvait-elle se glisser sous une tasse Willow Pattern — duo utilisé dans la scène que je suis des yeux en pensée, au cours de laquelle Eric me sert du thé —, une assiette à dessert Mason s'associer à un pot à lait Wedgwood. Oui, mon souvenir se précise : le salon mal aéré, la porcelaine fine, les grandes mains d'Eric se mouvant avec grâce entre théière et pot à lait. Je lui parle de Camilla Boardman, qu'il ne connaît pas, quand il me demande si je prends une ou deux cuillerées de sucre, car il a oublié. Il parle un anglais presque parfait, pratiquement sans accent. Seuls certains idiotismes mal formulés le trahissent, ce dont il a conscience, et le font sourire. Je réponds, trop bas, que je prends une cuillerée de sucre, et Eric me demande de répéter. Je continue l'histoire sur Camilla, mais j'ai perdu le fil de mes pensées, et je réalise que mon anecdote a cessé d'être drôle. Je la finis néanmoins. Après quoi mon ami s'assoit en face de moi dans un grand fauteuil à oreilles, soudain sérieux. Le fauteuil est vieux, mais confortable ; le confort et l'opulence sont les deux qualités qu'Eric exige de son mobilier. Dans sa main droite, un toast beurré, dans la gauche une tasse de thé. Il se tourne vers moi, tout sourire, mais je sens qu'il a une chose importante à me dire.

Je ne me suis pas trompé.

— James, dit-il, attentif au choix de ses mots, as-tu des projets précis pour les deux ou trois mois à venir ?

— Des projets solides comme le roc, lui dis-je, plutôt satisfait que ce soit vrai.

— Il n'est pas de pierre qui ne se brise, dit-il doucement.

— Sauf celle-là.

Il me sourit.

— Toutes les pierres se brisent, il suffit de le vouloir.

— Possible, mais dans ce cas précis la volonté manque. Sauf peut-être du côté de mes parents, dis-je, pensant tout haut. Quoiqu'ils semblent avoir ravalé leurs objections à l'égard du Conservatoire. Je dois ce changement à Michael Fullerton.

— Fullerton est devenu ton ardent défenseur. Te voilà presque lancé.

Cette sortie me gêna, je me tus. Michael Fullerton n'avait mentionné Eric que brièvement dans sa critique de notre dernier concert. Si mon ami en prenait ombrage, il n'en montrait rien. Quant à moi, je ne souhaitais pas insister sur ce point.

— C'est pourquoi tu dois éviter d'avoir des projets trop arrêtés, reprit Eric. Du moins pas avant d'avoir prêté une oreille attentive à ma proposition.

Je lui demandai poliment de poursuivre, bien décidé à ne pas écouter.

— Eh bien voilà, dit-il, la tante de ma mère est morte. Ma grand-tante.

J'allais compatir, mais Eric m'arrêta d'un geste.

— Ce décès ne m'affecte pas personnellement. Elle était vieille, vois-tu. Et je ne la connaissais pas très bien.

Me souvenant de cette remarque, à présent que j'ai moi-même avancé en âge, je suis frappé par la dureté de la jeunesse, qui se croit éternelle. Elle est plus près de la fin qu'elle ne l'imagine.

— Elle était peintre, reprit Eric. Elle avait une certaine notoriété.

Je demandai son nom.

— Isabelle Mocsáry, me dit-il. Elle était française et avait épousé un Tchèque. C'était une femme cosmopolite. Très érudite. Les communistes l'ont bien traitée : c'était une artiste. Elle laisse un grand appartement à Prague, rempli de meubles et de tableaux, poursuivit-il. Il se peut que certains aient une grande valeur. En tout cas, il faudra vendre la plupart de ses biens. Je vais là-bas dans dix jours pour superviser les opérations.

— Pourquoi toi ?

— Ma mère était la seule parente de Mme Mocsáry. Je suis le fils aîné de ma mère. Il est naturel que j'y aille.

Il s'interrompit.

— Et je pense que tu devrais venir avec moi, dit-il presque timidement.

Eric vit mon étonnement, sentit un refus imminent, s'empressa de poursuivre.

— J'ai un ami au Conservatoire de Prague, dont tu as sans doute entendu parler.

Je ne dis rien. Eric me regarda, inquiet, puis sourit.

— Si je te dis Eduard Mendl, ça évoque quelque chose pour toi ?

Mon hôte s'appuya contre le dossier de son fauteuil, savoura son triomphe. Je vis — aussi clairement qu'il aurait pu le souhaiter — la tête ridée, les cheveux gris, le nez busqué, le regard noir, perçant. Je voyais le visage de Mendl sur des programmes de concerts, sur des pochettes de disques, depuis ma plus tendre enfance. Je révérais son nom depuis le jour où j'avais eu un violon entre les mains pour la première fois.

— Comment se fait-il que tu le connaisses ? lui demandai-je, impressionné qu'il mentionne tant de grandeur avec une telle désinvolture.

— C'était un ami de ma grand-tante, répondit Eric. Lorsqu'il sortait de son pays et venait en France, il habitait chez nous entre deux concerts.

— C'est fou !

— Tu ne m'as pas laissé finir. Je pense qu'Eduard Mendl est le professeur qu'il te faut. Il prend des élèves, depuis qu'il ne donne plus de concerts. On parle de toi à Londres, grâce à M. Fullerton. Un trimestre avec Eduard Mendl ne nuirait pas à ta réputation. Pense au parti qu'en tirerait Fullerton dans son prochain article.

J'y songeais déjà.

— Qu'est-ce qui te fait croire qu'il voudrait de moi ?

— Il te fera passer une audition si je te recommande, dit Eric. Mendl a beau être violoniste, il m'a appris à jouer du piano mieux que tout autre. Nous sommes très proches, il se fie à mon jugement.

— Et tu crois...

— Je crois qu'il t'auditionnera si je le lui demande. La suite dépendra de toi, bien sûr.

— Certainement.

Eric vit qu'il avait produit l'effet désiré. Il sourit.

— Tu penses réellement que ça pourrait s'organiser ?

— J'en suis certain. Mais il te faudrait persuader ton responsable de cours au Conservatoire de différer ton admission de trois mois.

Ma joie retomba : une telle requête, sans précédent, avait peu de chances d'être accueillie favorablement.

Je repris vaguement espoir, très vaguement, quand Eric me dit qu'il en avait parlé à Regina Boardman, qui avait promis d'user de son influence.

— L'Angleterre fonctionne d'une drôle de manière, dit-il. Tout se joue dans les coulisses.

Il s'interrompit un instant.

— Regina connaît le chef des cordes au Conservatoire. C'est un très bon ami à elle.

Mon cœur chavira. Toute personne en mesure d'être utile à Regina Boardman était un « très bon ami ». Elle avait inventé la formule, qui n'impliquait aucun lien — proche ou affectueux. Ce que dit Eric ensuite raviva toutefois mes espoirs.

— Il est également l'amant de Michael Fullerton, déclara Eric sans sourciller.

— Comment le sais-tu ?

J'étais stupéfait.

— Ne t'inquiète pas de ça, James. Je le sais, c'est tout. Avec l'appui de M. Fullerton et de Mme Boardman, nous pourrions bien arriver à nos fins.

Je considérai la question. Eric avait raison : si Regina Boardman et Michael Fullerton étaient en mesure d'influencer le chef des cordes au Conservatoire, j'avais une chance de circonvenir celui-ci — en effet, je savais pouvoir compter sur l'appui et de l'amie des arts et du critique. Dans l'hypothèse où les informations d'Eric — quelle que fût la façon dont il les avait obtenues — étaient fiables, tout restait possible.

— Tu as raison, dis-je, avec un sourire rayonnant. Tu as absolument raison. Nous pourrions bien avoir une chance d'y arriver.

— Si tout se passe bien et que tu viens à Prague, poursuivit-il, souriant à son tour, nous pourrions partager l'appartement de Mme Mocsáry. Qu'en dis-tu ? C'est en plein centre-ville.

— C'est très aimable à toi, mais je ne veux pas m'imposer.

Il y eut un silence.

— Je me sentirais seul, sans toi.

Encore un silence, à l'occasion duquel je maudis vingt-deux ans de réserve polie, due à une bonne éducation anglaise.

— Dans ce cas, dis-je, en sautant le pas, je... j'accepte avec joie.

— En guise de loyer, poursuivit-il, il faudra donner un coup de main aux organisateurs de la vente. Sinon, ça ne nous coûtera rien. De toute façon, Prague est une ville très abordable. Nous pourrions vivre comme des rois, et non comme — d'un geste il désigna la pièce — les rats que nous sommes à Londres.

Il marqua une pause.

— Je n'aime pas les trous à rats, James.

Pleins d'entrain, nous nous serrâmes la main pour sceller notre accord. Je me levai pour partir, en proie à une vive excitation. Je me forçais à brider mes espoirs : il restait maints obstacles à surmonter. Cela dit, je remerciai Eric de sa générosité avec chaleur, sincérité.

— Tu n'as pas à me remercier, dit-il. Je t'aime beaucoup.

Une telle marque d'affection me gêna, et je m'irritai d'être ainsi embarrassé. Je lui serrai encore une fois la main, avec une vigueur renouvelée — c'est ainsi que les Anglais expriment leur considération à leurs amis. Je songeai toutefois au dégoût d'Ella pour cette réserve qui interdit les effusions : nous avions parlé de cela pendant des heures. Je lâchai donc la main d'Eric et l'étreignis, fier de prouver ainsi mon mépris des conventions. Eric répondit à mon étreinte, heureux, mais visiblement étonné.

— Merci, lui dis-je encore une fois.

— Je t'ai dit qu'il n'y avait pas de quoi me remercier, dit-il en me regardant dans les yeux. Faire plaisir à ses amis, c'est se faire plaisir à soi-même.

Je le quittai et rentrai chez moi au crépuscule. Le bleu du ciel vira au rose, puis à l'or, et enfin au gris, quand le soleil descendit sur les toits embrumés d'une ville sublime. Je contemplai des cieux d'une beauté inouïe, et je me dis que toute cette splendeur n'égalait en rien mon bonheur, que toutes ces couleurs n'avaient pas l'éclat de ma vie. C'était là une pensée extravagante, mais Ella m'avait rendu extravagant. Je m'assis au bord du fleuve, regardai le soleil se coucher. Je cherchai d'abord une métaphore illustrant la magnificence de la chose, puis je goûtai, serein, la pâle chaleur des derniers rayons de l'astre lumineux.

Je me revois, heureux ce jour-là à la pensée des occasions qui s'offraient à moi, à chaque détour du chemin. Je me revois et ce bonheur me semble étrange. L'expérience m'a rendu cynique. Je péchais par innocence dans ma jeunesse, je pèche par cynisme dans mon vieil âge. Je me revois près du fleuve dans le jour finissant, mais j'ai l'impression de revivre ce moment par procuration, d'après le récit que m'en aurait fait un étranger. Le garçon assis là, dans la chaleur d'une soirée d'août, est sans rapport avec l'homme qui frissonne dans cette pièce glacée. L'image qui m'apparaît n'est pas la mienne : ce garçon je l'ai connu, je ne le connais plus. C'est une figure de mon passé, dont je suis séparé de façon irrévocable. Il y a un gouffre infranchissable entre mon expérience et son innocence.

Je lis ses pensées, comme il s'assoit — et croit ne

penser à rien, je les vois s'envoler vers des villes étrangères, vers des applaudissements assourdissants, vers les louanges d'un professeur génial, au visage ratatiné, aux cheveux gris, aux lèvres ridées. Mon amour pour Ella, le sien pour moi m'avaient déjà rendu vaniteux. En l'espace de quelques semaines, ma vie avait totalement changé, et j'étais assez jeune pour penser que ce changement était dû à une qualité foncière de mon être. La chance va à ceux qui la méritent, disait mon père. Assis au bord de ce fleuve, j'avais le sentiment que la fortune me rendait justice : je méritais l'amour d'Ella, l'amitié d'Eric, mon succès tout neuf, et j'avais tout loisir d'en jouir. Je n'avais pas encore compris, et je mettrai des années à le comprendre, que le destin est une force inconséquente. Assis au bord de l'eau, je ne soupçonnais rien de ce que j'ai appris depuis : le destin agit indépendamment de ses victimes, il choisit d'élever celle-ci, de rabaisser celle-là, d'anoblir, d'avilir, de protéger et de persécuter, sur un simple caprice. Le destin trouve son plaisir grâce à des moyens détournés, d'une astucieuse cruauté. Il attise le feu de la fierté humaine, et l'éteint au moment où l'on s'y attend le moins. Il vous donne une impression d'immortalité, pour vous la retirer quand vous en avez le plus besoin, vous laissant misérable. Sa libéralité n'a d'égal que la douleur, la solitude définitive qu'elle génère. Il est plus facile à un chameau de passer à travers le trou d'une aiguille, dit-on, qu'à un homme riche d'accéder au paradis.

Maintenant que Sarah est morte, sans doute suis-je un homme riche. Ma richesse sera-telle un écueil de plus sur le chemin de la sérénité ? Va-t-elle s'ajouter à la série d'obstacles que je ne puis espérer surmonter ? Je suis embarqué dans un voyage que je ne peux achever, je suis seul, je n'ai personne vers qui me tourner. Mon unique compagnon — le garçon qui regarde le fleuve doré d'un air rêveur — ne peut m'aider. Il ne peut entendre mes questions, je ne pourrais pas entendre ses réponses. Il ne sait rien de moi. Comment le pourrait-il ? Il ne connaît pas la douleur. Ses seuls désagréments sont l'agacement dû à un infime retard dans la satisfaction de ses désirs. Il ne sait rien de la culpabilité, coupable seulement de fautes légères, occasionnelles, vite oubliées. Le remords, la honte, le désespoir lui sont étrangers. J'ai du ressentiment envers lui. Ce garçon, qui se croit si malin, demeure indifférent à mes questions. En proie à une rêverie vaine et sans fin, il reste assis au bord de la Tamise, alors que je cherche désespérément des signes que j'aurais pu voir, des avertissements dont j'aurais pu tenir compte. Mais il reste impassible, bougeant seulement pour lancer un caillou dans les eaux rapides du fleuve. Il ne prête aucune attention aux pensées d'un vieil homme, il ne les entend pas. Il me laisse là, spectateur, impuissant.

12

Les autorités compétentes, les faveurs souhaitées furent sollicitées en temps voulu : on m'accorda un trimestre sabbatique. Un enregistrement de mon concert à St Peter fut dépêché à Prague par courrier privé, accompagné d'une longue lettre d'Eric. Après deux jours d'attente fébrile arriva un télégramme de Mendl : il se fiait au jugement d'Eric, il serait ravi de m'avoir comme élève pendant trois mois.

Camilla Boardman téléphona dès qu'elle apprit la nouvelle.

— Mon chééééri ! Tu es *génial* !

— C'est plutôt ta mère qu'il faut féliciter, Camilla.

— Ne t'avais-je pas dit que vous alliez bien vous entendre ? Ne l'ai-je pas dit ?

— Si.

— Et n'avais-je pas raison ?

— Si. Merci Camilla.

Camilla voulait qu'on lui reconnaisse une responsabilité dans l'affaire.

Seule l'idée de quitter Ella tempérait mon excitation. Je lui avais tout de suite parlé de la proposition d'Eric. Nous avions vécu quelques jours d'attente inquiète, tandis que Regina s'activait pour moi. Nous n'avions cru ni l'un ni l'autre que ces manœuvres aboutiraient, bien qu'Ella comprît mes espoirs et espérât avec moi. Lorsque l'influence de Regina porta ses fruits, je voulus qu'Ella fût la première à l'apprendre. Je téléphonai à Chester Square. On me dit que les Harcourt étaient en voyage. L'homme à la voix grave, à l'autre bout de la ligne, ne pouvait me dire quand ils reviendraient.

J'attendis deux jours, perplexe. Ma mère s'extasiait devant ses amis sur ma bonne fortune et mon génie indubitable. A la maison, l'atmosphère avait changé du tout au tout. Mes parents, en perdants avisés — du moins l'interprétai-je ainsi à l'époque —, occultèrent tous nos affrontements. Ils dirent avoir été la proie d'un doute léger, mais pardonnable. Cela sous-entendait qu'ils ne s'étaient jamais opposés à mon désir. Bien au contraire, se récrièrent-ils : « Mais n'oublie pas que rien ne vaut un travail stable. » Avec l'indifférence propre à la jeunesse, j'écoutais leurs explications et m'estimais admirable de ne pas leur tenir rigueur de leur hypocrisie.

Il me fallut des années pour saisir les raisons de ce conflit avec mes parents, pour voir de l'amour derrière ce long affrontement. Bien que snobs, ils n'étaient pas hypocrites, leur satisfaction devant mon succès ne me toucha pas, je ne l'apprécierai que bien plus tard. Trop tard pour le leur dire, comme souvent dans la vie.

A l'époque, j'écoutais mes parents d'une oreille distraite, tout occupé à joindre Ella. Ma frustration dura trois jours : chaque fois je me vis éconduire par l'homme à la voix caverneuse qui répondait au téléphone à Chester Square, chaque fois il déclara ne pouvoir me dire à quelle date les Harcourt rentreraient. Après trois jours d'appels infructueux arriva une lettre d'elle. Une grosse enveloppe frappée d'une couronne bleue et d'une adresse à laquelle je ne m'attendais pas : CHÂTEAU de SETON, CORNOUAILLES.

Mon très cher James,

Tu serais troublé de savoir à quel point tu me manques, ou du moins de l'apprendre dans une lettre. J'éviterai les épanchements excessifs : je ne voudrais pas te gêner. (Seton sous le soleil, entouré d'une eau miroitante, me rend terriblement sentimentale, par instants. Aussi vais-je me contenir et t'épargner.)

Je suis ici pour une raison bien triste. Oncle Cyril a eu une attaque d'apoplexie il y a quatre jours et depuis, il est à l'hôpital de Penzance. Il semble qu'il est entre la vie et la mort. La famille a été convoquée à son chevet — pour se chamailler et inspirer une crainte respectueuse aux villageois. Tante Elizabeth tient à ce que nous donnions l'image d'une lignée unie, que nous soyons « un exemple pour nos insulaires ». Ce genre de remarque me fait bouillir de rage : voilà les dégâts que peut causer une éducation américaine, même chez les membres des meilleures maisons. Je dois être l'objet de bien des discussions, dans cette famille. Tante Elizabeth et Sarah chuchotent dans les coins pendant des heures. Sans doute se désolent-elles de mon attitude, blâmable, et du fait qu'on ne puisse rien y changer. Cela dit, la pauvre Pamela reste leur cible privilégiée : elle n'est même pas protégée par les liens du sang. A leurs yeux, elle n'est qu'une intruse. Un jour son heure viendra, Elizabeth le sait. Ma tante vit dans la crainte de devoir émigrer dans les dépendances du château.

Cette réprobation dont Pamela et moi sommes l'objet irrite mon père au plus haut point. Nous prenons nos repas dans une atmosphère très glaciale. J'espère qu'ils ne vont pas renvoyer Cyril à la mai-

son dans un climat pareil : ça le tuerait. Nous devrons toutefois rester à Seton tant que ses jours sont en danger — donc au moins une semaine, voire deux. Je crois que cette séparation est une bonne chose pour nous. J'adore être avec toi, mais je dois trouver une solution. Je suis toujours fiancée, rien n'a changé. Je ne puis continuer à me conduire comme si j'avais rompu. Charlie commence à se demander pourquoi je suis souffrante chaque fois qu'il veut me voir. Je vais finir par être à court d'excuses. Je sens que Sarah m'épie. Je me demande ce qu'elle voit, avec ces yeux froids. Elle me met mal à l'aise, ce qui est logique, en un sens. (Tu vois que j'ai tout de même une conscience.)

Je profiterai donc du temps que je passe ici pour réfléchir sérieusement à ce qu'il convient de faire. Je penserai également à toi, à cette occasion formidable que tu as d'aller à Prague. Tu vas me manquer affreusement si tu pars (cette maudite Regina Boardman est prête à tout pour t'arranger l'affaire, je le sais). Mais vu les sentiments qui nous lient, nous avons tout le temps devant nous.

Je t'aime, je t'aime,

Ella.

Je revis Ella une fois avant mon départ : les visas d'étudiants furent plus longs à obtenir qu'Eric et moi l'avions pensé. Nous restâmes à Londres pendant que les bureaucraties des deux pays tardaient à statuer sur notre cas. Oncle Cyril se rétablit, rentra chez lui. Il renvoya sa famille, irrité de ce remue-ménage à cause de lui. Ella regagna Londres. La maison de Chester Square redevint le théâtre de préparatifs matrimoniaux. Je vis Ella la veille de mon départ. Eric et moi avions emballé nos livres et nos vêtements, obtenu nos visas, vu certains amis, téléphoné à d'autres. Tout était prêt. Camilla Boardman avait exigé une entrevue en tête à tête. Pendant ce déjeuner, elle m'avait dit que Londres serait « affreusement » triste sans moi. Michael Fullerton avait téléphoné pour me souhaiter bonne chance. Regina Boardman, fidèle à elle-même, avait organisé un dernier concert de charité — elle avait misé sur mon avenir et elle récoltait les premiers fruits de ses efforts.

Ella et moi nous retrouvâmes à la National Portrait Gallery, image de la splendeur triomphante de l'époque victorienne. C'était la mi-septembre, l'un des derniers jours de ce long été torride. Dehors, dans Trafalgar Square et Charing Cross Road, grouillait une humanité bruyante et en sueur. A l'intérieur, dans la fraîcheur sépulcrale du musée et de ses longues salles désertes, le silence régnait. Je la revois venir vers moi, monter l'escalier. Je devine sa hâte de me retrouver dans son pas rapide, léger. Je revois son sourire, l'éclat de ses joues. Elle portait une robe courte en coton léger, bleu pâle. Ses cheveux, coiffés en arrière, semblaient humides.

Je ne me souviens pas de tout ce que nous nous sommes dit. Elle a dû me parler de Seton, du retour de son oncle, de la famille masquant ses différends, du moins en présence du malade. J'ai dit l'énergie qu'avait déployée Regina pour moi, mon inquiétude en attendant la réponse de Mendl. J'ai mentionné Isabelle Mocsáry, la grand-tante d'Eric. Il y avait quelques Mocsáry à la National Gallery, à côté. Nous y sommes allés. Quelle déception quand nous avons appris qu'ils avaient été prêtés au musée d'Orsay, à Paris. J'ai un vif souvenir de notre intimité durant ces quelques heures, de nos rires, de nos échanges complices, de nos baisers dans un café de Covent Garden où nous prîmes le thé. Nous n'abordâmes les sujets graves qu'en début de soirée, avec ce sérieux des amoureux sur le point d'être séparés.

— Tu n'imagines pas à quel point je me réjouis pour toi, me dit Ella. Ce qui ne m'empêche pas d'être triste. Mais je crois que cette séparation est une bonne chose.

Elle s'interrompit pour allumer une cigarette. Je l'observai, tandis qu'elle la prenait entre deux doigts fins, légèrement recourbés, puis la portait à sa bouche. Elle tira deux bouffées, songeuse.

— Je pense également que ce sera une vraie séparation, du moins pour le moment.

— Dans quel sens ?

— Il me semble préférable que nous n'ayons plus aucun contact, Jamie.

— Quoi ?

Elle me sourit.

— Nous savons les sentiments qui nous lient. Ils ne disparaîtront pas. Mais on s'écrira et on se téléphonera seulement quand j'aurai fait ce que j'ai à faire, et pas avant. Ces chassés-croisés ne nous valent rien. Et puis je suis fatiguée de ruser, comme une petite fille qui fait des bêtises.

Je l'approuvai même si nos chassés-croisés n'étaient pas sans charme.

— Le moment est venu de régler la question une fois pour toutes, reprit Ella. Je ne me suis pas préoccupée de Charlie comme j'aurais dû le faire, je ne me suis pas non plus inquiétée de Sarah. Or je sais qu'elle m'épie, elle espionne tous mes faits et gestes. Elle sent qu'il y a anguille sous roche. C'est pourquoi nous devons éviter de nous écrire.

— Je ne te suis pas.

— Tu ne comprends donc pas ? Quand je suis avec

toi, je suis trop heureuse pour être triste. Ce serait la même chose si nous nous écrivions tous les jours, pendant que tu seras à Prague. Tu dois être une récompense pour moi, Jamie, pas un dérivatif. Je dois m'extraire de ce guêpier, pour pouvoir jouir de toi sans entraves.

— Mais Ella...

— Je t'en prie, Jamie.

— Mais...

— Ne vois-tu pas qu'une séparation nette me serait d'un grand secours, si courte soit-elle ?

Elle me prit la main.

— Je veux sceller notre union, que nous soyons vraiment ensemble. Ouvertement, officiellement, qu'on nous voie. J'en ai assez de ces rencontres furtives. Et pour me sortir de ce guêpier, il me faut éviter toute distraction. Je dois bien cela à Charlie, ne crois-tu pas ?

Je commençais à comprendre.

— Ne le prends pas comme ça, dit-elle. Nous avons du temps devant nous. Tu ne seras parti que deux mois. Quand tu reviendras, nous n'aurons plus à nous cacher comme des criminels. Tu pourras véritablement faire la connaissance de papa et de Pamela. Tu me présenteras tes parents. Nous pourrons aller à Seton, sans avoir à dormir au pub du village, ni à éviter les gardes. Tu vois comme ce sera différent, comme ce sera bien ?

Je hochai la tête, moins sombre cette fois, vaguement amadoué.

— Alors va à Prague et ne m'écris pas. Tes lettres — tout ce qui vient de toi, je te l'ai dit — me rendraient trop heureuse pour que je réussisse à être triste. Or je dois bien à Charlie d'être triste, ne crois-tu pas ? Je vais devoir prendre mon temps. On ne rompt pas ses fiançailles en une nuit. Surtout dans des circonstances comme celles-là. Tu comprends ce que je te dis ?

Elle me regarda d'un air anxieux, assise à table en face de moi.

— Je crois que oui, dis-je. Cela ne me réjouit pas, mais je comprends.

— Bien.

Elle exerça une pression sur ma main.

— Mais tu n'as que jusqu'à Noël, dis-je. Après, tu ne pourras plus te débarrasser de moi.

— Mais je n'aurai aucune envie de me débarrasser de toi, idiot !

Elle serra ma main dans la sienne.

— Je n'en ai déjà pas envie maintenant, dit-elle. Mais je dois le faire, dans notre intérêt à tous les deux.

— Je sais.

Nous nous embrassâmes longuement.

13

Prague déployait ses splendeurs, quelques centaines de mètres plus bas : ponts incurvés, flèches pointues, dômes élégants. Elle était baignée d'une lumière matinale plus vive, plus froide que celle de Londres. La brume qui montait de la Vltava formait comme un ruban scintillant sur une couverture grise : la ville. L'aile de l'avion plongea sur la droite. « Ferme les yeux, dit Eric à côté de moi. Nous allons bientôt survoler les faubourgs de Prague. » Je fermai les yeux et ne fus autorisé à les rouvrir qu'au moment de l'atterrissage sur une piste d'aéroport au nom truffé de consonnes, furoncle de béton destiné — d'après ce que je voyais — à décourager les visiteurs, et donc à préserver les splendeurs de la ville qui l'intéressait. J'ai des souvenirs d'Eric plus précis, à présent. Je revois son grand corps resserré entre ces deux accoudoirs. Ses yeux brillaient — l'excitation du voyage, sans doute. Il évoquait à voix basse les hauts lieux d'une ville que nous ne connaissions ni l'un ni l'autre, mais dont lui, au moins, avait lu l'histoire.

Prague et moi n'avions pas encore été présentés. Dès notre première rencontre, je sus qu'elle était différente de Londres, qu'elle n'était ni réservée, ni distante, ni froide. Fière, oui, mais d'une fierté séduisante, attirante, nimbée de mystère, de romantisme.

Le panache des boulevards parisiens, la morgue des gratte-ciel new-yorkais n'étaient pas pour elle, j'allais bientôt le découvrir. Prague était le royaume des rues pavées, des escaliers dérobés, des cours intérieures pleines de fleurs et de murmures, un lieu où les palaces voisinaient avec les immeubles anciens qui tombaient en ruine sans protester, avec une dignité pittoresque. Prague échappait, pour le moment, aux investissements sauvages et aberrants, aux améliorations arbitraires. Les promoteurs et les ministres du Logement défiguraient ses faubourgs, des *panelaks* et des immeubles de bureaux se dressaient sur son périmètre, certes. Prague était cernée de tous côtés, mais sur cinq ou six kilomètres carrés, dans le centre, dans son cœur, son essence, elle avait su rester pure. Prague est une ville d'un romantisme redoutable : elle sait charmer, séduire tous ceux qui voudraient s'installer dans la place, la changer, la moderniser. Les gouvernements se succéderont, les régimes s'établiront, puis tomberont sous l'œil impassible du *Hrad,* qui monte la garde sur les hauteurs de la ville depuis des siècles. Je sentis tout cela confusément, tandis que le taxi qui nous emmenait à Prague fonçait sur l'autoroute, traversait des faubourgs verdoyants, avec d'étranges maisons Art nouveau dans des jardins à la végétation débridée. La décadence était presque palpable en ces lieux. Cependant ces bâtisses à la splendeur passée s'accommodaient de leur revers avec dignité, et philosophie, contrairement aux réalisations plus récentes, et laides, des communistes en matière de logement : ces tours de la proche banlieue, les *panelaks* qui encerclaient la ville offraient au monde un visage sinistre, jetaient un regard malveillant sur des rues borgnes.

— Ta tante habitait où ? demandai-je à Eric. Par ici ?

— Oh non ! Cette dame avait besoin d'être au cœur de l'action. Dans les vapeurs d'oxydes de carbone ! Sa maison — son appartement devrais-je dire — est dans le centre-ville. Et tel qu'elle l'a laissé, semble-t-il. Nous habiterons au cœur de Prague. Ces geôles-là ne sont pas pour nous.

Avec un soulagement inavoué, je vis que nous laissions derrière nous les tours. Le taxi descendit l'avenue pavée qui va du monastère Strahov, à *Mala Strana,* le petit quartier baroque, réseau serré de rues sinueuses au pied du château, mon premier contact avec le vrai Prague. Devant nous la Vltava ; au loin les tours jumelles du pont Charles et son alignement de statues, funèbres, noircies par l'âge et par la suie. La précision de ces images dans ma mémoire, ces vues intactes me surprennent. Je ne suis pas retourné à Prague après ce voyage avec Eric : cette ville évoque trop de choses douloureuses pour moi. Cependant je ne l'ai jamais oubliée. Sans doute Prague a-t-elle changé. On a peut-être goudronné ses artères, construit des fast-food à tous les coins de rue, avec des néons racoleurs, comme ailleurs. Peut-être ses monastères et ses palais sont-ils devenus des hôtels. Je ne souhaite pas y retourner. Je me satisfais de revenir en pensée dans cette cité qui impressionna un jeune homme sensible, avide d'expériences. Je veux à nouveau m'appesantir sur ses mystères, rire de son maniérisme, la goûter dans toutes ses nuances, sourire de ses excentricités. Je veux revivre l'émoi de ces premiers instants, l'éblouissement devant cette vision première, spectaculaire.

Je regardais par la vitre du taxi, ébahi. Eric demanda au chauffeur, en allemand, son sentiment sur la chute du communisme. J'écoutais distraitement, les yeux fixés sur la ville superbe qui s'étendait en contrebas.

— Il dit que ses concitoyens ressemblent de plus en plus aux Américains, traduisit Eric à mon intention. L'argent, l'argent. C'est la nouvelle obsession des Tchèques.

Notre chauffeur approuva.

— Je parle anglais. Un petit peu. Aussi, dit-il, timidement.

— Il s'appelle Georg, me dit Eric.

Georg et moi échangeâmes un regard dans le rétroviseur et nous saluâmes d'un signe de tête. Je lui dis mon nom.

— Avant la chute du communisme, poursuivit Georg, les gens parlaient, discutaient. Nous allions plus au théâtre. Mais maintenant — il nous lança un regard triste dans le rétroviseur — il n'y a plus que le travail. Travailler pour gagner de l'argent. C'est tout. Depuis la chute du communisme, ce sont les étrangers qui remplissent nos théâtres.

Georg était un vieil homme digne. Le calme avec lequel il nous parla de l'infiltration des valeurs étrangères dans sa culture démentait sa façon, virulente, d'y résister. Il faisait face à cette nouvelle armée d'envahisseurs impérialistes avec défi. « Ils, dit-il — pensant à moi et aux capitalistes de mon acabit — tentent de régir nos esprits. Ils veulent faire de nous des esclaves. Nous ne pensons plus qu'à l'argent et au sexe. Le sexe et l'argent, il n'y a plus que ça qui compte. » Comme il se colletait avec une circulation de plus en plus dense, il s'enflamma : « Même Havel n'a pas écrit une seule pièce depuis la révolution ! Il passe ses journées, là-haut, dans son château. » De sa main ridée, Georg indiqua le *Hrad,* derrière nous : ses fenêtres à meneaux scintillaient timidement dans la lumière du matin. « Il est coupé de son peuple. L'Ouest nous exploite, nous nous exploitons les uns les autres. Et notre président laisse faire. Il faut que ça cesse ! »

C'était l'éternel et triste constat sur les révolutions à travers l'histoire : le bouleversement passé, on s'aperçoit qu'il ne s'agissait que d'une première tentative timide de justice sociale. Il y a souvent plus de raisons de se protéger après coup qu'il n'y en avait de se battre au départ.

Notre chauffeur secoua encore la tête avant de nous déposer, Eric et moi, au coin d'une rue où s'élevaient de grandes et belles maisons anciennes. Il nous désigna le numéro 21, l'adresse que lui avait donnée Eric, et accepta son argent comme s'il nous faisait une faveur.

Debout sur le trottoir dans l'air piquant, j'attendis qu'Eric trouve les clés.

— Cet immeuble est l'ancien palais Sherkansky, me dit-il. Il a été divisé en appartements.

— Des appartements somptueux, dis-je, en voyant l'escalier en marbre et les lourdes portes.

— Ma grand-tante appartenait à l'élite du régime. C'était une artiste renommée dans le monde entier. Elle était parmi les mieux logés.

Eric avait trouvé les clés. Il ouvrit la porte, me précéda sous la porte voûtée. Dans les ténèbres de l'entrée, les moulures du plafond et des murs prenaient un aspect fantomatique : des chérubins qui auraient souri quand le vent avait tourné, et gardé une expression dévergondée. De grandes fenêtres, sur les murs de l'entrée, crachaient des flots de lumière assombris par la poussière. Devant nous un escalier, relique d'un âge plus prestigieux que le nôtre, s'élevait avec grâce vers des étages plongés dans l'obscurité. Mes yeux s'accoutumèrent à la faible clarté diffusée par une ampoule solitaire. Je vis alors l'état de délabrement des lieux : la peinture écaillée, les dalles cassées, le plâtre lézardé. Après quoi ce fut le noir complet. Eric marmonna un juron, tâtonna la paroi à la recherche d'un interrupteur. Une autre lumière s'alluma, vacillante, aussi faible que la première, et plus lointaine. Ainsi commença notre ascension. Par intervalles de dix secondes, il était possible de gravir ces marches avec un éclairage à peu près correct, mais vu le volume et le poids de notre bagage, nous finissions la montée de chaque volée dans l'obscurité.

Sur le troisième et dernier palier, Eric s'arrêta devant une autre double porte, tout aussi imposante que la précédente, et sortit un autre trousseau de clés.

— L'appartement est resté fermé depuis l'enterrement, dit-il.

— Je me demande ce que nous allons trouver à l'intérieur.

Mon cœur battait d'excitation tandis qu'il glissait la clé dans la serrure.

— Moi aussi je me le demande.

La porte s'ouvrit dans un grincement de verrous grippés — au moment où la lumière du palier s'éteignait. Nous pénétrâmes dans l'appartement obscur. Eric chercha une fois de plus un interrupteur, en trouva un, l'actionna. Cette fois nous fûmes inondés d'une belle lumière électrique. Le lustre, au-dessus de nos têtes — j'eus le loisir de compter plus tard — avait trente ampoules. Il éclairait tous les coins de cette caverne d'Ali Baba. Je me rappelle cette première explosion de lumière, la forte impression qu'elle eut sur moi, et je me dis que ma vie n'a pas été totalement dénuée d'aventure. Eric et moi nous trouvions dans une grande pièce tout en longueur. Des tapis persans jetés de-ci de-là sur des dalles de pierre, des murs nus, peints dans un carmin lumineux. L'ensemble était couvert d'une fine couche de poussière, qui étouffait les couleurs des tapis et des draperies — d'un jaune impérial — accrochées au plafond telles de larges portières. J'éternuai. Ce bruit relâcha la tension : nous éclatâmes de rire.

— Mon Dieu, dis-je. Je n'ai jamais vu une maison comme celle-là !

Le regard d'Eric s'éclaira.

— Allons voir, dit-il.

Nous explorâmes donc l'appartement. Excités, impressionnés comme des collégiens dans un musée, nous visitâmes les pièces. Nous nous montrions les objets les plus fous, témoins de l'excentricité de Mme Mocsáry : un petit éléphant doré avec des pierres rouges scintillantes à la place des yeux, posé sur le piano ; un éventail en plastique rose et vert, ouvert sur une table, en décoration ; un gros cendrier taillé, en cristal bleu. La pièce dans laquelle nous nous trouvions servait à la fois d'entrée et de salon — quant à son usage à l'époque des Sherkansky : mystère. Dans cette pièce, deux portes en voûte, dans des alcôves avec des piliers. La première donnait dans un petit couloir humide et froid, qui menait à une cuisine sombre, exiguë, et à une salle de bains dotée d'une grande baignoire en porcelaine sans robinets. La seconde porte, que nous franchîmes après un examen plein d'espoir, mais décevant, de la cuisine, nous réservait une meilleure surprise.

— Mon Dieu ! s'écria Eric dès qu'il l'eut ouverte. Viens voir ça, James !

Je le rejoignis. Ensemble nous pénétrâmes dans la salle des tableaux pour la première fois. Cette pièce était un cube parfait : des murs à angles droits, de quatre mètres de côté — y compris dans la hauteur, arrêtée à cette dimension au moyen d'un faux plafond. Si l'on excluait la porte par laquelle nous étions entrés et deux grandes fenêtres à guillotine qui donnaient sur la rue, les tableaux couvraient toute la surface des murs. Encadrés, ou sans cadre, ils se serraient les uns contre les autres, comme pour se tenir chaud dans cette pièce glacée. Les murs, rouge foncé comme l'entrée, disparaissaient sous une débauche de couleurs : des toiles à moitié abstraites, étranges, peintes sur une longue période de temps, une œuvre dont on pouvait retracer l'évolution — je le découvris par la suite.

— C'est donc ça, dit Eric à voix basse.

— Quoi ?

— Dans les lettres qu'elle écrivait à ma mère, ma grand-tante parlait de sa salle des tableaux. Elle était convaincue de ne pas la finir avant sa mort.

Il s'interrompit, regarda autour de lui.

— L'ensemble est impressionnant, non ?

Je revois cette pièce, création achevée d'un esprit brillant, concentré explosif d'inspiration artistique. L'ensemble allait des premières esquisses à l'encre d'une jeune fille aux œuvres affirmées, audacieuses, d'une artiste dans sa maturité. Des images variées petites ou énormes à l'encre, à l'huile, à l'acrylique, souvent sur toile, parfois sur bois. Ces tableaux se mélangent dans mon souvenir, moi qui les différenciais si bien à une époque de ma vie ! Je ne puis discerner les motifs de ces toiles : les années en ont voilé les traits, les contours, les détails. C'est étrange que ma mémoire me fasse défaut, car j'ai fini par aimer ces tableaux et leur sanctuaire. Je m'y suis attaché. C'est peut-être pour ça que je les ai oubliés. Qui sait ?

L'esprit de Mme Mocsáry était partout dans ce drôle d'appartement : dans les draperies jaune passé qui cachaient le plafond fendillé de l'entrée, dans le bric-à-brac qui couvrait toutes les surfaces — étagères, dessus de meubles, rebords de fenêtres. Pendant une heure, Eric et moi avons erré dans les lieux, fascinés. Puis l'aspect pratique de notre situation nous apparut : Mme Mocsáry n'avait pas eu l'usage d'un lit, semblait-il.

— Elle devait en avoir au moins un, dit Eric. Il faut que nous le trouvions.

Nous cherchâmes sans dénicher une seule chose qui ressemblât ne serait-ce qu'à un matelas. Ce fut moi qui découvris le mystère des nuits de Mme Mocsáry, après une heure de recherches infructueuses. La poussière m'ayant fait éternuer, j'avais décidé de secouer les draps qui recouvraient les meubles. Quand j'ôtai le carré de velours bleu du sofa, je vis que ce n'était pas un sofa, mais un lit, collé contre le mur, avec des coussins sur les trois côtés. Comme nous avons ri d'avoir été joués aussi longtemps par un fantôme !

Eric riait de tout son cœur. Il riait aux larmes, de grands éclats de rire gutturaux qui le décoiffaient, découvraient ses dents blanches. Ces rires reviendront dans mes cauchemars avec le sourire qui les précédait, la tape qu'Eric me donnait dans le dos. Il m'a fallu cinquante ans pour bannir tout souvenir de lui, pour ne plus le voir ni l'entendre en rêve. Je viens d'anéantir le travail de plusieurs dizaines d'années : je me suis souvenu. Et mon ami reviendra me hanter, ce soir il me rendra visite, en songe, non plus heureux mais torturé, non plus insouciant mais traqué. Qui est-il ? Qu'est-il ? Une image. Des sons. Une sensation tactile. Un jeune homme heureux qui a eu une fin tragique. Il n'est rien d'autre que cela, sans nul doute. Il est mort. Mais il continue à vivre en moi, ma conscience ne le laissera pas reposer en paix car elle ne s'accommode plus des faux-semblants. Aussi son rire n'est plus qu'un cri aigu qui vient m'accuser, par-delà les années.

Cet après-midi-là, cependant, son rire me réjouissait, et je riais avec lui. Nous avons ri, nous nous sommes battus en riant pour savoir qui aurait le lit. Eric perdit, bien qu'il fût plus costaud que moi. Nous décidâmes de secouer et d'aérer les draperies et les pièces de velours dont l'appartement regorgeait. Après quoi nous les empilerions et ferions un matelas de fortune à Eric. Ce grave problème résolu, nous nous préparâmes à la tâche — difficile — qui nous attendait : ouvrir les placards, en examiner le contenu, explorer les coins et les recoins de l'univers d'une vieille dame excentrique. Nettoyer l'appartement inhabité depuis un an — Mme Mocsáry avait passé la dernière année de sa vie dans une maison de retraite — représentait une vaste entreprise. Quoi que j'aie pu apprendre dans des écoles privées, on ne m'avait pas enseigné le maniement du chiffon, ni des divers détergents. Eric ne s'y connaissait pas beaucoup plus que moi. Cependant notre enthousiasme nous fit agir. Nous allâmes au « DUM » nous armer de lavettes et de seaux — mon ami voyait la chose comme une opération militaire. Nous revînmes euphoriques de notre expédition. Première étape : aérer les draperies et les velours.

Dans l'après-midi et en début de soirée, un public de Tchèques stupéfaits eut le loisir de nous voir mener un étrange ballet, dans la rue, sous notre balcon, et secouer d'immenses carrés de velours — rouges, jaunes, bleus, violets — de toutes nos forces. Nous les frappions à grand bruit et avec une vigueur incroyable sur tout ce qui se présentait : lampadaires, façades d'immeubles, grilles. Rien n'échappait à notre effort furieux. A la tombée du jour, nous avions fini. Nous pouvions suspendre les draps de velours à la rampe de l'escalier pour qu'ils prennent l'air — et retrouvent, incidemment, une part de cette splendeur qui fut sans doute la leur autrefois. Nous regagnâmes l'appartement nu sans ses jolies draperies. Les meubles nous fixaient, sales, dépouillés, maussades. Nous les abandonnâmes pour trouver à dîner et à boire. Toute la nuit nous avons ri et bu du vin. A l'aube, ivres, nous avons retrouvé le délabrement superbe du palais Sherkansky et la grandeur dévastée du numéro 21 de la rue Sokolska.

Blanca se manifesta à la suite du battage public des tissus géants. C'était une vieille dame ridée aux cheveux teints en blond avec soin, ancienne femme de ménage et confidente de Mme Mocsáry. Elle habitait un pauvre immeuble, dans la rue Sokolska, un peu plus bas. Elle nous dit après coup avoir regardé, horrifiée, deux jeunes hommes inconnus s'acharner sur les biens de son ancienne maîtresse. Et ce dans la rue, sous ses fenêtres ! Notre impertinence, nous avoua-t-elle, avait immédiatement attiré son attention. Frêle, Blanca n'en était pas moins farouche et sans peur : deux petits arrivistes ne l'effrayaient pas, elle ne laisserait pas leur arrogance impunie. Aussi était-elle venue nous trouver, décidée à se montrer violente. Elle nous avait suivis, comme nous descendions les derniers carrés de velours dans l'escalier du palais. Eric reçut un coup de pied dans les tibias, qui l'arrêta net, tandis que je prenais un flot de tchèque déchaîné en pleine face.

Nous la calmâmes avec difficulté, réitérâmes nos explications, en anglais, puis en mauvais allemand. Eric se frottait la jambe, je faisais de mon mieux pour circonvenir notre agresseur inattendu par des paroles apaisantes, tirées d'un manuel de tchèque à moitié oublié. La situation finit par s'éclaircir, et quand nous eûmes levé tout malentendu, Blanca nous accabla d'excuses à peine moins alarmantes que sa récente fureur. Pas question que nous nettoyions cet appartement nous-mêmes, dit-elle. Elle devait se racheter. Et puis tout le monde sait qu'on ne peut compter sur les hommes en pareil cas. Qu'espérions-nous faire, sans les conseils d'une femme ? Livrés à nous-mêmes, comment savoir les dégâts que nous pouvions causer ?

Confrontés à un opposant aussi implacable, Eric et moi ne pouvions que nous incliner, ce que nous fîmes. Dès lors, Blanca prit le contrôle des opérations et s'affaira avec compétence. Ce faisant, elle nous abreuva de paroles, et délégua volontiers une part de sa tâche. Sous ses ordres, nos premiers jours au 21 de la rue Sokolska se passèrent dans un tourbillon d'activité tel que le vieil immeuble n'avait pas dû en connaître depuis deux siècles. Blanca arrivait à neuf heures précises. Elle dirigeait ses « troupes » — comme elle nous appelait, avec affection — dès l'instant où elle franchissait le seuil de l'appartement jusque tard le soir, nous faisant frotter, nettoyer et trier avec une autorité sans faille.

Les meubles que la famille Vaugirard ne garderait pas seraient vendus avec les tableaux. Nous consacrâmes ces six jours de ménage à sauver les rares trésors enfouis dans l'énorme bric-à-brac accumulé par Mme Mocsáry en près de quatre-vingts ans. Nous trouvâmes des choses en de drôles d'endroits. Une latte du plancher grinçait de façon suspecte. Nous la soulevâmes et trouvâmes une grosse liasse de lettres serrées dans un ruban. Sous les cordes du piano, une petite boîte noire contenant une broche en ambre.

Dans la cuisine, scotchée sous le tiroir du haut, une montre gousset qui avait toute l'apparence d'un objet en or.

Quand je découvrais des objets cachés, je les montrais à Eric, qui décidait de leur sort. Des lettres il dit : « Des lettres d'amour. Brûlons-les. » Ainsi, piqué par une curiosité que je ne pourrais satisfaire, je les mis dans un coin du balcon, avec les choses à brûler. Il y avait une cinquantaine de lettres, écrites sur le même papier qui avec le temps s'était émietté d'une écriture fine et acérée, dans une langue que je ne reconnus pas. Eric jeta un coup d'œil sur ces missives : « Pas l'écriture de mon grand-oncle », déclara-t-il d'un air sombre. Avant de se radoucir : « Ne violons pas le secret d'une vieille dame », dit-il. Il prit les lettres, alluma son briquet et les enflamma. Nous les avons regardées brûler, produire des flammes vives, puis devenir cendre.

Isabelle Mocsáry, femme atypique, m'intriguait. Si je n'avais pu lire ses lettres, j'écoutais les réminiscences incessantes de Blanca avec intérêt, tandis qu'elle frottait, briquait. « Madame était une grande dame, nous dit son ancienne femme de ménage avec révérence. Une femme admirable. J'étais sa servante, mais elle me traitait comme une amie. » En époussetant, Blanca nous donnait un bref historique de chaque objet. Eric et moi l'écoutions, fascinés, quand elle énumérait les noms des gens qui avaient bu dans les tasses à thé de Mme Mocsáry, citait les œuvres des intellectuels qui fréquentaient sa table de jeux, s'extasiait sur le génie des musiciens, à commencer par Eduard Mendl, qui s'étaient assis à son piano. « Oh oui, elle était admirable, conclut Blanca. Même dans les époques difficiles, elle restait généreuse et gentille. Une grande dame. Elle était contre les communistes, et ne s'en est jamais cachée. Elle disait des choses à des étrangers qu'on ne disait pas à ses amis, à cette époque-là. Elle ne s'en privait pas. Mieux : ils n'ont jamais osé l'inquiéter. C'était une femme qui pouvait faire des remous, et ils le savaient. »

Sollicitée par Eric, Blanca parlait des heures de l'état du pays, du nouveau régime. « La vie n'était pas si terrible, sous les communistes », dit-elle, une fois, en faisant les fenêtres. « Au moins étions-nous en sécurité. Ce n'est plus le cas aujourd'hui. Seuls les jeunes peuvent s'enrichir. Nous, les vieux, on nous laisse mourir. Mourir », répéta-t-elle, avec fougue, les yeux rétrécis dans ce visage ridé par le labeur. Il y eut un silence gêné. « Mais on ne doit pas se plaindre, reprit Blanca, sentant notre embarras, on doit continuer. C'est ce que disait Mme Mocsáry : "Tant qu'on a de quoi manger et qu'on est aimé, on ne peut être malheureux longtemps." C'est un vieux proverbe de Bohême qu'elle aimait citer. Je crois que Madame aimait ce pays. M. Mocsáry aussi, quoique je ne l'aie pas très bien connu. Il est mort il y a des années. » Blanca s'interrompit, perdue dans ses pensées. D'un regard triste, elle parcourut la pièce que nous démantelions. « Oui, Madame aimait ce pays en dépit de tout, finit-elle par dire. Mais c'est dommage. Ses tableaux ne devraient pas être vendus et dispersés. Ça ne lui aurait pas plu. On devrait les mettre dans un musée, que les gens puissent les voir. »

J'étais d'accord avec elle. J'avais passé des heures dans la salle des tableaux, la tête pleine de ces couleurs vibrantes, de ces formes fluides. J'en étais venu à connaître ses toiles intimement, à apprécier la richesse de leur texture, leurs sujets provocateurs, la technique masquée mais indéniable de leur auteur. J'avais fini par voir une progression dans son œuvre, de la fougue de la jeunesse à la sérénité de l'âge. Je savais, d'après les dates figurant sur ces tableaux, que Mme Mocsáry en avait peint un par an, en plus du reste de sa production, et cela durant presque soixante ans.

« Il y avait toujours un tableau en cours. Elle était toujours en train de peindre, nous dit un jour Blanca. Elle a commencé cet accrochage l'année de son mariage. Elle disait toujours que l'œuvre de sa vie s'achèverait le jour où elle aurait couvert tous ces murs de tableaux. Peu lui importait le destin des tableaux qu'elle vendait. Seules comptaient pour elle les toiles qu'elle gardait dans cette pièce. »

En entendant cela, je songeai, amusé, aux files d'attente devant le musée d'Orsay, à tous ces gens qui venaient voir la rétrospective Mocsáry. Je ris à cette idée, me demandant ce qu'ils penseraient s'ils pouvaient entendre les propos de Blanca, comme moi à présent. Eric sourit aussi. Nos regards se croisèrent. Nous goûtions l'ironie de la situation, avant que d'un mot sévère, la femme qui s'était posée en intendante nous renvoie au travail. Je retournai à mon astiquage, ravi que la salle des tableaux eût été achevée avant la mort de sa créatrice. Mme Mocsáry, qui avait consacré tant d'années à ce grand projet, l'avait finalement réalisé dans sa totalité.

« Elle a fini sa vie très seule, continua Blanca, suivant le fil de ses pensées. Sa famille ne lui rendait jamais visite. Ils sont seulement venus à l'enterrement, et ça sert à quoi, vous pouvez me dire ? » Deux yeux perçants se posèrent sur nous, dans une interrogation intense. « Une personne a besoin des autres durant sa vie, pas après sa mort. Une fois qu'ils sont morts, les anges leur tiennent compagnie. » Blanca s'interrompit, puis continua après un moment de réflexion : « Ils s'occupent des gens bien, du moins. »

Eric regardait le tableau qu'il avait entre les mains.

« Peut-être tiennent-ils aussi compagnie aux meilleurs d'entre nous dans cette vie, continua la vieille dame, avec une douceur qui ne lui ressemblait pas. Peut-être que les anges protégeaient Madame sur terre. »

Là-dessus elle retourna à son travail, et nous au nôtre. Personne ne parla. Il fallut que Blanca renifle pour que je constate qu'elle pleurait.

14

Je sais que nous sommes responsables de nos actes, même si j'essaie de me persuader du contraire. Je suis responsable de ce que j'ai fait. Je l'admets. Je ne cherche plus à masquer ma culpabilité. Mais à vingt-deux ans, livré à soi-même dans une ville étrangère, on ne s'inquiète pas de l'avenir. Je ne m'en suis pas soucié. Je me suis voué entièrement à l'aventure, au plaisir, à la musique. Du moins ai-je tiré quelque chose de cette dernière, quelque chose d'absolu.

Nos jours coulaient agréablement. Je partageais mon temps entre le Conservatoire et l'appartement de Mme Mocsáry. Eric mettait de l'ordre dans les papiers de sa grand-tante et jouait du piano, réaccordé. Nous avons bientôt acheté des vélos et avons pu slalomer entre les voitures qui encombraient la rue Sokolska et les grappes de touristes qui passaient des heures sur le pont Charles, consultant fébrilement des cartes périmées, s'émerveillant de la vue, touchant, superstitieux, ravis, la base en bronze de la statue de saint Jean de Nappomuk. Comme nous aimions ce pont, avec ses statues impressionnantes, ses tours sinistres, ses musiciens de rue et ses peintures sur bitume. Je me souviens des heures passées dans les cafés alentour, à parler de tout et de rien.

Le mécanisme pourvoyeur de permis, exemptions

et autres autorisations à obtenir suite à un décès qui nous permettraient de vendre les biens de Mme Mocsáry fut long à enclencher. Eric et moi nous félicitâmes de ces lourdeurs administratives qui nous laissaient jouir à notre gré des splendeurs ravivées de l'appartement de la défunte. Nous vivions des jours insouciants. Je me sentais léger, je profitais de cette légèreté. Je n'avais pas encore appris à guetter les ombres sournoises.

Eduard Mendl prônait les bienfaits de la simplicité et d'une pensée claire, dans des salles à l'élégance baroque, au Conservatoire. C'était un homme petit, précis, à la langue acérée. Il se moquait avec malice de l'effondrement de l'idéologie communiste. Il me faisait travailler du lundi au vendredi. Il avait des méthodes d'enseignement actives. Son but, disait-il, n'était pas de m'enseigner la technique — à moi de l'acquérir — mais de me montrer la beauté d'une musique et de m'apprendre à l'exprimer dans un style unique : le mien. « Je t'apprendrai à réfléchir, disait-il en mangeant ses mots, à avoir une vision, une écoute personnelles, à interpréter des œuvres avec brio, mais la facilité avec laquelle tu t'exprimes (l'aisance de mon jeu, entendait-il) c'est ton affaire. Tu dois y travailler seul. » Elève appliqué, à l'orée d'un univers musical riche de mille possibilités, j'étais porté par le génie de cet admirable vieillard aux cheveux argentés, au visage ridé, qu'éclairait de temps à autre un sourire d'encouragement. Je le revois aussi clairement qu'à l'époque où je le côtoyais tous les jours. Je n'ai jamais oublié Mendl, je ne l'ai jamais relégué au fin fond de mon esprit, je n'ai nul besoin de dépoussiérer son image. Ses leçons devaient me garder, plus tard, de mes démons — je l'ignorais à l'époque. Je lui en suis toujours resté reconnaissant.

Je jouais tous les jours, depuis le matin tôt jusqu'en fin d'après-midi. Je consacrais les dernières heures de la journée à d'interminables promenades dans ce dédale de rues pavées au pied du *Hrad,* ou à canoter avec Eric sur la Vltava. Le soir, nous étions dans des cafés, dans des night-clubs, au Rudolfinum ou à l'Opéra, deux lieux somptueux. Il nous arrivait de dîner à la maison. Nous nous essayions à cuisiner et nous félicitions réciproquement de nos tentatives culinaires, même si les résultats... Ce fut une période de vraie liberté : nous vivions à notre gré, nous nous inventions une vie à deux et nous en jouissions.

Entre vingt et trente ans on se recrée, on se reconstruit, on se repense, après les batailles et les incertitudes de l'adolescence. Eric et moi découvrîmes que cette recréation est plus aisée et plus agréable quand on s'est débarrassé des ambitions que nos proches ont pour nous. La pression familiale peut étouffer votre épanouissement, ou du moins l'entraver. Cette absence de contraintes nous convenait. Nous vivions sereinement dans le présent, comblés, sans trop nous préoccuper de l'avenir ni du passé.

Peu à peu, nous nous sommes pris à la vie praguoise et avons fait du numéro 21 de la rue Sokolska notre maison. Nous avons rempli les placards de la cuisine, mis des ampoules dans les douilles vides, organisé la livraison quotidienne des journaux. Nous avions besoin d'un lieu où travailler : nous avons transformé le salon en salle de répétition. Nous avons sorti le piano de son coin et l'avons placé entre les deux grandes fenêtres qui donnaient sur la rue. Rendue à son ancienne gloire, à nouveau parée des draperies jaunes de feu Mme Mocsáry, cette pièce devint le haut lieu de notre existence praguoise. Nous avons passé nombre d'heures sous son baldaquin improvisé, à travailler avec le plus grand sérieux — et à discuter. Au fil des jours, la familiarité qui s'instaurait entre nous devenait intimité. Nous puisions l'un dans l'autre et dans le lien qui nous unissait un réconfort, un enthousiasme, un sens de l'aventure que chacun d'entre nous, me semblait-il, trouvait pour la première fois dans l'amitié. Sur le plan artistique, nous nous stimulions ; sur le plan personnel, nous nous soutenions. Avec le recul, l'heureuse camaraderie de ces soirées me semble étrange : j'aime travailler seul, la présence des autres me distrait de la musique. Lorsque je repense à Eric et à notre amitié, je me rappelle surtout ce curieux mélange de légèreté et de sérieux qui signait tous ses actes. Ce climat présidait à notre effort artistique conjoint, nous soutenait dans les mauvais jours, nous portait dans les moments d'inspiration.

Une fois par semaine nous jouions ensemble, en présence de l'auguste et bienveillant Mendl. A sa façon tranquille, avisée, il savait tirer quelque chose de nos efforts maladroits, ou nous montrer la voie. Il nous félicitait rarement, mais avec chaleur. Il n'était pas un maître facile. Pas à pas, il m'enseigna une technique, même si l'aisance de mon jeu était soi-disant mon affaire. En présence d'Eric, toutefois, il se montrait un peu moins intransigeant, récompensait nos efforts d'un regard rêveur, pris par notre musique, chose exaltante, venant d'un homme comme lui.

Lorsque je répétais seul, il arrivait qu'Eric me serve de public, un rôle qu'Ella avait fait sien, à Londres. Assis sur son matelas de carrés de velours superposés, la tête dans les mains, il m'écoutait jouer, pendant que je pensais aux cheveux d'Ella — qui lui tombaient dans les yeux quand elle m'écoutait —, à sa bouche, dont les coins se relevaient en un sourire quand je jouais ses passages préférés.

Bien sûr qu'elle me manquait — mais elle m'avait dit qu'elle n'écrirait pas, et se tenait à sa décision. J'étais assez sûr de son amour pour ne pas m'inquiéter, même si je pensais constamment à elle. Je voyais son corps gracieux dans les silhouettes des belles passantes ; j'engrangeais des anecdotes qui l'amuseraient ; je mémorisais mes aventures, pour les lui raconter. A deux reprises, j'ai failli écrire, ou téléphoner. Eric opposa des arguments à mon désir avec une fougue qui m'étonna, mais me convainquit de m'abstenir. J'attendais, respectant la volonté d'Ella. Dans l'ensemble, cela ne me déplaisait pas : c'est excitant d'anticiper des moments intimes. Prague, me disais-je, est l'endroit rêvé pour un amoureux béni des dieux.

Au fil des semaines, nous nous sommes installés dans la place, nous nous sommes démarqués des touristes pour vivre avec le discernement des vrais Praguois. Nous sommes devenus des habitués de certains établissements. Par goût, nous fréquentions surtout le café *Florian*, un bar tenu par deux Tchèques qui parlaient anglais avec un accent américain et vendaient discrètement du haschisch après minuit. La communauté des artistes expatriés et leur cour hantaient le *Florian*. Ces gens venaient chercher à Prague l'inspiration que leurs grands-parents et arrière-grands-parents avaient trouvée à Paris. Ils formaient une foule bigarrée, un assortiment cosmopolite d'aspirants au génie. Ils se serraient sur les canapés. Il y avait au *Florian* de vieux Chesterfield rouge or, aux couleurs passées, des fauteuils entouraient des tables basses. Les futurs génies parlaient de futurs chefs-d'œuvre sur le ton de la conspiration. De temps à autre, l'un des groupes avait une discussion passionnée. Les divers protagonistes sollicitaient avidement l'opinion des autres clients. Jean, serveur yougoslave élevé à Varsovie et parlant français — il ne divulgua jamais les raisons d'une telle diversité —, était l'arbitre suprême de leurs débats. Quand il ne travaillait pas au *Florian*, Jean écrivait des poèmes, qui à l'occasion paraissaient dans certains des moins « underground » des magazines de contre-culture. Jean était le seul écrivain publié du café : son jugement faisait autorité.

« Eh, Jean ! lançait parfois un Américain vieillissant qui passait sa vie au *Florian,* viens jouer au backgammon et raconte-moi cette nouvelle pièce dont tout le monde parle ! » Jean secouait la tête en signe de dénégation, laissait l'Américain grommeler tristement dans son gin : « Je n'ai jamais rien compris au théâtre moderne. Je n'y comprendrai jamais rien, à moins que quelqu'un ramène son cul et me l'explique ! » Jean avait notamment pour règle de ne jamais parler aux clients, sauf si leurs querelles menaçaient le calme de l'endroit et nécessitaient un arbitrage. Malin, il cultivait cette réserve, entretenait son mythe auprès des gens à qui il devait ses pourboires : les clients.

Une Américaine, grande, rousse, dégingandée, avec un long nez, se prit d'amitié pour moi et m'accabla régulièrement de considérations détaillées sur les femmes poètes. « Dans ce monde patriarcal, disait-elle, une poétesse ne peut atteindre à la célébrité qu'en se suicidant. Pensez à nos poétesses. » Elle me débitait alors des noms de femmes qui n'évoquaient rien pour moi. « Vous n'avez jamais entendu parler d'elles, n'est-ce pas ? » coassait l'Américaine, triomphante, car elle avait fait valoir ses arguments, du moins à ses propres yeux. « Croyez-moi : si l'une de ces filles trouvait le courage de se pendre pour son art, vos petits-enfants diraient qu'elle était le fleuron de sa génération. Regardez Plath ! » Eric, que ces déclarations exaspéraient, la contredisait à l'occasion. Le plus souvent il s'en abstenait, et nous restions assis à écouter l'Américaine argumenter point par point devant son public muet, avec des intonations qui me rappelaient Ella, et je ne savais qui, ou quoi, à Eric.

Comme nous participions peu à leurs discussions et nous joignions rarement aux groupes serrés sur les canapés, les autres habitués se mirent à nous ignorer. Nous n'en prenions pas ombrage. Nous appréciions qu'on nous laissât en paix : nous étions libres de converser en tête à tête, de former nos jugements sur ces questions débattues avec fougue autour de nous. J'aimais parler avec Eric. Nous avons passé maintes soirées, confortablement installés dans des fauteuils de velours violet, dans l'un des coins les plus calmes du café. Il m'exposa nombre de ses opinions, j'appris beaucoup de lui. La réciproque ne fut pas vraie : il était plus cultivé que moi. Eric avait pourtant l'art de rendre ses amis intéressants, y compris à leurs propres yeux. Il me fit sortir de ma coquille comme peu l'avaient fait avant lui.

Il m'interrogeait sur Oxford, sur mes parents, sur ma musique. Compréhensif, affectueux, il m'écoutait lui avouer mes tentatives confuses, mais sincères, d'échapper à la voie que mes parents avaient tracée pour moi, de définir quelle serait ma place en ce monde et de parvenir à l'occuper, au mépris de leur autorité et de leurs préjugés.

— Tu es quelqu'un de pur, James, me dit-il, un soir, dans la pénombre enfumée du bar. Je t'admire pour ça. Et aussi pour vouloir voler de tes propres ailes. Ce n'est pas une qualité universelle.

En l'entendant dire cela, je songeai qu'Ella et moi allions bientôt quitter notre banc de sable, pour nager côte à côte, où nous voudrions. Nous plongerions hors de portée des idées reçues, des jugements de nos pairs.

Nous jouirions de notre liberté, de la force que nous donnerait notre union. C'étaient là des pensées encourageantes. Je souris à l'ami qui les avait provoquées.

— Tu es content d'être venu ? me demanda-t-il doucement.

— A Prague ?

— Oui.

— Je suis ravi, dis-je.

— Sans doute vivons-nous là les meilleurs moments de notre vie, James.

— Sans doute, oui.

Voyant que le verre d'Eric était vide, je demandai deux autres gins à Jean. Il nous les apporta avec cette célérité affable qu'il réservait à ses habitués les plus méritants. Cela me plut. Après quelques minutes de silence contemplatif, j'interrogeai Eric sur sa propre famille — il s'était toujours montré discret à ce sujet. Je savais deux choses de lui : il avait une sœur cadette et il appartenait à une lignée de hobereaux qui avaient cultivé les terres autour de Vaugirard et de son petit château pendant des siècles.

— Ma famille ? dit-il, comme pour lui-même. Comment ils sont ?

Il marqua une pause.

— Je vais te dire, James, comment ils sont. Peut-être un jour les connaîtras-tu et formeras-tu ton propre jugement.

Eric, qui avait toujours très bien parlé anglais, avait encore fait des progrès depuis que je le connaissais. Il avait un style à lui, une étrange façon de s'exprimer, pleine de considération, qui donnait à sa conversation une gravité plaisante et inspirait confiance à son auditoire.

— Ma sœur, finit-il par dire, en pesant ses mots, a

deux ans de moins que moi. Elle s'appelle Sylvie. Elle est jolie, mais pas très intelligente...

— Pas aussi intelligente que toi, dis-je pour le taquiner.

— Non. Pas aussi intelligente qu'elle pourrait l'être.

— Comment se fait-il ?

— Elle ne se pose pas de questions, James. Elle ne remet rien en cause, comme doit le faire toute personne intelligente. Comme tu le fais, par exemple. Elle est passive. Elle ne récuse pas ce qu'on lui dit.

— Comme quoi, par exemple ?

— Je ne sais pas. Elle n'a jamais rien contesté. Elle a adopté un mode de vie défini par d'autres. Elle est heureuse en ménage. Elle vit à Vaugirard, à côté de chez mes parents.

La famille d'Eric habitait toujours le village, cultivait toujours les terres alentour, même si le château ne leur appartenait plus depuis des décennies.

Le dédain dans sa voix, inhabituel, sensible, m'étonna.

— Sylvie est une catholique fervente, reprit Eric. Elle passe le début de la matinée en prières. Elle se lève tôt. Elle consacre sa journée à ses devoirs d'épouse.

Il s'interrompit, puis ajouta, ironique :

— Elle va vouloir une famille nombreuse.

— Comment vous entendez-vous ? m'enquis-je, même si la réponse me semblait évidente.

— Pas trop mal. Enfin, nous faisons un effort pour nos parents. Nous évitons les sujets de dissension.

— Comme quoi ?

— Tu me connais assez à présent, James, pour avoir une petite idée.

Il y eut un silence gêné. Je m'efforçai de faire taire

en moi la réserve due à mon éducation — interroger plus avant serait inconvenant, me soufflait-elle. Hélas, la politesse a la vie dure : au lieu de profiter des ouvertures de mon ami, je souris et commandai un autre gin à Jean. Je saluai la femme au long nez, je fis une remarque amusante à son sujet, pour dissiper la tension entre Eric et moi. Je ne forçais pas la confidence, contrairement à lui. Ella avait aiguisé ma curiosité à l'égard des autres, mais je ne m'aventurais pas très loin sur ce terrain. Je gardais une peur diffuse — sans doute inhérente à toute éducation anglaise bourgeoise — d'une intimité émotionnelle trop poussée, je n'aimais pas les incursions prolongées dans l'esprit d'autrui. Je n'aime toujours pas ça. Il m'arrive d'écouter, rarement de chercher à approfondir.

Enhardi par l'amour et le désir, je goûtais les confidences d'Ella. Avec Eric, ni le désir ni l'amour ne m'incitaient à la bravoure : je restai coi. J'aimais que les gens correspondent à l'image qu'ils donnaient d'eux-mêmes. Je me rétractais devant les peurs cachées et le sentiment d'insécurité des autres — qui peut-être me renvoyaient à mes peurs cachées, à mon propre sentiment d'insécurité. Je ne sais pas. Mais je suis sûr d'une chose : mieux vaut laisser fermées certaines portes à la pensée. Ouvrir ces portes chez l'autre, comme Ella le fit pour moi, comme je le fis pour elle, ne va pas sans de graves responsabilités. Je ne souhaitais pas endosser la responsabilité des secrets d'Eric. J'avais de l'affection pour lui, mais je ne voulais pas pénétrer son âme. Je ne désirais pas aller au-delà d'une communication aisée. Eric s'adapta à ce souhait inexprimé : plein de tact, il passa d'un sujet intime à des considérations générales.

Plus jamais il ne tenta de se confier à moi. Il me raconta l'histoire de sa famille, me parla avec humour, érudition, d'une lignée de chevaliers belliqueux, de fermiers paisibles qui avaient servi leurs rois et leurs empereurs à travers les siècles. « Excepté une courte absence pour des raisons compréhensibles aux alentours de 1789, me dit-il en souriant, nous avons vécu à Vaugirard depuis la conquête de l'Angleterre. »

Comme il parlait, je songeai à une autre vieille famille, à un autre sourire, à une autre voix me contant une histoire similaire. Et soudain je trouvai la vie formidable.

15

Eric et moi n'avions pas le goût des débats alcoolisés sur l'art qui animaient le *Florian.* Nous allions voir des films anglais et français au cinéma Lucerna, monument Art déco et l'un des rares endroits, à Prague, où l'on pouvait parler anglais sans se voir assiégé par des Américains bavards. Ce cinéma se détériorait superbement, et en toute quiétude : il n'avait jamais été bombardé par l'envahisseur, ni été la proie de restaurations diverses, ni suscité l'intérêt des promoteurs immobiliers. Son choix de films, ses affiches voyantes étaient ses seules concessions à la modernité. Eric et moi appartenions à ce noyau de clients fidèles, indifférents aux néons et au luxe racoleur des nouveaux établissements qui fleurissaient depuis la révolution.

Un soir, en rentrant d'une séance de cinéma au Lucerna, nous trouvâmes un mot de M. Kierczinsky : les rouages de la bureaucratie — nos improbables protecteurs depuis si longtemps — dégrippés produiraient les papiers nécessaires à la vente de la succession Mocsáry. Quelle déception ! Dans une lettre à l'en-tête élégant du cabinet d'avocats chargé de cette vente, nous apprîmes que M. Kierczinsky, directeur du cabinet, passerait en personne le lendemain à onze heures si cela nous convenait.

Cela nous convenait : le lendemain était un vendredi, je n'avais pas cours. M. Kierczinsky arriva à onze heures précises. C'était un petit homme disert, avec une fine moustache et des pommettes marquées. Il prit tout son temps pour nous expliquer la situation, dans un anglais correct, mais hésitant.

— Vous verrez qu'il y a beaucoup de choses de... valeur, ici, nous dit-il, comme nous buvions le thé au salon. Votre famille a pris ce qui avait... un intérêt sentimental, n'est-ce pas ?

Eric répondit par l'affirmative. La semaine précédente, nous avions expédié un petit colis à Vaugirard, avec des lettres de la grand-mère d'Eric à Mme Mocsáry, et quelques bijoux, essentiellement de l'ambre et du jade. Nous leur avions également envoyé la montre de gousset en or. Nous n'avions pas touché au reste. Notre nettoyage et nos soins avaient rendu à la maison une part de sa splendeur d'antan.

— Nous ne pouvons plus continuer à différer la vente des meubles et des tableaux, poursuivit M. Kierczinsky. Votre grand-tante — il s'adressait à moi, à présent, semblait croire que j'étais, moi aussi, un Vaugirard — était une grande dame qui vivait... au-dessus de ses moyens. Surtout après la révolution. Avant, il était difficile de trouver quelque chose à acheter qui fût au-dessus de vos moyens. Personne n'avait... de moyens. Il n'y avait d'ailleurs rien à acheter.

Eric et moi ne savions pas si nous devions rire ou compatir. M. Kierczinsky se recomposa aussitôt un visage sérieux.

— Je vais accomplir les premières formalités de la vente, reprit-il. Je vais évaluer toutes ces choses. Si votre famille souhaite garder quelques pièces, qu'elle m'en informe dans les plus brefs délais.

Lorsqu'il fut parti, nous errâmes tristement dans cet appartement que nous en étions venus à considérer comme le nôtre. Il symbolisait la liberté dont nous avions joui ensemble à Prague. Il était chargé du souvenir de nos répétitions, de nos conversations, de nos rires. Durant notre séjour dans cette ville, et dans la maison qui nous abritait, nous avons vécu des heures intenses, belles, insolites, variées. J'emporterai avec moi, jusque dans la tombe, mille conversations, mille moments rares, mille splendeurs. Mais ce n'est pas l'heure d'en parler, pas l'heure de m'interrompre.

La vente de la succession Mocsáry fut menée tambour battant. Un expert, vêtu d'un complet lustré qu'il semblait peu habitué à porter, vint prendre des notes détaillées une semaine après la visite de l'avocat. Il revint deux jours plus tard avec un collègue. Ils eurent de longues discussions à voix basse — Eric et moi restions debout à l'écart, sans savoir s'il serait poli ou non d'écouter. Ils finirent par partir, mais leurs visites se firent de plus en plus fréquentes, de plus en plus longues. Les arbres perdirent leurs dernières feuilles — l'automne touchait à sa fin. Nous commençâmes à parler catalogues et salles des ventes avec l'avocat. M. Kierczinsky nous invita à déjeuner aux frais de la succession. Nous évoquâmes notre affaire, il nous présenta le directeur de la meilleure salle des ventes parmi celles qui avaient fleuri depuis la révolution. « L'équivalent de Sotheby's ou Christie's », dit-il en nous présentant M. Tomin, des « Commissaires-priseurs associés ». « Cette salle des ventes vise une clientèle éclairée, qui ne rechigne pas à payer les prix pratiqués à l'Ouest. » Il parlait des nouvelles fortunes, promoteurs immobiliers, spéculateurs, qui avaient fait un malheur dans le climat d'insécurité qui régnait au moment de la chute du communisme. Ils formaient une classe sociale méprisée par la majorité de leurs concitoyens parce qu'elle s'était emparée des premiers fruits de la liberté. Cependant, pour des hommes comme M. Tomin, ils étaient les seigneurs du nouveau marché — donc des clients à privilégier, et à flatter.

Pavel Tomin, homme de grande taille, avait le cheveu brun, gominé, la pommette saillante, la joue creuse. Il salua bien bas lorsqu'on nous présenta, Eric et moi. Il nous parla anglais avec un accent américain prononcé. Il me déplut.

— Rien ne m'honorerait davantage que de vous assister dans la vente de votre collection, nous dit-il. Je veux parler des tableaux.

Il y eut un silence.

— Le mobilier est très bien aussi, s'empressa-t-il d'ajouter, car il souhaitait paraître intéressé par l'ensemble de nos biens. Certaines pièces, particulièrement le piano, atteindront des sommes élevées.

— Il y a beaucoup de musiciens très enthousiastes dans la nouvelle république, dit l'avocat, mielleux.

Il savait faire des remarques déplacées à point nommé.

J'osai suggérer qu'il pourrait être avantageux d'intéresser un musée à la vente. Les deux Tchèques se regardèrent, gênés.

— Ce sera difficile, à mon avis, finit par dire M. Kierczinsky.

— Bien entendu, dit M. Tomin très vite, nous ferons de notre mieux pour que l'essentiel des tableaux ne soit pas dispersé. Mais les musées tchèques ne sont pas en mesure de les acheter au prix du marché. Quant aux musées étrangers, ils pourraient acquérir une toile ou deux, pas plus. Mais nombre d'amateurs d'art, à mon sens des gens de goût, sauraient apprécier ces tableaux comme Mme Mocsáry aurait aimé qu'on les apprécie.

Nous ne pouvions rien faire de plus : Eric me dit que son père n'était pas un amateur d'art — il n'aurait donc pas gardé les toiles, même s'il en avait eu les moyens. Le déjeuner s'acheva dans un climat de gêne : Eric et moi mécontents mais impuissants ; M. Tomin soupçonneux de nos visées philanthropiques et inquiet pour sa commission. Tout était dit.

Le lendemain de ce déjeuner, l'expert nous rendit une dernière visite, seul cette fois. Vingt-quatre heures plus tard, des pages entières de publicité annonçaient la vente de la collection privée et des affaires personnelles de Mme Mocsáry dans la presse internationale.

Ce jour-là, je reçus une lettre de Camilla Boardman. Je reconnus aussitôt son écriture — grosse, ronde, assurée. Vu l'épaisseur de l'enveloppe, je sus qu'elle ne s'était pas ennuyée à Londres, même si elle devait prétendre le contraire dans cette lettre. Camilla feignait de dénigrer tout plaisir, c'était l'une de ses charmantes attitudes.

Elle avait noirci plusieurs feuilles de classeur, ce qui me surprit : je me serais attendu, pour le moins, à ce qu'elle utilise le papier à en-tête de sa mère, frappé du sceau d'un grand papetier londonien. Camilla avait inscrit son adresse à la main, dans le coin supérieur droit de la première feuille. « 16 Cadogan Square, la partie la moins chic », avait-elle précisé de son écriture ronde, décidée. La lettre était datée de la semaine précédente.

Très cher James,

Je ne flatterai pas ton ego en te disant que la vie à Londres est affreusement, affreusement ennuyeuse depuis ton départ. C'est pourtant la vérité. Maman cherche toujours des fonds pour ses églises, ce qui la met d'une humeur massacrante — tu es parti, elle n'a plus sa vedette attitrée — et ils donnent tous trop de fêtes avec des filles trop belles pour leur bien et pour laisser la moindre chance à quelqu'un d'aussi insignifiant que moi de rivaliser avec elles !

Camilla écrivait comme elle parlait. Son mépris de la virgule était légendaire.

Malgré tout j'ai persévéré : j'y suis allée car on se doit d'être présent à ces fêtes comme tu sais, mais ce fut l'enfer et rien ne m'aurait tant plu qu'une escapade dans une ville follement romantique comme Prague. A ce propos aimes-tu Prague ? Est-ce que Mendlevitch, enfin peu importe son nom, te traite bien ? Dis-lui de ma part qu'il aura affaire à moi s'il n'est pas un amour avec toi et vois si ça lui fait peur. Je sais comment sont ces musiciens célèbres — casse-pieds en général et trop pénétrés de leur propre génie pour seulement envisager qu'une autre personne sur cette planète, toi par exemple, puisse avoir du talent, voire un don. L'idée qu'elle pourrait être plus douée qu'eux ne les effleure même pas. Il faut défendre son territoire avec eux, alors ne lui cède en rien !

Prague est-elle vraiment une très belle ville, Jamie ? Quelqu'un disait hier à déjeuner qu'elle ressemble au Paris des années trente, qu'il y a plein d'écrivains et de peintres en mal de célébrité et que tout est beau et bon marché ! Ça semble paradisiaque ! Londres est trop chère et sale et pleine de gens qu'on connaît, et en plus le temps est pourri ! Il fait aussi froid à Prague j'imagine, mais au moins vous aurez de la neige en hiver, et la lumière du nord et toutes ces choses-là...

Camilla n'avait toujours eu qu'une curiosité limitée pour les phénomènes naturels.

*... ça ressemblera au décor d'*Anna Karénine, *il y aura de belles femmes en manteaux de fourrure et des hommes câlins comme des nounours géants, tellement plus sensuels que la variété chétive qu'on trouve ici. Les Anglais n'arrêtent pas de tomber malades. Ed Saunders serait le seul à présenter un vague intérêt mais je ne l'épouserai pas, n'en déplaise à Mère. Dans l'ensemble, les Anglais sont d'un froid ! Et si ennuyeux dans les réceptions ! Ils restent plantés là, l'air ahuri, mal à l'aise, ou bien ils se soûlent et ils vomissent ! Pourquoi le mâle anglais ne peut-il avoir une conversation normale ? C'est une question que je me suis toujours posée, et plus je rencontre de ces spécimens, plus ça me préoccupe — j'excepte ceux qui sont timides par nature.*

La vie est bien ennuyeuse, et je n'ai pas grand-chose à raconter sauf... ah oui ! ça t'intéressera peut-être de savoir qu'Ella Harcourt a rompu ses fiançailles avec Charlie Stanhope. Tu te souviens d'Ella, n'est-ce pas ? Elle était à mon anniversaire et tu as eu la bonté de me servir de cavalier à son déjeuner de fiançailles dans cette maison sublime de Chester Square — c'était si gentil de ta part. Cela dit, cette histoire est moins claire qu'il n'y paraît. Tu te souviens de sa cousine Sarah ? Une fille jolie mais condescendante qui n'a pratiquement rien dit de tout le repas. Elle souriait d'un air moqueur et elle s'est montrée gratuitement méchante avec Sophie Scott Chivers...

La fille qui avait une villa à Biarritz, je m'en souvenais.

... qui est adorable même si elle ne brille pas par son intelligence, mais on ne va pas le lui reprocher, n'est-ce pas ? Quoi qu'il en soit, tu te souviens de Sarah. Eh bien, trois semaines après ton départ, elle a publié une monographie dans une revue historique, intitulée : L'Histoire ressuscitée. *Elle dit comment le féodalisme anglais a perduré grâce à des fonds américains ou quelque chose de ce genre et elle cite l'exemple de sa famille. Elle a tout raconté y compris le suicide de sa grand-mère qui a fini tragiquement — elle s'est jetée d'une fenêtre —, fait dont Sarah est la première à parler. Intéressant je trouve. Le suicide a été étouffé à l'époque. La presse populaire étant ce qu'elle est, les journalistes n'ont pas tardé à enquêter. Il ressort de ces articles que la grand-mère de Sarah n'est pas le seul membre de la famille Harcourt mort dans des circonstances dramatiques. Tu ne vas pas me croire, mais la sœur de lord Harcourt la tante d'Ella s'est également suicidée. En rentrant de son enterrement, la mère d'Ella et les parents de Sarah ont été tués dans un accident de voiture. Affreux, non ? Bien entendu, les journaux en ont fait une histoire sensationnelle. Ils ont parlé d'une malédiction qui pèse sur la famille. Ils ont ressorti cette vieille théorie imbécile selon laquelle la folie se transmet de génération en génération. Comme Ella héritera à la mort de son père — et que la presse adore ce genre de personnage : jeune, belle, riche, etc. — ils ont commencé à insinuer qu'elle est victime d'une terrible malédiction. Un tissu d'absurdités mais les journaux cherchent toujours un moyen d'augmenter leur tirage. Résultat : ils ont fait*

le siège de Chester Square et pris des photos et posé mille questions. Bref, ils ont été empoisonnants. Pour couronner le tout, Ella annonce au plus fort de ce battage qu'elle rompt ses fiançailles avec Charlie Stanhope et le lendemain elle fait la une du Sun. *Ils ont titré : « L'héritière craque sous la pression », et raconté une foule d'indignités.*

C'était donc une nouvelle intéressante, à mon sens. Et à dire vrai, Ella se comporte bizarrement depuis quelque temps. Mais je refuse de croire que ce soit aussi grave que le disent les journaux. Tu imagines ce que doit éprouver Sarah pour avoir déclenché tout ça ? Quelle idiote ! Elle doit s'en mordre les doigts. Mais ce genre d'histoire ne fait jamais la une longtemps. Les choses vont se tasser, j'en suis sûre.

Alors la vie à Londres sera d'autant plus mortelle (un scandale impliquant une amie — même non fondé — est toujours distrayant) et je ne sais pas ce que je ferai. Alors rentre vite et distrais-moi ! Et puis joue dans l'un des concerts de Mère car sa nervosité me rend folle sans jeu de mots à l'égard d'Ella Harcourt qui est une amie comme tu sais et je ne me supporte pas dans cet état.

Quoi qu'il en soit, je dois conclure car j'ai écrit cette lettre pendant une conférence sur l'histoire de l'art qui se termine — maman m'oblige à suivre un cycle de cours d'un ennui ! Alors prends bien soin de toi Jamie chéri, écris bientôt et ne laisse pas l'une de ces beautés tchèques t'entraîner hors du droit chemin.

Je t'embrasse fort fort fort,

Camilla.

Je lus la lettre de Camilla debout dans la salle des tableaux — je les voyais tous ensemble et dans toute leur splendeur pour la dernière fois. Je me souviens avoir souri en lisant la phrase sur Ella et ses fiançailles : Camilla avait jugé utile de me rappeler qui était Ella ! J'avais ressenti une joie inouïe en apprenant que mon amour avait retrouvé sa liberté : elle libre, je l'étais aussi. Je ne me souciais pas de ces histoires de malédiction diffusées par la presse à scandale. C'était Camilla, ce goût de la dramatisation, tout comme son emphase, ses boucles parfaites ! La banalité insupportait Camilla : si l'extraordinaire manquait, elle l'inventait pour avoir quelque chose à raconter. Dans sa lettre, pensai-je alors, elle montrait une fois de plus sa capacité à faire d'un petit incident un grand événement. Je souris de cette missive et n'en tins pas compte.

Quand on est jeune, on croit que la vie sera facile, que les choses sont simples, que vivre est un jeu. Or la vie est une autre affaire et le jeu — si jeu il y a — est infiniment plus compliqué qu'on peut le penser à vingt-deux ans. Il m'était alors impossible d'imaginer ce qui m'attendait. Aussi étais-je impuissant, incapable de me défendre, ou de défendre les autres. Seule cette clairvoyance que donne l'expérience m'aurait permis d'agir différemment, or je n'avais aucune expérience de la vie.

Plus on avance en âge, plus l'avenir rétrécit, plus le passé grandit. Comment aurais-je pu savoir alors que l'avenir se révèle souvent différent de ce qu'on croyait, que le présent file comme le vent, que le passé est une Atlantide, une île engloutie, perdue à jamais ? Aujourd'hui je le sais. Je sais qu'Eric est enseveli sur cette île aux dômes scintillants, aux flèches élancées, dans cette cité que nous avons aimée, dans Prague et ses merveilles, telle que me la restitue ma mémoire. Pour moi, il est mort là-bas et non en France ; pour moi, il n'a jamais dérivé à la surface de cette étendue d'eau glacée, bien en dessous du niveau de la mer ; je n'ai pas regardé son corps comme il... Mais je ne suis pas encore capable d'en parler. Je n'ai pas encore trouvé le courage de me confronter à ce que j'ai fait, d'envisager mon acte sur un plan moral. Je le ferai. Mais pas maintenant. Pas encore.

A présent, assis dans mon fauteuil, je me dis que la vie pourrait être un jeu, finalement. Un jeu qui se joue en une seule partie. Il se pourrait que je me range à l'avis de Sarah. Mais si la vie est un jeu, c'est un jeu sans préambule, sans préparation, sans répétition. Un jeu qui repose sur le principe de la mort subite. Pour bien le jouer, avec honnêteté et brio, il nous faut de la force, cette force que peuvent donner la connaissance de soi, le courage, la volonté, la discipline. A vingt-deux ans, je ne possédais aucun de ces atouts, ou si je les possédais, je ne savais pas encore m'en servir. Je ne prenais pas encore la vie au sérieux. Je ne savais pas encore qu'elle ne ressemblait à aucun autre jeu. Que perdre ou gagner n'est pas sans conséquences. Que la façon dont on perd ou dont on gagne a aussi son importance. Je n'imaginais pas qu'on pouvait remporter des victoires à la Pyrrhus. Ni que la fin justifie rarement les moyens. Sans expérience, je ne pouvais rien savoir de tout cela. J'étais innocent. Et n'avais même pas conscience de mon innocence.

16

Le lendemain, le chaos régnait au dernier étage du palais Sherkansky. Un grand Tchèque costaud, les cheveux courts devant avec de longues mèches dans le dos, dirigeait les opérations. Il nous salua à son arrivée, mais fut bientôt trop occupé à beugler des ordres aux employés pour nous accorder beaucoup d'attention. Des hommes cavalaient dans les escaliers du palais, roulaient des tapis, sortaient des portes de leurs gonds, pliaient, empaquetaient, emportaient diverses choses. Ils emmenèrent d'abord le grand piano, démonté : ils le descendirent par l'escalier, tel un éléphant assommé par une forte dose de tranquillisants. Les meubles suivirent : un gros buffet qui se trouvait dans la cuisine — la porcelaine qu'il contenait soigneusement enveloppée et rangée dans des boîtes — le lit imposant dans lequel j'avais dormi, une jolie bibliothèque en bois sculpté, deux tables, une armoire, des lampes, les livres de Mme Mocsáry — des romans français en piteux état.

Ils emportèrent les tableaux à la fin, après avoir tout descendu dans les camions de déménagement. Avec une lenteur poignante, déchirante, ils décrochèrent les toiles des murs qu'elles avaient ornés. Les déménageurs les emballèrent dans de grands plastiques épais, qui assourdirent leurs couleurs et masquèrent leurs motifs. Chaque fois qu'ils en enlevaient une apparaissait un carré rouge clair, préservé des atteintes du soleil. Ces alignements de taches me firent penser à des blessures, à de la chair à vif, mais je me gardai de le dire. Eric et moi assistâmes à ce déménagement, silencieux, déprimés, comme si ces hommes démontaient la maison dans laquelle nous étions nés — à certains égards, cet appartement avait été le témoin d'une renaissance. Le volubile M. Tomin ne remarqua pas notre silence.

— Plusieurs collectionneurs étrangers sont intéressés par cette vente, nous annonça-t-il fièrement. J'ai un ami, chez Christie's, à New York, qui a donné le mot. J'étais moi-même à Londres la semaine dernière, j'en ai parlé à diverses personnes. C'est le bon moment pour vendre, selon moi.

Puis il se remit à trotter dans l'appartement, tout excité. Il parlait au chef des déménageurs, supervisait l'emballage et la descente des toiles dans le camion. Il touchait du doigt, tâtait, scrutait, se mêlait de tout avec délectation, tout en poursuivant avec nous son bavardage en anglais, ponctué de temps à autre par un ordre rauque en tchèque.

On s'agitait, on remuait de la poussière, on aboyait des ordres autour de nous. On nous avait oubliés. Eric et moi étions devant les fenêtres, dans la salle des tableaux. Mon ami me tira par la manche.

— Nous n'avons plus rien à faire ici, dit-il.

Il m'entraîna alors hors de l'appartement, dans l'escalier où s'activaient les déménageurs, dans la rue où le camion bloquait le passage. Il ne s'arrêta que pour entrer au *Florian*. Nous y passâmes le reste de la journée, moroses, à boire du chocolat chaud. Nous échangions parfois quelques mots avec deux poètes américains, les seuls autres clients. Ils avaient étalé devant eux, sur leur table, des feuillets noircis de mots, ils fumaient des joints, le regard dans le vide. Ils n'égayaient pas les lieux.

— Nous n'avons même pas notre copine au grand nez pour nous changer les idées, me souffla Eric, comme nous demandions deux autres chocolats à Jean.

— Non, même pas.

Le café était d'un calme inhabituel. Nous avions besoin de distraction, nous regrettions les écrivains volubiles aux cheveux longs ; leurs débats passionnés, leurs échauffourées nous manquaient, ces joutes idéologiques auxquelles nous ne comprenions pas grand-chose — eux non plus, sans doute. Dans le silence et la pénombre enfumée de ce bar qu'ils avaient l'habitude de hanter, leurs voix nous revenaient, fantomatiques.

— L'important, chez Kafka, c'est qu'il était juif...

— C'est qu'il était un farouche nationaliste...

— Qu'il vivait à une époque très riche intellectuellement...

— Dans un environnement magnifique...

— Dans un monde en plein bouleversement...

— Havel est un penseur, c'est ce qui le définit...

— Un philosophe...

— Un auteur dramatique...

— Qui n'a rien écrit depuis la révolution, entre parenthèses...

— Un président.

— Marginalisé.

— Une référence.

— Klaus lui fait de l'ombre.

Leurs arguments en rafales, leurs disputes récurrentes, leurs réconciliations tonitruantes nous manquaient. Nous savions que nous en aurions la nostalgie toute notre vie.

Le jour de la vente se rapprochait inexorablement, indifférent à notre abattement. Prévue une quinzaine de jours après le déménagement, la vente fut avancée, sur les conseils d'un membre du comité acheteur du musée d'Orsay — ainsi elle aurait lieu avant le vote, en France, d'une loi visant à restreindre l'acquisition d'œuvres étrangères. « Ce sont des pratiques inhabituelles, dit M. Tomin, mais dans ce cas précis, il me semble opportun de faire une exception. Les musées français sont très intéressés par l'œuvre de Mme Mocsáry. Une passion qui pourrait se communiquer aux musées tchèques. Ce pays a besoin d'une idole dans le domaine de l'art. »

Il voyait juste. Mme Mocsáry n'aurait pu mourir à un meilleur moment pour préserver son mythe. La vente de ses tableaux suscitait un vif intérêt national. Après les premiers accès de ferveur révolutionnaire, les tenants officiels de la culture tchèque guettaient l'émergence d'un nouvel âge d'or, à l'image de cette flambée littéraire et artistique qu'avait vue la Première République. Mme Mocsáry, d'origine française, avait peint la plupart de ses toiles sous le communisme. Cela n'empêcha pas ce régime, et plus tard la nation entière, de la considérer comme l'une des plus grandes artistes de sa génération. « Mocsáry, dit le *Prague Post*, quotidien en langue anglaise que nous lisions Eric et moi, renoue avec une longue tradition d'excellence dans la culture tchèque et rallume le flambeau de la créativité à l'échelle nationale. Son œuvre est un témoignage poignant de la force de l'esprit humain dans l'adversité, et ses dernières toiles reflètent cet optimisme effréné, lié à un renouveau dans notre pays. » On sollicita notre avis : Eric et moi nous gardâmes de dire que les derniers tableaux de Mme Mocsáry étaient sans doute moins frénétiquement optimistes que bâclés. Le monde ne saurait pas ce que Blanca nous avait confié : Mme Mocsáry avait achevé la salle des tableaux seulement quelques semaines avant qu'on l'envoie dans une maison de retraite. C'eût été trahir sa mémoire que de faire quoi que ce soit qui pervertît la nature de son mythe ou en freinât l'émergence. Et puis nous lui étions reconnaissants de ce qu'elle avait fait pour nous, même dans la mort.

M. Tomin écumait la presse, lui aussi. Sa fatuité, son excitation grandissaient chaque jour. Il nous parlait beaucoup des préparatifs de la vente. « Un expert de Vienne est venu accrocher les tableaux, nous dit-il. L'éclairage de la salle des ventes a été entièrement revu. J'ai bon espoir que le mobilier parte aussi bien que les toiles. Avec tout ce battage, il pourrait acquérir une valeur historique qui augmenterait sa valeur intrinsèque. »

Nous voyions parfois M. Kierczinsky, lui aussi de plus en plus sémillant, au fur et à mesure que l'intérêt pour la vente gagnait l'ensemble de la presse. Un matin, il nous montra une coupure de journal, avec une photo de lui sur le perron de son cabinet. « J'ai dit que je ne pouvais faire aucun commentaire... bien entendu. Mais c'est assez ressemblant, non ? Vous croyez qu'on arrive à lire le nom du cabinet ? J'ai un doute. »

Nous le rassurâmes sur ce point.

« Ah, tant mieux, tant mieux. » Puis il partit en ricanant, pour réunir les derniers documents nécessaires. Mme Mocsáry avait fait son testament des années avant d'être célèbre. Si elle s'était montrée précise dans le legs de ses bibelots, elle n'avait pas envisagé qu'elle mourrait fortunée. Elle avait laissé ses tableaux à sa sœur Laure, sans se douter qu'elle-même et ses œuvres susciteraient un jour l'intérêt du monde entier. Vu que sa sœur était morte trois ans avant elle, ces toiles iraient à la mère d'Eric. La chose nous semblait simple. Or le succès probable de la vente semblait générer « tout un travail de paperasserie urgent », qui requérait toute l'attention de M. Kierczinsky. Les salles d'exposition des « Commissaires-priseurs associés » occupaient la moitié d'un pâté de maisons sur la place Wenceslas. Elles furent réaménagées pour la vente, comme l'avait promis M. Tomin. Des équipes de peintres et autres hommes de ménage donnèrent à ces lieux un brillant inhabituel dans les salles des ventes tchèques. Une société de location de vaisselle livrait chaque jour des caisses de cristal de Bohême — verres à vodka et coupes à champagne pour l'essentiel. Les détails de la vente et les derniers préparatifs s'avérèrent compliqués et onéreux. Une réception serait donnée pour d'importants acheteurs potentiels, la veille de la vente de la succession Mocsáry, dans la soirée. La vente proprement dite aurait lieu une semaine après l'ouverture au public des salles d'exposition.

Sans doute le profane n'aura-t-il pu voir la collection dans sa totalité que cette semaine-là. Chaque jour, pour le prix d'un catalogue, une longue file de visiteurs — tchèques et étrangers — foulaient en masse les pâles planchers des salles d'exposition, montraient du doigt, s'extasiaient, discutaient. Chaque jour, M. Tomin nous montrait un nouveau nom illustre dans le livre des visiteurs.

Je fus occupé plusieurs jours, après avoir reçu la lettre de Camilla Boardman, et ne pus lui répondre. Je me refusais à écrire à Ella. J'attendais de ses nouvelles. Je voulais tenir ma promesse : écrire quand elle aurait recouvré sa liberté pleine et entière, et m'en aurait avisé. Ayant respecté cet engagement depuis si longtemps, je ne pouvais faillir à ma parole maintenant. Tous les matins, je me jetais sur mon courrier, et chaque fois j'étais déçu : pas de lettre d'Ella — chose qui aurait pu m'inquiéter si j'avais douté de son amour, or j'étais assez sûr d'elle pour attendre et résister à l'envie d'écrire. Ella jugeait-elle prématuré de reprendre contact ? Je respectais son sentiment.

Le mercredi de la « Semaine d'exposition », comme se plaisait à l'appeler M. Tomin, je découvris — tout à fait par hasard — que les Harcourt étaient à Prague. Je vis dans le livre des visiteurs que la princesse Amelia von Thurn & Taxis était passée. Deux lignes plus bas, sous sa signature empanachée, une autre information capta mon attention : « Lord et lady Alexander Harcourt, Grand Hotel Europa », portée au stylo à bille, d'une écriture assurée que je ne reconnus pas.

J'ignorai les remarques excitées de M. Tomin concernant la princesse — elle avait été d'une exquise gentillesse avec lui. Je lui demandai s'il se souvenait d'un lord anglais et de sa femme.

Il se tut, réfléchit longuement, mais il avait l'œil exercé.

— Oui. Des gens élégants. Lady Harcourt parlait avec l'accent de Boston, dit-il, comme mon cœur s'accélérait. Ils étaient discrets, cependant, ils semblaient préoccupés. Ils parlaient si bas que je ne pouvais rien entendre.

J'eus du mal à cacher ma joie : Ella pouvait être en ville, en ce moment même ! Peut-être s'enquérait-elle de moi au Conservatoire ou au 21 de la rue Sokolska ! Après toutes ces semaines passées sans elle, je réalisai à quel point j'avais été maître de moi, comme j'avais réussi à me prendre au plaisir de Prague, aux défis de ma musique. Avec quelle discipline je m'étais interdit d'écrire ! Mais c'en était fini de mon sang-froid.

— La princesse a dit qu'elle viendrait à la vente en personne, déclara M. Tomin rayonnant de fierté.

— C'est formidable. Puis-je vous poser une autre question sur les Harcourt ?

Il me regarda, surpris par ma curiosité, secoua doucement la tête.

— Je vous demande ça parce que ce sont des collectionneurs d'art reconnus.

J'attendis qu'il morde à l'hameçon. M. Tomin avait parfois besoin qu'on l'aide à se souvenir.

— Vous les connaissez ? dit-il, roué.

— Oui.

— Et vous pensez qu'ils ont... les ressources nécessaires pour faire monter les enchères ?

— J'en suis certain.

Mon assurance raviva immédiatement la mémoire de M. Tomin. Il peaufina sa description d'un couple d'Anglais qui ne pouvaient être que le père et la belle-mère d'Ella.

— Il est blond, il perd ses cheveux sur le dessus de la tête. Il se tient très droit. Elle a des cheveux roux, une coiffure très... volumineuse.

— Etaient-ils accompagnés de quelqu'un ? Leur fille peut-être ?

Cette question me valut un regard entendu de la part du commissaire-priseur.

— Je ne sais pas, dit-il lentement, pour me taquiner. Je ne crois pas, non.

Il vit ma déception, eut pitié de moi.

— Attendez. Laissez-moi réfléchir. Maintenant que j'y pense, oui, ils étaient accompagnés de quelqu'un.

— Une femme blonde avec des cheveux courts ?

— Je crois, oui. Oui, en effet. Mais elle est partie avant eux.

Je me jetai sur le livre des visiteurs, relus l'adresse des Harcourt à Prague. L'hôtel en question se trouvait à deux minutes de la salle des ventes. Je m'efforçai de contenir mon excitation à l'idée qu'Ella se trouvait peut-être, en ce moment même, dans l'une des chambres de l'hôtel, sous les pignons que j'apercevais depuis les grandes fenêtres de la salle des ventes. Je m'excusai auprès de M. Tomin, me faufilai entre les files de gens qui contemplaient les tableaux, dévalai les escaliers de la galerie, fonçai dans la cohue, sur la place, traversai une rue à quatre voies sans un regard à droite ou à gauche, déboulai dans le hall de leur hôtel à bout de souffle.

La jeunesse exige la satisfaction immédiate de ses désirs. Elle n'a pas encore appris la patience.

Or j'eus réellement du mal à rester patient quand un réceptionniste poli me dit que les Harcourt étaient sortis. Je m'assis. J'attendis une heure, vainement.

Peu à peu, mon excitation se mua en frustration. Mais j'attendis. Et finalement je fus récompensé : j'aperçus la silhouette sévère, la coiffure élaborée de Pamela. Elle entrait dans l'hôtel au bras d'Alexander. Le mari et la femme se parlaient. Ils avaient l'air anxieux.

— Excusez-moi, dis-je, me plantant devant eux. Peut-être vous souvenez-vous de moi. James Farrell. Je suis un ami de votre fille.

Ils étaient si visiblement ailleurs qu'il leur fallut un moment pour enregistrer la présence inopinée d'un invité d'une fête ancienne, et pour le saluer. Alexander serra la main que je lui tendais.

— Bonjour, dit-il. Que faites-vous ici ?

Ces paroles étaient enjouées, mais leur jovialité forcée. Je me demandai pourquoi. J'expliquai brièvement les raisons de ma présence à Prague. Je souris lorsqu'ils me félicitèrent pour l'exposition de la collection Mocsáry.

— Je n'ai aucun mérite en cette affaire, dis-je, mais je suis heureux que vous trouviez ça bien. Vous viendrez à la vente ?

Ils acquiescèrent d'un hochement de tête, polis — peut-être Pamela dit-elle « bien sûr » — puis ils me laissèrent. Je les rappelai.

— Vous savez où est Ella ? demandai-je en souriant.

Je dus faire un effort pour que ma voix ne tremble pas.

Son père et sa belle-mère se retournèrent, me regardèrent. Je m'aperçus qu'ils avaient les traits tirés.

— Malheureusement non, me dit Alexander avec un rien de résignation. Elle a disparu hier. Elle est partie de son côté. Elle n'a donné aucun signe de vie depuis.

Il me regarda comme s'il avait toujours du mal à accepter cette réalité.

— Nous ne savons pas ce qui lui est arrivé.

— Je suis navré, dis-je.

L'inquiétude dans ma voix, sur mon visage, créa une sorte de lien entre nous. Il y eut un silence.

— Nous avons vu Ella pour la dernière fois à l'exposition de la salle des ventes, finit par dire Pamela. Elle nous a abandonnés là : nous nous étions disputés. Nous pensions la revoir à l'hôtel, mais elle n'a pas reparu, ni hier soir ni ce matin. Nous sommes fous d'inquiétude.

— J'imagine, oui.

— Si vous avez de ses nouvelles, vous nous le ferez savoir, n'est-ce pas ?

Alexander, cette fois.

— Bien entendu, dis-je.

— C'est très aimable à vous.

Nous nous serrâmes la main.

— Nous n'allons pas vous retenir plus longtemps, monsieur Farrell. C'était gentil à vous d'être venu nous voir.

— Si je peux faire quoi que ce soit...

— Je vous en prie. Merci. Elle va reparaître d'un moment à l'autre, j'en suis certain.

— Oui.

Ils me laissèrent, s'éloignèrent en direction de l'ascenseur.

— Vous avez prévenu la police ? lançai-je.

Alexander se retourna.

— Une personne doit avoir disparu depuis une semaine pour qu'ils commencent à la rechercher, dit-il. Et puis ils ne donnent pas la priorité aux ressortissants étrangers.

— Vous m'appellerez quand elle reviendra ?

— Bien sûr. Pamela chérie, prends son numéro.

Ils attendirent dans l'escalier, tandis que je griffonnais mon numéro sur un bout de papier. Lady Harcourt le mit dans son sac. Après quoi nous prîmes à nouveau congé, un peu gênés. Les Harcourt montèrent dans leur chambre.

Dehors, une foule de gens encombraient la place. Ils riaient, discutaient. Je me faufilai entre eux sans les voir. Sans trop savoir ce que j'éprouvais — soupçon, espoir ? —, je regagnai la maison d'un bon pas. Je pénétrai dans l'appartement de Mme Mocsáry, vis que j'avais deviné juste : Eric et Ella buvaient du thé, assis par terre dans la salle de musique.

Cette vision d'Eric et d'Ella ensemble me revient clairement, même si je croyais l'avoir bannie de ma mémoire. Je les vois assis côte à côte sur les dalles de pierre ; je vois les reflets dorés dans les cheveux d'Ella, la chevelure noire et brillante d'Eric. La pâleur de la peau d'Ella contraste avec le teint basané de mon ami. Sans doute se rencontraient-ils pour la première fois, même s'ils entendaient parler l'un de l'autre depuis un certain temps. Je revois le regard d'Ella quand j'ouvre la porte. Elle pose sa cigarette et se lève dans un mouvement gracieux. J'entends le cliquetis de ses talons sur la pierre quand elle vient vers moi. Elle porte un pantalon noir qui épouse ses jambes fines, une veste noire avec un grand col de fourrure noire. Dans ces vêtements sombres, sa pâleur est presque spectrale, mais son regard vert ne saurait être plus vif. Elle sourit, elle m'étreint, elle me serre. Nous nous embrassons. Le goût d'Ella m'enivre lorsque je passe la main sur son dos et l'attire contre moi, la presse contre moi. C'est en enfouissant mon visage dans son cou à l'odeur piquante que je remarque Eric : il a une expression que je refuse de voir parce que je ne la comprends pas. Je reprends mes esprits, je m'écarte d'Ella, heureux, toute frustration, toute inquiétude envolée. Je la présente à mon ami avec chaleur.

— Nous avons déjà fait connaissance, dit-il avec une certaine brusquerie.

— Oui, dit Ella.

Elle me tire vers le sol, m'assoit à côté d'elle à cette table improvisée pour le thé, faite de caisses de déménagement et de petites planches oubliées.

— Eric m'a tout dit de votre merveilleux séjour ici.

J'ai quasiment oublié le reste de la conversation. Ce dont je me souviens, en revanche, c'est d'avoir croisé le regard d'Eric comme Ella disait cela. Je me rappelle avoir souri. Il est resté de marbre. J'ai continué à sourire. Son expression s'est adoucie, il m'a souri. J'ai vu s'achever ce moment de flottement avec soulagement. On s'est servi du thé. En buvant la première gorgée, j'ai pensé à Pamela et à Alexander, tous seuls dans l'escalier de leur hôtel.

— J'ai parlé à tes parents, Ella, dis-je calmement.

— Vraiment ?

Elle s'efforça à la désinvolture, ne fut pas convaincante.

— Comment vont-ils ?

— Ils sont fous d'inquiétude.

Il y eut un silence. Je la regardai, excité malgré moi, ouvrir son sac, sortir des cigarettes, en tirer une du paquet, la porter à ses lèvres, l'allumer. Lentement, profondément, elle inhala. Je me souviens de ça. Bien que Sarah soit morte et qu'elle gise, raide et glacée, à la morgue de Penzance, des détails aussi insignifiants concernant sa cousine me bouleversent. Ils me bouleversent au point d'en oublier toute honte. Sans doute ai-je acquis le droit à un amour sans honte, à mon âge. Car j'ai payé le prix pour ça, même Sarah ne me contredirait pas.

— Tu dois me trouver horrible d'avoir fui et de les avoir laissés sans nouvelles, dit Ella.

Je ne répondis pas.

— Tu ne peux pas savoir comme j'avais besoin de te voir ! Or ils ne me quittent pas d'une semelle.

J'allais lui poser une question. Elle leva la main, m'interrompit.

— Nous aurons le temps de parler de tout ça. Il s'est passé beaucoup de choses depuis qu'on s'est vus, James. Beaucoup de choses.

Elle regarda Eric, posa les yeux sur moi. Il y eut un silence.

— Je ferais mieux d'aller rassurer papa et Pamela, dit finalement Ella. Mon Dieu, c'est affreux.

Elle se leva pour partir.

— Si tu m'accompagnes, je te raconterai tout en chemin.

— D'accord.

Mon amante tendit la main à mon ami.

— Ç'a été un plaisir, dit-elle, en souriant. J'espère que nous nous reverrons, maintenant que nous nous connaissons.

Eric lui serra la main, murmura quelque chose.

— On se verra plus tard, me dit-il.

Ella et moi avons quitté l'appartement. Nous avons descendu le grand escalier sombre, baigné sporadiquement d'une lumière trop faible. Dans l'obscurité du deuxième palier, j'ai senti sa main dans la mienne, humé son odeur, je l'ai embrassée. A ce moment-là, j'ai connu la joie inouïe des retrouvailles, le pouvoir total, exaltant de cette passion, la puissance de cette fusion. Et je n'avais aucune raison d'être inquiet.

17

J'ai peine à me souvenir des paroles exactes d'Ella. Je me rappelle ses intonations, son expression, diverses émotions peintes sur ses traits. Ses mots, en revanche, me reviennent avec difficulté, des mots qu'elle prononça alors que j'étais fasciné par un éclair de cheveux blonds, le son d'un pas rapide, léger, une taille fine et marquée, la courbe de ses seins, le timbre de sa voix. Sa présence à Prague, la façon dont elle avait faussé compagnie à ses parents ne m'avaient pas étonné : j'étais jeune, amoureux, sûr de moi. Pourtant, en écoutant Ella, je me souvins de la lettre de Camilla Boardman, lue dans le salon vide de Mme Mocsáry. Les mots de Camilla dissipèrent mon euphorie, tandis que nous nous faisions un passage dans la foule de la place Wenceslas.

— Je ne veux pas me retrouver en face de papa et de Pamela, pas tout de suite, dit Ella, d'un ton presque implorant. Il faut que je te parle, Jamie. J'ai besoin de ton aide. Il n'y a pas un endroit où on pourrait aller ? Un endroit où personne ne nous connaîtrait ?

— Tu oublies que nous ne sommes pas à Londres, répondis-je en souriant. Il n'est pas utile de se cacher.

Je l'emmenai dans un petit café que je fréquentais, au coin de la rue. Ce café, central, n'avait pas le charme d'autres établissements, situés dans les petites rues, mais il servirait notre dessein. Nous nous sommes assis à une table du fond. Nous avons commandé des expressos à une serveuse, une fausse blonde avec des racines apparentes et des sourcils d'un noir intense.

— Alors, dis-je, quand on nous eut servis, de quoi veux-tu me parler ?

— Tu n'es au courant de rien, j'imagine ?

— Je sais certaines choses, hasardai-je.

Je m'interrogeais sur le sens de sa question. Sans doute voulait-elle parler de sa rupture avec Charlie.

— Que sais-tu, Jamie ? Comment peux-tu savoir quoi que ce soit ?

Je lui résumai la lettre de Camilla.

Ella se tut, digéra l'information. Après quoi elle poussa un soupir et dit avec une ironie désabusée :

— Camilla n'a pas sa pareille pour te couper tes effets !

Je secouai la tête, je souris. Ella ne souriait pas.

— Elle t'a résumé la situation vue de l'extérieur. C'est intéressant de savoir ce que mes amis pensent de moi. Mais la vérité est un peu plus compliquée que ça. Plus compliquée et moins jolie.

— Je t'écoute.

— Ma famille, et d'après ce que tu dis certains de mes amis, commencent à penser que je suis cinglée. Que j'ai perdu la boule.

Ella se tut pendant que j'enregistrais cette nouvelle.

— Le pire, c'est que tout est ma faute.

Elle tira une bouffée de sa cigarette.

— Je ferais sûrement mieux de commencer par le début, déclara-t-elle en me prenant la main.

Il y eut un silence.

— J'ai cru que les journaux avaient fabulé, dis-je.

— Si ce n'était que ça, je ne m'inquiéterais pas.

Malheureusement, ce ne sont pas que des commérages. Oh ! je ne suis pas « vraiment » folle, dit-elle, à la hâte. C'est totalement... Mais je vais tout te raconter depuis le début. Pardonne-moi de répéter certaines des choses que j'ai dites à Seton, mais j'ai besoin de marquer la limite entre la réalité et la fiction dans cette histoire.

— Je comprends.

Un autre silence. Elle prit une grande inspiration.

— Tu sais ce qui est arrivé à ma grand-mère et à ma tante, tu es au courant de ce déséquilibre mental dans ma famille, dit-elle, à voix basse. Eh bien, ça obsède mon père. Ce qui peut se comprendre. Si ta mère et ta sœur jumelle s'étaient suicidées, tu serais inquiet pour tes enfants, non ? Surtout si ta fille unique était le portrait de sa grand-mère. Tu n'arrêterais pas d'y penser. Papa est à l'affût de signes alarmants, des signes qui prouveraient que je ne suis pas heureuse, que je n'arrive pas à vivre. Il ne veut rien laisser passer. Tu imagines comme c'est lourd à porter ?

— Je vois tout à fait.

Elle se mordit la lèvre.

— Oh, j'ai été tellement bête !

Elle éteignit sa cigarette, à moitié fumée, avec une violence exaspérée.

— En quoi ?

— J'ai joué le jeu de Sarah !

— Comment ça ?

— Lorsque sa monographie a été publiée, les journaux ont fait leur miel des deux suicides. J'ai cru tenir l'occasion de me débarrasser de Charlie. Il ne voudra pas faire des enfants avec une folle, ai-je pensé. Même si elle doit hériter d'un château.

Ella s'interrompit.

— Aussi ai-je mis en scène des aveux.

— Tu as fait quoi ?

Elle fouilla dans son sac, prit une autre cigarette, l'alluma.

— J'ai pleuré et je lui ai dit que nous étions instables, dans ma famille, que c'était héréditaire. Je lui ai même dit que je m'étais fait un devoir de ne pas avoir d'enfants, de peur de leur transmettre ce déséquilibre.

Ella marqua une pause.

— On dit que les maladies mentales sont héréditaires, reprit-elle. J'ai pensé que ça le ferait fuir.

— Et c'est le contraire qui s'est produit ?

Je commençais à y voir plus clair.

— Pas exactement, dit Ella. Au début, Charlie est resté inébranlable. Loyal, il refusait de m'abandonner. Il disait que cette instabilité touchait ma famille, pas moi, que je devais dépasser ça.

Je vis ce garçon honnête regarder Ella, tout déconcerté. La peur me prit.

— Que lui as-tu dit ? m'enquis-je.

Ella tira une bouffée de sa cigarette, inspira profondément la fumée. Il y eut un long silence. Finalement elle dit :

— A ton avis ?

— Ne me dis pas que tu...

— OK, je ne le dirai pas. Mais je l'ai fait, déclara-t-elle, d'une petite voix fluette.

Nous restâmes silencieux.

— Oui, reprit-elle, je lui ai dit que j'avais des inquiétudes concernant ma santé mentale. Voilà, tu le sais. Je lui ai dit que ce ne serait pas honnête de l'épouser.

— Oh ! Seigneur !

— Et tu sais ce qu'il a fait ?

Je m'en doutais.

— Il a averti ton père ? dis-je d'un ton sinistre.

Elle acquiesça.

— Oh, Ella, quelle idiote tu...

Je ne trouvais pas les mots, pris entre l'amour et la fureur. Et la pitié, quand je vis qu'elle pleurait.

— J'ai cru que Sarah m'offrait une échappatoire, dit-elle, à travers ses larmes. Pour la première fois de sa vie, et d'une façon tordue, j'ai cru qu'elle se montrait magnanime. Elle a tout raconté, elle a choqué tout le monde. Et j'ai pensé qu'elle me tendait une perche, alors je l'ai saisie. Je n'imaginais pas que les choses tourneraient comme ça.

— Oh ! non.

— Ça peut paraître étrange, à présent, mais sur le moment, ce scénario semblait parfait. J'ai cru que ce serait la façon la moins douloureuse de rompre avec Charlie. Il avait vu que mon attitude avait changé à son égard. Il n'est pas idiot. Il attendait une explication. Je pouvais difficilement lui avouer la vérité.

Elle s'interrompit.

— Je ne pensais pas qu'il irait le dire à tout le monde.

— Je n'arrive pas à croire que tu aies pu être si...

— Ne me juge pas, James.

Sa voix était dure tout à coup.

— Ne me juge pas, répéta-t-elle.

Nous nous regardâmes sans rien dire. Je pris sa main.

— Si tu savais ce que j'ai enduré depuis deux mois, tu serais plus indulgent, finit-elle par dire, d'un ton plus doux, séchant ses larmes. J'ai payé cher ma liberté, je peux te l'assurer.

Je restai assis en silence, cherchant quoi dire.

— Imagine ! Voir mon père aussi inquiet, alors qu'il avait si peu de raison de l'être, et savoir que c'était à cause de moi. Imagine ! J'ai été assez punie de le voir souffrir comme ça.

Elle baissa les yeux.

— Mais qu'aurais-je pu faire ? dit-elle, cherchant mon regard. A part tout avouer, y compris la raison pour laquelle je m'étais fiancée à Charlie, que pouvais-je faire, sinon jouer la comédie ? J'étais piégée, Jamie. Je ne pouvais pas revenir en arrière. Alors j'ai joué le jeu.

Elle tira une bouffée de sa cigarette.

Je mis la main sur son bras.

— Et ça a été affreux, poursuivit-elle. Tu n'imagines pas à quel point ça a été affreux ! J'ai perdu le contrôle de la situation.

Elle s'interrompit un moment.

— Et là j'ai pris peur. J'ai voulu redevenir moi-même et je me suis aperçue que ce n'était plus possible : pour eux, j'avais cessé d'être normale. Toute une mécanique s'était enclenchée.

Elle respira profondément.

— Puis les gens ont commencé à parler, les journaux à publier des articles. Les photographes m'ont traquée. Tu n'as pas idée de ce que c'est d'être épiée en permanence : par ta famille, par tes amis, par ces maudits journaux. Je viens de passer deux mois dans un aquarium.

Je me tus, ne sachant toujours pas quoi dire.

— Le pire, c'est que tout ça est ma faute, et que je le sais. Je ne comprends pas comment j'ai pu laisser toutes ces choses se produire.

— Moi non plus, dis-je doucement.

Ella m'agrippa la main.

— Ne me dis pas ça. Il faut que tu m'aides. Il faut que tu m'aides à me sortir de là !

Il y eut un silence.

— Je vais t'aider, dis-je. Evidemment que je vais t'aider.

— Oh, Jamie. Merci !

Elle se pencha par-dessus la table et m'embrassa sur la bouche. Ce bref contact, ces lèvres douces suffirent à me persuader que je ferais n'importe quoi pour elle. Je n'avais pas le moindre doute à sujet, ce qui, dans ma naïveté, me réjouissait.

— Tu n'imagines pas ce que ça a été, reprit-elle, plus calme à présent. Comme c'est épuisant de paraître heureuse tout le temps. Or je dois feindre d'être heureuse, pour les rassurer sur ma santé mentale. Si je suis triste une minute, papa me conseille de voir un nouveau thérapeute, ou bien Pamela veut m'emmener en voyage pour me distraire. C'est pour ça que je suis à Prague, tu vois, pour me distraire.

Elle se tut.

— Tu n'as pas idée du nombre de charlatans qu'on m'a emmenée voir. Je suis passée par tous les cabinets de consultation de Harley Street.

Elle tenta de sourire.

— Tu ne peux savoir ce que c'est, dit-elle. Ces gens te demandent de te souvenir d'un tas de choses, d'évoquer des traumatismes dont tu n'as jamais été victime, d'avouer des angoisses imaginaires. Le plus effrayant, c'est que des choses te reviennent ! Tu commences à te souvenir de tes cauchemars d'enfant.

Ella alluma une autre cigarette, inspira profondément la fumée.

— J'ai voulu me montrer coopérative avec les médecins — après tout, ce sont eux que tu es censé convaincre. Je leur ai parlé de ma vie, de mon enfance. De tout sauf de Sarah. Je pouvais difficilement leur parler de ma relation avec Sarah.

Ella porta sa tasse de café à ses lèvres. Je vis que sa main tremblait.

— Que leur as-tu raconté ?

— Toutes sortes de choses.

— Par exemple ?

— Quand j'avais neuf ou dix ans, je rêvais qu'une sorcière habitait le placard de ma chambre. Une méchante sorcière, comme dans *Le Lion, la Sorcière et l'Armoire,* qui change M. Tumnus en pierre. Tu te souviens d'elle ? Dans ce rêve, elle était toujours sur le point de me changer en pierre. Je courais pour lui échapper, je courais à travers bois, à travers champs, tu vois le tableau.

Ella sourit.

— Je cherchais mon père pour qu'il me sauve des griffes de la sorcière, et je me réveillais toujours au moment où elle m'attrapait. Papa n'apparaissait jamais.

— Tu as expliqué cela aux médecins ?

— Oui.

— Et qu'ont-ils dit ?

— N'oublie pas que les psy ne sont pas payés pour te dire que tu vas bien.

— Comment ont-ils interprété ce rêve ?

— Oh, le baratin habituel : perte de la mère, peur de la belle-mère, besoin du père. Ils m'ont dit que j'en voulais à papa d'avoir épousé Pamela — ce qui n'est pas du tout vrai. Ils ont parlé du complexe d'Electre, du danger de refouler sa douleur après la mort d'un parent. Cette douleur pouvant dégénérer en violence, ou en automutilation, pour attirer l'attention sur soi. C'était vraiment tiré par les cheveux.

— Continue.

— J'ai dit à papa que je ne voulais plus voir ces médecins, qu'ils me mettaient des idées affreuses en tête. A ce propos, il faut vraiment être solide pour sortir indemne d'une séance avec un psychiatre de renom. Papa est allé le leur dire. Il s'est mis très en colère, il a forcé la porte du Dr Jefferson, il a exigé une explication — précisément ce qu'attendait ce salopard. J'étais dans ma phase de « rejet », vois-tu. Si on m'avait donné une livre sterling chaque fois que l'un de ces cinglés qui ne me connaissait ni d'Eve ni d'Adam m'a dit de « regarder mes problèmes en face », je serais plus riche que mon père.

Ella se tut. Elle avait à nouveau les yeux brillants de larmes.

— Oh, Jamie. Qu'est-ce que j'ai fait ! Qu'est-ce que j'ai fait !

Elle prit ma main.

— Chut, lui soufflai-je.

Je me levai, la pris dans mes bras, la serrai contre moi.

— Ça va s'arranger, dis-je.

— Tu crois ?

— Oui.

— Tu ne peux pas savoir comme j'ai besoin d'entendre ça. Ni comme tu m'as manqué !

Elle s'accrocha à moi. Je l'étreignis jusqu'à ce qu'elle arrête de pleurer.

— Maintenant dis-moi pourquoi tu as faussé compagnie à tes parents, hier, lui demandai-je lorsque nous fûmes à nouveau assis l'un en face de l'autre.

— C'est la dernière partie de l'histoire, dit-elle.

Elle plongea la main dans son sac, chercha ses cigarettes. Des mégots à moitié fumés remplissaient le cendrier. Le paquet qu'elle sortit de son sac était vide. Ce qui la surprit. Elle le froissa, en fit une boule serrée entre ses doigts.

— Après l'éclat avec le Dr Jefferson, Pamela a proposé un changement de décor, dit Ella. Londres ne pouvait convenir à une malade. Les journaux faisaient leurs choux gras de l'affaire, comme tu peux l'imaginer. Ce qui me rappelle... Regarde ça.

Ella sortit une page de journal de son sac, me la tendit. Au centre, une photo d'elle dans une fête. Elle était debout dans un escalier, seule, livide.

— Dieu seul sait comment ils se la sont procurée, dit Ella. Lis l'article.

Je pris le journal, survolai l'article tapageur, écœuré. Il commençait par l'un de ces lieux communs qu'affectionne la presse à scandale.

« On pouvait croire qu'elle avait tout pour être heureuse, mais Ella Harcourt, vingt-quatre ans, héritière de l'un des plus beaux châteaux d'Angleterre, est dépositaire d'une histoire familiale chargée. Jeune, belle, intelligente, elle est la coqueluche du Tout-Londres... mais combien de temps lui reste-t-il avant que la malédiction qui pèse sur les Harcourt ne fasse une nouvelle victime ?

Arbre généalogique... page 2.

Rapport psychologique... pages 15 à 17. »

— Voilà pourquoi ils ont pensé qu'un changement de décor me ferait du bien, dit Ella sèchement. Mais ils ne m'auraient jamais laissée partir seule — ils ne m'ont pas lâchée d'une semelle depuis le début de cette histoire. Aussi m'ont-ils donc accompagnée. J'ai choisi Prague parce que tu y étais.

Cette nouvelle me ravit.

— Mais pourquoi les as-tu plantés là ?

Elle ne répondit pas tout de suite.

— J'ai dû penser que ça ne changerait pas grand-chose, finit-elle par dire. Nous nous sommes disputés, à l'exposition Mocsáry, papa a fait une remarque à propos de mon état. J'ai pensé : puisqu'ils sont persuadés que je suis folle, quoi que je fasse, autant m'octroyer une nuit de liberté.

Elle s'interrompit.

— Tu imagines comme c'est merveilleux d'être seule, quand on t'épie depuis deux mois, jour et nuit ?

Elle me regarda.

— Oh, je sais que j'ai eu tort, s'empressa-t-elle d'ajouter, mais j'étais furieuse, j'en avais assez qu'on me traite avec ménagement. Tu comprends ?

Il y eut un silence.

— Mais maintenant il faut affronter les conséquences de tes actes, dis-je fermement.

Un autre silence.

— Tu veux dire que je devrais tout leur avouer ? Sur Sarah et Charles... leur raconter ce que j'ai fait. Ils penseraient que je suis vraiment folle s'ils savaient la vérité !

Je comprenais son raisonnement.

— Non, ce n'était pas ce que je voulais dire, répondis-je, cherchant à préciser ma pensée. Mais quand je les ai quittés, il y a deux heures, ils étaient morts d'inquiétude. Il faut que tu les voies, que tu les rassures. Je crois aussi que tu as des excuses sincères à leur faire.

Ella baissa la tête.

— Je sais, dit-elle.

— Alors allons-y, tu seras débarrassée.

Nous nous levâmes, quittâmes le café. Comme nous arrivions sur la place Wenceslas, toujours noire de monde, Ella glissa sa main dans la mienne.

— Merci, Jamie.

Et elle m'embrassa.

Péché est un mot très fort, un vilain mot. Mais il

ne me fait plus peur. Je sais qu'Ella a péché en enlevant Charles à Sarah. Sans doute ai-je péché en voulant demeurer son seul confesseur. J'étais jaloux de la confiance qu'elle m'accordait. J'aurais pu lui conseiller de dire la vérité, d'admettre ses fautes. Je ne l'ai pas fait. Je ne lui ai pas dit les dangers du mensonge : je les ignorais. Pourtant je comprends une chose aujourd'hui — et ce sera la première des leçons que je m'expose à recevoir : les mensonges ont cela de commun avec les barreaux d'une cage que le temps les rend indestructibles ; une fois érigés autour de vous, ils vous emprisonnent à vie.

Le premier péché d'Ella — avoir pris Charles à Sarah — a déterminé toute la suite de sa vie, de nos vies à tous. Dans sa faiblesse, qui fut aussi la mienne, elle a entouré son péché de mensonges : elle a menti à Charlie, à ses parents ; peut-être s'est-elle menti à elle-même. Elle n'a pas reconnu sa faute, ni cherché à se faire pardonner — du moins jusqu'au moment où des forces qui la dépassaient l'y ont contrainte. La vérité a fini par être dite, mais trop tard. Trop tard pour sauver aucun d'entre nous. C'est ainsi que je comprends les choses à présent. Je dois me résigner, je le sais. Il est absurde de se torturer avec des événements d'un lointain passé. Mon seul espoir est de comprendre, pas de changer ces événements. Si seulement je pouvais arriver à cela, je remercierais la vie. J'aurais pour elle encore plus de gratitude que je n'en avais pour Sarah. Et cette reconnaissance, comme celle éprouvée pour ma femme défunte, pourrait m'apporter la sérénité, la paix. Or c'est la seule chose que je puisse encore espérer.

18

La vente de la succession Mocsáry fut fixée au lundi suivant. Tout le week-end, des acheteurs et des visiteurs qui s'habillaient comme eux pour leur ressembler envahirent les salles d'exposition des « Commissaires-priseurs associés ». Les costumes chic, les cravates du pouvoir et de l'argent remplaçaient peu à peu les touristes de la première heure, en jeans et survêtements. Plusieurs offres arrivaient chaque jour par téléphone. De longs articles sur la nécessité de protéger le patrimoine artistique du pays parurent dans les journaux sérieux. Une presse plus futile fit la chronique de la vente, ou plus précisément des amours et des goûts vestimentaires des visiteurs célèbres — M. Tomin fit construire un stand pour la presse au fond de la salle des enchères in extremis.

La frénésie journalistique et le fait que la princesse Amelia se rappela son nom dès sa deuxième visite fouettèrent son ego. Il parut dans des vestes de plus en plus voyantes, tout sourires, confia aux clients privilégiés que les estimations figurant sur le catalogue avaient été calculées au plus bas. Eric et moi le suivions discrètement : nous écoutions son baratin, fascinés. Nous répugnions à l'admettre, mais il était impressionnant. Des collectionneurs avisés, venant d'Europe de l'Ouest et des Etats-Unis, se sentaient en confiance en son obséquieuse présence. Des membres éminents de l'aristocratie européenne — dans le sillage d'Amelia, la princesse emperlée aux joues roses — rivalisaient d'amabilité à son égard. Des acheteurs désireux de laisser une trace de leur participation à cet événement prétendument historique se passaient le livre des visiteurs avec fébrilité.

Oui, M. Tomin fut très habile. A cinquante ans de distance, je m'émerveille encore de la façon dont il changea une réputation en légende. Il convainquit l'Europe de l'argent que les tableaux de Mme Mocsáry représentaient un investissement, et les tenants de la culture de son pays qu'ils devaient honorer son nom. Les grands artistes doivent leur renommée à des hommes comme lui.

La mère d'Eric arriva la veille de la vente. C'était une grande femme majestueuse à l'ossature fine. Elle avait de jolies mains. Je me souviens de la première fois où je l'ai vue. Je me rappelle son éloquence, son élégance, ses longs cheveux argentés, l'éclat sombre et grave de ses yeux. Sans doute était-elle aussi âgée que mes parents, voire plus, mais elle se mouvait avec un souplesse juvénile. Ses rides apparaissaient seulement quand elle souriait. Je revois ce sourire, et, le voyant, je me rappelle que c'était aussi celui d'Eric. Lorsque la mère et le fils souriaient, leurs visages s'éclairaient. Lorsqu'ils riaient, leurs rires cascadaient à l'unisson. Il m'arrive de les entendre rire dans mes rêves. Cependant, je n'entendis leurs rires que plus tard, quand je connus mieux les Vaugirard. A Prague, je ne vis Louise que deux fois : l'après-midi de la vente et la veille, lors de sa première soirée en ville. Elle nous emmena dîner, Eric et moi, chez Czardas, l'un des nouveaux restaurants chic qui avaient fleuri depuis la révolution. Ce lieu occupait les deux premiers étages d'un vieux palace, sur la « Mala Strana ». Il se trouvait à égale distance des ambassades française et américaine. On n'y voyait pratiquement que des étrangers. Résultat, les prix étaient exorbitants, le service parfait, l'atmosphère impersonnelle. Un drôle de choix, pensai-je, jusqu'au moment où j'appris qu'il s'agissait d'une adresse chaudement recommandée par M. Tomin.

Quand nous arrivâmes, Louise de Vaugirard, longue silhouette dans un fourreau de jersey noir, était assise sur une chaise moderne et inconfortable. Elle ne portait pas de bijoux, seulement un crucifix en argent sur une petite chaîne en argent. Lorsque Louise se leva, je sus qui elle était avant même qu'Eric ne l'embrasse sur les deux joues.

— Maman, je te présente mon ami James Farrell.

— Nous n'allons pas parler français, dit Louise en anglais, avec un léger accent. Les Anglais n'aiment que leur langue. N'est-ce pas ?

Je rougis, dis que le français était une langue magnifique.

Louise se tourna vers Eric.

— Tu as raison, il est charmant.

Elle me fit à nouveau face, me tendit la main.

— Je suis ravie de faire enfin votre connaissance, monsieur Farrell. Mon fils ne tarit plus d'éloges à votre égard. Mon mari et moi vous sommes très reconnaissants de ce que vous avez fait pour la famille, à Prague. J'aimerais que le père d'Eric soit là pour vous exprimer lui-même sa gratitude. Malheureusement, ses affaires le retiennent en France.

Nous nous assîmes. Le dîner commandé arriva, fumant, dans des plats aux bords dorés. En présence de sa mère, Eric était affectueux, déférent, un peu tendu. Ils étaient proches l'un de l'autre, sans nul doute. Toutefois, il y avait une certaine gêne dans leurs rapports, basés davantage sur une connivence d'esprit que sur une intimité affective ou sur la confiance que génère l'amour. Eric n'était pas aussi à l'aise avec sa mère qu'avec moi. Et puis, en présence de Louise, son attitude changeait à mon égard. Il observait plus, parlait moins. Son désir sincère de nous voir nous entendre, sa mère et moi, exprimé de bien des manières, me toucha. Aussi nous parlâmes, Mme de Vaugirard et moi, de mon enfance, de ma musique, de mon séjour à Prague avec Eric. Lequel parla peu, sauf si on le sollicitait.

Louise me plut. J'aimais son charme spontané, son parler précis, ses remarques ironiques. Je causais volontiers avec elle, distrait seulement par le crucifix qu'elle portait. Un bijou peu commun : petit, délicatement ouvragé, joli. Mais, le visage de son Christ exprimait une angoisse si visible que cela me gênait de le regarder. Or j'étais fasciné par mon propre malaise : mes yeux revenaient sans cesse sur lui. Mon hôtesse s'en aperçut, me demanda si j'aimerais le toucher.

J'acquiesçai en souriant.

— Ce crucifix a une histoire, dit Louise.

Elle défit le fermoir de la chaîne d'argent, mit le crucifix dans ma main.

— Vraiment ?

— Oui. Il a été donné en récompense à une aïeule de mon mari.

Eric fronça un peu les sourcils, tenta de cacher son irritation.

— Qu'avait-elle fait pour le mériter ? m'enquis-je.

— Elle était espionne, au congrès de Vienne, répondit Louise dans un sourire. Elle employa la ruse, le charme, pour voler les secrets des négociateurs étrangers. En récompense de ses services, elle reçut cette croix, parmi d'autres choses. C'était une grande dame. Elle s'appelait Louise, comme moi.

— C'était une prostituée, maman, dit Eric calmement. Tu devrais le savoir.

Il y eut un silence étrange.

Rien n'indiqua, sur le visage de Louise, qu'elle avait entendu la remarque de son fils. Posément, elle me reprit le crucifix, le repassa dans la chaîne, le rattacha autour de son cou. Après quoi elle dit à voix basse : « Je ne veux plus jamais que tu me parles sur ce ton, Eric. Est-ce bien compris ? » Puis elle se remit à manger. Ses couverts frappèrent un peu fort la porcelaine de son assiette, mais elle se maîtrisa. Elle se tourna à nouveau vers moi, se remit à parler, à rire, comme si de rien n'était.

Eric ne dit plus un mot de tout le repas. S'ensuivit une conversation tendue avec Mme de Vaugirard, durant une heure qui me parut interminable — Louise ne prêta nulle attention au silence de son fils.

Quand le serveur eut enlevé nos assiettes à dessert et nos tasses à café, Eric était toujours de marbre. Aussi, un peu maladroitement, je remerciai Mme de Vaugirard pour ce charmant dîner. Elle se leva.

— Ce fut un plaisir de faire votre connaissance, James.

Durant le dîner, elle avait décidé de m'appeler par mon prénom.

— Je me réjouis de vous voir demain après-midi à la vente.

— Moi de même, dis-je sincère.

Eric se leva de table, embrassa sa mère sur les deux joues. Puis, toujours sans parler, il tourna les talons et s'en fut. Je serrai la main de Louise, elle sourit de nouveau comme si de rien n'était. Je rejoignis Eric devant le restaurant. Nous marchâmes en silence. Mon ami marcha à une cadence furieuse pendant au moins dix minutes. Nous longions le fleuve, en direction du pont Charles et du tramway qui nous ramènerait chez nous. Nos souffles se muaient en vapeur dans l'air glacé de l'hiver naissant. Nous parcourûmes des kilomètres de rues pavées, passâmes devant des dizaines d'immeubles obscurs. Les projecteurs qui illuminaient le château, sur les hauteurs, s'éteignirent. Je m'aperçus qu'il devait être minuit. Eric ne parlait toujours pas. Il devenait de plus en plus évident qu'il n'avait nulle intention de rompre ce silence. Aussi lui demandai-je ce qui n'allait pas.

— Ne t'inquiète pas de ça, James, dit-il sur un ton sinistre que je ne lui connaissais pas.

Nous continuâmes notre chemin dans un mutisme parfait.

— Je crois que tu devrais me le dire, déclarai-je au bout d'un moment, m'efforçant de contenir mon irritation grandissante. Ne penses-tu pas que j'ai droit à une sorte d'explication ?

Eric persévéra dans son silence. Je n'entendais que son pas, rapide, régulier, sur le trottoir, et le bruit du fleuve.

— Tu imagines combien c'était gênant pour moi, dans ce restaurant ? finis-je par lui demander, exaspéré.

Mon ami se tourna vers moi. Ses yeux lançaient des éclairs.

— Ainsi c'est moi qui suis fautif ? tonna-t-il. L'hypocrisie de ma mère ne lui vaut que des éloges. Quant à moi, qui mets les points sur les « i » et qui essaie d'être honnête, on m'accuse ! Même toi tu m'accuses !

Je ne le suivais plus.

— Je ne vois pas en quoi la façon dont tes ancêtres ont dérobé des secrets d'Etat met ta loyauté à l'épreuve. Et puis qu'entends-tu par l'hypocrisie de ta mère ? Tout cela est absurde.

— Ma mère prétend être une bonne catholique, répliqua-t-il brusquement. Elle déblatère des heures sur le sacrement du mariage, elle a des opinions tranchées sur le sexe. Cependant, elle loue la prostitution, si cela peut servir la gloire de la France.

Je notai, alarmé, que sa voix tremblait. Je me tus maintenant mal à l'aise, mon irritation envolée. Eric sentit ma gêne.

— Laisse tomber, James. Tu ne peux pas comprendre.

Son pas se fit plus rapide. Ce silence tendu allait se solder par un éclat, inévitablement. Quand à nouveau Eric parla, ce fut d'une voix rauque, rapide.

— Tu ne peux pas comprendre, James. Parce que jamais tu ne baisseras ta garde, jamais tu ne sortiras de ta carapace de civilisé. Jamais tu ne prendras un risque existentiel avec quelqu'un, tu ne laisseras personne approcher.

Perplexe, désorienté par sa véhémence, j'envisageai de me disculper ; pendant un moment, je fus même fâché. Et j'aurais pu le lui dire, si nous n'avions vu arriver notre tramway, et couru jusqu'à notre arrêt pour l'attraper. Nous rentrâmes à la maison en silence. Nous nous couchâmes dans nos lits respectifs sans échanger un mot.

Le lendemain, jour de la vente, le ciel était gris à notre réveil. Puis il plut par intermittences. La foule qui se pressait à l'entrée des « Commissaires-priseurs associés » prit quelques ondées. Eric et moi arrivâmes à cinq heures de l'après-midi, une heure avant le début des enchères. Nous ne nous parlions toujours pas. Louise, déjà aux mains d'un M. Tomin rayonnant, était assise au premier rang, au milieu. Sa chaise et les deux sièges qui l'entouraient portaient un carton où l'on s'était appliqué à tracer le mot « réservé », avec les pleins et les déliés. Louise s'adressa à Eric sans la moindre gêne, comme s'il n'y avait jamais eu aucune tension entre eux.

— Mon cher James, déclara-t-elle après avoir échangé avec son fils les deux baisers rituels, M. Tomin dit que la vente va être un succès. Ma famille et moi nous sentons redevables à votre égard.

— Il n'y a vraiment pas de quoi.

— Avant que la vente ne commence et que les choses ne s'emballent, je tiens à vous faire un petit cadeau.

Elle ôta le crucifix de son cou et le mit dans la paume de ma main, qu'elle referma dessus.

— Vous l'avez admiré, hier soir. J'aimerais que vous l'ayez. Le Christ a veillé sur tous ceux qui l'ont porté, depuis maintes générations.

Je sentais qu'Eric me regardait. Je ne savais que dire. Je marmonnai que je ne pouvais décemment...

— J'insiste, dit-elle. Vous êtes l'ami de mon fils, et par conséquent le mien. Eric trouve indécent que je porte cette croix, semble-t-il, aussi j'aimerais qu'elle soit à vous.

Avec l'air de donner une bénédiction, elle mit ma main gauche dans la main droite d'Eric et les serra dans les siennes.

— Nous sommes prêts, dit-elle à M. Tomin, qui attendait son signal.

A son tour, il fit signe à un laquais, qui se dirigea, cérémonieux, vers les doubles portes et les ouvrit d'un geste théâtral. Un fleuve d'acheteurs s'engouffra à l'intérieur, dont la princesse Amelia, dériva dans un murmure excité vers les sièges en velours rouge aux pieds dorés. Tout le monde finit par être assis. Le commissaire-priseur monta sur le podium, entama son discours d'introduction. Dans le public, les gens s'enjoignaient au silence, quand une silhouette se glissa à l'intérieur, dans un éclair de cheveux blonds et d'yeux verts. Ella se faufila jusqu'à un siège du dernier rang. Eric me vit la regarder. Sa mère eut un sourire approbateur quand je fourrai le crucifix dans ma poche. La vente commença.

Les enchères démarrèrent doucement, la foule ne se laissant pas émouvoir, au début, par les cris frénétiques du commissaire-priseur. Des pièces, parmi les moins prestigieuses, partirent à un prix inférieur à celui du catalogue : une table, des porcelaines, le bureau qui était dans l'entrée, chez Mme Mocsáry. Le fait de voir adjuger, un par un, ces meubles qui nous étaient devenus si familiers me donna la nostalgie du temps passé dans cet appartement baroque. Mon ressentiment se mua en tendresse pour la personne avec laquelle j'avais partagé ces moments. Je regardai Eric, assis à côté de Louise, et lui souris. Ses yeux se posèrent sur moi. Après un instant d'hésitation, il me sourit aussi.

Ella me rejoignit comme la foule se dispersait. Elle me prit la main.

— Tu as été trop mignon, l'autre jour, dit-elle. Je ne sais pas ce que j'aurais fait sans toi.

— Comment ça va avec tes parents ? demandai-je.

— Mieux. Mais il faut que ce soit ma dernière escapade. Dorénavant, je serai une fille raisonnable.

Elle leva les yeux vers moi et me sourit.

— Ils sont ici ? dis-je.

J'étais impatient de revoir Alexander et Pamela, comme l'ami intime de leur fille, cette fois.

— Non, souffla-t-elle. Incroyable, n'est-ce pas ? Je leur ai dit que j'avais fui parce que je n'avais pas un moment à moi. Aussi m'ont-ils laissée venir seule.

Je revois ses yeux lumineux fixés sur moi, je sens encore cette petite main qui serre très fort la mienne.

— C'est courageux de leur part, dis-je en souriant.

Elle me donna un coup de pied amical.

— Ne sois pas méchant, ou je ne te dirai pas ce que je suis venue te demander.

— Quoi donc ?

— Eh bien...

Elle sourit.

— Papa et Pamela rentrent à Londres après-demain, mais ils ne veulent pas me ramener avec eux, pour des raisons évidentes. Ils veulent attendre que ça se tasse.

Elle se tut un instant.

— Sans doute faut-il que ça saigne, reprit-elle. Que disait Oscar Wilde ? « Il y a pire que les ragots, c'est le silence. »

— Quelque chose comme ça, oui, dis-je.

Je souris, ravi de sa bonne humeur.

— J'ai décidé de prendre cette histoire avec philosophie, dit-elle.

Elle plongea la main dans son sac, chercha une cigarette.

— Mais ce n'est pas de ça dont je voulais te parler, ajouta-t-elle.

— Oh ?

— Ne me lance pas ce regard moqueur, Jamie.

Je me penchai et lui soufflai à l'oreille :

— Tu es une femme libre, à présent. J'entends bien te revendiquer comme mienne.

Elle m'entoura la taille de ses bras.

— Il reste quelques semaines jusqu'à Noël. Passe-les avec moi. Papa et Pamela ne veulent pas que je sois seule. Nous avons une belle maison en France, j'aimerais que tu la voies.

— J'en serais ravi, dis-je.

Puis je pensai à Eric, à notre dispute. Je ne voulais pas l'abandonner avant que les choses se tassent. Ce qui prendrait quelques jours, le connaissant.

— Je ne suis pas sûr de pouvoir quitter Eric de façon aussi subite.

Il nous rejoignit à ce moment-là.

— Ella, dit-il d'un ton froid, quel plaisir !

Il l'embrassa sur les deux joues.

— Voilà la personne que je voulais voir, dit-elle. Mon père et ma belle-mère vont bientôt rentrer à Londres, et ils me laissent la maison que nous avons en France. Je voudrais que vous veniez, James et toi, quelques semaines, jusqu'à Noël.

Elle me sourit en disant cela, et je lui fus reconnaissant de ne pas exclure mon ami.

— Ce serait un plaisir, dit Eric, d'un ton si poli que je ne pus juger de sa sincérité. Mais je crains de ne pouvoir accepter.

— Tu dois accepter, dit Ella. James a dit qu'il ne viendrait pas sans toi. Or je ne vais pas rester seule dans une maison déserte, au fin fond de la France.

Eric me toisa. Je regardai Ella, je me tournai vers lui. Ses yeux noirs me fixaient, m'interrogeant presque. Je le crus encore fâché de notre accrochage de la veille. Désireux de lui prouver que j'avais oublié, et pardonné, j'entourai ses épaules de mon bras.

— Je me suis habitué à t'avoir près de moi, dis-je en souriant. Il faut que tu viennes.

Il continua à me fixer pendant quelques instants.

— Allez, Eric, dit Ella.

— Oui, accepte, dis-je.

Il y eut quelques secondes de silence durant lesquelles nos destins — mais nous l'ignorions — furent en suspens.

— Très bien, finit-il par dire. Je vais venir.

19

Nous voyageâmes jusqu'en France ensemble, Eric et moi, car Ella avait quitté Prague avec ses parents quelques jours plus tôt. Nous fîmes nos adieux à des gens et des lieux qui resteraient gravés dans nos mémoires à jamais. Au café *Florian,* nous écoutâmes le cœur serré ces réminiscences alcoolisées et ces débats houleux qui continueraient sans nous. Seuls pour la dernière fois au numéro 21 de la rue Sokolska, nous invitâmes Blanca à prendre le thé et la remerciâmes pour tout ce qu'elle avait fait. Le dernier après-midi, nous bûmes un café avec M. Kierczinsky dans son bureau, une pièce au décor bourgeois, cossu. Nous lui rendîmes les clés de l'appartement vide de Mme Mocsáry.

Je pris congé d'Eduard Mendl quelques heures avant de quitter Prague. Le musicien me donna un morceau de résine porte-bonheur pour continuer mon chemin. Je l'ai toujours.

— Ce fut un plaisir d'être votre professeur, me dit-il, gravement au moment où nous nous séparions. Je ne dis pas cela à tous mes élèves. Si vous vous consacrez à votre art, vous irez loin.

Je rangeai mon violon dans son étui. Mendl dit avoir aimé les concerts que j'avais donnés avec Eric.

— Ces concerts m'autorisent à former des espoirs

sur vous et sur votre ami, dit-il. L'entente qui règne entre vous est un bonheur pour un vieux musicien comme moi.

Je le remerciai avec chaleur. Nous nous serrâmes la main.

— Que Dieu vous bénisse, James, dit-il.

Je quittai Mendl et ses salles de classe somptueuses. J'entendais encore ses éloges. Je pensais, ravi, à l'excitation qu'on éprouve en voyage, aux sacs bouclés, aux couchettes réservées, à Ella qui m'attendait en France. Je me revois quitter le Conservatoire, dévaler les marches dans la lumière froide de cette journée de début d'hiver. J'étais heureux, insouciant, débordant d'ambition, d'espoirs, de projets insensés, de... Mais à quoi bon se remémorer tout cela ? Qu'est-ce que j'essaie de prouver ? Est-il si formidable que j'aie finalement appris l'humilité ?

Nos derniers jours à Prague furent des jours heureux. Nous ne reparlâmes ni l'un ni l'autre du dîner avec Louise, ni de la dispute qui avait suivi. Eric fit le même effort que moi pour oublier, me sembla-t-il. Nous rétablîmes des relations détendues, notre voyage en France fut gai, nous le fîmes le cœur léger. Nous avons beaucoup ri et plaisanté durant ce trajet en train, nous nous sommes raconté nos premières anecdotes tchèques. Nous sommes arrivés à la frontière tôt le matin, par une journée brumeuse, sous un ciel couvert. Les yeux gonflés de sommeil, nous avons attendu une heure sur un quai glacial — puis encore deux heures, sans qu'on nous donne d'explication. Après cela nous avons pris deux trains fort lents, qui se suivaient selon des horaires fantaisistes. Eric avait établi notre itinéraire — un mauvais itinéraire. Cependant il m'amusait trop pour que je lui tienne longtemps rigueur de son incompétence en matière de subtilités ferroviaires. « Seuls les gens ennuyeux choisissent les bons trains », me dit-il. Nous sommes arrivés à destination en fin d'après-midi, tout chiffonnés mais de joyeuse humeur.

Ella ne vint pas nous chercher à la gare. Elle avait envoyé le fils de l'intendante, porteur d'un mot pour moi, rédigé de cette écriture irrégulière qui m'était devenue si familière.

James, mon chéri,

Comme tu l'auras remarqué, il fait très froid aujourd'hui. Or on m'interdit de m'aventurer sur la route, de braver le mauvais temps. (Papa et Pamela ont installé le médecin du village à demeure, au cas où j'aurais une idée folle. Il est surprotecteur.) Aussi ai-je envoyé Jacques vous chercher. J'espère que ça ne t'ennuie pas. Veille à lui donner un pourboire — il est important d'avoir les gens avec soi dans ce pays.

Je brûle d'envie de te voir,

E.

Je lus ce mot dans la voiture au moment où nous quittions la gare. D'une oreille distraite, j'écoutais Eric et Jacques parler à bâtons rompus dans un français poli. Je regardai la campagne défiler, le ronron du moteur en bruit de fond. Nous ralentîmes, nous passâmes les deux anciens piliers d'une grille, en pierre décrépite. Je pensais, énervé, qu'Ella serait bientôt dans mes bras. Je me souviens de mon excitation, de mon impatience, alors que nous tressautions sur l'allée inégale menant à la maison, un bâtiment ancien en pierre décolorée, doté de volets bleus à la peinture écaillée. Cela me surprit que cette maison appartînt aux Harcourt et qu'on la laissât dans un tel état de délabrement. Vu les splendeurs du 23 Chester Square, je m'attendais à quelque chose de plus grandiose, de moins désolé.

Je vis Ella au moment où nous abordions la dernière courbe de l'allée. Elle nous attendait sur le perron aux marches étroites et fissurées, silhouette gracile vêtue de cachemire bleu pâle, les cheveux ébouriffés, les joues roses. Je rougis, ravi de la voir. Je me tournai vers Eric, pensant qu'il souriait aussi. Il regardait fixement devant lui, il ne me voyait pas. La voiture ralentit. Je ne m'inquiétai pas de l'expression sévère d'Eric, de son air tendu. Je supposais que le voyage l'avait fatigué, contrairement à moi. Dès que Jacques s'arrêta, je me précipitai pour prendre Ella dans mes bras. Je la fis tournoyer au-dessus des marches. Elle riait, se serrait contre moi, s'accrochait à mes épaules. Je revois son corps délicat, son nez fin, les mèches blondes qui voletaient devant ses yeux. Encore aujourd'hui, l'émotion de ces retrouvailles par cette journée glaciale me fait battre le cœur. Je sais avec certitude, et cela me rassure, que notre amour était pur, que sa fin n'était pas inéluctable, que la mort d'Eric et même celle de Sarah auraient pu être évitées, si l'un d'entre nous avait été plus âgé, plus fort, plus sage. Mais ce n'était pas le cas. Le souvenir de cette fille adorable et souriante, de cette passion d'avant l'époque de ma culpabilité, de cet amour perdu, me fait mal.

Quelle ironie ! Ce soir, cette semaine, je ne pleurerai pas ma femme défunte, mais mon amour pour sa cousine. Le corps ensanglanté de Sarah me touche moins que l'odeur délicieusement acide d'Ella, mélange de savon et de cigarettes, odeur oubliée depuis si longtemps et qui ce soir me revient. Je la tenais contre moi dans le vent glacé, je m'enivrais de son parfum. Quand je la libérai, elle riait à gorge déployée. Elle me repoussa gentiment pour offrir sa main droite et une joue rose à Eric.

— Laissez vos sacs ici, nous dit-elle.

Souriante, elle nous précéda dans une entrée sombre et basse de plafond. Une pièce triste, malgré le vase de fleurs qui trônait au centre de la table.

— Venez voir la maison. Vous déferez vos bagages après.

Nous avons visité la maison, et tandis qu'elle nous la montrait, je trouvais la vitalité d'Ella déplacée dans ces couloirs sombres et ces pièces pleines de courants d'air. Ses talons auraient dû résonner dans une atmosphère plus jeune, plus légère que celle des murs désertés de cette maison délabrée. La mémoire est un phénomène bizarre. Je ne suis jamais retourné dans cet endroit après la mort d'Eric, il y a presque cinquante ans, mais je me souviens des Varrèges — c'était le nom de la maison — dans le moindre détail. Je revois les murs épais, la disposition des pièces — vastes, peu nombreuses. Je me souviens des portes qui ouvraient dans son vestibule bas de plafond, de cette odeur confinée de tapis poussiéreux et de bois brûlé. Je revois ses cheminées, assez hautes pour qu'une personne de petite taille puisse s'y tenir debout ; ses poutres parsemées de trous minuscules, taillées dans la membrure de vaisseaux de guerre du XVIe siècle, noircies au fil des décennies par la suie ; le plan de l'aile réservée aux invités, ajout du XIXe siècle ; le dessin des jardins.

— Nous n'avons pas ouvert toutes les chambres, nous dit Ella.

Elle nous précédait dans un couloir voûté.

— Il n'y aura que nous trois dans la maison, précisa-t-elle. Et le Dr Pétin, bien sûr, qui couche là.

Elle nous indiqua une porte.

— Jacques et Mme Clancy habitent le village. Nous n'avons pas jugé utile d'ouvrir et d'aérer toute la maison pour aussi peu de monde.

Je la suivais, me délectais des intonations chantantes de sa voix.

— Vous ferez la connaissance du bon docteur tout à l'heure, dit-elle. Il est encore parti se balader, j'imagine.

Elle s'arrêta devant une porte en chêne ouvragé.

— Voilà votre chambre, annonça-t-elle. Je vous la donne parce que la tuyauterie ne fuit pas.

Ella tourna la poignée d'une porte. D'un geste de la main, elle nous fit signe d'entrer dans une grande pièce claire, plus accueillante que les autres, qui donnait sur le jardin. Une forte odeur de lavande imprégnait la chambre, qui sentait aussi le feu de bois. Ella feignit de s'étouffer.

— Mme Clancy est une adepte des chambres parfumées, dit-elle.

Mon amante alla ouvrir l'une des fenêtres à guillotine.

— Cette odeur va disparaître, ne vous inquiétez pas.

Dehors il faisait froid. Une nappe de brouillard masquait la rangée d'ifs, au fond du jardin. Hier bridé dans un motif de haies, de chemins gravillonnés, de rangées d'arbres taillés, ce jardin s'était défait du joug humain pour s'épanouir à sa guise. Il était fantomatique, romantique, attirant, comme toutes les ruines.

— Nous ne venons plus dans cette maison, dit Ella. C'était l'endroit préféré de ma mère. Elle et mon père l'avaient achetée juste après leur mariage. Pamela ne doit pas trop l'aimer.

Ella se tut, parcourut la chambre du regard.

— Pourtant jamais papa ne la vendra. Il la laisse tomber en poussière et il pense qu'une visite hebdomadaire de Mme Clancy suffit à l'empêcher de sombrer.

— Tu aimes cette maison ? demandai-je.

— Oui, dit Ella.

Ses yeux plongèrent dans les miens.

— Mais je n'aime pas la voir tomber en ruine. Et puis elle est vraiment sinistre à cette époque de l'année.

Ella me sourit, et sourit à Eric.

— C'est pourquoi je suis ravie que vous soyez là tous les deux, dit-elle gaiement. Vous avez beaucoup travaillé. Vous allez vous reposer et nous nous tiendrons compagnie.

J'acquiesçai en silence et regardai mon ami. La tête tournée de trois quarts, il contemplait l'immense jardin par la fenêtre. Je ne voyais pas son visage. Comme Ella évoquait les détails pratiques — serviettes, salles de bains —, je notai qu'Eric avait les épaules crispées, tension que j'attribuai à la fatigue : nous avions très peu dormi ces dernières vingt-quatre heures. Ella nous demanda si nous étions fatigués, je répondis que j'étais épuisé.

— Cela n'a rien d'étonnant après un tel voyage, dit-elle.

Sa petite main serra la mienne.

— Et si vous vous reposiez, tous les deux ? suggéra-t-elle. On se retrouve à sept heures, autour d'un verre ?

— Ce serait parfait, répondis-je.

Je songeai avec plaisir que nous avions beaucoup de temps devant nous, que nous pourrions l'utiliser à notre gré. Eric, debout devant la fenêtre, ne dit rien.

— Bien, alors vers sept heures.

Là-dessus Ella nous laissa, refermant doucement la porte derrière elle.

Je défis tranquillement mes sacs. Je parcourus la pièce des yeux, rêveur, je humai les effluves qu'Ella avait laissés dans son sillage. Sur la table de chevet, de vieux romans français, avec de belles reliures. Sur une commode, une grande bassine en porcelaine et un broc avec un motif de fleurs bleues — des myosotis, je crois. Devant la cheminée, un écran sur lequel étaient brodés des personnages de cour, dans une roseraie stylisée. Je m'aperçus que cette maison gardait l'empreinte des soins qu'on lui avait prodigués dans le passé. Je m'interrogeais sur la mère d'Ella, la femme qui avait choisi les meubles de cette chambre, qui avait posé des livres sur la table de chevet pour le plaisir et l'édification de ses invités. Eric était toujours devant la fenêtre. J'allai contempler la vue avec lui. Le jardin : quelques rares fleurs sauvages, une succession de sentiers gravillonnés bordés d'ifs, une ligne d'arbres imposants en arrière-plan. Au centre une fontaine. Comme je la regardai, l'eau se mit à jaillir de ses orifices en bouches de grenouilles.

— Qu'en penses-tu ? demandai-je.

Eric émit un vague grognement en guise de réponse. Il y eut un silence, je m'interrogeai : son changement d'humeur était-il dû à autre chose qu'à la fatigue ? En effet, ce personnage taciturne, devant la fenêtre, était sans rapport avec mon joyeux compagnon de voyage. Peut-être l'atmosphère sinistre de cette demeure l'avait-elle déprimé. Cette maison tranchait radicalement avec les splendeurs baroques du 21 de la rue Sokolska, avec les couleurs chaudes de l'appartement de Mme Mocsáry.

Eric s'éloigna brusquement de la fenêtre.

— Je vais aller me promener, je crois, dit-il.

Et il me laissa.

— Tu veux que je t'accompagne ? lançai-je alors qu'il fermait la porte.

Il s'arrêta, rouvrit la porte, se retourna. Il me regarda, ses boucles noires en désordre.

— Ce n'est pas à moi que tu as envie de tenir compagnie, James, dit-il doucement.

Il referma la porte avant que j'aie pu ajouter quoi que ce soit. Je l'entendis s'éloigner dans le couloir d'une démarche régulière. Ses pas résonnèrent sur le sol de pierre.

Seul dans la maison avec Ella, je réfrénai mon désir d'aller la voir — nous avions tout le temps, me dis-je. Je pris un bain chaud et me rasai : ma vanité d'amant ne put se satisfaire de mon reflet, dans la glace, de voyageur sale et fripé. Je me voulais propre et beau ce soir. Comme je m'habillais, Eric revint de sa promenade plus joyeux qu'il n'était parti. Il me parla avec animation d'une carrière déserte qu'il avait découverte derrière les arbres, au fond du jardin. Ravi de ce changement d'humeur, je passai une demi-heure agréable à deviser avec lui. Puis nous avons dîné avec Ella, dans la petite salle à manger qui jouxtait la cuisine. Je me souviens de ce repas. Je revois la vaisselle en porcelaine ancienne dans laquelle fut servi ce dîner, le feu de cheminée qui crépitait, en contrepoint de notre conversation. Nous étions seuls tous les trois. Le Dr Pétin avait été appelé au village pour un accouchement. Il ne rentrerait que très tard. Nous avons mangé un assortiment de viandes froides, qu'avait apportées Mme Clancy dans l'après-midi. Nous avons parlé de Prague, de la vente de la succession Mocsáry, de la carrière qu'avait vue Eric lors de sa promenade.

— C'est de là que viennent les pierres de la maison, nous dit Ella. Cette carrière est très profonde. Ma mère avait fait inonder le site pour que ses invités puissent nager dedans.

Elle but une gorgée de vin.

— Presque toute l'eau s'est écoulée depuis. J'ignore la profondeur exacte du bassin. Vous pouvez piquer une tête, mais comme nous sommes début décembre, je ne vous le recommande pas.

Eric voulut voir la carrière au clair de lune. Le dîner terminé, le Dr Pétin toujours absent, nous décidâmes de profiter de l'occasion. Armés de lampes torches, nous avons traversé les sentiers gravillonnés, nous nous sommes faufilés entre les ifs. Nous avons ri — l'atmosphère était plus détendue — mais peu à peu nous nous sommes tus, envoûtés par le charme du jardin. La petite main d'Ella trouva la mienne dans le noir et la serra. Eric ouvrait la marche avec la lampe. Il fit la lumière sur nous, puis braqua sa torche vers l'avant. Derrière la rangée d'ifs, un champ planté de pommiers. Les arbres formaient des lignes régulières et projetaient des ombres sinistres dans la nuit.

— C'est par là que nous allons, derrière le verger, me souffla Ella, qui m'incita à reprendre la marche sur le sol durci par le froid.

Nous avons traversé une nouvelle rangée d'arbres. Lorsque nous avons émergé à découvert, Eric a éteint sa torche et nous a plongés dans l'obscurité. Pendant quelques instants, ce fut le noir complet. Puis la lune se détacha d'une masse de nuages. Un vers d'un poème étudié à l'école me revint, c'était le seul dont je me souvenais. Je pensai à *Idylls of the King,* de Tennyson, à ce vers : « Le lac désert / Et les splendeurs vibrantes de la lune d'hiver. » Il y avait là un lac désert, une lune d'hiver, d'or pâle et lumineux. Devant nous, l'à-pic de la carrière, qui plongeait jusque dans des eaux noires, tout en bas. Dans ce ciel dégagé, la lune projetait une lumière irréelle sur le paysage, changeait les buissons en lutins, les arbres en géants décharnés. Nous étions tous trois silencieux. Je voyais le profil d'Eric au clair de lune : la ligne busquée de son nez latin, le contour de sa mâchoire, ses boucles brunes de gitan. Près de lui Ella, fragile comme de la porcelaine, la peau illuminée d'une clarté spectrale, les mains l'une dans l'autre. Je me tenais entre eux, je la regardais jouer avec ses bagues.

Je me souviens avoir été médusé par tant de beauté. Cependant cette vision avait quelque chose de gênant, cette carrière isolée, aux abysses jamais comblés, était inquiétante. J'imaginai d'énormes bêtes, ondulant dans ses profondeurs ténébreuses, attendant leur heure. Je cessai de fixer les petites mains d'Ella et leurs bagues scintillantes. Je levai les yeux : Eric me regardait, l'air douloureux. Ella l'observait, mais il faisait trop noir pour que je voie son expression. Mes yeux plongèrent dans ceux de mon ami, qui éteignit sa lampe une fois de plus. Le charme, fragile, ténu, fut rompu. « Venez, dit-il, j'ai froid. » Il partit vers la maison d'un pas autoritaire. Ella et moi suivîmes sans un murmure.

Au retour, un changement intervint dans nos rapports. Rien ne fut dit, personne ne parla. Mais lorsque nous arrivâmes à la maison, les choses n'étaient plus ce qu'elles étaient au départ. Notre silence n'avait rien de complice. Pour rejoindre l'entrée, nous longeâmes l'aile réservée aux invités. Je constatai, soulagé, qu'il y avait de la lumière chez le Dr Pétin.

Ella passa devant les fenêtres du médecin sans dire un mot.

— Je n'ai pas envie de le voir maintenant, dit-elle, comme nous grimpions les marches du perron.

Elle me regarda, prête à poursuivre, se ravisa. Sur le chemin du retour, elle n'avait pas pris ma main, ne m'avait pas donné la sienne. Je touchai son épaule, elle se déroba.

— Il faut que je sois vive et enjouée en permanence, pour que le Dr Pétin envoie un bon rapport à papa et Pamela, finit-elle par dire, avec un pâle sourire. Je vous présenterai demain.

Elle nous fit entrer, Eric et moi, dans le vestibule obscur, elle tira le verrou de la lourde porte en chêne.

— Cet endroit me fait froid dans le dos, dit-elle tout à coup, en parcourant la pièce mal éclairée.

— Oui, moi aussi, dis-je.

Je regrettais qu'Eric soit là : j'aurais préféré être seul avec Ella. La présence de mon ami, pris d'une humeur bizarre sur le chemin du retour, me mettait mal à l'aise.

— Moi je trouve cet endroit très beau, déclara Eric, dont la voix résonna, étonnamment forte dans la pénombre.

Il se tenait près de la cheminée, à l'autre extrémité de la pièce. On le voyait à peine, dans la clarté mourante des braises.

— Ne délire pas, lançai-je, effrayé.

L'agacement qui perçait dans ma voix me surprit.

— Vous avez peur des fantômes, tous les deux ? dit-il, moqueur.

Moquerie amicale ou non ? Je vis qu'Ella se posait la question.

— Tu as raison, c'est ridicule, dit-elle. Dormez bien, tous les deux. Je vous souhaite une nuit sans rêves.

Elle m'embrassa sur la joue, puis elle s'en fut.

Je lui emboîtai le pas. Arrivée à la porte, elle se retourna et secoua la tête. Je restai debout, hésitant, au milieu de la pièce. Elle disparut. Furieux, je me tournai vers Eric.

— Viens, on va se coucher, dis-je.

— Tu es sûr de vouloir dormir avec moi ? dit-il, d'une voix neutre mais froide.

— La ferme !

Sans rien ajouter, je le précédai jusque dans notre chambre douillette, où brûlait du charbon dans un foyer briqué depuis peu. L'odeur de la lavande imprégnait à nouveau les lieux, trahissant le passage d'une Mme Clancy zélée. Dans cette chaude et douce clarté, Eric et moi nous déshabillâmes presque en silence, et nous couchâmes dans nos lits respectifs. Les draps étaient amidonnés et froids.

— Dors bien, dis-je.

— Toi aussi.

Il éteignit les lumières et me laissa tout à la pensée d'Ella. Je ne dormis pas de plusieurs heures. Je restais étendu, les yeux ouverts, aux prises avec ma déception : je dormais seul, le soir de nos retrouvailles.

Ainsi se termina cette première journée.

20

Le deuxième jour fut plus ensoleillé que le premier : une belle journée d'hiver, lumineuse et claire. Une pellicule de givre recouvrait le sol. Eric et moi, réveillés de bonne heure, fûmes les premiers à prendre place à table, au petit déjeuner. Une Française volubile — nous pensâmes qu'il s'agissait de Mme Clancy — nous tendit des croissants et fit des prévisions alarmantes concernant le temps. Son accent me dérouta. Son débit était trop rapide pour moi. Lorsqu'elle fut partie, je demandai à Eric de traduire.

— Elle dit qu'il va faire très froid, expliqua-t-il. Très très froid. Elle dit aussi qu'Ella est sortie se promener. Elle ne va pas tarder à rentrer.

Là-dessus Ella parut, les joues écarlates.

— Salut les garçons, dit-elle gaiement, mais en évitant mon regard.

— Bonjour, dis-je.

Je fus maussade en sa présence, je lui fis un peu la tête, après sa rebuffade de la veille. Elle feignit de ne rien remarquer.

— Le bon docteur Pétin descend généralement vers neuf heures boire une tasse de café et manger un croissant, dit-elle. C'est sûrement lui qu'on entend.

Comme elle disait cela, un homme d'âge moyen entra avec l'air de s'excuser. Il était un peu empâté, il perdait ses cheveux — gris, frisés, longs sur le côté. Il les coiffait en arrière pour masquer sa calvitie.

— Bonjour, Ella, dit-il, d'une voix douce, pateline, la voix de quelqu'un qui s'adresse à un enfant difficile. Je suis sûr que vous avez bien dormi.

Il parlait très bien anglais.

— Très bien, merci, répondit-elle.

Ella eut un sourire lumineux — sans doute étudié. Elle servit le café et nous présenta.

Le docteur hocha la tête à notre adresse.

— J'en suis ravi, dit-il à Ella. Il est important que vous dormiez le plus possible avant de rentrer à Londres.

L'homme nous regarda, Eric et moi. Il énuméra ses arguments en pointant mollement vers nous ses doigts boudinés.

— Bien dormir, rester au calme, ne pas prendre froid, éviter les excès, dit-il. Tel est mon credo, messieurs, tels sont mes principes.

Puis il s'assit à table et avala quatre croissants d'affilée.

Je dus attendre le milieu de la matinée pour me retrouver seul avec Ella qui avait disparu à la fin du petit déjeuner. J'avais regardé poliment Eric et le docteur jouer aux échecs. La partie se déroulait au « salon », une grande pièce carrée, au milieu de la maison. De grandes fenêtres donnaient sur le jardin et ses sentiers gravillonnés. Assis sur l'un des sofas, je souriais de temps à autre au docteur et à mon ami, marquant ainsi mon intérêt pour leur partie, mais je pensais constamment à Ella. Elle émergea soudain de derrière les ifs. Je priai les deux hommes de m'excuser. Je la rejoignis au moment où elle arrivait près de la fontaine. Elle marchait vite, emmitouflée dans un grand manteau d'homme, une écharpe bleu pâle de lycéen nouée autour du cou — sans doute une écharpe de son père. Elle s'arrêta quand elle me vit. Il y eut un moment de silence.

— Bonjour, finit-elle par dire.

— Bonjour.

Elle s'apprêta à repartir. J'attrapai son bras.

— Pourquoi me traites-tu comme un étranger ?

J'avais peu dormi. Manque de sommeil, frustration : je ne pus cacher mon irritation.

— Qu'est-ce qui ne va pas ?

Elle me regarda un moment sans ciller. Puis elle me dit, détachant ses mots :

— Tu ne le sais donc pas ?

Elle détourna les yeux.

Je secouai la tête en signe de dénégation. Elle m'observa quelques instants. Le trouble qu'elle lut sur mon visage sembla la satisfaire. Elle tâta ses poches à la recherche de ses cigarettes. Toujours avec la même fascination, je la regardai porter une cigarette à ses lèvres, l'allumer. Elle inhala lentement, profondément, souffla la fumée vers le haut, renversant la tête en arrière. Je suivis ces volutes jusqu'à ce qu'elles disparaissent dans le bleu froid et lumineux du ciel.

— Explique-moi, dis-je simplement.

Elle fit volte-face, eut un moment d'hésitation tangible qui me fit battre le cœur.

— Très bien, dit-elle, finalement, semblant se résoudre à quelque chose. Mais alors suis-moi. Par là.

Ella s'éloigna sur le chemin, traversa la ligne d'ifs, au fond du jardin. Je la suivis. Je découvris, avec soulagement, que de jour le verger était pittoresque : ses géants redevenaient de simples pommiers. Le givre de l'herbe luisait dans le soleil et craquait sous nos pieds comme nous traversions le champ. Je compris qu'elle m'emmenait à la carrière. Ella franchit avant moi la dernière rangée d'arbres du verger. Je frissonnai au souvenir de la veille, or la lumière du jour avait chassé les démons de la carrière, comme ceux du verger. Un petit lac d'eau sale — rien de plus — s'étendait devant nous, en contrebas. Au bord de l'à-pic, je vis un banc que je n'avais pas remarqué la veille. Ella s'assit sur ce banc. Elle me fit signe de la rejoindre d'un geste de la main.

Elle alluma une autre cigarette, tira deux longues bouffées, songeuse. Elle ne dit rien.

Je la sentais distante. Ne comprenant pas la raison de cette froideur, je l'interrogeai.

— Pourquoi ? dis-je simplement, moins agressif que tout à l'heure.

— Pourquoi quoi ?

Elle me lança un regard dur.

Je rougis, m'armai de courage.

— Pourquoi m'as-tu envoyé dans ma chambre hier soir, alors que j'aurais pu être avec toi ?

Je pris sa main. Elle me la laissa, à contrecœur.

— J'ai tellement envie de toi, et depuis si longtemps ! Il y a si longtemps qu'on est séparés ! Je n'ai pas écrit de Prague parce que tu me l'as interdit. Et maintenant je...

Elle retira sa main et la leva pour m'interrompre.

— Tu ne sais vraiment pas pourquoi, n'est-ce pas ? dit-elle d'une voix tremblante.

Je la regardai et vis sur son visage de la tendresse, teintée de dérision. Je détournai les yeux. Quand à nouveau je la regardai, je vis avec surprise qu'elle était au bord des larmes. Elle s'en aperçut, serra les lèvres. Lorsqu'elle parla, ce fut d'une voix ferme, neutre.

— Je ne comprends pas qu'on puisse être aussi naïf, dit-elle.

— Quoi ?

— Tu m'as entendue, je crois.

Son visage n'exprimait plus la tendresse.

— A propos de quoi suis-je naïf ? demandai-je humblement.

Elle me regarda pendant quelques instants.

— Tu veux vraiment que je te le dise ?

— Bien sûr.

— Et tu ne sais vraiment pas ?

— Je ne sais vraiment pas.

— Très bien.

Elle prit une grande inspiration.

— Eric est éperdument amoureux de toi, dit-elle, détachant chaque syllabe.

Je l'entends me dire ça à présent. Je la vois plonger ses yeux dans les miens et soutenir mon regard. Je sens la surprise m'envahir, et son étonnement, quand je me mets à rire. Moi qui avais craint une grave dissension entre nous, je ris de soulagement, et à cause de son erreur.

— N'importe quoi, dis-je.

A l'instant où j'affirmai cela me revinrent des moments bizarres de mon séjour à Prague avec Eric. Des confidences inachevées, des regards déroutants, des sourires énigmatiques.

— N'importe quoi, répétai-je, moins sûr de moi cette fois.

— Ce n'est pas n'importe quoi, dit-elle en soutenant toujours mon regard. Il ne supporte pas de nous voir ensemble, il me hait parce que tu m'aimes, il te regarde quand il pense que je ne le vois pas.

— C'est absurde, dis-je.

— Tu sais bien que non, James.

Je restai assis sans bouger. Je commençais à comprendre qu'elle n'avait peut-être pas tort, et je m'en défendais.

— Comment peux-tu en être aussi sûre ? lui demandai-je finalement.

Il y eut un silence. D'une chiquenaude, Ella jeta sa cigarette à moitié fumée dans la carrière.

— Les femmes sentent ce genre de choses, dit-elle calmement. Ça m'a traversé l'esprit à Prague, mais j'ai chassé cette idée. J'ai pensé que ma présence le gênait pour d'autres raisons. Mais hier soir, j'en ai eu la certitude. Debout près de ce banc, j'ai su que je ne me trompais pas. C'est pourquoi je n'ai pas passé la nuit avec toi.

Une faille apparut en elle à ce moment-là.

— Toi aussi tu le sais, Jamie.

A nouveau sa voix tremblait, elle retenait ses larmes.

— Tu sais qu'il est amoureux de toi. Tu refuses de te l'avouer, peut-être, mais tu le sais.

Un silence.

— Puisque je ne suis pas amoureux de lui, en quoi les sentiments d'Eric pourraient-ils nous affecter ? dis-je d'une voix rauque.

Ella se redressa.

— Comment peux-tu être « sûr » de ne pas l'aimer ?

Elle me regarda froidement. Sa voix était plus assurée.

— Quoi ?

— Comment peux-tu être sûr de ne pas l'aimer ?

— J'en suis sûr !

Ella me toisa quelques instants.

— Non, tu n'en es pas sûr. Tu as nié son amour, ça prouve qu'il te fait peur.

Elle respira profondément.

— Tu refuses d'admettre qu'Eric t'aime ou que tu

pourrais l'aimer parce qu'on t'a toujours dit qu'un homme ne pouvait aimer un autre homme.

— Je...

Ella leva la main pour m'interrompre.

— Tu as peur, c'est tout, dit-elle, de nouveau ironique.

Elle se tourna pour me faire face. Elle poursuivit son discours, pesa ses mots, parla d'un ton mesuré.

— Avant de pouvoir continuer notre histoire, j'ai besoin de savoir si c'est vraiment moi que tu veux.

— C'est toi que je veux !

Je pris sa main, elle la retira.

— Tu ne peux pas en être sûr.

— Oh si, j'en suis sûr !

— Non, tu ne pourras prendre une décision fondée sur une certitude à moins de...

Je la coupai.

— Je ne suis pas... comme ça, Ella.

— Comment sais-tu que tu ne l'es pas, sans même envisager le fait que tu pourrais l'être ?

— Je...

— Je ne veux pas que tu me choisisses pour te rassurer sur toi-même, James.

Je la regardai, incrédule, au désespoir.

— Essaies-tu de me dire que tu veux que je fasse une incursion de l'autre côté ?

— D'une certaine façon, oui.

Je voulus la regarder dans les yeux. Elle tourna la tête vers la carrière, évita mon regard.

— Tu es cinglée, dis-je. Tu es complètement cinglée.

Ses épaules frémirent : j'avais touché un point sensible.

— Ne me dis plus jamais ça, siffla Ella.

— Mais...

— Mais rien. Ne dis plus jamais ça.

J'étais mortifié par sa colère, je la regardai, attendis une explication. Elle ne précisa pas sa pensée. Elle se leva.

— Je ne peux aimer un homme qui a peur de ses émotions, déclara-t-elle avec une lenteur délibérée.

Je luttai contre une sensation d'engourdissement grandissante, je lui demandai ce qu'elle entendait par là.

— Ce que je viens de dire, précisément.

Elle se tut. Mon sang battait dans mes tempes.

— Essaies-tu de me mettre à l'épreuve ? hasardai-je, perdu.

Il y eut un silence.

— Probablement, oui, finit-elle par dire.

Elle se détourna.

— Je veux que tu me prouves que c'est moi que tu veux, que tu ne me choisis pas seulement pour te rassurer sur toi-même, que tu te connais, que tu sais la nature de tes désirs.

— Comment faire ? Comment te prouver quoi que ce soit si tu ne crois pas ce que je te dis ?

Il y eut un silence.

— Un baiser devrait suffire, dit-elle à voix basse, toujours sans me regarder. Une fois que tu l'auras embrassé, tu sauras ce que tu ressens, j'imagine. Tu auras affronté la chose. Tu sauras alors si c'est vraiment moi que tu veux.

Puis elle s'en alla d'un pas vif. J'entendis le crissement de ses semelles sur le gravier quand elle franchit la ligne d'ifs. Je restai assis, hébété, je fixai sa silhouette qui s'éloignait.

Le garçon du passé assis sur ce banc est devenu pour moi un étranger. Je l'appelle. Il ne m'entend pas. Il reste assis là, déchiré par des exigences contradictoires. Je lui dis de ne pas prendre à la lettre les mots d'Ella, de leur chercher un sens caché. Il ne m'entend pas, il ne peut pas m'entendre. Il se sent mal, perdu, la tête lui tourne à force de réfléchir. Il tombe, il sombre dans un tourbillon dont il ne voit pas l'origine. Dans sa chute, il tend le bras et s'accroche à un rien, à une résolution irréfléchie, hâtive. Il s'y raccroche : il voit son salut dans cette décision. Il s'y raccroche, car il croit, à tort, que cela va l'aider à surnager.

A cinquante ans de distance je l'appelle : je comprends à présent les propos d'Ella, comme il ne pouvait espérer les comprendre. Mais il ne veut pas m'entendre. Je lui parle mais il reste impassible. Lorsque nous péchons, lui dis-je, nous devons envisager le fait que nos bien-aimés puissent aussi pécher. Lorsqu'elle a pris un homme qu'elle n'aimait pas à Sarah, Ella s'est blessée aussi profondément qu'elle a blessé sa cousine. Je lui dis que son amour a trahi les craintes de sa bien-aimée. Ayant volé l'amant de Sarah, elle vivrait désormais dans l'angoisse : ceux qu'elle aimerait n'allaient-ils pas la trahir à leur tour ? Cette crainte a conduit Ella à me repousser, à exiger que je lui prouve mon amour — même par un moyen affreux. Ayant perdu sa confiance en elle, Ella avait perdu sa confiance dans les autres. Mon cœur se serre pour cette fille fragile qui voulait seulement être rassurée sur mon amour.

Je maudis la cruauté d'un destin qui ne m'a pas laissé voir qu'il est des choses que même l'amour désapprouve.

Je n'avais ni sagesse ni expérience. J'étais un enfant qui jouait à un jeu d'adulte. Dans ma jeunesse, dans ma faiblesse, je succombais à la logique de l'insécurité d'Ella. J'en arrivais à croire, assis sur ce banc, qu'on me lançait un défi : pour prouver ma valeur à Ella, je devais réussir l'épreuve qu'elle m'infligeait. La dérision dans ses yeux verts m'était insupportable. Je ne voyais pas la peur derrière ce mépris. Je ne comprenais pas que mon amante était elle aussi une enfant jouant à un jeu d'adulte, que des preuves différentes de celle que je devais finalement lui donner auraient fait l'affaire. Mon univers se désintégrait, mes idéaux sur l'amour et sur l'amitié cédaient sous le poids du défi d'Ella. Or cette épreuve qu'elle m'imposait était seulement la réaction d'une âme fière devant la peur d'une perte inouïe, aussi peu fondée que fût cette peur. Elle voulait une preuve de mon amour pour elle, et non de mon courage vis-à-vis des autres, mais je ne le savais pas.

Ceux qui donnent beaucoup s'attendent à beaucoup recevoir. L'inverse est vrai. Ayant pris à Sarah celui qu'elle aimait le plus au monde, Ella ne pourrait plus jamais être sûre de personne. On avait volé Charles à Sarah, quelqu'un pouvait me prendre à Ella. Telle était sa peur, or la peur cause la perte de beaucoup de gens. C'est ainsi que je comprends les choses à présent. Pour s'assurer de mon amour, Ella n'avait qu'un seul moyen : m'éloigner d'elle pour me récupérer. Parce qu'elle était jeune, parce qu'Eric — ce garçon gentil et confiant — était utilisable, Ella se servit de lui et de son amour. Et moi, souffrant d'amour pour elle, rendu fou par la froideur de ses yeux qui me hantaient — froideur dans laquelle je ne voyais ni peur ni faiblesse —, je me résolus à la tâche qui m'attendait. Je me résignai à accepter le défi d'Ella, à lui prouver mon amour comme elle me l'imposait.

Cela causa ma perte. Ce fut mon crime. Et comme le crime d'Ella, il influa sur toute ma vie future. Assis sur ce banc rouillé au-dessus de la carrière, je décidai de renoncer à ces deux richesses que sont l'amitié, et le respect de soi pour l'amour d'Ella. Ma vie sans son amour me paraissait inconcevable — ce fut là ma plus grande faiblesse. Je décidai que cet amour valait que je lui sacrifie tout.

J'avais tort. Aucun amour ne vaut cela. Aucun humain ne mérite un tel renoncement. Je l'ignorais alors. Je sentais que je ferais des dégâts en acceptant le défi d'Ella, mais j'occultai tout scrupule. Ma seule pensée : satisfaire égoïstement mon désir ; ma seule récompense : rétablir la confiance entre Ella et moi. Je n'étais pas assez âgé pour savoir qu'il y avait d'autres moyens de rétablir cette confiance, qu'Ella ne craignait pas la lâcheté amoureuse, mais la trahison. Assis sur ce banc, m'efforçant de réfléchir, je ne savais pas que j'avais en main la dernière chance de nous sauver tous les deux.

Je ne savais rien de tout cela. Je me levai lentement du banc. J'allai chercher Eric. Je le trouvai seul au salon où il lisait. Eprouvant les premiers frissons de la trahison, je posai ma main sur la sienne et lui dis que nous devions partir. Je me rappelle sa surprise, je le revois écarquiller les yeux, ouvrir la bouche pour protester. Je me rappelle également que cette protestation avorta, que son expression passa de la perplexité à la compréhension. Je le revois bondir de son fauteuil, et courir faire ses bagages, aiguillonné par une joie soudaine, par un espoir qu'il n'aurait jamais osé concevoir. Je vis Ella avant notre départ. Je lui dis au revoir et l'embrassai avec une violence que je ne me connaissais pas. Ma passion l'effraya. Je m'en réjouis. Je voulais qu'elle sente les forces qu'elle avait éveillées en moi. Peut-être voulais-je aussi qu'elle doute de me voir revenir, qu'elle doute du résultat de son épreuve. Ainsi, quand je l'aurais réussie, sa confiance en moi serait-elle d'autant plus grande. Aujourd'hui, assis dans cette pièce glaciale, je peux à peine parler.

21

Il fait froid dehors. Le soleil descend sur l'horizon, touche les vagues gris acier de l'Atlantique, la lumière faiblit. Pour la première fois, je n'ai pas envie de continuer. Pour la première fois, je regrette ce que j'ai fait : je ne puis en parler. Jusqu'alors le garçon de mon histoire était innocent, têtu peut-être, et faible, sans doute, mais innocent, naïf. Il ne l'est plus. Il ne peut plus prétendre ignorer la portée de ses actes. Il sera jugé pour ce qu'il va faire. A nouveau je dois vivre avec les conséquences de son forfait. Je les ai subies toute ma vie, toute ma vie j'ai tenté de les oublier. A présent, je dois me souvenir. Je dois exhumer les images que Sarah m'a si bien appris à refouler, je dois retrouver des mobiles, des pensées que je croyais oblitérés, je dois me cuirasser contre le rire d'Eric, qui me revient en rêve. Sans doute ce rire sera-t-il le souvenir le plus dur à vivre : il était si confiant, si éclatant ! L'amour d'Eric pour moi était pur, chaleureux, généreux. J'en ai profité froidement, de façon préméditée. Je l'ai jeté au feu de ma passion pour Ella : je voulais que ma dévotion pour elle brûle d'autant plus fort. J'ai passé ma vie à essayer d'oublier cela, à essayer d'enterrer ce méfait. A présent je me dois, pour Eric, de raconter la totalité de cette histoire, avec tout son cortège de détails honteux. Je me dois, pour lui, de ne rien m'épargner, de me souvenir : la franchise est la seule réparation à ma portée. Or je dois lui donner réparation sans rien dissimuler. De cela je ne doute pas.

Mon premier souvenir de ces journées passées ensemble : le voyage en train, en rentrant de chez Ella. Nous allions à Vaugirard, chez les parents d'Eric — je ne sais pas ce qui m'avait pris d'aller là-bas. Je me rappelle ce voyage, si différent du précédent entre Prague et la France. Je n'avais plus rien à voir avec ce garçon exalté qui allait retrouver son amante, plein d'espoir, de joie, rêvant d'un bonheur à venir, et cela seulement vingt-quatre heures plus tôt ! Je n'étais plus le même, lors du deuxième voyage : je comprenais les sourires d'Eric, à présent, et j'y répondais. Je savais, sans l'ombre d'un doute, qu'Ella avait raison. Je savais également, et cela me rend malade de l'avouer, que j'allais réussir l'épreuve qu'elle m'imposait. J'essaie de me rappeler ce que je ressentais, si j'envisageais un instant les conséquences de mes actes, si, dans l'affirmative, cette idée m'aurait arrêté. Chacune de mes pensées était hantée par les yeux de mon amante : froids, méprisants, les yeux qui s'étaient posés sur moi au bord de la carrière, ce matin-là. Je voulais me rendre à nouveau digne de leur approbation, les voir à nouveau briller pour moi. Je voulais prouver, une fois pour toutes, que j'avais les qualités que recherchait Ella. Je pensais qu'en réussissant son épreuve, je cimenterais notre amour, et pour cela j'aurais fait n'importe quoi.

La facilité avec laquelle mes liens d'amitié avec Eric se sont défaits sous l'influence d'Ella me fait honte. Cependant, je suis presque sûr qu'elle n'en porte pas seule la responsabilité. Je peux même dire pourquoi. Je me rappelle les ruses que j'employais pour éviter toute considération tendant à entamer ma résolution, l'habileté avec laquelle mon esprit possédé se protégeait et protégeait son dessein de tout scrupule gênant, de toute pensée rebelle. Je me souviens comme je séparais le Eric que je connaissais du Eric qu'on m'avait défié de connaître. Je parvins si bien à effectuer cette scission que les deux côtés de sa nature — le passionné et le platonique — prirent corps dans mon esprit, jusqu'à former deux personnalités véritables, liées, bien sûr, mais distinctes.

Eric l'amant : je ne le connaissais pas et n'avais nulle envie de le connaître. De celui-ci je fis, avec méthode, habileté, de cet homme qui pouvait avoir des sentiments, je fis un trophée qu'il me fallait emporter à tout prix. Impitoyable, déterminé à réussir, j'oubliais toute loyauté — j'oubliais même qu'il était de sexe masculin. Je ne pouvais m'arranger ainsi d'Eric l'ami. Du Eric que je connaissais, du Eric à qui j'aurais demandé conseil dans n'importe quelle situation autre que celle-ci, du Eric avec qui j'avais ri, bu, avec qui je m'étais disputé, avec qui j'avais travaillé ma musique à Prague, pendant trois mois grisants. De cet Eric-là, je ne pouvais faire un trophée, je devais le séparer du prix que je souhaitais remporter, afin qu'aucun souvenir, aucun souci d'amitié ne vienne contrecarrer mon désir de victoire. Je séparais Eric l'amant d'Eric l'ami avec une froide délibération ; traître comme Judas, je vis les premiers fruits de mes efforts quand notre train arriva en gare de Vaugirard. Mes sourires n'étaient plus seulement affectueux, mes regards étaient lourds d'un sens trompeur, je me découvris un talent pour réfléchir et agir avec dissimulation. J'avais obtenu des résultats rapides, mais je savais aussi que les conditions favorables à une victoire ne sauraient durer. J'avais anesthésié mon esprit, rien de plus. Cependant je pensais — et j'avais raison — que cela servirait mon dessein. Quand ma conscience protestait, j'avais la duplicité de lui dire qu'Eric lui-même avait encouragé cette scission que j'avais si habilement opérée. Eric, lui soufflai-je, ne m'avait jamais rien dit de ses sentiments pour moi. Il ne s'était jamais ouvert de cet amour en toute franchise, n'avait jamais tenté de donner une autre dimension à nos relations pour l'y inclure, ou du moins cesser de le nier. Je me répétais cela si souvent et avec une telle assurance que je finis presque par le croire. Je m'efforçais de ne pas penser aux indices qu'il m'avait donnés, aux ouvertures qu'il m'avait faites : la trahison d'un ami ne peut se justifier très longtemps.

Nous arrivâmes à Vaugirard en fin d'après-midi. Sylvie, la sœur d'Eric, vint nous chercher à la gare. C'était une femme corpulente d'une trentaine d'années, qui faisait dix ans de plus que son âge. Le nez et la mâchoire des Vaugirard détonnaient dans ce visage : la bouche était molle, le regard doux. Elle embrassa son frère, m'offrit sa joue. Ensuite elle nous montra du doigt une vieille Citroën garée non loin de là. Comme elle manœuvrait pour sortir du parking, elle me demanda, dans un anglais correct mais hésitant, si j'avais aimé Prague.

— Beaucoup, dis-je.

— J'aurais voulu y aller aussi, dit-elle. Cela aurait été formidable.

Elle marqua une pause.

— Mais j'ai des responsabilités ici, ajouta-t-elle.

Elle regarda son frère avec une certaine suffisance. Eric l'ignora. Nous roulâmes en silence. Nous passâmes devant des immeubles modernes, dans les faubourgs d'une ville qui s'agrandissait. Après quoi nous prîmes les rues pavées du centre médiéval de la cité.

Sur une colline, qui dominait la région, se dressait un château, une forteresse plutôt de par son architecture et son allure, qu'on me désigna fièrement comme celui de la famille.

— Bien sûr il ne nous appartient plus, dit Sylvie — nous étions arrêtés à un feu rouge —, mais la famille continue à vivre ici. Il y aura toujours un Vaugirard à Vaugirard.

Je pensai à un autre château, bien plus élégant, à une autre voix, me parlant de propriété et de devoir. Eric se taisait.

Louise de Vaugirard m'accueillit à bras ouverts et me régala d'un copieux dîner. La famille vivait dans une vieille maison du centre-ville, un immeuble assez haut, étroit, qui de la rue semblait exigu, mais offrait une profusion désordonnée de grandes pièces basses de plafond. Cette bâtisse, agrandie à diverses époques, s'étirait vers l'arrière, empiétant sur le jardin. Il ne restait plus qu'un petit carré de pelouse.

— L'été on joue au croquet dans le jardin, me dit Louise en me montrant le petit bout de gazon. Quel dommage que vous veniez en hiver : je crains que le climat ne soit rude.

Je n'avais nulle envie de passer des après-midi d'été paresseuses en compagnie des Vaugirard, aussi lançai-je un regard de gratitude aux nuages. Dans le confort de son foyer, cible des gentillesses réitérées de sa famille, je sentis que ma séparation ingénieuse de ce garçon en deux entités, ami et trophée, serait difficile à prolonger. Comme je répondais à Sylvie que le temps ne saurait être pire qu'en Angleterre, je me demandai pourquoi j'étais venu, et songeai, avec soulagement, que j'avais seulement promis de rester cinq jours. L'anesthésique pouvait faire effet cinq jours. Au-delà, je prenais un risque. Or je ne souhaitais pas voir ces effets s'estomper dans le berceau de la famille d'Eric.

Sylvie nous laissa pour faire à dîner à son mari et à son enfant. Le père d'Eric rentra. Il serra la main de son fils, puis la mienne, avec une grande dignité. C'était un petit homme sympathique, avec des mains énormes et une poigne d'acier. Eric étant à côté de lui, je vis qu'ils se ressemblaient, mais les traits de mon ami étaient anoblis par les gènes de sa mère : le grand nez, la mâchoire carrée avaient chez le plus âgé un côté caricatural auquel le plus jeune avait échappé. Eric « père » était un agréable géant qui resta discret durant tout le dîner, tandis que sa femme entretenait une conversation animée avec ses hôtes. De temps à autre, il me gratifiait d'un sourire chaleureux, mais il ne fit ni ne dit rien de plus. Quand nous fûmes montés à l'étage prendre le café, il m'entraîna à l'écart.

— Je tiens à vous remercier de ce que vous avez fait pour ma famille, dit-il d'une voix grave et bourrue. Eric ne tarit plus d'éloges à votre égard, de même que tous ceux qui ont été en contact avec vous à Prague.

Je pensai à M. Kierczinsky, à Pavel Tomin. Je me souvins brusquement de l'existence de ces gens, qui trois jours plus tôt faisaient encore partie de ma vie. Le père d'Eric parlait anglais lentement, avec un fort accent, mais sa syntaxe était parfaite.

— Cela a été un plaisir de pouvoir vous aider, dis-je. Un honneur.

— Les peintures étaient intéressantes, n'est-ce pas ?

— Fascinantes.

— Oui. Quel dommage que nous n'ayons pu en garder quelques-unes. Mais qu'ai-je besoin de tableaux ?

Il me sourit, secoua la tête. Je lui souris à mon tour, luttant pour ne pas l'aimer.

J'ignore pourquoi ces échanges polis et sans intérêt me semblent mériter d'être racontés. Sans doute pour retarder le moment de rapporter ce que j'ai fait. Bien que j'en aie honte, je m'étends sur les Vaugirard, sur le naturel avec lequel ils m'accueillirent dans leur maison et dans leur vie, un naturel qui rend ma trahison d'autant plus ignoble. Moi qui n'avais que des intentions malignes à l'égard de leur fils, ou qui du moins étais prêt à le sacrifier sur l'autel de mon amour pour un autre être, je fus le bienvenu dans leur vie. J'acceptai cette hospitalité, comme Judas jouit de celle du Christ pendant la Cène : avec duplicité, hypocrisie, fourberie. Ils m'acceptaient parce que j'étais l'ami de leur fils. Sur cette seule recommandation on m'accueillit comme un membre de la famille. J'ai séjourné dans leur maison. J'ai bu leur vin, mangé leur nourriture. J'ai pris part à leurs conversations. Et tout ce temps-là, à leur insu, ils ont abrité un traître en leur sein. Je me montrais aimable, mais ne me laissais pas gagner par le charme de Louise, ni attendrir par la gentillesse pataude du père d'Eric. Là aussi j'ai été hypocrite : j'ai feint d'être leur ami quand je ne l'étais pas, de mériter leur confiance quand je ne la méritais pas. Je gardais mes distances avec eux, suffisamment prudent pour éviter toute intimité avec la famille d'Eric.

En trompant les Vaugirard, en niant leur humanité, car la reconnaître m'aurait détourné de mon but, je me conduisis de façon plus honteuse que jamais. Pire : je m'aguerris pour persévérer dans cette voie. Cela me rend malade d'y repenser, de voir leurs visages souriants, de me rappeler la cuisine de Louise ou le vin du père. Les dîners à Vaugirard me reviennent en rêve, avec les rires de cette famille. Le souvenir de cette joie rend mon rire creux, triste, forcé. Et je sais qu'il correspond à cette description.

Ma victoire en elle-même fut aisée, je dis cela sans vanité. Lors de ma deuxième soirée chez les Vaugirard, je décidai de passer à l'action, car leur gentillesse me faisait peur : j'ignorais combien de temps encore je saurais y résister. Je savais que la tricherie a ses limites. Or je craignais de les éprouver. Je participai donc à un deuxième dîner, aussi long et exquis que le premier. Je bus peu, car je guettai l'occasion d'agir. Cette opportunité se présenta comme on débarrassait les dernières assiettes : Eric s'excusa, se leva pour aller se coucher. Voyant ma chance, je m'excusai également, saluai mes hôtes dans un sourire, quittai la pièce avec lui.

Nous avons monté l'escalier raide et étroit qui menait à nos chambres, dans un silence pour moi terriblement significatif. Sur le palier de ma chambre, tout en haut de la maison, Eric m'a dit bonsoir et s'est tourné pour ouvrir la porte de sa propre chambre.

— Bonne nuit, dis-je.

Il y eut un étrange silence, pendant que je me préparais à sauter le pas. Je pensai aux yeux d'Ella, au petit creux très doux de sa clavicule, je me fabriquai un sourire.

— Je ne suis pas vraiment fatigué, dis-je sans cesser de sourire.

Mon ami se tourna vers moi, surpris.

Je regardai à travers lui, sans le voir.

— Viens me tenir compagnie un moment, poursuivis-je.

J'entrai rapidement dans ma chambre.

Eric me suivit. Je pris le verre sur ma table de nuit et bus une gorgée d'eau — j'avais la bouche sèche.

Quand je levai les yeux, je vis Eric debout dans l'embrasure de la porte obscure, hésitant, indécis.

— C'est si merveilleux de t'avoir chez moi, finit-il par dire.

— Je suis content d'être ici.

— Et puis ma famille t'aime beaucoup.

— Je les aime bien aussi.

— Tu es un vieux charmeur, James !

Plus audacieux à présent, Eric s'avança vers moi et s'assit au pied de mon lit. Je restai debout près de lui, gauchement.

— Nous sommes très à l'aise avec toi, dit-il.

C'était vrai. Plus de ces tensions entre Eric et sa mère, dont j'avais été témoin à Prague. La famille s'était resserrée pour se montrer sous son meilleur jour à son invité.

Lentement, en m'efforçant de ne pas trembler, je m'assis sur le lit à côté de lui. Nos genoux se touchèrent, comme par accident. Eric ne retira pas le sien, je me forçai à laisser le mien où il était. Un silence s'installa entre nous, mais le bruit dans ma tête m'empêchait de penser : outre les pulsations rapides de mon sang, j'entendais la voix d'Ella, froide, neutre, me dire qu'elle ne pouvait aimer un homme qui avait peur de ses émotions.

— Tu es un mystère pour moi, James, dit Eric.

Je baissai les yeux, je préférai ne pas parler.

— J'ai du mal à voir tes désirs, tes intentions. Tu as changé depuis que nous sommes partis de chez Ella. Qu'est-ce qui s'est passé là-bas ? Qu'est-ce qui s'est passé entre vous ?

Par un suprême effort de volonté, je réussis à lever la tête. Je regardai Eric dans les yeux, retrouvai ma voix et lui dis, d'un ton rauque, que je ne voulais pas parler d'Ella. Je pris une profonde inspiration, posai ma main sur la sienne.

— Là je ne te comprends plus du tout.

— Je crois que si, dis-je calmement.

J'avais décidé que ma voix ne tremblerait pas. Je pris son autre main dans la mienne.

L'incertitude sur les traits d'Eric se mua lentement en sourire.

— Ça, je ne peux pas y croire, dit-il en me regardant timidement.

— Pourquoi pas ?

— Parce que je... Mon Dieu, comment dire cela ?

Il hésita, décida de me faire confiance.

— Je t'aime et je pensais que tu ne voulais que mon amitié. Je pensais qu'« elle » t'avait conquis pour toujours.

Il parlait fébrilement. Ses mots s'entrechoquaient, tant il était pressé de parler. Je ne prêtais aucune attention à ce qu'il disait, je ne voulais pas que ses mots laissent une empreinte dans mon esprit. Muet, un peu grisé par l'adrénaline, mon sang battant dans ma tête, je me penchai pour l'embrasser.

Je me souviens de ce baiser. Oh, Seigneur, comme je m'en souviens ! Je revois l'air incrédule d'Eric, ce grand visage encadré de boucles brunes s'approcher du mien. Je sens son odeur inconnue, étrangère, de sueur et de mousse à raser. J'ai encore la sensation de ses mains sur mes épaules, de la violence de son étreinte précipitée. Son baiser fut sauvage, brutal, il n'aurait pu être plus différent d'un baiser de femme. Soudain Eric fut sur moi, il tira sur mes boutons. Je le repoussai, je lui dis « Non ! » de toutes mes forces. La voix d'Ella résonnait dans ma tête, me répétait : « Un simple baiser suffira, quand tu l'auras embrassé, tu sauras. » Je repoussai Eric, je me rassis. Je respirais fort, j'en tremblais encore. J'étais fixé : j'avais la certitude absolue d'être allé le plus loin possible sans dommage pour moi-même, d'avoir réussi l'épreuve imposée par mon amante, de mériter ses louanges, de voir à nouveau la lumière danser dans ses yeux.

A cet instant seulement je vis Eric me sourire avec ravissement, le visage irradiant la passion — je ne lui avais jamais vu cette expression —, le corps vibrant de désir. A cet instant seulement une vérité commença à m'apparaître : les humains ne peuvent être divisés, leurs parties constituantes ne peuvent exister les unes sans les autres, ils ne peuvent être scindés en deux moitiés distinctes pour le confort moral de leurs semblables. Respirant fort, l'œil amoureux, Eric me prit les mains et se pencha vers moi. Comme son visage s'approchait du mien, je sus, sans l'ombre d'un doute, que je venais de perdre un ami. Je me tus, car cette idée me rendait malade. Mais comme ses lèvres s'approchaient à nouveau des miennes, je le repoussai et me levai, chancelant sous le poids de mon forfait.

Il y eut un silence.

— Je... je ne suis pas prêt à ça, finis-je par dire.

Doucement, respectueusement, il lâcha mes mains. Je vis l'effort que ça lui coûtait de réprimer à nouveau le désir caché, inassouvi, de ces derniers mois. Il se redressa, se pencha vers moi, debout près du lit, et prit à nouveau ma main dans la sienne, haussant un sourcil interrogateur. Je n'eus pas le cœur de lui retirer ma main.

— Je t'aime, James, dit-il doucement.

Je me tus.

— Je t'aime depuis le premier jour, je t'ai aimé dès l'instant où tu es entré dans le salon de Regina Boardman.

La tête me tournait. Eric tenta de m'attirer vers lui : je le repoussai, j'allai à la fenêtre. Je ne supportais plus qu'il me touche. Tout en bas scintillaient les lumières de la rue, les voitures passaient dans les deux sens, sur les pavés.

Aussi étrange que cela puisse paraître, je n'avais pas songé à la façon dont je m'arrangerais de mon trophée, une fois que je l'aurais remporté. Je n'avais pas vu plus loin que l'épreuve elle-même : prouver à Ella que je n'avais pas peur de mes émotions, ma mission s'arrêtait là. Or je m'aperçus que je ne supportais même plus la vue de mon ami. J'avais axé mes forces sur un seul but : relever le défi d'Ella. J'avais relevé ce défi, je tenais ma victoire. Eric était assis sur mon lit, il m'avouait son amour immense, et je ne savais plus quoi faire. Je compris alors, en fixant la rue, tout en bas, qu'il n'avait jamais été deux moitiés d'une même personnalité, que je n'aurais jamais pu en prendre une comme trophée en laissant l'autre intacte. Je compris que de toute façon je le briserais.

Il me laissa ce soir-là, perplexe devant mon silence, mais croyant le comprendre.

— Je me contenterai de ça pour ce soir, dit-il, comme j'étais devant la fenêtre, incapable de soutenir son regard. Je vais te laisser. Le reste viendra plus tard, ne brusquons pas les choses.

Il vint se placer derrière moi, posa une main sur mon épaule. Il sentit que je me raidissais, enleva sa main.

— Bonne nuit, dit-il.

Arrivé à la porte, il se retourna. Les ultimes vestiges de ma dignité m'obligèrent à lui faire face.

— Je suis plus heureux que je ne l'ai jamais été, dit-il d'une voix douce, en sortant.

Qu'ai-je ressenti en me déshabillant et en me couchant ? J'ai éteint la lumière, j'ai voulu penser à Ella. Hélas, je ne parvenais plus à voir ses yeux, ni à éprouver le contact de ses lèvres sur les miennes. Je ne sentais plus que l'énergie brute du baiser d'Eric, la violence de sa passion. J'eus alors une première impression de trahison, amère : je ne pouvais être une nuit de plus l'hôte de ces gens confiants. Je devais partir dès le lendemain. N'importe quel mensonge serait bon, s'il me rendait ma liberté. Baigné de sueur, frissonnant à l'idée de ce que je venais de faire, je restais éveillé, je m'efforçais de ne pas penser.

Je m'endormis au lever du jour, quand le ciel passa du noir au gris brumeux. Je sombrai dans un sommeil lourd, et je n'entendis pas Eric ouvrir ma porte ce matin-là. Il traversa ma chambre : je continuai à dormir. Je me réveillai quand il me caressa le visage, repoussa les cheveux qui me couvraient les yeux. Alors je sus que l'épisode de la veille n'était pas un rêve, que sa logique de cauchemar appartenait à la réalité, que le sommeil n'en gommerait pas les effets. Je compris tout cela, et dans mon désespoir j'endossai à nouveau, aisément, avec succès, mon habit de traître. Après un petit déjeuner rapide, durant lequel je me forçai à croiser le regard rayonnant d'Eric sans la moindre gêne, je téléphonai à Camilla Boardman. Elle répondit à la troisième sonnerie, d'une voix toujours aussi aiguë, d'un ton toujours aussi emphatique.

— Chééééri ! piailla-t-elle. J'ai cru que tu ne reviendrais jamais ! Où es-tu ? Tu es libre pour déjeuner ?

J'expliquai que j'étais en France, chez des amis : nous ne pourrions donc déjeuner, à mon plus vif regret.

— Quel dommage ! Londres est mortel sans toi. Quand reviens-tu mettre un peu d'animation dans ma vie ?

— Bientôt, Camilla, bientôt. Je pourrais même rentrer très vite, si tu me rendais un service.

J'inventai une histoire à la hâte : j'étais l'hôte de gens ennuyeux, il me fallait une excuse plausible pour m'échapper. Camilla goba tout cela avec avidité. L'intrigue était sa spécialité.

— Pour me tirer d'affaire, conclus-je, tu appelles dans une heure et tu dis que je dois rentrer immédiatement en Angleterre.

— Oh, mon chéri, c'est tellement excitant ! Quelle raison dois-je invoquer ?

— Je ne sais pas. S'il y a une personne qui n'a pas besoin que je lui souffle son texte, c'est bien toi !

— C'est sûr, chéri. Tu peux compter sur moi.

— Je sais. C'est pour ça que j'ai appelé.

Après maints baisers et maintes protestations d'amitié, la conversation se termina. Je raccrochai.

Plus calme à présent, mais décidé à ce que les Vaugirard soient persuadés de l'absolue nécessité de ce brusque départ, je demandai à Eric s'il voulait venir se promener. Ainsi Louise recevrait le coup de téléphone de Camilla : je serais au-dessus de tout soupçon.

Il m'emmena sur les terres et dans l'enceinte du château, une ruine pittoresque. Il me conta l'histoire de la ville que surplombait cette forteresse. L'insignifiance du sujet me ravit. Je souris, mais dans mon inquiétude je n'entendis rien de son récit et comptai les minutes. Dans les moments de silence, j'étais plus détendu, car à chaque mot que je prononçais, je me sentais plus faux. D'ailleurs, même les silences étaient déloyaux : moments de communion paisible pour Eric, brefs répits pour moi, qui sinon devais jouer les tendres. Après une heure, je proposai que nous rentrions au chaud.

A notre arrivée, nous trouvâmes une Louise consternée. Elle nous ouvrit la porte, prit mes mains dans les siennes, me conduisit au salon, me dit de m'asseoir.

— J'ai une mauvaise nouvelle pour vous, mon cher James, dit-elle gravement.

Je pris l'air inquiet, comme il convenait.

— Léopold est mourant, dit-elle, gentiment. Il ne lui reste peut-être pas longtemps à vivre.

Avec une infinie tendresse, elle me regarda dans les yeux, caressa ma main.

— Votre mère vient d'appeler. Il faut que vous rentriez en Angleterre immédiatement. Elle avait l'air bouleversée.

Léopold, je venais de m'en souvenir, était l'épagneul de Camilla. Je détournai les yeux, luttai pour ne pas me laisser gagner par l'absurdité de la situation.

— Allez, allez, me dit la mère d'Eric en posant une main sur mon épaule. Soyez courageux.

— Je ferais mieux de préparer mes affaires, dis-je d'une voix rauque.

— Probablement, oui. Eric vous conduira à la gare.

Je montai faire ma valise, avec un immense soulagement.

22

Je suis coupable, je le sais. Mais si seulement... Si seulement les événements graves ne dépendaient pas de détails insignifiants. Si seulement j'avais été plus attentif, moins agité en quittant la maison d'Eric. Si seulement je n'avais pas laissé mon violon à Vaugirard. Si seulement... je ne sais pas. Avec le temps, la passion d'Eric aurait peut-être tiédi. Mon amante aurait peut-être acquis une plus grande confiance en elle. Peut-être aurions-nous pris un peu de champ. Je ne sais pas.

Mais j'avais laissé mon violon à Vaugirard. Et parce que je l'avais oublié, Eric apprit, en téléphonant à mes parents cet après-midi-là pour leur demander s'il devait renvoyer ou non mon violon, que ma famille ne connaissait aucun Léopold. Je ne devais pas rentrer avant Noël, lui dit-on.

Je l'ignorais, mais je n'allais pas tarder à être débordé par les événements. Pour l'heure, je fis le court voyage entre la maison d'Eric et celle d'Ella écroulé dans un compartiment vide, je laissai le souvenir odieux des deux derniers jours se dissiper, je pensai, soulagé, que je m'étais échappé.

Tandis que les champs de terre glacée défilaient sous mes yeux à vive allure, je songeais avec plaisir que d'ici quelques heures, j'aurais de nouveau ma bien-aimée tout à moi. Bientôt j'aurais ses cheveux dans les yeux, son corps gracile dans les bras. Ella envahit peu à peu mes pensées, les événements des jours derniers sombrèrent dans une irréalité grandissante, Eric avec eux. Cela me calma, j'oubliais mes mobiles, j'oubliais ce que je lui avais fait. Et je m'en réjouis : je voulais oublier. Je m'efforçais de chasser toute pensée ayant trait à mon ami. J'allais bientôt voir Ella, il s'écoulerait des semaines avant que je ne revoie Eric. Aussi pensais-je que le temps œuvrerait pour moi, que je saurais, à terme, comment faire amende honorable et regagner la confiance d'Eric. L'optimisme est le propre de la jeunesse, or j'avais de l'optimisme à revendre. Je trouve cela étrange, à présent, me connaissant comme je me connais, et pourtant c'est vrai : j'étais optimiste à cette époque-là.

Je téléphonai à Ella de la gare, en arrivant. Elle fut ravie de m'entendre, ce qui me toucha, et me rassura : tout irait bien, tout allait déjà bien, en un sens. Elle vint me chercher dans la Renault poussiéreuse de Jacques. Pour la première fois depuis notre séparation à Londres, il y eut à nouveau cette magie entre nous, que ne ternissait pas l'inquiétude, que ne compliquait pas la présence des autres. Comme nous abordions la dernière courbe de l'allée, Ella à mes côtés, la vieille maison me parut moins lugubre. Son isolement devenait un refuge, une protection face aux pensées relatives au monde extérieur. Déjà, à ce moment-là, j'avais besoin de protection.

Je parlai à Ella d'Eric et moi sans rentrer dans les détails. J'avais réussi son épreuve. Il suffisait qu'elle le sût. Peut-être se sentait-elle coupable de me l'avoir imposée : elle ne chercha pas à en savoir plus. Je lui fis donc un bref résumé de ces deux jours à Vaugirard. Après quoi nous retrouvâmes notre intimité, comme s'il ne s'était rien passé, comme si Eric, Sarah et Charles n'existaient pas, comme si notre amour nous suffisait, nous comblait. Nous nous caressâmes cet après-midi-là avec une passion toute neuve. Je m'abandonnai au contact de son corps blanc et chaud avec un sentiment proche de la joie pure. Quand je pense à elle maintenant, ses jambes, ses bras caressants me manquent, ses seins si doux, la courbure de son nez, la chaleur de son rire argentin. Même maintenant elle me manque, bien que je sois un vieil homme, assis tout seul dans une pièce sombre. Malgré tout ce qui s'est passé, je la désire. Et j'emporterai ce désir inassouvi jusque dans la tombe.

J'arrive au moment le plus pénible de cette longue histoire. A la conséquence première, affreuse, de mon péché, de celui d'Ella, à la première d'une longue série de conséquences. Je ne puis parler du dîner merveilleux que nous fîmes ce soir-là, ni de la façon dont nos rires ravis, nos paroles émues ranimèrent cette vieille maison glacée. Je n'imaginais pas que nous étions si près de la fin, que notre amour, dans sa perfection, avait vécu. Je ne me doutais pas que les fils du destin allaient se nouer avec une telle rapidité. Nous dînâmes seuls dans la petite salle à manger qui jouxtait l'entrée. Le docteur Pétin était au village, on nous avait laissés dans une solitude radieuse. Je me souviens du crépitement rassurant du feu, de sa lumière dorée sur le visage d'Ella, de l'odeur de bois brûlé, de cigarettes, de sueur, de parfum qui planait autour de nous. Nous ne nous étions pas rhabillés, nous étions assis à table, côte à côte, en peignoirs, les cheveux en bataille. Il nous arrivait de nous caresser, nous regardions l'autre manger. Nous écoutions le bruit assourdi de l'argent sur la porcelaine, nous buvions du vin doux. Quand je me rappelle cette soirée, je vois les cheveux bouclés de mon amour, l'éclat de ses joues, la ligne de ses pommettes à la lumière des bougies. J'entends nos paroles langoureuses, candides, son rire léger, mon rire plus grave qui se mêle à ce son cristallin. Je revois ses sourcils se froncer quand la sonnette se fait entendre. Ce doit être le docteur Pétin, dit Ella, c'est bien lui d'arriver à l'improviste en un moment pareil. J'entends Ella glousser, dire que notre tenue débraillée est très compromettante. Je la vois resserrer la ceinture de son peignoir sur sa taille fine, passer une main rapide dans ses cheveux, sans grand résultat. Je la vois me frôler, franchir l'embrasure de la porte, pénétrer dans l'entrée. J'attends le bonsoir respectueux du docteur. Il y a un silence, un vieux verrou grince, une clé tourne dans une serrure mal huilée. J'entends un cri aigu, le bruit d'un pas d'homme sur les dalles, la voix d'Eric, furieuse, haut perchée. Il me demande. Ella dit que je ne suis pas là, qu'il doit partir sur-le-champ. J'entends ses pas rapides, énergiques, dans l'entrée. Il m'appelle d'une voix forte. Je me lève, l'estomac retourné, je marche jusqu'à la porte de la salle à manger, je l'ouvre, je le vois debout devant moi. Il porte les mêmes vêtements que le matin, ses cheveux sont décoiffés, il tient mon violon dans l'une de ses grandes mains. Je me souviens alors l'avoir oublié à Vaugirard. Avec une affreuse lucidité, je comprends ce qui s'est passé, comment il m'a trouvé. Je fais un pas vers lui. Il me regarde avec horreur, jette le vieil étui en cuir sur le sol de toute sa force. Il y a un terrible craquement : le bois ; un son discordant : les cordes. Je vois Eric franchir le seuil à grands pas, dévaler les marches du perron, disparaître dans la nuit noire et froide.

Que pouvais-je faire d'autre que de le suivre ? Après avoir mis Ella en garde — Ella debout dans l'entrée, muette — j'ai descendu les marches après lui, uniquement vêtu de mon peignoir. Un vent froid m'a glacé les oreilles, gelé les pieds. J'ai crié le nom de mon ami, une fois, deux fois, mais il n'y a pas eu de réponse, seulement le crissement régulier de ses chaussures sur le gravier quand il courait pour me fuir. Dans le noir je l'ai suivi, au bruit, et en longeant les buissons d'ifs qui me griffaient les mains, mais m'évitaient de dévier. D'abord je l'ai appelé. Puis j'ai compris que mes cris ne faisaient qu'accélérer sa course. Alors je me suis tu, j'ai écouté le bruit de ses pas furieux, j'ai tenté de discerner sa silhouette qui fuyait dans l'obscurité. La lune est apparue derrière une masse de nuages, pleine et lumineuse. J'ai vu Eric entre les arbres, au fond du jardin. J'ai foncé dans cette direction. Comme j'émergeais de l'obscurité des arbres, j'ai vu qu'Eric courait dans le verger. Il m'a crié de le laisser seul, d'une voix aiguë, désespérée, tel le cri d'un animal traqué. J'ai couru, couru, couru, traversé le verger. Je suis arrivé au bord de la carrière, à bout de souffle. J'ai appelé Eric d'une voix douce, je lui ai dit que je pouvais lui expliquer. Il est apparu soudainement : la lune à nouveau se montrait, entre les nuages. Il était debout près du banc. Quand j'ai crié son nom, il s'est assis sur le bois craquelé, la tête dans les mains, les épaules agitées de tremblements. Des sanglots étouffés me parvinrent dans l'air humide. Je me dirigeai vers lui, consterné, je posai une main sur son épaule.

— Ne me touche pas, dit-il d'une petite voix tremblante, presque flûtée, une voix que je ne lui connaissais pas.

— Eric...

Je ne pus continuer. Les mots ne venaient pas.

Lentement il se tourna et me regarda. Mes yeux s'habituèrent à l'obscurité, je vis que son visage était mouillé.

— Que fais-tu ici ? demanda-t-il.

Il y avait quelque chose de pathétique dans son regard désespéré, ses yeux ruisselants de larmes.

— Que fais-tu ici avec « elle » ?

Je le regardai, je ne dis rien. Qu'y avait-il à dire ?

— Je t'aime, James.

L'homme à côté de moi prit mes mains dans les siennes et les retint quand je tentai de les lui retirer.

— Je t'ai aimé dès que je t'ai vu.

— Eric, non...

— Et je sais que tu m'aimes !

Il parlait vite maintenant.

— Je le sais, dit-il. Ce n'est pas ce que je pensais au début. J'essayais de me contenter de ton amitié, de ce que nous vivions à Prague.

Je retirai mes mains des siennes et j'attendis, mal à l'aise, qu'il en finisse. Il sentit ma gêne.

— Mais hier soir, dit-il, hier soir j'ai su que tu m'aimais aussi. Non, ne dis rien. J'ai compris que tu m'aimais.

Je secouai la tête en silence, vaguement étourdi.

— A quoi bon prétendre le contraire, James ? Un amour comme le nôtre est quelque chose de merveilleux. Il n'y a là rien de honteux.

— Mais Eric...

— Ne me dis pas « Mais Eric » sur ce ton-là ! Tu sais que tu m'aimes. Dis-moi que tu m'aimes !

Il prit mes mains, les porta à ses lèvres. Il fallait que je parle, que je lui ouvre les yeux.

— Eric, commençai-je, libérant encore une fois mes mains des siennes. Je...

— Quoi, James ?

— Je...

Je cherchai en vain une formulation, un moyen de masquer la vérité, de cacher le fait que j'avais trahi sa confiance. Après quelques instants de réflexion, je trouvai :

— Tu es mon ami, l'un des êtres que j'aime le plus au monde.

Je me tus, voyant l'espoir naître dans son regard.

— J'ai pris l'affection que je te porte pour de l'amour.

— Non.

— Si, Eric. Je regrette. Je t'aime vraiment, mais pas de cette façon-là. Je ne pourrai jamais t'aimer comme ça.

— Mais hier soir ?

Il leva vers moi des yeux désespérément malheureux.

— Hier soir j'ai eu un moment de folie. Je ne savais plus où j'en étais. Je ne savais plus ce que je faisais.

— Je ne te crois pas.

— C'est la vérité, je te le jure.

— Mais tu m'as embrassé !

— C'était une erreur, dis-je à voix basse, pris d'un dégoût pour moi-même qui me paralysait.

— Une erreur ?

— Oui. Une erreur. Je ne peux pas t'aimer de cette façon-là.

— Pourquoi pas ?

— Ce n'est pas dans ma nature.

Il y eut un bref silence, un silence affreux.

— Tu l'aimes, « elle » ? finit-il par dire.

— Qui ? Ella ?

— Qui d'autre ?

— Oui, je l'aime.

Eric me regarda, désarmé, sans comprendre.

— Et tu ne m'aimes pas ?

Je m'assis sur le banc, je mis mon bras autour de ses épaules.

— Jamais je n'ai eu pour quelqu'un l'affection que j'ai pour toi.

— Mais tu ne m'aimes pas.

— Non, je ne t'aime pas.

Il se mit à sangloter, doucement, avant de pleurer fort et à grand bruit. Je le laissai s'appuyer contre mon épaule et verser de grosses larmes chaudes qui me mouillèrent le cou et le col de mon peignoir. Je posai la main sur son dos secoué de sanglots. Tout à coup je me rendis compte que j'étais gelé.

— Allez, allez, dis-je gentiment.

J'allais continuer à parler, quand je vis le faisceau violent d'une lampe dans l'obscurité. J'entendis Ella m'appeler. Eric l'entendit aussi et s'accrocha à moi de toutes ses forces. Il enfouit son visage dans mon cou, mouilla ma poitrine de larmes toujours brûlantes.

— Allez, allez, répétai-je.

En disant cela, je clignai des yeux dans le faisceau de lumière crue qui nous inonda, resta sur nous. Ella nous braquait la lampe en pleine face. Son visage était blême, spectral, au-dessus du haut col de son manteau. J'avais beau être ébloui par cette lumière intense, je lus de la peur dans les yeux d'Ella.

— Qu'est-ce que tu fais ?

Sa voix était coupante, presque tremblante.

— Ce n'est pas ce que tu crois, dis-je.

J'entrepris de repousser Eric. Et soudain je sus que j'en avais assez fait pour prouver mon amour à Ella. Elle pouvait maintenant me croire sur parole. J'avais sacrifié assez de choses pour gagner sa confiance.

Aussi continuai-je à étreindre le grand corps de mon ami, agité de sanglots. Calmement, fermement, je demandai à Ella de nous laisser un moment.

— Qu'essaies-tu de me dire ? répliqua-t-elle la voix tremblante.

— Rien de plus que ce que je viens de dire. Je te rejoins à la maison dans un moment. Je t'en prie. Eric et moi avons besoin de parler seuls.

Il y eut un silence tendu, ponctué seulement par la plainte d'Eric.

— Avant que je parte, dis-lui que c'est moi que tu aimes.

La voix d'Ella sembla arracher Eric à sa douleur : il leva la tête, la regarda.

— Dis-lui, exigea-t-elle, le visage dur, fermé.

— Va-t'en ! dit l'homme assis à côté de moi.

Il avait cessé de pleurer. Lentement il se leva, sa grande carrure se dressa dans le clair de lune, inquiétante.

— Tu as fait assez de mal comme ça, déclara-t-il d'une voix enrouée. Tu as fait assez de dégâts. Tu peux partir, maintenant. C'est moi qu'il aime. Tu pourras dire ce que tu veux, ça n'y changera rien !

Je les regardai s'affronter.

— S'il vous plaît, tous les deux... commençai-je.

— Dis-lui, James.

— Ella, je t'en prie ! Je te retrouve dans une minute.

— Dis-lui maintenant, avant que je parte.

— S'il te plaît !

— Dis-lui pourquoi tu l'as embrassé.

Il y eut un silence. Eric me regarda.

— Qu'est-ce qu'elle veut que tu me dises, James ? demanda-t-il.

— Rien, rien, Eric. Maintenant, s'il te plaît...

Je pris à nouveau le faisceau de la lampe dans les yeux. Au bout de ce cône de lumière, le visage d'Ella, pincé, déterminé.

— Dis-lui, m'ordonna-t-elle encore une fois. Ça ne sert plus à rien de mentir. Nous avons tous les trois dépassé ce stade.

En disant cela, elle vint vers moi — je m'étais moi aussi levé du banc — et me prit délibérément le bras.

— Qu'est-ce que ça veut dire, James ? Qu'est-ce qu'elle veut dire ?

Eric était plus calme à présent, mais je voyais ses veines battre à ses tempes.

— Ce n'est pas important, dis-je.

— Oh si, ça l'est, lança Ella d'une voix aiguë, d'un ton de défi.

— Ella, je t'en prie !

Je la suppliai du regard, tentai de lui dire qu'elle n'avait rien à craindre. Elle détourna la tête.

— Je ne partirai pas tant que tu n'auras pas dit la vérité à Eric, poursuivit-elle d'un ton résolu. Je veux que tu lui dises que tu m'aimes, que tu l'as embrassé pour me prouver ton amour.

— C'est moi qu'il aime, dit Eric en colère. Tu as fait tout ton possible pour nous séparer, et tu as échoué !

Eric se rapprocha de moi.

— Viens, James. Viens avec moi !

Il regarda Ella avec fureur.

— Eric... commençai-je, cherchant mes mots. Eric je... j'aime Ella.

Je me tus.

— Dis-lui, Jamie.

— Je...

— Mais hier soir, alors ?

Les yeux d'Eric se posèrent sur moi. Je me forçai à soutenir son regard.

— Je... je n'étais pas sincère.

— Dis-lui, Jamie.

— Elle voulait me tester, finis-je par dire la mort dans l'âme.

— Te tester ? dit-il.

La peur maintenant perçait dans sa voix.

— Je devais faire mes preuves.

— Que devais-tu prouver ?

Je sus alors, trop tard, que j'avais seulement fait la preuve de ma faiblesse.

— Il a prouvé qu'il ferait n'importe quoi pour moi, dit Ella les yeux brillants.

Elle mit sa main dans la mienne.

Son contact, son sourire me révoltèrent. Je lâchai sa main.

— Laisse-moi, dis-je.

Je fus pris d'une violente nausée.

— Je ne savais pas ce que je faisais, soufflai-je à Eric d'une voix rauque. Il faut que tu me croies.

— Tu savais très bien ce que tu faisais.

Nous savions tous les trois qu'il avait raison.

23

Comment leur échappai-je ce soir-là ? Je ne m'en souviens pas. Je regagnai la maison, refuge chauffé et poussiéreux. Je me rappelle avoir couru dans le verger et glissé sur l'herbe gelée. Je revois les yeux d'Eric, le sourire d'Ella, irréels au clair de lune, la pâleur spectrale de leurs visages. Dans mon désir de les fuir, je courus sans chercher à m'orienter. Je passai devant des arbres décharnés, des haies mal taillées, une fontaine muette, lugubre dans le noir. Je courus jusqu'à apercevoir les lumières de la maison, fanal dans la nuit. Je n'arrêtai de courir que dans l'entrée bien éclairée. Je dégoulinais de sueur, j'avais du sang sur les genoux suite à ma chute, mes mains étaient rouges et glacées. J'étais toujours en peignoir.

Je suis sûr d'une chose : je ne pus les affronter à nouveau ce soir-là. J'arrachai draps et couvertures d'un lit, dans la chambre que nous avions partagée, Eric et moi, je les étendis sur le sol d'une petite pièce inutilisée, qui jouxtait la cuisine. Je me hâtai de me faire une couche, de crainte que l'un ou l'autre ne revînt. Essoufflé, au bord des larmes, je m'enfermai à clé dans ce petit espace obscur, comme un enfant se cache pour échapper à une punition. Seul, je ne trouvai aucune rémission. La pièce s'emplit de visions et de sons, du souvenir des lèvres rêches d'Eric sur les miennes, de l'odeur aigre-douce d'Ella, d'éclats de rire, d'yeux ruisselants de larmes, je revoyais le visage d'Eric près de la carrière, affolé comme un animal blessé. J'entendis le bruit lointain de la porte qui s'ouvrait, puis se refermait. Je songeai avec soulagement qu'ils ne me trouveraient ni l'un ni l'autre avant le matin. La mort dans l'âme, j'essayai de dormir.

Le sommeil vint à l'aube, un sommeil lourd, sans rêves. Je dormis si profondément que je n'entendis pas les cris. Je m'étais si bien caché qu'Ella dut me chercher dans toute la maison, lorsqu'ils le trouvèrent, le lendemain matin. Je m'éveillai courbatu après cette nuit passée sur le sol de pierre, dans cette pièce froide, humide, sans air : j'entendis Ella tambouriner à la porte et m'appeler d'une voix affolée.

Eric flottait à plat ventre dans l'eau, au fond de la carrière, tel un morceau de bois. Quatre villageois durent descendre en rappel, des cordes enroulées autour de la taille, pour ramener son corps contre la paroi, puis le hisser jusqu'au banc près duquel attendait un petit groupe de gens. Ella et moi, debout au bord de la carrière, les regardions nouer leurs cordes aux ifs, entamer leur descente. Nous avons entendu le flic-flac de leur canot pneumatique quand ils l'ont lâché dans l'eau saumâtre. Nous avons vu deux d'entre eux monter dedans, nous les avons entendus ramer, haleter en tirant le corps dans le bateau. Puis le bruit des rames s'est fait plus doux quand ils ont rejoint les autres, encordés contre les parois de la carrière. Ils ont utilisé des treuils et des harnais. Le corps d'Eric a commencé sa remontée solitaire et heurtée vers nous, vers la terre ferme. Je me souviens de l'horrible fixité de ses yeux, de sa mâchoire pendante, du poids énorme de son corps dégoulinant, quand ils l'ont étendu sur le sol.

Le docteur Pétin signa le permis d'inhumer d'un air sombre. Son visage rose était tout pâle, ses cheveux décoiffés. Quant à la cause probable de la mort, il écrivit « noyade ». Le docteur remplit les formulaires en silence, s'agenouilla, se pencha au-dessus du visage boursouflé de mon ami, examina son corps. En voyant des larmes dans les yeux du vieil homme, je pris conscience que je ne pleurais pas. J'étais comme anesthésié, imperméable à l'agitation qui suit un décès. Avec calme, presque mécaniquement, je saluai le gendarme du village. Je les vis mettre Eric dans une ambulance et l'emporter pour un examen plus approfondi. J'écoutai les condoléances de Mme Clancy et de Jacques. Je remerciai les hommes qui avaient remonté le corps d'Eric de la carrière. Comme dans un rêve, je restai à côté d'Ella quand elle expliqua à l'inspecteur qu'Eric était venu de Vaugirard me rendre mon violon ; il était arrivé vers la fin du dîner, nous lui avions offert du café et un lit, dit-elle. Après quoi, Eric avait décidé de faire un tour avant de se coucher ; il lui avait semblé parfaitement heureux, précisa-t-elle, égal à lui-même. Je déclarai, lorsqu'on m'interrogea, être l'un des meilleurs amis du défunt. Eric, affirmai-je, ne m'avait fait part d'aucun souci ; il faisait nuit noire ; il avait dû tomber car il n'était pas homme à se suicider.

Le policier me demanda si je connaissais l'adresse des proches. Je sortis alors de ma torpeur. Je revis les Vaugirard : Louise au marché, choisissant des légumes pour le dîner ; le père d'Eric, assis à son bureau, l'air digne, attendant le déjeuner ; Sylvie avec son fils, à la sortie de l'école maternelle, lui demandant ce qu'il avait fait ce jour-là.

— Je les connais, dis-je au gendarme.

— Dans ce cas, il serait peut-être préférable que vous les informiez du décès, dit-il.

Ce petit homme inquiet, au regard doux, m'expliqua que c'était la première fois que, dans l'exercice de ses fonctions, il voyait un mort.

Je téléphonai donc à Louise, et subis ses questions anxieuses à propos de Léopold. On avait exagéré son état, lui dis-je, il était à présent hors de danger. Ce fut moi qui souffris sa joie à cette nouvelle, moi qui lui dis : « Il est arrivé quelque chose d'horrible. » Moi qui lui annonçai la mort d'Eric. J'entendis ce premier cri de douleur d'une mère qui a perdu son fils. Je répondis à ses questions précipitées. J'expliquai qu'Eric était sorti se promener sans emporter de lampe et qu'il était tombé dans la carrière. Je ne pleurais toujours pas. J'étais incapable de verser une larme. Abruti, calme comme un mort, je m'assis à la table de la salle à manger avec Ella, le gendarme et le docteur Pétin. J'attendis que Louise et le père d'Eric arrivent. Je ne pensais à rien, j'avais seulement conscience d'une douleur sourde, et le sang pulsait dans ma tête. Je regardais Ella mais ne la voyais pas. Elle fumait cigarette sur cigarette mais je n'enregistrais aucun de ses mouvements, je ne sentais pas son odeur. Je sus alors qu'Ella et moi ne pourrions jamais avouer les raisons de la mort d'Eric à qui que ce soit. Il était préférable, me dis-je, que les parents d'Eric maudissent le destin, s'insurgent contre cet accident tragique ; ils ne devaient pas savoir que leur fils avait mis fin à ses jours. Mais je n'avais plus l'énergie de vivre dans l'illusion. Je savais très bien pourquoi j'avais menti, pourquoi je continuerais à mentir. Je savais que j'étais un lâche — je n'avais ni la volonté ni le courage de m'exposer au jugement des hommes. En mentant ce jour-là, en laissant passer ma seule chance de me confesser, je renonçai à la seule occasion qu'il me serait jamais donné d'expier. Je me condamnai à mon seul jugement, je fis de moi-même un criminel. Assis à table avec ce groupe de gens silencieux, je sus que j'aurais beau feindre, tenter d'oublier, la certitude que je ne valais rien m'accompagnerait toute ma vie.

Les Vaugirard arrivèrent en fin d'après-midi. Je me soumis à leurs étreintes baignées de sanglots. Mme Clancy alla préparer deux chambres : une pour eux et une pour moi, car je ne supportais pas de pénétrer à nouveau dans la chambre que j'avais partagée avec Eric. Nous attendîmes qu'elle revienne. Je restai assis avec les parents d'Eric. Je leur dis qu'Eric était venu me rendre mon violon. Il était parti se promener tout joyeux, leur expliquai-je, il n'avait pas pris de lampe électrique. Ella et moi nous étions couchés, sans savoir qu'il ne rentrerait pas. Je racontai comment on l'avait trouvé, ce matin, flottant dans l'eau, sur le ventre. Comme moi, Louise était calme. Elle était assise à côté de moi, sur une chaise à haut dossier, son bras sur celui de son mari. Ses fines clavicules étaient visibles, son dos droit et crispé. Eric père pleurait comme Eric fils avait pleuré la veille au soir : de gros sanglots effrayants, ceux d'un homme peu habitué aux larmes. Parmi tous les bruits que j'entendis ce jour-là, seuls ces pleurs me sortirent de ma léthargie. J'entendis Eric pleurer, je sentis ses larmes dans mon cou, abondantes, brûlantes. J'entendis son rire. D'abord lointain, discret, puis plus fort, éclatant, proche. Je le vis rire aux larmes, sourire, je vis ses dents blanches, brillantes. Je crus que j'allais pleurer, mais je ne pleurai pas.

Je pleurai plus tard, dans la chambre que nous avions partagée, Eric et moi, quand je rapportai les draps et les couvertures que j'avais pris la veille au soir. J'avais beau être abruti, je savais qu'il était préférable qu'on ne les découvrît pas dans une pièce obscure, derrière le cellier. Aussi je laissai Louise et le père d'Eric parler avec le docteur Pétin, et me glissai dans le couloir voûté où Ella nous avait ouvert la voie, le premier jour. Dans la pièce, tout était comme dans mon souvenir : l'armoire, les romans, la cheminée. Quand j'ouvris la porte, je sentis cette odeur familière de lavande et de feu de bois, et une autre odeur, que je ne pus identifier immédiatement, mélange de sueur et de lotion après-rasage. Je compris d'un coup. Je tombai lentement à genoux, la tête dans mes bras repliés, le nez collé dans la laine épaisse de mon pull-over. L'odeur d'Eric m'était insupportable. Et comme je me recroquevillais sur le sol, j'entendis la porte s'ouvrir et sentis Louise s'agenouiller à côté de moi, entourer mon dos secoué de sanglots de ces longs bras, de ces mains osseuses dont Eric avait hérité. Nous nous berçâmes en silence. Je sentis, avec horreur, ses larmes sur mon épaule, se mêlant peut-être au sel des larmes de son fils.

— Ne te reproche pas d'avoir laissé Eric sortir hier soir, dit-elle. Il était téméraire. C'est ce que nous aimions chez lui. C'est ce que tu aimais chez lui.

J'aurais préféré un coup de couteau bien net à ces paroles.

Le médecin légiste conclut à une mort accidentelle. On enterra Eric dans le minuscule cimetière attenant au château de Vaugirard, en terre consacrée. Je fus de ceux qui portèrent son cercueil, et le seul à avoir les yeux secs dans cette chapelle bondée, avec des bancs durs, des arches romanes. Je fus celui dont l'épaule fut la plus stable, parmi les six hommes qui soulevèrent son lourd cercueil et le portèrent le long de l'étroite allée centrale. Je vécus cette journée avec la détermination lugubre d'un homme qui entame une peine à perpétuité. Retiré en mon esprit, seul refuge que je pus trouver, je regardai mon corps se mouvoir. Je me regardai m'habiller, ce matin-là, je regardai mes doigts nouer la cravate noire achetée pour l'occasion, passer un peigne dans mes cheveux. Je notai que je paraissais plus vieux — je n'avais pas l'air aussi défait une semaine plus tôt. Je constatai, avec indifférence, que j'étais malgré tout présentable. J'avais passé sept nuits presque sans dormir. Mes joues étaient creuses, mes yeux marqués de cernes violets. Cet état d'épuisement m'apaisait : il me séparait, m'éloignait du monde, du rôle que je devais jouer au dernier acte de la tragédie d'Eric. Il me rendait insensible aux larmes et au chagrin de ceux qui m'entouraient, m'évitait de penser à mon forfait. Il assourdissait ma douleur.

Je revois cette petite chapelle, sur les hauteurs de Vaugirard. J'entends encore le bruissement des gens vêtus de noir, quand ils s'assirent sur les bancs de bois sombre. Je me rappelle le calme imposant de Louise, les yeux rougis, égarés, du père d'Eric. Je revois le cercueil, Eric gisant à l'intérieur. Je me souviens de la dignité de son visage blême, des boucles brunes encadrant ce visage de façon parfaite, peu naturelle, ces boucles brossées pour la dernière fois. Debout devant lui dans cette file de gens qui lui rendaient un dernier hommage, je découvris que je n'avais rien à dire : ce corps en costume, devant moi, n'était pas mon ami, pas le Eric avec qui j'avais donné mon premier concert. Il n'était pas le Eric avec qui j'avais ri au café *Florian,* pas même le Eric que j'avais si délibérément sacrifié pour prouver mon amour à Ella. Son âme avait quitté son corps, je savais au moins cela. J'espérais seulement qu'elle avait trouvé la paix. Dans un état de calme inquiétant, je le regardais, j'essayais de lui dire adieu, je ne trouvais pas les mots. Le visage de ce cadavre n'évoquait plus rien pour moi. C'est à la vue de ses chaussures que je me mis à pleurer. Elles rattachaient son corps à une réalité poignante, réalité qui soudain me manqua de façon déchirante, écrasante. Je me souvins de la scène, au *Florian*, le jour où il les avait achetées, j'entendis son rire, sa voix me dire, solennellement, qu'il n'aimait pas les choses neuves. Il les avait achetées à un ami de la femme au grand nez, un Anglais qui traversait une passe difficile. C'étaient des richelieus, démodés, éraflés, ils avaient circulé parmi les habitués du *Florian* avec un vieux complet de tweed et quelques cravates, dont certains avaient fait l'acquisition. Eric avait pris les chaussures sans discuter le prix, contrairement aux autres acheteurs — il n'était pas du genre à profiter de la misère d'autrui. Il avait donné au propriétaire la somme que celui-ci en demandait, et les avait aussitôt mises. C'est cela qui me fit pleurer.

Ella me rejoignit alors que le cortège funèbre s'éloignait de la tombe, file de silhouettes noires sous un ciel gris, frissonnant dans le vent. J'avais eu à peine conscience de son existence, cette dernière semaine. J'avais vu ses yeux rougis, ses joues creuses, sans les remarquer, sa pâleur, ses cernes noirs sans m'en soucier. J'avais veillé à ne jamais rester seul avec elle : je ne l'aurais pas supporté. Elle glissa sa main froide dans la mienne, dans ce cimetière, et la douceur de sa peau me révulsa : elle me rappela ce que j'avais fait pour en jouir, pour mériter son amour. Je fus incapable de la regarder dans les yeux.

— Jamie... finit-elle par dire. Ne fais pas ça, je t'en prie. Ne fais pas comme si je n'existais pas !

J'accélérai le pas.

— S'il te plaît, dit-elle. Je ne peux pas continuer comme ça !

— C'est Eric qui n'a pas pu continuer comme ça, dis-je doucement. Pas toi. Pas moi. Eric !

Elle serra ma main plus fort. Je me dégageai.

— Il s'est tué à cause de ce que nous avons fait, dis-je. A cause de...

L'accusation mourut sur mes lèvres.

— Dis-le, fit-elle.

— A cause de ce que tu m'as obligé à faire.

Il y eut un silence.

— Jamie, finit-elle par dire. Jamie, ne fais pas ça, je t'en prie !

Elle me suppliait à présent, mais je ne pouvais toujours pas la regarder dans les yeux.

— Tu penses sincèrement qu'on peut continuer avec la même insouciance qu'avant ?

— Non, peut-être pas comme avant, mais... Tu ne vois donc pas à quel point nous avons besoin l'un de l'autre ? Maintenant plus que jamais. Tu es mon seul espoir. Je suis ton seul espoir.

Nous approchions du reste du cortège. J'entendais des portières de voitures claquer, le bruit de hauts talons sur les pavés.

— Que lui as-tu dit ? lui demandai-je tout à coup, à voix basse. Que lui as-tu dit après que je suis parti ?

Elle se tut.

— Que lui as-tu dit ?

— Jamie, je t'en prie...

Elle pleurait, maintenant.

— Que lui as-tu « dit » ?

— Je...

Ella me regarda. Je la toisai d'un œil froid. Pour la première fois, ses beaux yeux ne m'émouvaient pas.

— Je t'en prie, dit-elle à nouveau.

— Dis-moi.

— Je...

Elle hésita, ouvrit son sac pour prendre une cigarette.

Je tirai sur sa main.

— Je ne veux pas que tu fumes ! Je veux savoir ce que tu as dit à Eric après que je suis parti.

— Je lui ai dit la vérité, déclara-t-elle doucement. Il était très fâché quand tu nous as laissés. Il a dit que tu l'aimais, que tu l'avais embrassé, que j'essayais de te faire du mal. Alors je lui ai dit pourquoi tu l'avais embrassé. Je lui ai expliqué que tu l'avais fait pour moi.

— Et ensuite ?

— Après je suis rentrée.

Nous reprîmes notre marche en silence, franchîmes la grille du cimetière, arrivâmes dans la rue. J'entendais le bruit des talons d'Ella sur les pavés, les conversations intermittentes des autres, le grondement des moteurs de voitures. Je ne puis décrire ce que je ressentais. Je ne trouve pas les mots pour dire ma torpeur. Je tentai de parler : aucun son ne sortit de ma bouche. Ella et moi marchions côte à côte. J'avais l'impression de flotter, comme dans un rêve où le monde n'avait aucune réalité. Pendant un instant je me raccrochai à cet espoir. Puis je me dis que le monde alentour était réel. Je n'étais pas une ombre, mais une personne qui vivait, qui respirait, comme les autres. Dans un moment de lucidité, mon avenir m'apparut tout entier : j'allais vivre terré dans les abîmes de mon esprit, d'où il serait risqué de sortir.

J'en sors à présent, et je sais à quels dangers je m'expose, mais je ne m'inquiète plus de ce genre de choses, j'ai dépassé ce stade.

La pente de la rue s'accentuait : nous avions quitté

le château, nous descendions la colline pour aller en ville. Je regardai Ella encore une fois, je me gorgeai de cette vision : son visage fin, ciselé, l'impression en creux de sa clavicule au-dessus de la découpe de sa robe noire, le vert de ses yeux, la symétrie de ses pommettes. Elle me regarda aussi, se rapprocha de moi. Pour la dernière fois je humai son parfum subtil, complexe. « Je ne veux plus jamais te revoir », dis-je en détachant bien mes mots. Je partis en courant — je craignais le son de sa voix, le pouvoir qu'il avait sur moi. Je n'arrêtai de courir qu'une fois en ville, perdu dans la foule, quand Ella fut loin derrière moi, silhouette isolée dans une robe noire, le visage fouetté par le vent, les yeux vides, les mains tremblantes.

24

J'ai du mal à évoquer les jours et les mois qui suivirent mon retour à Londres. J'étais brusquement privé et de l'amitié d'Eric et de l'amour d'Ella. Je les pleurais, sans pouvoir m'épancher auprès de quiconque. Je ne pleurais pas mon innocence envolée : je n'avais pas conscience d'avoir été naïf. Pourtant je sentais que les choses avaient changé : je n'étais plus ce garçon parti pour Prague trois mois plus tôt — en cela je ne me trompais pas. Je me souviens de la traversée vers l'Angleterre par un jour gris, sur une mer un peu agitée. Je me rappelle les mouettes qui tournoyaient dans les airs, le roulis, le vent poisseux sur mon visage, les gens venus attendre le ferry. Je traversai cette foule, comme anesthésié. Arrivé à la maison, je dormis. Je résolus de ne plus compter sur la drogue qu'est l'épuisement.

Le sommeil me protégea du monde pendant un jour ou deux. Les cartes de Noël s'accumulaient sur le paillasson. Ma mère commença à parler de sapins, de guirlandes, de « mince pies », de la difficulté de trouver des cadeaux pour mon père. Ravie de m'avoir à la maison plus tôt que prévu — et souhaitant, j'imagine, gommer tous vestiges de dissensions anciennes —, elle me fit participer d'autorité à ses préparatifs. Me voyant sombre, épris de solitude, elle me crut irrité par ses attentions et ne m'en accabla que davantage. Jour après jour, on s'inquiétait de mon opinion sur les questions urgentes du moment. Devions-nous donner une réception le soir de Noël ? Inviter tante Julia pour les vacances, comme d'habitude ? Convier le pasteur à déjeuner le 26 décembre ? (Ma mère suivait le calendrier religieux dans ses mondanités : cette invitation annuelle d'un représentant du clergé, aussi mineur fût-il, était pour elle un rite sacré.)

Je traversai les fêtes, subis l'enthousiasme saisonnier sans rien éprouver, comme dans un rêve. J'ajoutai mon nom sur les cartes de vœux ; je m'exclamais mollement à la vue des « mince pies » qui sortaient du four, chaudes et odorantes, à intervalles réguliers ; je suggérai des idées de cadeaux pour mon père. Je me sentais toutefois coupé de cette joyeuse agitation. Mes parents, constamment gais en ma présence, se disaient en privé que ma musique ne me faisait aucun bien et que j'avais besoin d'air. L'exercice a toujours été la panacée dans ma famille. Aussi m'incita-t-on vivement à adopter le chien de tante Julia — elle vint passer des vacances à la maison — et à le promener quotidiennement. Cette tâche solitaire me réjouissait : je trouvais là mon seul répit à cette convivialité forcée de la vie de famille.

Tante Julia était une grande femme au regard intense et au sourcil agressif. Elle avait toujours cette aura de chic douteux, bien qu'elle approchât de soixante-dix ans : Julia fumait, jurait, deux vices auxquels elle s'adonnait avec un goût tout militaire, hérité de son mari, le général de brigade, depuis longtemps décédé. Avec une indifférence splendide pour ma mère, elle prenait un plaisir maternel à s'occuper de mon père (elle avait été la meilleure amie de sa mère). Sans doute jouissait-elle de son statut de tante, qui lui permettait d'incessantes privautés. Elle abreuvait mes parents de conseils. Elle m'entourait d'une affection bourrue, la bonne attitude à l'égard de la jeune génération, d'après elle, qui n'avait jamais eu d'enfants.

Une volonté de fer et des habitudes immuables étaient ses qualités les plus notables. Pour ces raisons, j'attendis sa visite avec plus d'impatience qu'à l'accoutumée, durant les mornes semaines qui suivirent mon retour de France. J'avais besoin de voir confirmer de vieilles certitudes, de sentir que la vie allait continuer, de croire que le temps m'aiderait à vivre avec mon forfait. Rien de plus rassurant pour moi que la visite de l'éternelle invitée des Noëls en famille. En sa présence, la vie prenait une efficacité toute militaire, efficacité adoucie et rendue séduisante par l'irrévérence déplacée de la vieille dame. La durée de son séjour était toujours la même. Elle arrivait le 22 décembre et repartait le 27. Son arrivée aussi avait quelque chose de remarquable : elle débarquait dans deux taxis de Waterloo (« Un pour les bagages, un pour la propriétaire et son chien ») ; elle paraissait, accompagnée par les aboiements sans conviction d'un basset, tendait une main et une joue ridée à ma mère, avant de payer les chauffeurs de taxi et de les renvoyer en leur souhaitant un « Noël d'enfer ». A l'intérieur, installée près du feu, ses sacs à l'étage, pas encore déballés (« Je ne supporte pas les amateurs de valises »), elle s'allumait un petit cigare, acceptait un verre d'eau — Julia ne buvait pas d'alcool. Après quoi elle interrogeait son auditoire sans ménagement, ce qui choquait ma mère et générait le premier des silences glacés qui allaient ponctuer sa visite de cinq jours.

Je me souviens de son arrivée. Je me revois, debout dans l'entrée, prêt à me soumettre à son regard scrutateur et à ses deux baisers sonores. Je me rappelle avoir pensé que la visite de Julia pourrait me distraire de moi-même. Peut-être Julia me volerait-elle l'attention dont j'étais l'objet, m'accordant ainsi une liberté accrue, sans avoir recours à cette inquisition affective que je craignais tant de la part de mes parents. J'espérais que Julia m'arracherait au souvenir trop frais de la mort d'Eric. J'avais besoin de ses affirmations, qui faisaient autorité, besoin qu'elle décidât de mes réjouissances en cette fin d'année, comme elle savait si bien le faire. Je voulais me protéger de moi-même. En cela son aide m'était plus précieuse que celle de mes parents, qui me connaissaient trop. Je pourrais jouir de sa protection en un moment critique, comme Ella avait joui de la mienne au début de notre histoire.

C'est sur la suggestion de ma mère que j'emmenai Jep en promenade tous les jours. Ce privilège me fut accordé de bonne grâce par Julia : elle pensait me faire un honneur immense en me le confiant. Jep était un petit chien heureux, pénétré de sa propre importance, à la robe brillante, aux yeux doux du basset qui se sent aimé. L'impatience qu'il montrait à sortir, chaque jour, me donnait une occasion d'être seul, une excuse pour m'échapper — je prétendis être jaloux de l'affection de Jep et n'autorisai personne à nous accompagner dans nos sorties.

C'est étrange que ces promenades dans le vent et la bruine d'un hiver anglais soient devenues essentielles pour moi ; étrange que cinquante ans plus tard elles me reviennent avec une telle netteté. Je me demande pourquoi. Peut-être le drame avait-il déjà fini de m'intéresser, peut-être mes espoirs et mes rêves faiblissaient-ils ou avaient-ils déjà faibli, et mes désirs penchaient-ils vers la médiocrité sûre d'un lit douillet et d'une vie tranquille. Je ne saurais le dire. Je sais seulement que je trouvais rassurante l'affection de Jep. Je trouvais attachantes ses longues oreilles, sa façon d'avancer en se dandinant. Il est plus facile de s'assurer la confiance d'un animal que celle d'un humain, car elle n'entraîne aucune vraie responsabilité, n'est la proie d'aucune vraie tentation. C'est un lien qui nous rattache à la réalité, aux limites du quotidien. Choses auxquelles j'avais précisément besoin d'être rattaché. Ma douleur ne m'avait pas spolié de toute humanité : j'accueillis l'affection de Jep avec gratitude. Je lui prouvais ma reconnaissance par des marques d'affection constantes, qu'il acceptait comme son dû, avec complaisance.

Je bénissais la solitude de ces promenades : à la maison, je n'avais pas une minute à moi, accaparé par un flot ininterrompu d'invités. Ils me confiaient leurs manteaux. Je remplissais leurs verres. Je souriais, j'écoutais les conversations bien rodées de ces vieux routiers des fêtes de Noël arrosées. Le seul endroit où j'aurais pu me retirer était cette petite pièce, dans les combles, où j'avais passé de longs après-midi d'été à jouer pour Ella. Le pire des lieux pour moi : je n'y trouvais aucune paix, j'entendais constamment le rire d'Ella. J'étais incapable d'approcher de cet endroit.

Aussi, avec une ironie que je ne goûtais pas à ce moment-là, je recherchais la solitude dans la foule déambulant sur les trottoirs d'une grande ville. Perdu parmi ces visages anonymes, ces visages qui n'évoquaient rien pour moi, j'échappais en partie à mes souvenirs, je trouvais pour un temps, une paix fragile. Avec Jep le basset, je marchais dans le flot des gens procédant à des achats de dernière minute, le soir de Noël, et les jours d'avant. J'écoutais des discussions animées : on parlait de nourriture, de cadeaux, de vêtements, de vacances, d'amants. Je vis des amis rire bruyamment à des arrêts de bus, des couples se quereller discrètement pour des broutilles — le froid, l'irritation leur donnaient l'air pincé. J'essayais de m'intéresser aux visages de ces inconnus, aux passions, aux désirs qui faisaient ces sourires, ces colères. Je me demandais si leurs conflits se résoudraient, si leurs amitiés dureraient, si leurs amours avaient un avenir. Je tentais même de les envier, car je croyais alors avoir perdu de telles choses pour toujours. Je pensais que ma vie n'avait plus le pouvoir de m'émouvoir. Je redoutais le divorce glacé d'avec ma propre sensibilité.

Je n'étais pas encore prêt à considérer froidement ce que j'avais fait, à revenir, même mentalement, sur le lieu de la mort d'Eric, à repenser aux événements qui l'avaient précédée. Je vivais dans la peur de ma mémoire : je savais la douleur qu'elle pouvait m'infliger. Aussi je m'efforçais de m'intéresser à la vie d'inconnus, espérant ainsi échapper à moi-même et rétablir, par procuration, une vague réalité émotionnelle dans ma vie.

Noël arriva, Noël passa. Je mangeai, je bus, j'essayai de rire — j'étais censé m'amuser. Ma mère masquait son irritation lorsque Julia allumait des cigares, glissait des morceaux de dinde à Jep, traitait mon père de « vieille branche ». La femme du pasteur vint déjeuner sans lui le jour de Noël — son mari était « cloué au lit par la grippe » — et pontifia sur la vente de charité de l'église, pendant que Julia se demandait, à haute voix, d'où venait cette passion pour les repose-tête. Je sortais Jep deux fois par jour : une heure de solitude ravie à chaque promenade. J'attendais ces échappées avec une impatience mal dissimulée. Je rentrais les joues rouges, prêt à affronter les obligations sociales en la maison de ma mère avec une énergie renouvelée.

Le soir du départ de ma tante, je rentrai de l'une de ces expéditions, à six heures, pour trouver une maison sans invités et Julia lancée dans une tirade sur la femme du pasteur.

— Une horreur, sa robe ! disait-elle quand j'entrai. Je ne vois pas pourquoi on devrait forcément accoupler la divinité à la laideur.

— Moi non plus, dit mon père en lui tendant un verre d'eau.

Julia était assise, droite comme un « i », dans son fauteuil préféré devant la cheminée, un cigare à la main, ses cheveux gris tirés en arrière. Je me dirigeai vers la table des alcools, me servis un gin tonic, m'assis dans un coin sombre devant la fenêtre. De là je pourrais regarder rire mon père, écouter la conversation sans avoir nécessairement à y participer.

— Je me demande pourquoi cette bonne femme s'habille si mal, dit tante Julia. Ce doit être affreusement embarrassant pour son mari.

Je songeai avec pitié à la femme du pasteur, cette dame mal fagotée, aux moqueries que lui avait infligées Julia au déjeuner, pitié qui ne m'empêcha pas de rire de ses mésaventures et de la malice bon enfant avec laquelle étaient décortiqués devant moi son caractère et ses goûts vestimentaires. Assis dans mon coin, Jep sur les genoux, je pensai avec soulagement que j'étais loin de la maison d'Ella : les événements qui avaient eu lieu sous ses poutres noircies et dans la froide flétrissure de son jardin prenaient des allures de mauvais rêve, ils appartenaient à un monde différent de celui que j'avais réintégré et dans lequel j'étais à nouveau en sécurité.

Sans doute cette scène douillette de la vie de famille

qui se déroulait devant moi était-elle ma réalité, à présent. Sans doute finirais-je par la considérer comme la seule réalité qui importât. Peut-être alors trouverais-je dans son confort un refuge contre ces souvenirs cuisants. Probablement... Mais à quoi bon me rappeler ces tout premiers espoirs de m'abuser ? Sans doute voyais-je déjà une certaine sécurité dans l'illusion, mais j'étais incapable de surmonter ma culpabilité, d'oublier ce que j'avais fait. Il me faudrait des années d'entraînement minutieux pour me sevrer de mon passé, pour oublier jusqu'aux moyens d'introspection les plus grossiers. Or je n'avais pas cet entraînement. J'étais un enfant, j'essayais de m'arranger, avec des méthodes infantiles, des conséquences d'actes commis avec la force dévastatrice d'un adulte. Mon instinct me poussait à régresser, à retrouver la sécurité de mon univers d'avant, univers que j'observais, depuis mon coin sombre, par cette soirée froide. Je voulais un univers familial, peuplé de visages familiers, théâtre de conversations chaleureuses, au coin de feux crépitants, dans des pièces que je connaissais depuis toujours. Je trouvais un réconfort dans la présence des personnages de mon enfance, comme tante Julia. J'avais besoin de sécurité, de stabilité, d'affection. Un si grand besoin d'affection que même l'attachement superficiel d'un basset me touchait.

Je m'efforçais de ne pas penser aux circonstances précises de la mort d'Eric, de ne pas me demander pourquoi je n'avais pas avoué ma part de responsabilité dans ce décès quand j'aurais pu le faire. J'essayais de ne pas penser au Noël que devaient vivre les Vaugirard, au père d'Eric, à Louise, à Sylvie, au groupe affligé qu'ils devaient former dans cette drôle de maison tout en hauteur, avec son petit carré de gazon, derrière, pour jouer au croquet. J'essayais de ne pas penser aux chaussures d'Eric, à la façon dont il avait ri, parce que nous avions passé des heures à chercher un lit dans l'appartement de Mme Mocsáry. J'évitais de penser à la femme au long nez avec laquelle il s'était disputé au *Florian,* à Eric jouant du piano dans la salle de musique improvisée du numéro 21 de la rue Sokolska. Je voulais oublier la façon dont ses yeux brillaient quand nous jouions à l'unisson, l'odeur de sueur et de lotion après-rasage, dans sa chambre, chez Ella. Je tentais de fixer mon attention sur le groupe qui se trouvait devant moi, de goûter l'esprit acerbe de tante Julia, de sourire, quand ma mère s'irritait de voir une cendre de cigare atterrir sur le tapis. Mais la pièce tanguait devant moi et tout ce que j'entendais, bien que je fisse l'effort d'écouter, était la voix d'Eric me disant qu'il m'aimait de façon inconditionnelle, tout ce que je voyais était son corps gonflé, étendu sur la terre dure au bord de la carrière, le docteur Pétin penché sur lui, en larmes.

— Mon Dieu, ce garçon pleure !

Ce fut Julia qui dit cela, ce furent ses bras maigres qui entourèrent mes épaules avec empressement, sa voix éraillée qui me dit, avec une compassion inusitée chez elle, que je devais me ressaisir sur-le-champ et cesser mes enfantillages.

25

J'ai guéri. On s'en sort toujours. Et mon rétablissement, quoi que partiel, fut étonnant, je m'en rends compte à présent. Je vois ce que Sarah a fait pour moi, j'apprécie l'habileté avec laquelle elle m'a appris, froidement, à m'illusionner, à m'abuser. Mais en ce soir de décembre, debout dans les bras de Julia, comme j'essayais d'éviter le regard affolé de mes parents, je n'avais pas idée de ce qui m'attendait, je ne soupçonnais pas la difficulté du parcours à venir. Les tourments des enfants ne durent pas, ils sont éphémères par nature. Etant toujours un enfant, je ne me doutais pas, quand je dis à ma famille de ne pas s'inquiéter, car j'étais fatigué, que j'avais été initié à un monde plus dur. Je ne réalisais pas qu'après ces semaines passées à Prague et en France, c'en était fini pour moi des sentiments exaltants. L'amour d'Ella et la mort d'Eric m'avaient hissé sur un autre plan d'expérience : plus froid, plus adulte, la souffrance dans ce nouvel univers pouvait être réelle, et durable. Je ne me doutais de rien : je n'avais pas encore goûté l'amertume d'un chagrin inconsolable. J'ignorais que j'allais recevoir une leçon, douloureuse, interminable. J'ai mis des années à l'oublier.

Cependant la douleur de ces premières semaines a fini par s'apaiser. Le feu qui la nourrissait a fini par mourir, comme tous les feux, même s'il a laissé des braises qui ont tué tous mes espoirs de sérénité. Enfin j'entamais mon premier trimestre au Conservatoire et je fus pris dans un tourbillon de cours et de répétitions qui gommèrent une part de ma peine la plus vive : la routine est un merveilleux palliatif. Je puisais un certain réconfort dans un travail assidu et dans la présence de gens et de lieux familiers. Ainsi j'appris, peu à peu, à vivre avec ce que j'avais fait. D'aucuns croient comprendre : ils disent que la vie continue, que le temps guérit les blessures. Aussi falots soient-ils, il y a du vrai dans leurs platitudes. Effectivement, ma vie continua après la mort d'Eric. Sans doute ne pouvait-il en être autrement : je n'y avais pas mis un terme. Peu à peu, j'appris de nouveau à rire aux plaisanteries des gens, à prêter une oreille à leurs soucis, à m'intéresser à leurs amours et à leurs projets avec un sentiment proche de l'enthousiasme. J'appris à survivre aux jours. Graduellement, avec le temps, ils devinrent supportables. Tout juste supportables, je m'en rends compte à présent. Peut-être en avais-je déjà l'intuition à cette époque. J'accueillais avec reconnaissance la plus petite miséricorde.

Je passais l'essentiel de mon temps à répéter au Conservatoire, dans une petite pièce banale qui ne me rappelait aucun événement douloureux. Je revois le piano droit, au vernis trop fin, le sol carré avec son linoléum couleur de citron vert, le pupitre à musique en acier, devant une fenêtre sale, couverte de givre. Je me rappelle l'odeur de moisi, les brûlures de cigarettes sur la petite table, les vieilles copies de partitions célèbres et de valses viennoises à l'encre passée, seules notes gaies sur ces murs marron. Je me trouvais à mille lieues des splendeurs de l'appartement de Mme Mocsáry, mais je goûtais cette laideur anonyme. Je me sentais en sécurité dans la pièce 32. Je passais des heures à jouer là, seul, tranquille.

Mon violon fut mon unique réconfort, durant cette période sombre. Parfois, quand je jouais, la musique chassait Eric de mon esprit. Parfois, pendant une heure ou deux, rarement plus, le souvenir de ce que je lui avais fait cessait de me hanter. Cela ne durait pas. La culpabilité revenait toujours, et avec elle le rire de mon ami, la fixité aveugle de ses yeux ouverts quand on avait étendu son corps au bord de la carrière. Pendant des semaines, de telles visions restèrent incrustées dans mon esprit, quoi que je fisse pour m'en distraire. Dans les moments où je ne jouais pas, Eric occupait la place : fantôme décoiffé, aux yeux vides, apparition silencieuse avec des mots d'amour plein la bouche. Il vivait dans mes rêves. Le sommeil cessa d'être un refuge pour devenir un chaos terrifiant d'images, d'odeurs, de bruits, de larmes, de cris, de chutes dans un vide noir sans fond. Je restais dans mon lit sans dormir, j'attendais la lumière du jour, je me disais qu'elle adoucit les pires horreurs. Même le rire d'Eric, pensais-je, ne saurait survivre à la naissance de l'aube, à la défaite de l'ombre. Sans personne à qui me confier, je me sentais seul. J'appris une affreuse vérité : les gens qui peuplent nos jours, aussi nombreux soient-ils, ne brisent en rien notre isolement, la solitude nous suit partout, l'esprit est le plus zélé des geôliers.

Je ne vis pas Ella, même si je lisais des choses sur elle dans les journaux et les magazines, qui mentionnèrent son retour en Angleterre — qui rentra une semaine après moi. J'étais dégoûté par ces articles sensationnels, qui clamaient sa folie, au-dessus du gros plan de son visage blême aux traits tirés, comme elle descendait, épuisée, la passerelle d'un avion d'Air France. Les journalistes évoquaient la malédiction des Harcourt qui avait fait une nouvelle victime, un jeune pianiste français plein d'avenir, un des invités de la famille dans leur « villa pittoresque du Nord-Ouest de la France ».

L'imagination populaire se nourrit de tels non-sens.

Et d'une certaine façon, mon imagination y fut sensible : ce fut là le seul contact que je m'autorisai avec Ella durant mes trois ans d'études au Conservatoire. Je travaillais comme un forcené, une façon, pour certains, de lutter contre la solitude. Ella m'écrivit de longues missives, de plus en plus affolées au fil des semaines, et des mois : je ne répondis pas. Il m'arrivait même de ne pas ouvrir certaines lettres. Elle me manquait. Bien sûr qu'elle me manquait ! Cette rupture était pour moi un déchirement. Je faillis écrire plus d'une fois, mais ma conscience m'interdisait de voir Ella. Plus le désir d'elle me taraudait, plus je me refusais la joie de l'avoir dans ma vie. Je n'avais pas été châtié pour avoir joué un rôle dans la mort d'Eric. Tout châtiment était impossible sans cette confession que je n'osais faire. Or je voulais réparer ma faute : sans réparation, ma culpabilité ne ferait que croître. J'aspirais à trouver un moyen d'expier mon crime, de m'en laver par la souffrance : Ella fut ma privation majeure.

Ses lettres s'espacèrent, elle cessa d'écrire. Ma vie, de plus en plus vouée à la musique et au violon, continua sans plus rien de concret pour me rappeler notre amour. Les jours succédaient aux jours, identiques, je les subissais, je m'efforçais de ne pas penser, je travaillais dur pour résister à cette voix intime : ton silence est cruel, me disait-elle, la femme fragile dont tu vois des photos dans les journaux ne mérite pas d'être ainsi coupée de ta vie, qu'elle a partagée si brièvement, mais si pleinement. Quand j'y songe, à présent, je vois que ma façon de traiter Ella était cruelle, que lui écrire n'aurait rien ajouté à ma culpabilité, ni à la sienne. Même s'il n'aurait pas fallu lui dire que son image continuait à hanter mes rêves, qu'il ne se passait pas un jour sans que je pense à son rire cristallin, à ses mains, j'aurais pu lui avouer qu'elle n'était pas seule à pleurer, que son absence m'affligeait.

C'est facile de regretter ses actes quand on ne peut plus rien y changer, facile de se demander ce qui aurait pu se passer, d'imaginer ce qui aurait pu être. Avec le recul, on est censé voir plus clair, je sais, mais je n'ai que faire d'une sagesse rétrospective. Le fait est que je n'ai pas écrit. Il y avait une autre raison à mon silence : je jugeais Ella responsable de la mort d'Eric, au lieu d'incriminer ma propre naïveté, la vraie coupable. Il était plus simple pour moi, plus confortable, de voir l'origine de mon péché chez Ella, de penser qu'on m'avait corrompu, que j'étais une victime, même si je ne pouvais prétendre être une victime innocente. Manquant de discernement, incapable de voir la faiblesse d'Ella derrière sa cruauté, m'acharnant à comprendre ma propre cruauté, mes sentiments pour elle étaient contradictoires : incapable et de condamner et de pardonner tout à fait, ne rêvant que de retrouvailles que ma conscience réprouvait. J'avais trop envie de la voir, j'avais trop besoin d'elle. Me priver d'une telle joie, pensais-je, était le moins que je pouvais faire pour Eric.

Peut-être la mort m'éclairera-t-elle : alors je comprendrai, alors je saurai juger. La mort pourrait me rendre ceux que j'ai aimés, perdus à jamais ici-bas. Mais à nouveau je divague. Je dois poursuivre, car déjà le soir approche. Je ne dois pas me laisser impressionner par l'image de ce vieil homme frêle et solitaire dans cette pièce qui s'assombrit. Mon soleil s'est couché, il s'est couché il y a des années. J'ai peu à peu accepté cette idée. A présent, je dois continuer. Je ne dois pas bouger avant d'avoir tout dit. Une nuit est passée depuis la mort de Sarah. Je ne dois pas en laisser passer une autre, ou je perdrai toute résolution. Ce n'est pas l'heure d'arrêter.

J'étais isolé durant les années qui suivirent la mort d'Eric. Sans le soutien que seule Ella aurait pu m'apporter, la conscience de mon forfait me rendit secret. Pendant ces années de Conservatoire, j'appris à cacher mes états d'âme, à protéger mon malheur des questions inquiètes de mes amis et de ma famille. Bientôt rompu à cette duplicité, je réussis à me leurrer plus facilement. Je n'étais pas encore expert dans l'art de m'abuser. Je le deviendrais des années plus tard, en suivant les leçons implicites — et si claires — de Sarah, mais je faisais de réels efforts, et je devais me contenter du résultat. Cependant, j'avais beau m'y efforcer, je ne pouvais échapper à une vérité terrifiante : la nature humaine appelle un châtiment à la mesure de ses crimes. J'en vins à frémir devant ma vie trop facile, à voir dans chaque mot aimable, dans chaque coïncidence heureuse un reproche voilé. Je pensais mériter un châtiment pire encore que ma séparation d'avec Ella. Privé des reproches qui m'auraient fait mal, de la catharsis de la confession, ma culpabilité ne pouvait se retourner que contre moi-même. Tel un animal blessé qui cherche à se libérer, je m'inventais d'autres privations : des choses que j'aimais manger, certains morceaux de musique, un usage trop fréquent de mon violon. Pourtant je me disais que ces frustrations ne suffisaient pas, qu'elles ne sauraient suffire.

Fanatique dans ma culpabilité, j'en vins peu à peu à penser que toute joie, tout plaisir que je pouvais tirer de l'existence, de mon art, étaient rendus impurs par ce que j'avais fait à Eric. Pour lui, je devais tourner le dos à toutes les satisfactions de la vie, renoncer à tout bonheur possible, puisque je l'avais privé du sien. Je me disais que je ne valais rien. Je ne pouvais jouir d'aucun autre plaisir que celui d'un travail sérieux, fastidieux, sans penser que je continuais à priver Eric de joies qui auraient pu être les siennes. J'avais déjà privé un autre humain d'une trop grande part de son bien légitime. J'avais pris, ou aidé à prendre, ce bien le moins durable et le plus cher : la vie. Je n'osais m'accorder aucun plaisir, outre celui de jouer : je craignais de voir s'envoler les derniers vestiges de mon estime de moi-même, que j'avais un jour tant prisée. J'avais peur de me confesser, donc de subir le châtiment infligé par d'autres, j'avais également peur de rester impuni. Ainsi je m'enfermais dans mon esprit comme dans une prison, et dans l'expiation que je m'imposais, je ne m'autorisais aucun adoucissement. J'étais pour moi-même un bourreau sans pitié. Je ne trouvais un certain soulagement que dans cette rigueur.

Je parvenais presque à me libérer de moi-même quand je jouais. Je consacrais de longues heures à peaufiner ma technique, quoique la pratique fût un plaisir coupable, un plaisir volé. Souvent je l'abrégeais, me jugeant indigne des libertés qu'elle m'octroyait. Je sentais confusément que la passion n'avait plus sa place dans ma vie, que c'était là quelque chose de trop jouissif pour un homme comme moi. Aussi je cherchais à l'éliminer de tout ce que je faisais, dans l'esprit du gardien de prison niant aux détenus dont il a la charge le droit à une vie civilisée.

Cependant la nature est plus forte qu'on ne croit. Comme je poursuivais mon but, je découvris que l'esprit humain ne peut être réduit au silence, même par le plus dur, le plus implacable des ennemis : je n'étais pas de taille à me défaire de ma propre humanité. Ella m'avait forcé à vivre. Mieux, elle m'avait éveillé aux bienfaits de la vie. On ne régresse pas quand on sait cela, même si l'on s'y efforce avec les meilleures intentions du monde. Or j'avais d'excellentes intentions. Mais j'ai échoué dans mon entreprise, car j'ai voulu éradiquer toute passion de ma vie avec une volonté elle-même passionnée. Passionnée, donc contraire au but recherché, même dans sa force majeure. Je fis tentative sur tentative. Je subis échec sur échec. Une évidence finit par m'apparaître : ce que j'avais fait à Eric me privait à jamais d'une existence simple et banale. Mon crime, et la douleur qu'il avait générée, m'offrait une richesse d'expériences et de sensations que la plupart des hommes ne connaissent jamais, dans leur vie de plaisirs sages.

Je me débattais contre cette vérité et ses conséquences pour ma culpabilité en jouant avec l'énergie folle d'un homme confiné. Mon âme — je dirai mon âme tant que personne n'aura trouvé un mot plus juste — résistait à son emprisonnement, je m'en rends compte à présent. Elle luttait pour retrouver sa liberté. Mon jeu étant sa seule échappatoire, le seul moyen pour elle de se libérer des pesanteurs de mon chagrin, elle se révéla dans ma musique, avec une intensité dont se voient privés des esprits plus sereins. Je comprenais peu à peu que ces joies et ces peines extrêmes auxquelles j'avais été exposé, d'abord avec

Ella, puis avec Eric, avaient enrichi mon jeu, et porté mon talent au seuil du génie. Cette prise de conscience me rendait malade.

Je n'emploie pas un mot comme génie à la légère. Cette dernière phrase n'est pas de moi, mais de Michael Fullerton, elle est extraite du chapeau d'un article qu'il a écrit sur le premier concert que j'ai donné après avoir quitté le Conservatoire. Je dois l'avoir quelque part, parmi une série d'articles serrés en un joli petit tas et noués avec un ruban par les doigts experts de Sarah. Mais cela n'a aucun intérêt de le rechercher, ni de retrouver les autres : ils disent tous à peu près la même chose. Je n'ai nul besoin qu'on me rappelle ma carrière, ni combien je détestais cette adulation dont j'étais l'objet. Je savais que ma musique avait une force dont je ne pouvais être seul responsable, et je refusais de l'admettre. J'en vins à craindre l'origine de cette force. Aujourd'hui elle me fait moins peur. Avec le temps je me suis calmé. J'ai une dette envers mon défunt ami. Je dois le reconnaître, et admettre que l'art peut naître de la souffrance, que mon art lui doit tout.

Seule la sérénité de l'âge nous donne le loisir d'admettre certaines choses, de les affirmer haut et fort. C'est seulement maintenant, quand je n'ai plus rien à prouver, que je peux avouer devoir mon succès à l'amour d'Ella et à la mort d'Eric. Ce fut l'amour qui le premier me donna envie de sortir des abysses, qui m'apprit à nager en solitaire, j'en ai bien conscience. Le rôle que j'avais joué dans la mort de mon meilleur ami me faisait presque sombrer. Ces deux expériences allaient enrichir mon jeu. Sans elles, je n'aurais été qu'un roi de la technique, je n'aurais pas quitté le refuge de mon esprit, abandonné ses abîmes pour les vagues dans lesquelles j'allais ensuite patauger. Ella me jeta dans l'océan de la vie, et j'aurais pu nager avec elle, même si j'avais perdu pied. Or je n'ai pas nagé, et quand Sarah m'a tendu la main, je n'étais que trop désireux de retrouver la sécurité, de revoir à nouveau la terre ferme, à défaut d'y accoster. Mais ma sécurité eut un prix. Dès l'instant où j'en bénéficiai, mon inspiration fut moins vive, moins pressante, je cessai d'être un vrai musicien. Mon talent, comme vous le dira l'un des articles que j'ai gardés, résidait dans mon jeu, un jeu sous-tendu par une passion privée. Mon jeu fut ma seule contribution à mon art. L'émotion restituée, je la devais aussi à d'autres. Cela me libère en partie d'être enfin capable de l'avouer.

26

J'obtins mon diplôme du Conservatoire l'été de mon vingt-cinquième anniversaire. Après quoi je donnai un concert, dont Michael Fullerton fit une critique dithyrambique dans le *Times.* J'ai gardé l'article dans le tiroir de mon bureau, sans doute pour des raisons sentimentales. Je ne peux m'empêcher de regarder la photo qui l'illustre, un instantané de moi, austère mais spectaculaire. Je suis debout sur la scène de l'Albert Hall, des rangées de loges vides s'étagent au-dessus de moi et hors du cadre. Je suis vêtu très simplement : je viens de répéter. Je tiens mon violon comme si j'allais jouer. Mon visage est tendu, presque sévère.

Ce visage ressemble davantage à mon visage d'aujourd'hui que celui du garçon qui rencontra Ella, qui pour la première fois vit la silhouette de cette jeune femme, seule sur ce banc ensoleillé dans le parc. Trois ans seulement séparent ces deux clichés, mais les gens changent, même en si peu de temps. Or j'avais changé. Je regarde cette photo et je trouve que ce garçon fait plus de vingt-cinq ans. Des rides sont apparues sur ce visage, les yeux sont plus petits, les lèvres moins pleines, les pommettes marquées. J'avais toujours les cheveux longs : cela me donnait plus de présence, disait mon agent, ajoutait à ce qu'elle appelait « mon charme romantique ». Cela dit, outre la simplicité de ma coupe de cheveux d'aujourd'hui — les boucles folles ne passent pas la cinquantaine sans ridicule —, je ressemble beaucoup à l'homme qui me fixe depuis cette photo de journal posé sur mes genoux. Bien sûr le temps a accentué les marques de l'âge, ce qui crée une différence entre nous. Ses rides légères sont devenues des rides profondes. Cependant, l'homme de cette photo et celui que je suis aujourd'hui ont en commun une expression qui m'était étrangère à vingt-deux ans, une expression triste, dure, fermée, qui s'adoucissait seulement quand je jouais — c'est resté vrai. J'étais résigné à vingt-cinq ans, résigné devant les duretés de la vie. Je vois cette résignation dans mes yeux.

Peut-être Ella la vit-elle aussi : à cette époque, on parlait autant de moi dans les journaux qu'on avait parlé d'elle, quoique pour des raisons différentes. Peut-être voyait-elle mon image comme je voyais la sienne, lisait-elle dans mes yeux les indices d'une souffrance qui reflétait la sienne. Peut-être... Mais à quoi bon s'interroger à présent ? Dans mon désir frénétique de châtiment, j'avais chassé Ella de ma vie. J'avais beau toujours chérir son souvenir, la revoir — et ce avec un plaisir inquiétant — allumer ses cigarettes, sourire, trois années horribles, trois ans de vive culpabilité me séparaient d'elle. Fossé que je ne pouvais, ni ne voulais franchir seul. Peut-être suivait-elle les progrès de ma carrière avec excitation, peut-être achetait-elle mes enregistrements et tentait-elle de revivre les après-midi que nous avions passés ensemble dans mon minuscule grenier durant cet été sublime qui fut le nôtre. Tout cela est possible.

Dans les intervalles entre mes répétitions et mes enregistrements, je lisais avec intérêt les journaux qui parlaient d'elle. Avec intérêt mais sans passion, quand j'espérais qu'elle dévorait les articles me concernant. Les nouvelles des Harcourt n'étaient pas réjouissantes. La fascination qu'ils exerçaient sur la presse s'était peu à peu éteinte, depuis le retour d'Ella en Angleterre. Le battage reprit après la publication du livre de Sarah — une vie de sa grand-mère. Cet ouvrage fut très bien accueilli par le public, et assez bien par la critique. « Un portrait éloquent d'une femme remarquable, d'une intelligence supérieure, mais instable », disait le *Times Literary Supplement* — du moins selon la jaquette de mon exemplaire. Après la sortie de ce livre, les photographes braquèrent à nouveau leurs objectifs sur la maison de Chester Square, dans l'espoir de fixer sur leurs pellicules la beauté fragile de la plus jeune héritière de Seton.

Pendant plus d'une semaine, les journalistes restèrent sur leur faim. Puis un reporter chanceux surprit Ella en pleurs dans Harley Street : elle sortait de chez son psychiatre. Les journaux se délectèrent de l'affaire, publièrent la photo. L'intérêt du public pour ces articles fut si vif que les journaux sérieux publièrent des notules sur les Harcourt et l'histoire de leur famille. La presse à scandale laissa libre cours à ses fantasmes de châteaux, de malédictions. L'été où j'obtins mon diplôme, les journaux à sensation parlèrent presque autant d'Ella et des Harcourt que de la famille royale. Partout on évoquait les personnages de ce drame avec une indiscrétion, une tranquille désinvolture qui me révoltaient.

Même Camilla Boardman, si cancanière en privé, se sentait tenue de s'indigner de ces « inepties » dans le monde, trahissant ainsi son intimité avec la haute société, tout en restant loyale envers ses amis. Si je portais les marques du temps passé, les années n'avaient pas changé Camilla. A vingt-cinq ans, elle demeurait aussi parfaitement bouclée, élégante et sûre d'elle qu'elle l'avait toujours été. Elle parlait avec la même emphase, son discours ponctué d'exclamations aussi nombreuses, aussi vives qu'avant. Ses enthousiasmes ne faiblissaient en rien, son absence de ponctuation restait légendaire. Fidèle à sa promesse, elle n'épousa pas Ed Saunders. Au lieu de ça, avec un rare courage, elle quitta la maison familiale et demanda un prêt à la banque. Lorsque j'obtins mon diplôme du Conservatoire, « Camilla & Co » avait déjà ouvert depuis quelque temps — dans un lieu chic au décor bourgeois, sur Fulham Road. Camilla vendit des robes, puis s'essaya au stylisme dans cette boutique. Elle engagea quatre couturières et n'habilla plus seulement ses amies et les amies de sa mère.

J'avais pris de l'âge, elle m'impressionnait moins. Aussi je la voyais souvent durant cette période sombre. Camilla demandait une attention pleine et entière qui me distrayait de moi-même, et cette distraction était la bienvenue. N'ayant jamais éprouvé de culpabilité, jamais connu d'autre mortification qu'une attente un peu prolongée chez le dentiste, Camilla était toujours pleine d'entrain. Cette joyeuse humeur était un remède à ma mélancolie. Sans doute Camilla rêvait-elle d'avoir des détails sur mon séjour en France (elle savait, je pense, que j'avais résidé chez Ella), mais elle ne se permit pas de m'interroger, avec un tact qui me surprit, me plut, me fit reconsidérer l'opinion que j'avais d'elle : je décidai de l'aimer de tout mon cœur. A sa table, le soir, Camilla lâchait parfois des bribes d'informations sur Ella. Je ne relevais pas. Elle se lassa bientôt de rapporter ces commérages.

Je n'encourageais pas la confidence, car la compagnie de Camilla avait beau m'être agréable, je n'appréciais sa conversation que sur certains sujets.

L'entendre me dire, à voix basse, qu'Ella Harcourt allait « très mal » et qu'elle s'en cachait m'était insupportable. J'avais besoin d'une amitié fiable et sans complication à cette époque de ma vie. Par chance, c'était là le plus grand talent de Camilla. Sa nature chaleureuse me la rendit précieuse (tout comme mon écoute devait me rendre cher à son cœur). Au fil des années, ces rapports de camaraderie se muèrent en une véritable amitié, qui compta, pour elle comme pour moi, et dura jusque dans les premières années de mon mariage.

Je ne fais pas de digression quand je parle de Camilla. Il est important pour moi de la replacer dans un certain contexte, vital de me souvenir de l'enchaînement de circonstances qui allaient conduire au procès d'Ella, et dont l'écho se prolongerait bien après. Je dois à présent m'attacher aux détails : il se passa tant de choses en si peu de temps ! Je dois faire un dernier effort pour me rappeler mes sentiments, ma vie privée, durant ces semaines d'activité frénétique — concerts, concours, interviews radiophoniques, répétitions — avant ma victoire à l'Hibberdson. Je dois retracer l'évolution de mon amitié avec Camilla, repenser à mes rapports avec sa mère — je jouais régulièrement dans les concerts de Regina.

Cette dame redoutable bravait tous les obstacles. Pendant mes études, je la vis redoubler d'effort pour réunir des fonds charitables. Bien que le souvenir d'Eric m'empêchât de fréquenter ses « matinées », je lui fus toujours reconnaissant de sa gentillesse et de l'habileté dont elle avait fait preuve dans le passé pour me gagner la compréhension des dirigeants du Conservatoire. Je lui devais en partie d'avoir suivi l'enseignement de Mendl. Je n'oubliais pas cela, ni le fait qu'elle m'avait donné ma première chance. Aussi je jouais, lorsqu'elle me le demandait, dans plusieurs de ses concerts de charité, ma célébrité grandissante attirant un public de plus en plus nombreux. Regina me proposa de jouer de nouveau à St Peter, à Eaton Square. Je déclinai son offre, mais je donnai des concerts ailleurs. Je découvris ainsi l'intérieur de maintes églises londoniennes, que j'aurais pu ne jamais connaître autrement.

Mais mes découvertes architecturales ne sont pas mon souci présent. Je ne vais pas m'appesantir sur ces après-midi de ma jeunesse, passés à répéter dans des nefs glacées, des chapelles délabrées. Je dois me rappeler les mots de Regina après la réunion annuelle de la Société pour la préservation des monuments anciens. Je dois me la représenter, assise à son bureau, jambes croisées, dans le salon de Cadogan Square. Je dois me souvenir du ton qu'elle employa — délibérément autoritaire —, de sa coiffure volumineuse, figée, comme sculptée.

Elle était revenue ravie de sa réunion, avec une grande idée : donner une nouvelle série de concerts, dans des maisons privées cette fois, précédés d'une réception où l'on boirait du champagne. Projet qui « à coup sûr » multiplierait par deux les fonds de son organisation, m'assure-t-elle. « Après tout, mon chéri, dit-elle, en haussant un sourcil, à quoi bon avoir des amis avec de grandes maisons, si on ne peut les utiliser ? »

Il y a un bref silence, durant lequel je ne peux dire que « Oui, à quoi bon ? », n'ayant jamais considéré la question. Bien entendu je meuble l'attente muette de Regina en proposant mes services pour le premier de ces concerts, qui aura lieu le lendemain des demi-finales de l'Hibberdson, me dit-on.

— A Cheverel House, précise Regina avec une fierté compréhensible.

Elle me récompense d'avoir aussi promptement offert mon temps, avec de discrètes flatteries que j'essaie de ne pas entendre.

— Pensez comme ce sera plaisant de jouer devant un public amical, pour une fois, conclut-elle en souriant. Vous participez à trop de concours, James !

Je suis tenté de dire que l'Hibberdson est mon premier concours, mais avant que j'aie pu parler, Regina dit que je vais remporter le prix haut la main et qu'alors je serai trop bien pour les gens comme elle.

Je pense que rien ni personne ne saurait être trop bien pour des gens comme Regina Boardman, mais je souris, poli, à ce compliment, je promets de revenir dans une semaine pour décider du programme.

— Ce serait merveilleux, dit Regina, qui se lève de son siège pour m'embrasser. Je ne sais pas où en seraient mes œuvres sans vous. Je vous suis si reconnaissante, James, de nous faire ainsi profiter de votre génie.

Je m'excuse et prends congé, gêné par la gratitude d'autrui. Je rentre à la maison, je sors mon violon. J'en joue tout l'après-midi et une bonne partie de la soirée : j'ai peur de rester assis tout seul avec mes pensées, les oreilles bourdonnantes des éloges de Regina, aussi charmants et bien intentionnés soient-ils.

Je fus très actif l'été qui suivit l'obtention de mon diplôme. Ma musique restait ma meilleure diversion. Aussi ces heures de répétitions intenses qu'exigeaient les enregistrements et ma progression dans les épreuves de l'Hibberdson ne me pesaient pas. Dans ce travail difficile et nécessaire, je puisais une sensation de liberté. Le fait de jouer en public demandait une grande concentration. Ainsi j'échappai à moi-même. Cela me permit de tenir dans cette période difficile.

Je ne vis pas Ella, même si je lisais des articles sur elle et pensais à elle fréquemment. J'aurais pu ne jamais chercher à la voir, si le destin, avec la cruauté qui le caractérise, n'en avait décidé autrement et ne m'avait poussé à ruiner les efforts de plusieurs années, à laisser libre cours aux désirs réprimés pendant ces longs mois solitaires. Le destin me tenta. Il choisit de le faire le soir du concert de Regina Boardman à Cheverel House, soir où j'étais des plus vulnérable, où je m'efforçais d'étouffer ma joie coupable d'être admis en finale de l'Hibberdson. Je ne savais toujours pas quelle attitude adopter face au succès. Je restais incapable de l'accepter avec naturel. Je jouais sur une scène improvisée à l'extrémité d'une longue pièce peuplée de visages respectueux, j'essayais de ne pas penser au visage d'Eric, à son regard vitreux quand son corps remontait lentement dans un angle de la carrière, oscillant dans le vent glacé.

Je ne vis pas mon public pendant que je jouais. Je ne distinguai qu'une nuée de têtes, j'entendis seulement de vifs applaudissements quand je saluai pour remercier ces gens de leur attention. J'ai bien joué ce soir-là, mais sans prendre de risques. Après quoi je me suis laissé conduire, humble, hébété, jusque dans une petite pièce sombre où m'attendait une coupe de champagne. J'ai dit au serviteur que je désirais rester seul un moment. Je me revois assis, la tête dans les mains, peu disposé à supporter les félicitations de ceux qui avaient passé la soirée à m'écouter jouer, me cuirassant pour sourire et serrer des mains, rituel auquel je ne saurais échapper avant de partir.

— Mon chéri, tu as été *merveilleux* !

Le craquement de la porte m'avertit qu'on m'avait trouvé. Regina Boardman n'allait pas tarder à imiter sa fille, à m'accabler de marques d'affection.

— Viens profiter de ton succès ! me dit Camilla les yeux brillants. Ils ne tarissent plus d'éloges à ton égard. Maman leur a dit à *tous* que tu vas gagner l'Hibberdson. Je n'en serais pas surprise le moins du monde, vu la façon dont tu as joué ce soir.

Elle attendit, souriante, que je range mon violon dans son étui.

— Viens, James, ne sois pas timide, me souffla-t-elle.

Elle me prit le bras, ouvrit la porte qui donnait sur le palier.

— Il faut que tu t'habitues à tout ça, si tu dois devenir célèbre, ajouta-t-elle.

— Je ne vais pas devenir célèbre, dis-je, irrité, pour une fois, par sa bonne humeur.

— Mais tu l'es déjà ! dit-elle en me précédant hors de la pièce. Et tu ne peux plus y faire grand-chose.

Je ne pouvais assurément bouder la foule qui m'attendait dans les escaliers sans me montrer impoli. Je souris sans discontinuer aux hommes qui me serraient la main et me présentaient leurs épouses : des femmes élégantes qui me dirent que j'étais à la hauteur de ma réputation — fabuleux ou très bon, c'était selon. Il y avait ce soir-là un public choisi : un échantillon des amis les plus riches et les plus influents de Regina. Pour ces gens qui avaient payé l'entrée un bon prix, c'était un privilège convenu que d'être présenté à l'artiste. Aussi fus-je dûment présenté — Mme Boardman ne décevait jamais son public. On m'entraîna vers des escaliers noirs de monde. Je les descendis à pas lents. Je souriais gauchement, j'essayais de ne pas entendre les mots d'adulation.

J'avais une folle envie de partir, un grand désir de solitude, comme un homme dans le désert rêve d'avoir de l'eau.

En approchant des derniers couples qui attendaient de me rencontrer, en abordant la dernière courbe de l'escalier je les vis, en bout de file. Alexander et Pamela Harcourt avaient terriblement changé en trois ans. La coiffure de Pamela était toujours aussi compliquée, ses doigts toujours chargés de bagues, mais les vêtements de prix, les soins infinis qu'elle apportait à sa personne ne pouvaient masquer une lassitude certaine. Elle agrippa le bras de son mari d'une main osseuse, où apparaissait le cartilage blanc des phalanges. Le bras d'Alexander semblait tout mince, presque frêle, dans sa manche de smoking. Le père d'Ella n'avait plus sa vigueur d'antan. Ses yeux n'avaient plus l'éclat de ceux d'un homme habitué aux regards admiratifs. Il paraissait vieux et décharné. Il me tendit la main, une main légèrement tremblante.

— Bonsoir, dis-je.

Et je pensai : lors de notre dernière rencontre, dans le hall du Grand Hôtel Europa, les ennuis d'Ella ne faisaient que commencer.

— Bonsoir monsieur Farrell, dit Alexander. Quel plaisir de vous revoir.

Dans mon souvenir, il n'avait pas cette voix âgée. Agée et triste, me sembla-t-il.

— Nous avons été heureux de vous écouter, dit Pamela.

Elle me sourit, mouvement mécanique de ses lèvres fardées.

Il y eut un moment de silence entre nous. Après quoi je les remerciai tous les deux d'être venus et me détournai pour descendre l'escalier. Les doigts d'Alexander accrochèrent la manche de ma veste.

— Pourrais-je... vous voir un moment en privé ?

Ses yeux bleus me fixèrent.

Je ne répondis rien.

— Je vous en prie.

Regina descendait l'escalier derrière moi, prête à me propulser vers d'autres invités.

— J'ai failli vous écrire, dit Alexander très vite — il vit Regina, lui aussi. Je vous en prie. Je ne puis vous dire à quel point j'apprécierais de pouvoir m'entretenir quelques minutes avec vous en privé.

La dignité du père d'Ella me toucha : le visage d'Alexander vieillissant offrait une ressemblance frappante avec celui de sa fille. J'acquiesçai à sa demande.

— Bien sûr, dis-je, en finissant de descendre l'escalier.

Quand je sortis, il m'attendait devant la maison. Je vis Pamela à l'arrière d'un taxi qui démarrait. Son mari accéléra le pas pour calquer sa démarche sur la mienne et descendit la rue avec moi, en direction du métro. Il y eut un moment de silence, de gêne, puis Alexander parla. Sa voix tremblait.

— Ma fille va très mal, dit-il lentement.

Encore un silence.

— C'est-à-dire ? demandai-je tout en connaissant la réponse.

— Je veux dire qu'elle n'a jamais plus été la même depuis son séjour en France avec vous et ce pauvre garçon qui est mort.

Nous fîmes quelques pas sans parler.

— Ne pensez pas que je vous en rende responsable, continua Alexander. Je m'inquiétais déjà pour Ella avant qu'elle parte. Car déjà je ne la reconnaissais plus. A son retour, les choses avaient empiré. Elle refusait de nous parler, à ma femme et à moi. Elle voulait être seule le plus possible. La vie semblait n'avoir plus d'intérêt pour elle.

Il s'interrompit.

— Nous avons d'abord pensé que la mort de ce Français... comment s'appelait-il ?

— Eric, dis-je doucement.

— C'est cela. Nous pensions que la mort d'Eric l'avait affectée, ce qui était compréhensible.

A nouveau il se tut.

— Aussi nous lui avons laissé du temps, nous n'avons pas brusqué les choses. Mais son état s'est peu à peu dégradé. Elle a cessé toutes relations avec le monde extérieur, elle est devenue incapable de jouir de la vie. Elle qui était si gaie ! Elle paraissait si heureuse à l'époque de ses fiançailles.

Alexander baissa les yeux. Je pensai à l'été où Ella et moi nous étions sentis immortels, à ces jours, à ces nuits passionnés.

— Nous avons tous essayé de l'aider, poursuivit-il. Sa cousine Sarah, notamment, lui a été d'un grand soutien. Mais maintenant Ella ne veut plus voir personne. Et ce battage dans la presse n'arrange rien. Elle passe toutes ses journées seule, dans sa chambre. Elle ne veut même plus me parler. Elle...

Il ne put continuer.

— Je vous en prie, James.

Il me regarda. Je vis qu'il était au bord des larmes.

— Je suis inquiet pour ma petite fille. Je ne sais pas quoi faire. J'ai l'impression que je suis en train de la perdre. La seule personne dont elle parle, la seule personne qu'elle veut voir, c'est vous.

Nous étions à Notting Hill Gate. Il commençait à pleuvoir.

— J'ai failli écrire tant de fois... Et ce soir, en vous voyant, j'ai senti qu'il fallait que je vous parle. Elle dit que vous ne répondez pas à ses lettres, et je me suis gardé d'intervenir. Mais maintenant je suis inquiet. Si seulement vous acceptiez de la voir, ça changerait peut-être quelque chose.

Il y eut encore un silence.

— Cela vaut au moins la peine d'essayer, ne croyez-vous pas ? dit-il.

Il y avait quelque chose de tragique dans la complainte de cet homme de cinquante ans.

— Que puis-je faire ? dis-je, m'adressant davantage à moi-même qu'à Alexander.

Il agrippa mon bras fébrilement.

— Ecrivez-lui, James. Téléphonez-lui. Venez la voir.

Il s'interrompit.

— Mon frère donne une réception à Seton le mois prochain. Allez-y avec elle.

Je secouai la tête en signe de dénégation.

Il baissa les yeux.

— Je vous en prie, James. Faites quelque chose. Ne l'abandonnez pas comme ça !

Il y eut un long silence. Je restai debout, immobile. La tête me tournait.

— Très bien, dis-je. Je lui écrirai. Dites-lui que je vais lui écrire.

— Je ne vous remercierai jamais assez !

Alexander me tendit la main. Je la lui serrai. Nos regards se croisèrent.

— Au revoir, dis-je, m'efforçant de sourire.

Je me détournai, et sans rien ajouter, je descendis l'escalier, m'engouffrai dans la bouche de métro.

27

Ce que je ressentis ce soir-là est impossible à dire. Je ne dormis pas, je me réfugiai dans le grenier, où je pouvais allumer sans qu'on le remarque. Je m'installai dans le coin où Ella s'asseyait, je m'efforçai de réfléchir, de retrouver un minimum de décision, pour me guider dans la tempête.

Je finis par y arriver. Mais ce fut une quête difficile, dont l'aboutissement m'obligea à reconnaître ma propre faiblesse. Pour la première fois, je dus me rendre à l'évidence : je ne pouvais vivre indéfiniment comme je vivais depuis trois ans. Quoi que j'aie fait à Eric, et quel que soit le châtiment que je méritais, je ne pouvais résister plus longtemps à l'appel de mon ancien amour. Mon sacrifice, durable, n'avait été possible qu'en l'absence d'Ella. Or cette séparation me devenait soudain insupportable. Sans doute ne méritais-je pas d'être heureux, mais j'étais incapable de résister plus longtemps à l'appel du bonheur. Ce fut pour moi une prise de conscience difficile. Difficile, car je réalisai que je n'étais ni assez fort pour châtier, ni assez fort pour souffrir le châtiment que je méritais. Difficile, car je me croyais définitivement anesthésié, or je renaissais. C'était terrible, et magnifique.

Ce soir-là la supplication d'Alexander fit son effet.

Je restai assis, éveillé, incapable de résister plus longtemps à la force du souvenir. La pénombre de la pièce s'emplit d'images, de sons, de formes que je croyais perdus pour mes sens aveugles. Oui, les paroles d'Alexander firent leur effet. Jusqu'au moment où j'avais vu son père en larmes, je m'étais cru capable de sacrifier l'amour d'Ella pour payer une dette non remboursable. Anesthésié par le chagrin et la culpabilité, j'avais renoncé aux joies de notre union dans l'espoir de m'infliger un châtiment, de réparer ma — notre — faute. Avant d'entendre la complainte d'Alexander, je m'étais résolu à vivre dans un monde imperméable à toute émotion, à me confiner dans un espace sombre, éclairé en de rares occasions, et uniquement par les lueurs lointaines de ma musique. J'avais fait cela car j'aspirais au repos, j'espérais trouver la sérénité. A cinquante ans de distance, je comprends que je me condamnais presque à une mort spirituelle, par empathie pour mon ami défunt.

Ce soir-là je cessai de faire cet effort. Pour la première fois depuis mon retour de France, je goûtai la douceur de l'amour retrouvé, le bonheur intense d'avoir d'un espoir fondé. Pour la première fois en trois ans je jouis — avec un émerveillement presque adolescent — du mystère de la nuit, de la beauté d'un ciel criblé d'étoiles ; je pus en jouir, car les ténèbres ne m'accablaient plus de leurs cris, de rêves hantés par mon ami, de pensées pleines d'Ella. Ce ne fut pas la silhouette sans vie d'Eric que je vis cette nuit-là, mais le corps fragile de mon amour ; je ne vis pas les yeux de mon ami, rendus vitreux par la mort, mais ceux d'Ella, où dansait la lumière. Tremblant, osant à peine respirer, je la vis près de moi : elle allumait des cigarettes, elle repoussait les cheveux qu'elle avait dans les yeux. A nouveau j'entendis son rire argentin, les doux accents de sa voix. A nouveau j'embrassai l'espace velouté dans le creux de sa clavicule.

Seul dans le noir, je me dis que plus rien ne pourrait me séparer d'Ella, que notre amour nous offrait une seconde chance, qu'il nous avait épargné l'oubli. Je ravalai ma fierté. J'admis ma faiblesse : je ne pouvais résister plus longtemps à l'attraction qu'Ella exerçait sur moi. Si elle avait besoin de moi, je l'aiderais, si elle m'appelait, j'accourrais.

Je vois à présent quel pas je franchissais, je vois et je comprends : en racontant l'histoire de ma vie, j'en suis venu à me connaître comme je ne pouvais espérer me connaître à vingt ans. Un demi-siècle plus tard, j'ai le privilège de l'expérience, je sais que les liens dont je me défis avec une telle désinvolture étaient en réalité très forts, que seul un amour comme le nôtre aurait pu les briser. Notre passion nous donnait un « réel » pouvoir, j'en suis absolument certain aujourd'hui. Le pouvoir d'agir, enfin, pour notre bien. De cette noirceur aurait pu jaillir la lumière. Nous aurions pu être heureux.

Mais à nouveau je rêve à ce qui aurait pu être, or je sais combien de telles rêveries sont vaines. Seul importe mon récit, ce qui s'est vraiment passé. Je laissai à nouveau s'exprimer mon amour pour Ella, voilà ce qui se passa. Ce soir-là, assis dans le grenier, j'eus pour elle un désir irrépressible. Je lui écrivis à la lumière d'une petite lampe diffusant une clarté très vive. Je couvris six feuillets de mon écriture nerveuse, serrée.

Je ne sais plus quels mots j'employai : cette lettre date de cinquante ans, et je l'écrivis dans une telle fièvre ! Je ne me souviens plus des phrases qui me venaient penché sur cette liasse de feuilles posées sur mes genoux. Mais je me rappelle l'essentiel de mes paroles, et la ferveur avec laquelle je les dis. Je parlai d'amour à Ella. De mon amour pour elle, de son amour pour moi. Je lui avouai regretter le temps perdu, espérer le meilleur de l'avenir. Je lui dis ce que j'aurais dû lui dire plus tôt : que je n'avais jamais cessé de penser à elle, de rêver d'elle. Je lui dis qu'elle avait raison : nous avions plus que jamais besoin l'un de l'autre.

Je signai la lettre comme le jour naissait dans une gloire nouvelle. Epuisé par les mots, je dormis d'un sommeil sans rêves pour la première fois depuis trois ans. Je me réveillai tard — le soleil était haut dans le ciel. Pour la première fois depuis la mort d'Eric, je jouis de ce luxe simple : la contemplation.

J'entendis des bruits perdus jusqu'ici. Je vis des choses que je ne voyais plus. Le reflet du soleil sur mon mur, les tranches colorées de mes livres, sur l'étagère, les trottoirs encore brillants de pluie : tout me réjouissait. Je ne doutais pas que ma vie allait changer. J'étais certain qu'à nouveau tout irait bien.

Lentement, je me levai et m'habillai.

Dehors, dans la lumière du soleil, je postai ma lettre à Ella. Après quoi j'allai au Conservatoire. Je réalisai, émerveillé, combien ce matin était différent de ceux qui l'avaient précédé, combien tous les matins, dans l'avenir, seraient différents, à quel point j'avais changé. Je goûtai à nouveau la beauté du monde, la pensée qu'Ella et moi, unis, saurions redresser la situation : nous affronterions notre culpabilité et ses démons, ensemble nous allions les vaincre, alors que seuls nous en étions incapables. J'ai longuement réfléchi, ce jour-là, j'ai pris un plaisir vif, secret, aux saveurs les plus subtiles, aux vues les plus banales. J'étais de nouveau vivant, prêt à jouir de la vie. Des années plus tard, assis dans le noir, je regarde la lune se lever sur la mer houleuse, sur des vagues furieuses, et je me souviens de ce que j'éprouvais, je me rappelle ce regain d'espoir, comme un homme assoiffé doit se rappeler l'instant où il voit de l'eau. Je n'avais pas encore bu, mais j'apercevais l'oasis, et dans mon désir, je pensais que plus rien ne pourrait se dresser sur mon chemin, que ma soif, supportée si longtemps comme le seul châtiment que je pouvais m'infliger, serait bientôt étanchée. Avec une joie presque enfantine, je savourai cette journée et celles qui suivirent. J'eus cette pensée, fugace, que la vie peut être merveilleuse.

J'exprimai ces sentiments dans ma musique, avec une force exaltante, irréductible. Dans la semaine qui suivit, je travaillai avec un enthousiasme inextinguible. J'avais depuis longtemps décidé, dans un hommage inconscient à Ella, de jouer la sonate de Mendelssohn en sol mineur, si j'arrivais en finale de l'Hibberdson. L'inspiration me revint, je répétai avec une passion inlassable. Pendant ces heures-là, je revivais les après-midi ensoleillés où je jouais le premier mouvement de la sonate à Ella. Je la revoyais, heureuse, muette, assise sur son coussin, dans un coin de mon vieux grenier.

Ainsi passèrent les jours, sans doute plus nombreux que je ne le pensais. Mais je continuais à travailler, dans la contemplation excitée de l'avenir, sans trop me préoccuper des frontières du présent. Certes, je ne reçus pas de réponse immédiate à ma lettre, mais je ne pouvais me laisser décourager après tant de mois d'attente inconsciente. Ma souffrance m'avait rendu patient, à défaut d'autre chose. Je me disais — et j'avais raison — que mille impondérables auraient pu empêcher Ella de répondre immédiatement, qu'elle m'écrirait dès qu'elle le pourrait. J'étais une fois de plus assez sûr de ses sentiments pour considérer une boîte à lettres vide avec une joyeuse sérénité.

Durant cette période, il y eut des rencontres, des conversations qui alors me parurent anodines, mais dont je dois me souvenir à présent, si je veux replacer les faits dans un ordre à peu près chronologique. J'arrive à un moment de mon récit où la rigueur s'impose. Aussi j'essaie de me souvenir. J'entends alors les accents emphatiques de Camilla Boardman, ses inflexions plus aiguës que jamais. Je sens sa main qui me guide dans une salle pleine de gens bruyants, de rires perçants, du tintement de l'argenterie sur la porcelaine. Nous sommes dans un restaurant d'une petite rue qui donne dans King's Road. Nous nous sommes retrouvés pour déjeuner. Mon amie est rayonnante. Nous nous asseyons — à la meilleure table, près de la fenêtre, que j'obtiens désormais sur simple mention de mon nom —, Camilla me serre le bras : elle a d'« excellentes » nouvelles, elle touche au succès.

Je la revois, ce jour-là. Je me rappelle sa vivacité, son enthousiasme contagieux. Elle me demanda si j'étais déjà allé à Seton. « C'est un endroit *incroyable* ! Un *immense* château, sur une île, au large des côtes de la Cornouailles, me dit-elle, tout excitée. Son histoire est *stupéfiante,* son mobilier *fabuleux* et... » Camilla s'interrompit, à court d'adjectifs.

J'attendis sans rien dire. J'essayais de masquer mon excitation : mon amie parlait de l'île d'Ella, de la maison que mon amante et moi pourrions habiter un jour !

— C'est le château des Harcourt, poursuivit Camilla. Ils donnent une *très grande* réception pour réunir des fonds au profit d'une œuvre de charité. Une œuvre de maman. Je ne me souviens pas du nom. La Société pour la préservation des bâtiments anciens, probablement. Enfin, peu importe. L'intérêt, c'est que ça va être *la* réception de l'été. A nous deux, avec maman, on connaît tous les invités. Tu peux être sûr que je vais faire *toutes* les robes !

Camilla se tut, à bout de souffle.

— Ces dames ne le savent pas encore, ajouta-t-elle, avec une ironie inconsciente, mais j'habille déjà Ella Harcourt. Elles vont toutes suivre, tu vas voir !

Mon amie eut un sourire rayonnant en disant cela. Elle commanda du champagne. Je riais intérieurement : j'avais entendu parler de cette réception par Alexander, quelques jours plus tôt ; j'étais, pour une fois, mieux informé que l'omnisciente Miss Camilla.

Après dix jours, je n'avais toujours pas de nouvelles d'Ella. J'étais maintenant inquiet. Peut-être craignais-je qu'elle n'ait pas ouvert ma lettre, comme je n'avais pas décacheté nombre des siennes. Cependant, malgré des doutes naissants, je travaillais plus dur que jamais : la finale de l'Hibberdson approchait. Mes journées étaient vouées aux répétitions, peuplées de chefs d'orchestre, pleines de tous ces détails liés à la préparation d'un concours. Je trouvai sa lettre en rentrant d'une répétition particulièrement longue : elle dépassait d'un tas de courrier, sur le paillasson de l'entrée. Une enveloppe bleue cette fois, mais l'adresse, les mots irréguliers écrits à l'encre marron, une couleur que je connaissais par cœur.

Je me rappelle mon excitation. Ma gorge se serra quand je ramassai la lettre d'Ella et l'emportai dans la petite pièce, sous les combles, qu'elle avait faite sienne trois étés plus tôt. Je me souviens d'un papier épais sous mes doigts, quand je déchirai l'enveloppe, du feuillet lourd qui tomba de cette enveloppe. Vu l'adresse imprimée en relief, elle avait écrit de Seton.

Ella ne me nommait pas, sa lettre était courte. Elle me disait :

Chéri, mon chéri,

Je n'arrive pas à croire que tu aies enfin écrit ! Je n'arrive pas à croire que tu me reviennes. Je pensais t'avoir définitivement perdu.

Tu ne peux pas savoir comme tu m'as manqué, à quel point j'avais envie de te voir. Ces années ont été très dures — mais sans doute n'ai-je pas besoin de te le dire. Je suis désolée de n'avoir pas répondu plus tôt à ta lettre. Je n'étais pas à Londres, je suis à Seton, j'aide oncle Cyril aux préparatifs d'une fête. C'est la panique au château. Ils ont appelé la jeune génération à la rescousse. Je n'étais donc pas à la maison, et Pamela n'est pas très douée pour faire suivre le courrier. Je n'ai eu ta lettre que ce matin — et depuis je ne tiens pas en place. Je suis tellement impatiente de te voir, de te toucher, mon amour. Tu m'as manqué.

Mais je ne pourrai partir d'ici que la semaine prochaine, après la réception, et le départ des traiteurs. Tu pourrais venir au bal, bien sûr — quoique à la réflexion, rien ne me serait plus insupportable que de te revoir devant des milliers de gens. De toute façon, ce sera une réception dans le style Regina Boardman, et je te veux pour moi toute seule... Alors m'attendras-tu un peu plus longtemps ? Et tant que tu y es, veilleras-tu à remporter l'Hibberdson ? Je t'ai suivi jusqu'à la finale, je me demande ce que tu vas jouer. Tu ne peux pas imaginer combien j'ai envie de te réentendre.

Il y a tant à dire, tant à raconter. Je ne peux le faire dans une lettre.

J'attends ardemment nos retrouvailles.

Ella

Tels furent ses mots. Je les relis tout haut et je l'entends les dire. Seul dans l'obscurité j'entends la voix d'Ella, qui m'appelle, depuis le passé. Je vois ses yeux qui cherchent les miens.

Les événements se succédèrent très vite après cela. Des événements monstrueux.

La soirée de l'Hibberdson me revient, peuplée de juges et pleine de lumières, de caméras de télévision, d'amis anxieux, soirée de nervosité, de transpiration. Un soir de gloire pour moi : je n'avais jamais joué avec une telle fougue. Un soir où l'amour d'Ella donna à mon jeu une qualité aérienne, une finesse qu'il ne retrouverait jamais. Je n'ai rien oublié. Je me souviens de ce que j'éprouvai en gagnant, de cette impression de soulagement, quand je reposai mon violon et saluai. Je souris, saluai les juges, dis ma joie aux journalistes. J'étais ravi : rien n'entame le plaisir de jouer vraiment bien, de se dépasser dans un art. Certes, je continuais à penser que cette victoire ne m'appartenait pas exclusivement : je n'aurais pas joué avec cette audace sans le souvenir déchirant du rire d'Eric, de ses yeux aveugles. Cependant, j'avais le sentiment qu'Eric aurait voulu que je gagne. L'amour d'Ella me protégerait désormais contre de tels démons, pensai-je.

Debout sur le podium, mes lauriers de bronze à la main, je laissai errer mon regard de rangée en rangée, parmi ces visages joyeux, dans ce brouillard d'applaudissements. En saluant une deuxième fois, je vis un cou gracile, penché, un sourire qui me coupèrent le souffle. Je regardai encore une fois. Presque sûr à présent, un rien chancelant, toujours souriant, j'avançai le long de la scène, je serrai la main des autres finalistes, j'acceptai leurs félicitations. Je ne pensais plus qu'à une chose : sortir d'ici, m'échapper dans la nuit avec la seule personne que j'avais envie de voir. Dans les coulisses, des caméras de télévision, des journalistes de la presse écrite. Mon agent me dit de retourner saluer, de les faire applaudir encore plus fort. Je m'exécutai, le cœur battant, les mains moites de sueur, de peur : et si Ella se perdait dans la foule, et si je ne la retrouvais pas ?

Je ne suis pas retourné saluer une troisième fois. J'ai couru jusqu'aux loges des finalistes, où les autres participants du concours rangeaient leurs instruments, enlevaient leurs cravates. Dans une quasi-frénésie, j'ai fait mes adieux, mis mon violon dans son étui. Après quoi j'ai détalé dans des couloirs caverneux jusqu'à l'entrée des artistes, espérant me sauver avant que la foule ne déboule. J'ai ouvert la porte et exaspéré j'ai entendu crier : « Le voilà ! » Je me suis retrouvé pris dans un groupe d'admirateurs et de reporters. Ils m'ont assailli de questions, me brandissant des carnets d'autographes sous le nez.

Ella me trouverait, me dis-je. Il était préférable de rester au même endroit, bien en vue. Je respirai profondément et fis face à ce tir groupé de mots et de carnets. Le cœur battant, je sortis mon stylo et fis mes premières signatures, m'exhortant au calme.

— Puis-je me joindre à tes admirateurs, James ?

Je l'avais vue avant qu'elle n'ouvre la bouche. Ces voyelles accentuées, ces inflexions anglaises me firent pâlir de déception.

— Mon Dieu... Sarah.

Elle me sourit. Je me repris. Je signai un autre programme, d'un geste mécanique, retrouvai mon sang-froid pour lui demander ce qu'elle faisait là.

— Je suis venue te voir, bien sûr, répliqua-t-elle, souriant toujours.

Je lui trouvai l'air moins sévère que dans mon souvenir.

— J'espérais avoir une chance d'afficher une complicité avec le gagnant, dit-elle assez bas.

— Comment ?

Ses propos s'étaient noyés dans le vacarme environnant.

— Félicitations, lança-t-elle, plus fort cette fois.

Elle se pencha, m'embrassa sur la joue.

Quelqu'un nous prit en photo. Un journaliste demanda qui était la jolie dame.

— Allez, dites-nous votre nom !

Sarah rougit. Je me rappelai avec nostalgie la beauté de sa cousine.

— Ça fait si longtemps, dit-elle, tandis que je me frayais un chemin vers ma voiture.

— Oui.

— Comment vas-tu depuis que je ne t'ai vu ?

— Oh... bien. J'ai beaucoup travaillé.

— A gagner des prix.

— Seulement un.

— Mais quel prix !

Elle leva la tête vers moi. Ses yeux bleus plongèrent dans les miens comme si nous nous connaissions depuis toujours.

— C'est gentil d'être venue, finis-je par dire. Je croyais qu'on avait convoqué tous les Harcourt à Seton.

— J'étais à Londres aujourd'hui. J'avais une robe à acheter.

— Je vois.

A nouveau elle me sourit. Il y eut un bref silence.

— Eh bien au revoir, dit-elle enfin. Félicitations pour ce soir. Je suis sûre que tu auras d'autres prix.

— Merci.

— Maintenant qu'on s'est retrouvés, il ne faut plus qu'on se perde de vue.

— Bien sûr que non.

Ma clé était dans la serrure de ma portière.

— Au revoir, James.

— Au revoir, Sarah.

Comme j'embrassais sa joue, je sentis son odeur — une autre marque de cigarettes, un savon inconnu, un étrange parfum —, l'odeur que j'ai sentie hier après-midi, rehaussée par la fragrance sucrée, épaisse, du sang chaud, quand je me suis penché sur son corps sanglant.

28

Je fus très occupé entre la finale de l'Hibberdson et la réception des Harcourt : je donnai des interviews, reçus des félicitations. Je passais le temps qui restait avec ma famille, réservée mais sincère dans ses éloges, ou avec Camilla Boardman, qui me prédisait un avenir glorieux avec sa fougue habituelle. Mais la personne que je voulais vraiment, c'était Ella, bien sûr. Il me faudrait attendre plusieurs jours avant de la voir, et cela m'irritait, même si je comprenais pourquoi il devait en être ainsi. Comme elle, je voulais éviter des retrouvailles en présence de sa famille, ou de nos amis. J'avais attendu si longtemps ! Une semaine, c'était peu de chose.

Quoi qu'il en soit, ces jours passèrent dans un état d'euphorie que j'avais pensé ne jamais retrouver.

Pour la première fois depuis trois ans — un demi-siècle de distance m'en donne l'assurance — j'avais de nouveau l'impression d'être vivant, de trouver un sens à tous ces détails de la vie, pour lesquels je feignais un intérêt depuis si longtemps. En écrivant à Ella, j'avais admis ma défaite. Je savais, en mon for intérieur, ne plus pouvoir endurer ces privations que je m'étais infligées pour avoir eu une part de responsabilité dans la mort d'Eric. Cette prise de conscience me libérait. L'amour d'Ella, ou plutôt la certitude qu'elle m'aimait toujours, m'affranchissait de la tyrannie du passé, de façon telle que je m'abandonnais à cette liberté retrouvée. J'avais beau m'y efforcer, je ne pouvais réduire au silence une petite voix intérieure, insistante : après tout, la vie est belle, me soufflait-elle ; peut-être y a-t-il de meilleurs moyens de réparer ta faute à l'égard d'Eric que cette mutilation spirituelle qui jusqu'alors a été ton seul recours. Pendant six nuits, Eric cessa de hanter mes rêves, ses yeux aveugles disparurent devant le rire d'Ella, son corps noyé fit place à la joue chaude de mon amante contre la mienne.

Je faillis tout dire à Camilla, tant je désirais confier mon bonheur à quelqu'un, mais elle me fit part de mille nouvelles, de mille projets. Elle ne me laissa pas l'occasion de parler. Depuis trop longtemps, j'étais celui qui écoutait. Son soir de gloire approchait : le moment était mal choisi pour inverser les rôles.

— J'ai *tellement* de travail, mon chéri, me dit-elle un soir au téléphone. Il y a encore des gens qui viennent pour des modifications de dernière minute. Et puis la chaussure prend une importance démente, de quoi rendre fou le puritain qui sommeille en nous !

La propension de Camilla au martyre, qu'il fût social ou commercial, n'avait fait que grandir au fil des années.

— Tu n'as pas idée à quel point c'est tuant !

— Non, j'en ai peur.

— Tu n'es qu'un musicos, et tu as bien de la chance. C'est sûrement plus facile de gratter ton crincrin que de conseiller lady Markham sur un sac à main.

— C'est certain.

— Ne fais pas ton avantageux. Nous ne pouvons pas tous remporter l'Hibberdson.

— Hummm.

Je pensais à Ella, à la façon dont elle me féliciterait.

— A propos d'Hibberdson, je t'emmène dîner pour fêter ça, continua Camilla. Mercredi prochain, vingt heures trente tapantes. Je passerai te chercher.

Là-dessus, elle raccrocha.

Aussi, trois soirs avant le bal, lors d'un dîner interrompu maintes fois par la sonnerie frénétique du téléphone mobile de Camilla (« C'est *pénible*, je sais. Mais les clients *doivent* pouvoir me joindre »), j'appris plusieurs choses : certaines importantes, d'autres pas. Détails que je dois à tout prix me rappeler, si je veux rendre compte de la façon dont la chose fut planifiée.

Camilla me décrivit ses clients (« C'est *très* indiscret, je sais, mais *tellement* drôle — et puis on peut te faire confiance »). Elle me dit, d'un ton conspirateur, qu'Ella porterait un smoking d'homme pour l'occasion. Sarah Harcourt (« Tu te souviens d'elle, n'est-ce pas Jamie ? »), venue faire des essayages chez Camilla, avait finalement choisi une robe d'un rouge criard, chez un couturier concurrent. « Quel dommage, mon chéri, car elle est plutôt jolie, en fait. Elle avait une chance de paraître à son avantage, me souffla Camilla, acerbe, mais les goûts ne se discutent pas. »

Mon amie tenait de sa mère maints détails sur l'organisation de la fête. Elle s'empressa de m'en faire part, tandis que les premiers plats arrivaient. J'appris, en mangeant des asperges cuites à la vapeur, qu'il y aurait un feu de joie (les vents de l'Atlantique peuvent être « glacés », même en septembre), un feu d'artifice, des roses de serre, une immense tente de jardin. « Ils n'autoriseront qu'un accès limité à la maison, me confia Camilla. Ce qui est parfaitement compréhensible. Il y a tellement de choses de valeur. Et puis une tente c'est une très bonne idée. »

Je lui demandai si la rumeur selon laquelle une vedette de cinéma américaine faisait venir son coiffeur en avion pour la soirée était fondée.

— Très certainement, mon chéri. C'est exactement le genre de coup publicitaire dont rêve maman. Tu sais comment elle est.

Je le savais fort bien. Nous éclatâmes de rire.

Je me rappelle l'excitation non dissimulée de Camilla, l'empressement avec lequel elle me relata les potins que suscitait déjà la fête. Je me souviens de sa fierté nouvelle, fierté de professionnelle, qui donnait à ses propos un poids qu'ils n'avaient pas aux premiers jours de notre amitié.

— Tu peux être sûr que toutes les femmes que j'habille vont être *superbes,* promit-elle.

Elle signa son récépissé de carte de crédit — c'était « elle » qui m'invitait, pour fêter ma victoire à l'Hibberdson. Elle m'embrassa pour me dire au revoir.

— Je te montrerai les photos à mon retour, dit-elle. Je te raconterai tout !

Je regrettais de ne pas avoir écrit plus tôt à Ella, car alors nous aurions pu jouir des festivités ensemble. Je songeai, rêveur, qu'elle allait être très belle, puis je sortis du restaurant, un bras autour des épaules de Camilla. J'accompagnai mon amie à un taxi.

— Bye, lança-t-elle par la vitre arrière de la voiture. A bientôt. J'aurai plein de choses à te raconter !

— Au revoir, lui criai-je en agitant la main.

Ce ne fut pas Camilla qui me parla de cette fête — même si elle me donna les détails qui me manquaient quelques jours plus tard, mais alors tout le monde savait l'essentiel de l'histoire. Ce n'est pas elle qui m'apprit ce qui s'était passé. Le destin ne fut pas si tendre avec moi. Je découvris la chose sur la première page d'un journal, celui d'un voyageur, dans un métro bondé, quatre jours après notre dîner : « Un pair du royaume assassiné lors d'une réception au profit d'une œuvre de charité », clamait le titre. La bouche sèche, le cœur battant d'angoisse, je regardai le père d'Ella, au milieu de la page : il me souriait, le bras autour des épaules de sa fille, vêtue d'un smoking.

Incrédule, je descendis à la station suivante. Je me frayai un passage dans la foule qui encombrait le quai. Après quoi j'accélérai le pas, je dépassai, en les frôlant, les files de voyageurs sur les escaliers mécaniques. Un portillon hors service m'arracha un juron. Je courus jusqu'au kiosque à journaux dans l'entrée du métro, le sang à la tête.

J'étais chez moi, assis, abattu, incapable d'y croire, quand Camilla téléphona, cet après-midi-là, au bord des larmes. « Oh mon Dieu, James, dit-elle, oh ! mon Dieu. Tu as su la nouvelle ? »

J'avais su la nouvelle, oui. Comment aurais-je pu ne pas l'apprendre ? Tous les journaux, toutes les chaînes de télévision en parlaient. C'était le sujet de toutes les conversations dont on surprenait des bribes. Devant les magasins de hi-fi, à l'heure du déjeuner, les gens se plantaient devant les rangées de téléviseurs pour avoir de nouvelles informations.

— Tout le monde l'a *vue,* tu sais, dit Camilla. Des centaines de gens l'ont vue faire.

Je l'écoutai et je pensai, de façon inconséquente, comme on le fait en pareil moment, que Camilla avait une voix atone pour une femme habituellement si expressive. Elle semblait lointaine, déconnectée de la réalité. Ce n'était plus la Camilla que je connaissais. J'écoutai son récit comme si les personnages m'étaient inconnus, comme s'ils ne faisaient pas partie de ma vie, et y avaient toujours été étrangers. J'appris leur sort, comme on suit les événements qui affectent la vie de célébrités dont l'univers est très éloigné du nôtre. Plus tard, dans la solitude, je réalisai qu'Ella était une criminelle. La fille que j'avais aimée, pour qui j'avais deux fois sacrifié ma dignité, la fille à la voix mélodieuse et aux ongles rongés, était le personnage principal du récit de Camilla, l'enfant qui avait tué son père de sang-froid devant plus de deux cents témoins.

— Je n'arrivais pas à le croire, Jamie, me dit Camilla en larmes. Et je ne l'aurais pas cru — elle s'interrompit — mais je l'ai vue. Je l'ai *vue* faire. Et devant tant de gens ! Elle n'avait aucune chance de s'en tirer.

Je restai silencieux.

— Et elle devait le savoir.

— Dis-moi ce que tu as vu, dis-je lentement.

Camilla s'exécuta. J'appris les faits d'après son récit — et un compte rendu plus détaillé, au procès. Je me les rappelle à présent. A cinquante ans de distance, une part de moi-même ne peut que s'émerveiller de l'aplomb avec lequel la chose fut exécutée, de l'arrogance qui présida à ce meurtre. Oui, c'est son arrogance qui à présent me choque. L'arrogance de cette femme me laisse un goût amer, plus que son insensibilité.

Cependant ma mémoire est rouillée, son fonctionnement est lent. Il m'est difficile de me rappeler les propos exacts de Camilla, de rameuter la profusion de détails horribles qui refirent surface dans les semaines suivant le meurtre d'Alexander. Pendant cinquante ans, j'ai pris soin d'enterrer les détails du procès d'Ella, avec ceux de la mort d'Eric : hors d'atteinte de la mémoire vive, qui restitue finement les choses. Je ne voulais pas me souvenir : j'ai parfaitement réussi à oublier. C'est la première fois que j'en ai une conscience aussi claire. Plus que jamais je comprends la dette que j'ai envers Sarah, car elle fut mon maître. Elle m'a appris à m'abuser, à me fermer à toute chose susceptible de menacer mon calme intérieur. Ma femme était si sereine, elle avait un tel empire sur elle-même !

Je dois me souvenir. J'ai fait revivre Eric, je dois me souvenir d'Ella, me rappeler la mort de son père. Je dois ouvrir des portes scellées, exhumer de vieux fantômes. C'est difficile pour un homme de mon âge. Difficile, car le désenchantement est la pire des blessures. Il y a de l'auto-apitoiement dans ma colère, car la vie, qui venait de s'offrir à nouveau à moi, m'était retirée avant même que j'aie pu recommencer à en jouir. Je pleure pour cet homme abasourdi — je n'étais plus un gamin — quand Camilla Boardman lui dit ce qu'a fait Ella, ce qu'elle l'a vue faire. Je voudrais tant le réconforter, mais je ne le puis. Et si je le pouvais, que lui dirais-je ? Il n'aurait rien pu faire, il n'aurait pu agir d'aucune façon. Déjà il était perdu, égaré, comme jamais il n'aurait pu penser l'être.

Qu'Ella... une criminelle changeait tout, faisait de notre histoire un mensonge, dont je ne pouvais parler à personne.

Je montai au grenier ce soir-là. Je m'assis, au clair de lune, à l'endroit où Ella s'était assise. J'entendis sa voix, je la vis fumer cigarette sur cigarette. Je me rappelai notre rencontre dans le parc, l'annonce de ses fiançailles avec Charlie, le soir de l'anniversaire de Camilla, la façon dont elle m'avait emmené à Seton. Je la vis chasser ses cheveux de ses yeux d'une chiquenaude, se lover sur le rebord de cette fenêtre, au-dessus de la mer. Je l'entendis me parler de Blanche, de l'histoire de sa famille, de Sarah. « Cette maison recèle maints secrets inavouables », avait-elle dit. Je me souvins de son regard apeuré, au bord de la carrière, avec Eric, de l'intensité dans sa voix, du ton sec sur lequel elle m'avait ordonné de dire la vérité à mon ami. Je me souvins de tout. Je sentis que le charme était rompu : la personne que j'avais aimée avait cessé d'exister, si elle avait jamais existé.

Dans l'entrée peuplée et surchauffée du métro, en regardant les journaux qui parlaient du meurtre d'Alexander, je m'étais raccroché à un espoir fou, à cette foi aveugle qui m'avait empêché de condamner Ella depuis la mort d'Eric. Mais en écoutant Camilla décrire ce qu'elle avait vu, de cette voix atone que je ne lui connaissais pas, je finis par comprendre que j'avais eu tort. Plus tard, seul dans la pièce où j'avais joué pour elle, où j'avais si récemment écrit des mots d'amour et de désir, dans le langage passionné de l'adoration naïve, je fus pris d'un immense dégoût. Dans l'obscurité me revint l'image du corps d'Eric noyé. Je le vis remonter en oscillant, dans l'angle de la carrière, je vis les villageois l'étendre devant moi. Je revis les yeux brillants de larmes du Dr Pétin. Je pensai, avec un sentiment proche de la haine, que je m'étais sacrifié deux fois pour une fille qui avait tué son père. Pour gagner sa confiance, j'avais trahi tous mes devoirs en amitié. Pour la revoir, j'avais ruiné trois ans d'expiation forcenée. Je pleurais, or je ne versais pas des larmes pour Ella, ni même pour Eric, mais pour moi.

29

Les faits que me relata Camilla se vérifièrent au tribunal. Ils sont à présent dans le domaine public. Quelle absurdité de les ressasser ! Pourtant je ne dois oublier aucun détail. Cela reviendrait à nier l'intelligence de la chose, l'audace de son exécution. Or je ne puis faire cela. Sans doute faut-il se rappeler aussi les horreurs du passé. Elle aura surmonté maints obstacles pour exécuter son projet. Je n'ai jamais eu une aussi claire conscience de cela.

Pour commencer, les invités ne purent profiter que d'une part limitée de la maison. Ils n'eurent pas accès au grand hall, verrouillé pour l'occasion — on avait stocké à l'intérieur les objets de valeur qui se trouvaient habituellement dans les pièces laissées ouvertes pour la fête. Or on accède au balcon seulement par le grand hall. Il n'existait qu'une clé de cette pièce, que possédait Cyril Harcourt. La police la retrouva ensuite à sa place, dans le bureau de ce dernier. A l'heure du crime, il devait y avoir plus de deux cents invités sur la terrasse : debout près du feu de joie, ils parlaient, riaient, préféraient visiblement l'air frais aux pièces de réception chauffées. Ce sont donc plus de deux cents personnes qui la virent agir. Plus de deux cents personnes, dont certaines la connaissaient bien.

J'éprouve une immense tristesse à retracer les événements de cette soirée : j'en connais le théâtre par cœur, aujourd'hui. Tout est si réel pour moi. Quand Camilla me conta l'histoire, je ne pus qu'imaginer les lieux, les faits, les gestes. Je n'avais pas l'intimité que j'ai avec ce château après cinquante ans passés dans ses murs. Aujourd'hui je connais précisément l'architecture de la terrasse, l'angle selon lequel on doit pencher la tête, si l'on veut voir le balcon, bien plus haut. Je connais l'odeur de la mer en septembre, la couleur de la pierre à la lumière d'un feu. La sensation, sur ma nuque, d'une petite brise fraîche, soufflant de l'Atlantique. Je relate ces faits, je vois tout, je sens tout. Et je cherche un signe que quelqu'un aurait pu voir, un détail que d'aucuns auraient pu noter. Mais je ne sens que l'attente joyeuse de la foule, je n'entends que ses exclamations de joie qui fusent de-ci de-là lorsque Alexander et Ella font leur apparition.

Mais j'anticipe, je perds le fil des événements. Or je les dois retracer précisément, une dernière fois, aussi pénible que ce soit. C'est le moins que je puisse faire. Je suis allé trop loin pour revenir en arrière. Je dois me rappeler scrupuleusement, calmement, ce que m'a dit Camilla. A son récit je dois ajouter les faits annexes établis ensuite par les policiers. Ils avaient de si nombreux témoins ! Leur enquête n'avait rien d'une gageure, elle n'exigeait pas de grands talents dans l'art de l'investigation. Cependant ils se montrèrent zélés. Ils manquèrent d'inspiration peut-être, mais pas de minutie. On peut difficilement les en blâmer : ils étaient dépassés par les événements, tout comme moi. Aussi dois-je m'efforcer de faire une relation claire, mesurée, des faits. Je vais m'y essayer. Elle mérite au moins cela.

Les invités arrivèrent à Seton entre dix-neuf heures et dix-neuf heures trente. On leur donna des cocktails au champagne dans la salle de bal. Nombre d'entre eux, je l'ai dit, se dirigèrent peu à peu vers la terrasse. Entre trente et quarante-cinq minutes plus tard, juste avant qu'on annonce le dîner, Ella et son père parurent sur le balcon, au-dessus de la foule — on n'accède à ce balcon que par les portes-fenêtres du grand hall. Selon le témoignage de la plupart des gens présents, Ella et son père semblaient détendus, bien qu'Alexander accusât le poids des années et parût plus âgé que dans le souvenir de maints témoins. La foule se tut, attendant qu'il parle. On entendit des invités crier : « Un discours ! » Certains applaudirent. Ella, dans son smoking, se plaça derrière son père, posa les mains sur ses épaules, un geste gentil, affectueux, sembla-t-il. Comme elle se tenait derrière cet homme de haute taille, on ne voyait d'elle que ses cheveux, bien coupés, avec une raie sur le côté. Lord Markham lança : « Montrez-vous, Ella. Ne soyez pas timide ! » Quelqu'un rit. Alexander compulsa ses notes.

Comme il examinait ses feuillets, avec une lenteur non dénuée d'élégance, Ella leva les bras et lui donna un coup sur la nuque qui lui fit craquer les vertèbres. Ahuri, son père poussa un cri, lâcha ses papiers. Plusieurs feuilles tombèrent en tourbillonnant sur la foule assemblée en contrebas. Des gens se bousculèrent pour les attraper, des papiers atterrirent dans le feu. Certains invités, à la lisière de la foule, se mirent à rire : ils ne voyaient rien. Mais les personnes qui se trouvaient au cœur de l'action regardaient le balcon, de plus en plus troublées, alors qu'Alexander se tournait, surpris, vers Ella. Les invités la virent se pencher, saisir les chevilles de son père, soulever ses jambes d'un mouvement rapide, exercé, le pousser dans le vide. En basculant, l'homme chercha frénétiquement un appui. Il se raccrocha à la balustrade d'un bras, et resta suspendu là durant un moment terrifiant. Les rires se turent. Dans ce silence absolu, Ella se pencha vers lui. Il sembla à certains qu'elle lui prenait la main, qu'elle le ramenait à la vie. Une femme hurla. Après quoi Alexander tomba. Il chuta vers sa fin en poussant un long cri, qui s'acheva dans un râle affreux sur la terrasse, en contrebas. Ella disparut du balcon.

Ils la trouvèrent dans la chambre de son père : elle attendait, visiblement peu troublée par son acte. Elle parut tout d'abord choquée à la vue des policiers. Lorsqu'il fut clair qu'ils venaient l'arrêter, elle devint « comme folle », dit l'un des policiers au procès : « Comme folle, une vraie cinglée. » Elle poussa des cris hystériques, refusa qu'on la menotte. Elle appela son père et Pamela, elle cracha des insultes à Sarah — en larmes dans le hall d'entrée — tandis qu'on lui faisait descendre de force l'escalier, puis passer la porte d'entrée, devant des files d'invités silencieux et choqués.

— Tu ne peux pas imaginer à quel point c'était horrible, me dit Camilla le lendemain soir. Son regard ! La façon dont elle hurlait ! Et quand Sarah s'est interposée pour que les policiers la traitent gentiment, Ella s'est déchaînée.

A l'autre bout de la ligne, mon amie se mit à pleurer.

— Je connais Ella depuis sept ans, dit-elle, en sanglotant. Depuis qu'elle est rentrée d'Amérique. C'était affreux de la voir insulter Sarah, la traiter de tous les noms ! Elle a même dit que sa cousine était l'assassin.

Camilla se moucha.

— A ce moment-là, j'ai eu pitié d'elle, tu sais. Si toutefois on peut avoir pitié de quelqu'un qui a fait une chose pareille. J'ai compati quand elle a tenté d'accuser quelqu'un d'autre, devant des gens qui l'avaient vue faire. Il y avait quelque chose de pathétique dans son attitude. De vraiment pathétique, Jamie.

J'écoutai, la mort dans l'âme.

— Peut-être les journalistes avaient-ils dit vrai, finalement, poursuivit Camilla. Tu sais qu'on a parlé de folie dans sa famille ?

Je ne dis rien.

— Tu le sais, Jamie ?

Il y eut un silence.

— Oui, finis-je par dire. Oui, je sais tout cela.

Camilla, dont la mère tenait ce fait de Pamela, me dit qu'on avait dû administrer un sédatif à Ella, à la gare de Penzance : « Elle donnait des coups de pied, elle hurlait comme une furie », dit mon amie.

La police pratiqua une fouille, trouva une clé dans la poche de la veste de smoking d'Ella : un double de la clé du grand hall, qu'on retrouva dans le bureau de son oncle. Un serrurier de Londres assura au procès qu'elle avait fait faire deux doubles, quinze jours avant la réception. On ne retrouva jamais le second, et on en déduisit qu'elle l'avait caché ou jeté dans la mer.

— Tu n'as pas idée comme c'était horrible d'entendre Alexander hurler, de la voir le pousser.

En me couchant, ce soir-là, j'entendis ces mots résonner sans fin dans ma tête : « LavoirlepousserLavoirlepousser. »

Le lendemain matin, on parlait de l'arrestation d'Ella dans toute la presse. Deux mois durant elle fit la une, hormis deux ou trois fois. Un procès comme le sien ne pouvait passer inaperçu, j'imagine. Les reporters fondirent sur les acteurs principaux du drame, tels des vautours. Il y avait dans le crime d'Ella de quoi nourrir tous les grands thèmes de la presse populaire : beauté, violence, mort, célébrité. Aucun journal ne resta indifférent. Et puis ce fait divers ajoutait un chapitre spectaculaire à l'histoire de cette famille, écrite par Sarah, publiée depuis peu. La folie, dans toute sa tragédie, devint une obsession nationale, un élément fascinant. Plusieurs semaines durant, l'image fragile d'Ella me dévisagea, sur des affiches, des couvertures de magazines. J'appris à m'endurcir à la vue de ses yeux, de son petit visage à l'ossature délicate, à la peau ivoirine.

J'étais plein d'amertume, impuissant devant mes vieux démons. Durant des nuits d'insomnie, j'entendais à nouveau le rire d'Eric, grinçant. Il revenait me hanter avec une vigueur nouvelle, me punir d'avoir cru, un instant, que je pourrais échapper aux conséquences de mon forfait. Impatient de voir la nuit s'achever, et ce rire disparaître, je comprenais au lever du soleil, que la lumière du jour ne m'apportait aucun répit : seulement des journaux avec des nouvelles fraîches d'Ella, de son procès, des caricatures de son visage émacié, de ses lèvres pincées. Assis à table, au petit déjeuner, penché sur ma tasse de café, je lisais les nouvelles de son procès avec une fascination morbide. A nouveau seul, dans un isolement neuf et deux fois plus grand, je me sentis puni de mon orgueil. Plus rien ne me sauverait désormais, me dis-je. Ce fut une étrange période, dissonante, solitaire. Solitaire car je n'avais rien vers quoi me tourner, personne à qui parler. Suprême ironie : seuls Eric ou Ella auraient pu partager mon chagrin, or l'un et l'autre étaient perdus pour moi à jamais. Je n'avais personne. Dans ma colère — j'étais furieux contre Ella, fou de rage à l'idée qu'elle m'avait trompé, qu'elle n'avait jamais été sincère — je ressentais les premières blessures du désenchantement. Dans les journaux, je lisais des nouvelles de la femme que j'avais aimée, je suivais le déroulement de son procès, et tandis que sa culpabilité devenait de plus en plus évidente, j'éprouvais du dégoût pour moi-même. Ce dégoût ne m'a jamais quitté. Ma foi en moi, déjà bien entamée par la mort d'Eric, m'abandonna progressivement durant l'automne et l'hiver de cette année-là, au rythme du procès d'Ella. Je perdis toute confiance en moi-même. Et je n'avais que vingt-cinq ans.

Ella nia toutes les charges qui pesaient sur elle, bien entendu.

Vu l'horreur de son crime, on refusa sa libération sous caution. Elle ne quittait sa cellule que pour paraître au tribunal, disait-on dans la presse. Ella ne voyait que son avocat. Personne d'autre ne venait la voir : ni famille ni amis. Elle m'écrivit une longue lettre décousue : protestations d'innocence désespérées, accusations défensives. Je survolai cette lettre, je n'y répondis pas. Je pensais que plus jamais je ne succomberais à la tentation qu'elle était pour moi. Comme je ne répondis pas, elle n'écrivit plus. A la barre, elle demeura inébranlable. L'hystérie grandissante avec laquelle elle nia l'accusation de meurtre, malgré l'évidence de sa culpabilité, ne fit rien pour lui attirer la sympathie du juge ou du jury. Elle dit avoir appris la mort de son père de la bouche des policiers. L'accusation eut beau faire venir des dizaines de témoins, qui tous l'avaient vue sur le balcon, Ella refusa, avec force, de revenir sur ses déclarations peu plausibles. Elle ne tenta même pas de plaider la démence passagère, contrairement à ce que prévoyaient la plupart des commentateurs.

Camilla m'apprit — elle le tenait de sa mère — qu'Ella avait perdu la tête en prison : elle était allée jusqu'à accuser Sarah, jusqu'à expliquer comment sa cousine s'y était prise, dans une espèce de délire inarticulé. Or Sarah, dans sa robe rouge, avait parlé à tout le monde dans cette réception, on l'avait vue partout : sur la terrasse, dans la salle de bal, dans la cuisine. Elle avait supervisé l'organisation du buffet, accueilli les invités de son oncle. Son alibi était très solide, même s'il s'attachait à plusieurs lieux. Les policiers renoncèrent donc à enquêter sur ses mouvements après quelques heures d'un interrogatoire courtois pendant lequel elle ne cessa de pleurer.

Au tribunal, Ella déclara avoir reçu un mot pendant qu'elle s'habillait. On lui demandait de retrouver Alexander dans sa chambre à vingt heures, en secret, de l'attendre s'il était en retard. Lors d'un contre-interrogatoire, elle dit avoir cru qu'il voulait revoir son discours avec elle. Ella ne put montrer ce mot pour sa défense. Elle dit, faiblement, que quelqu'un avait dû le récupérer dans sa chambre. Vint ensuite la thèse des psychiatres nommés par le tribunal. Leurs déclarations réglèrent la question. Je découvris — et n'en fus qu'à moitié surpris — qu'Ella avait avoué sa jalousie obsessionnelle à l'égard de Sarah à l'un de ces médecins. Elle lui avait dit tout ce qu'elle m'avait raconté dans cette pièce biscornue du donjon de Seton, des années plus tôt. Mais sa franchise — mais était-ce réellement de la franchise ? — ne fit que la desservir. Ses accusations virulentes à l'encontre de sa cousine, exprimées au moment de son arrestation, puis à nouveau — de façon désastreuse — au tribunal, furent citées à l'audience comme des preuves d'une paranoïa irréversible, conséquence tragique, mais peu surprenante, d'une instabilité déjà ancienne. Confrontée aux innombrables rapports d'innombrables experts cités comme témoins, l'explication que donna Ella de sa dépression passée : tentative stupide de rompre des fiançailles malheureuses — explication qu'elle m'avait donnée à Prague —, parut fausse, sans fondement. Je me fis horreur de l'avoir jamais crue, d'avoir jamais été séduit, flatté d'être le confident d'une malade mentale.

A l'évidence, le jury n'allait pas faire la même erreur que moi.

Par son entêtement, Ella s'aliéna la sympathie des jurés. Son avocat, qui vers le milieu du procès lui conseilla à nouveau de plaider la démence passagère, la défendit les derniers jours avec un enthousiasme mitigé. Deux semaines plus tard, il semblait évident qu'Ella encourait la peine maximale. Dans sa conclusion, le juge dit que l'affaire Harcourt était l'une des plus horribles qu'il ait vues depuis le début de sa carrière.

J'allai au tribunal le dernier jour du procès. J'aurais été incapable de m'en abstenir. J'écoutai le verdict, je vis Ella quitter la salle d'audience entre les deux policiers qui devaient la ramener au sous-sol, dans sa cellule. Dans cette salle bondée, surchauffée, son visage était tout pâle, ses yeux injectés de sang. Elle me parut amaigrie. Je me rendis compte, presque avec étonnement, qu'elle avait vieilli depuis la dernière fois que je l'avais vue, quelques années plus tôt. Elle n'était plus la fille de mon souvenir, ni même celle des photos de presse de ces dernières semaines, mais une femme au visage prématurément ridé, à la démarche vaincue. Elle avança d'un pas hésitant, entre les policiers qui l'escortaient. Elle ne regarda personne, ne sembla pas même avoir conscience de la présence des Harcourt, longue enfilade de parents, assis au premier rang, dans le public. Ses amis, si toutefois il lui en restait, n'étaient pas venus. Les journalistes exceptés, la société londonienne voulait se défaire de toute accointance avec elle, s'écarter de son ombre portée. Je songeai, tandis qu'on l'emmenait, qu'une nouvelle Ella, criminelle, me facilitait les choses : notre histoire devenait plus triste, mais moins compliquée. De nouveau en proie à la culpabilité, je m'efforçai de croire que la condamnation d'Ella m'ôtait toute responsabilité dans la mort d'Eric, qu'elle faisait aussi de moi une victime. J'étais l'innocent dévoyé par une jeune femme démente. La folie d'Ella me lavait de mes torts, ma part de culpabilité dans notre forfait pouvait lui être attribuée. Mais à ce stade je manquais des outils nécessaires pour m'abuser : j'avais beau m'y efforcer, mon avenir m'apparaissait sombre, insomniaque. Je pensais ne pouvoir trouver quelque rémission que dans un dur labeur. Je me disais que je ne méritais pas mieux.

Comme elle arrivait devant la porte conduisant aux cellules, Ella s'arrêta et observa la salle d'audience. Ses yeux étaient rouges, éteints. Malgré tout, son regard conservait une part de son essence d'antan, de son magnétisme. Ses yeux passèrent lentement sur les divers membres de sa famille, comme si elle voulait graver leur image dans sa mémoire. Pamela détourna la tête. Ella vit les reporters, le public. Elle vit Sarah, assise au milieu de sa famille, ses cheveux bruns cascadant sur les revers de son manteau. Finalement ses yeux plongèrent dans les miens et je sus que c'était moi qu'elle cherchait. Pendant quelques secondes, nous nous regardâmes. Je ne détournai pas les yeux : j'en étais incapable. Mais je restai de marbre. Je ne souris pas. Mes lèvres ne formèrent aucun mot d'amour, ni de pitié. Je la fixai, elle me fixa.

Brusquement elle se détourna et se laissa emmener sans plus regarder en arrière.

30

Dans la foule qui sortit du tribunal, ce jour-là, j'aperçus Charlie Stanhope. Son visage était tendu, figé. Perdu dans la cohue, immobile, il semblait ne pas savoir que faire, ni où aller. Il m'émut, alors que les journalistes le frôlaient, avant d'interviewer Pamela. Il m'émut, mais je n'étais pas en mesure de l'aider, de même qu'il ne pouvait rien faire pour moi. Je n'arrivais même pas à le regarder dans les yeux. Aussi je me faufilai entre les micros, les caméras, les groupes de touristes frissonnant sous leurs parapluies, et je dévalai les escaliers. La pluie redoubla d'intensité. Je descendis la rue à la hâte, impatient de retrouver mon violon, mes seuls dérivatifs étant de jouer et de répéter. En marchant je me dis que j'étais seul au monde. Plus tôt je l'accepterais, mieux ce serait. Il soufflait un vent froid. Je resserrai mon écharpe autour de mon cou et j'allai d'un bon pas, retenant mes larmes.

Elle m'alpagua à l'entrée de la bouche de métro, je crois. Oui, je la revois près de la rampe des escaliers : une longue chevelure, un visage blême, des épaules tremblantes. Elle frissonnait. Peut-être la saluai-je après qu'elle m'eut salué. Peut-être lui serrai-je la main, ou l'embrassai-je. Possible... J'ai oublié. Cette première fois reste nébuleuse pour moi à certains égards : il se passait trop de choses par ailleurs. Sarah ne m'a jamais incité à en garder le souvenir. Même plus tard, des années plus tard, nous parlions rarement des débuts de notre histoire. J'en vins à interpréter son silence comme l'acceptation tacite de mon amour pour une autre, comme l'indice de cette finesse, de ce tact qui finirent par me la rendre si précieuse. Ce fut d'abord cette réserve qui m'attira chez Sarah, cette intelligence des choses : on les comprend, on ne les dit pas. Une qualité que j'avais prise pour de la maladresse, à l'époque où j'étais fou d'amour pour Ella. Après avoir souffert cinq ans, je voyais le côté superficiel de ce jugement. Et je sentis, même ce premier après-midi, que sa réserve pourrait m'être un allié sûr, une protection plus efficace que toutes celles que je m'étais fabriquées.

J'allais peu à peu découvrir que ma femme n'abordait jamais les sujets douloureux. Ce silence me rassura, puis me séduisit. Peu à peu elle m'apprit à faire le silence dans mon esprit, à préserver, entretenir ce silence avec soin, avec art.

Mais je m'égare, je vais trop loin. Je ne cesse de vouloir expliquer avant d'avoir raconté. Je devrais savoir, à présent, qu'il faut parler pour dire la vérité. Je dois briser cette loi du silence imposée par Sarah. Je le sais, je suis résolu à le faire. Je me replonge dans mes souvenirs. Et ce sont les choses les plus étranges qui me reviennent : ses cheveux sentaient le shampoing quand elle m'étreignit sous la pluie ; elle a voulu que nous déjeunions ensemble : nous avons mangé des cuisses de grenouille et des steaks.

— Je ne veux pas être seule aujourd'hui, m'a-t-elle dit en m'enlaçant.

Elle ressemblait tant à Ella ! Je faillis en pleurer, je ne pus résister.

Aussi me laissai-je guider sur ces trottoirs bondés jusqu'à un petit restaurant français. Des serveurs obséquieux murmuraient dans les coins, Sarah m'avoua à quel point ces deux derniers mois avaient été pénibles. Ses yeux bleu pâle cherchaient les miens, ses mains qui tremblaient en allumant des cigarettes m'imploraient, en silence, de les prendre. Je vis, surpris, qu'elle n'était plus ce personnage austère rencontré dans le parc, ni la jeune femme glaciale des fiançailles d'Ella. Le procès de sa cousine semblait l'avoir libérée, en un sens. Je la regardai pleurer et la trouvai plus chaleureuse qu'avant.

Mon épouse, capable de mille ruses et d'un grand raffinement, calculait ses effets, cachait son jeu. Je n'étais qu'un homme, et donc pas de taille à me mesurer à elle. Je l'admets volontiers à présent. Peut-être en avais-je déjà conscience à ce moment-là. Peut-être la maîtrise de Sarah me donna-t-elle un sentiment de sécurité dès ce jour-là. Cette sécurité dont ma vie manquait depuis si longtemps. Pour elle je fus une proie facile. Nous étions assis à cette table d'angle, la pluie battait les carreaux de chaque côté, le vin nous réchauffait, je l'écoutais me parler de la douleur de Pamela, de son propre chagrin. Sa voix douce, aux accents colorés, m'apaisait, les larmes qu'elle ne pouvait retenir m'émouvaient. Sans doute éprouvais-je un délicieux frisson — je l'admets, sans doute avais-je cette impression confuse qu'Ella me revenait. L'attirance qu'éprouve un être pour un autre est une chose complexe, et émouvante : une vie ne suffit pas à l'apprécier dans toute son ampleur. A soixante-dix ans, je devrais avoir acquis une certaine sagesse. Or je commence seulement à mesurer la puissance de cette force, à en comprendre les caprices. Ou du moins à lui reconnaître sa part d'irrationnel, ce que j'étais incapable de faire à vingt-cinq ans. La beauté physique exerce sur nous une attraction indéfinissable, qui s'opère par degrés subtils, parfois à notre insu. On dit que l'amour romantique se nourrit du désir. En racontant mon histoire, je comprends que c'est vrai : mon amour pour Ella était indissociable de ma fascination pour son corps et pour son visage.

Mon attirance pour Sarah reposait sur cette fascination. Elle le savait. M'ayant deviné, elle usa de cette fascination à son profit. Ce fut son corps, plus que ses mots, qui visa ce qu'il y avait de plus vulnérable en moi ce jour-là. M'en ressouvenant après tant d'années, je trouve sa manœuvre étonnante. Sarah m'inspire un respect mêlé d'effroi pour m'avoir amené à ses fins en jouant les douces confidentes, tandis que nous partagions nos peines et nos souvenirs.

Nous avons fait l'amour, cet après-midi-là — Sarah savait que nous le ferions.

Comme mus par une force irrésistible, nous avons quitté le restaurant, hélé un taxi sous la pluie battante, foncé chez moi. Nous avons grimpé dans ma petite pièce, sous les toits, qu'Ella avait faite sienne, des années plus tôt. Ce lieu semblait propice à bannir les vieux fantômes. Ce fut Sarah qui agit, qui se pencha vers moi pour m'embrasser sous la pluie dans l'escalier, comme je cherchais mes clés, mais je voulais qu'on me prenne par la main. La façon dont nous fîmes l'amour, si différente de mes ébats avec Ella, étrange mélange d'inconnu et de familiarité, me rassura. La chose me réconforta, m'excita, me laissa penser que peut-être on m'avait sauvé. Que tout n'était pas perdu.

Dans les semaines qui suivirent, Ella me manqua d'une façon telle que j'occultais ce manque. J'en arrivais à me réjouir à la vue du corps gracile de Sarah, au contact de sa peau douce, pâle, de ses lèvres sur les miennes. J'appris à observer Sarah, et non plus Ella : elle allumait des cigarettes avec une grâce innée, elle me regardait avec de grands yeux bleus. J'appris à trouver du charme à son humour discret, hésitant, à voir de l'amour dans sa façon, souveraine, de régir ma vie. Je découvris que sa présence me rassurait — je l'avais senti dès ce premier après-midi. Je lui étais reconnaissant de vouloir me sauver de moi-même. Nous passions ensemble des moments empreints de calme et de simplicité, choses dont ma vie manquait depuis si longtemps ! Je m'abandonnais à cette sérénité avec un soulagement aveugle, j'espérais ainsi trouver la paix. Je savais pouvoir m'appuyer sur la force de Sarah. Je trouvais un certain équilibre avec cette femme de sang-froid, même s'il est dur de s'en souvenir, et encore plus de l'admettre, la vérité ayant tué l'illusion. Sa maîtrise de soi, sa façon inconsciente, dès les premières fois, de m'apprendre à m'abuser, me sécurisèrent. Ce fut elle qui balisa pour moi le chemin de l'oubli, elle qui m'incita à regagner mes abysses, à y trouver un abri. Et je lui en étais reconnaissant.

Au lit, ce premier soir, elle me parla d'Ella. Je la revois, un drap remonté sur les seins, adossée au mur : elle fumait, elle parlait bas, elle avait ces intonations élégantes qui me deviendraient tellement familières.

— Tu dois savoir à quel point elle me haïssait.

Sarah commença ainsi. D'une voix douce, gentille, modeste.

— Je crois te l'avoir déjà dit une fois, dans le parc, remarqua-t-elle.

Nous nous rappelâmes cet après-midi d'été où je lui avais acheté une glace.

— Oui, répondis-je, me demandant ce que savait

exactement Sarah de mon histoire avec Ella. Oui, je le sais.

— Elle t'a sans doute dit que je la haïssais, moi aussi.

Je la regardai, adossée au mur. Je contemplai la courbe de ses seins, son poignet fin, comme elle fumait. Je ne dis rien. Ce fut l'une des dernières fois où j'hésitai à trahir une confidence ancienne d'Ella.

— Je comprends, dit Sarah, sentant ma réticence et prenant ma main. Tu n'es pas obligé de me le dire. Elle a osé m'accuser de meurtre. Elle ne peut t'avoir dit des choses pires que cela.

— Non.

Il y eut un silence. J'observai son nez, de profil, la courbure de ses narines, quand elle soufflait la fumée. Sa peau était très pâle, contre le mur blanc.

— Pauvre Ella.

— Oui, dis-je.

Je bous, je tremble de rage en me rappelant la compassion de Sarah ce soir-là. Son expression, le regard triste qu'elle me lança annihilent tous mes doutes : elle méritait de mourir. J'ai eu raison de la tuer. En un sens, j'ai rendu la justice mieux que n'auraient pu le faire la bureaucratie pointilleuse, les prisons et leurs gardiens. Dieu la jugera. Lui seul en est capable. Quant à moi, je suis assis là, tout seul, je suis vieux, je ne puis revenir en arrière. Je ne peux qu'attendre, moi aussi, le jugement de Dieu. Je ne puis qu'attendre et me souvenir.

Alors que je reposais avec Sarah, ce soir-là, personne n'aurait pu me sauver.

Que cela m'apaise : le piège s'était déjà refermé sur moi, aussi sûrement qu'il s'était refermé sur Ella, quoique moins cruellement. Je n'aurais rien pu faire : Sarah ne s'attaquait pas à un adversaire d'une force égale, jamais je n'ai été à la hauteur. Nous jouions sur un terrain qu'elle connaissait par cœur, et dont j'ignorais tout, un terrain qu'elle s'était employée à connaître. Si je m'étais davantage méfié de cette intimité calculée, cela m'aurait-il aidé ? Cela aurait-il aidé Ella ? Quelle chance avons-nous jamais eu l'un ou l'autre contre Sarah ? Réellement aucune. Je dois le dire, même si j'en ai honte : ma femme était une manipulatrice-née. La sachant morte et presque enterrée, me sentant libéré de son influence, je prends conscience de cela. Je sais aussi qu'elle avait aiguisé ses armes avec soin : elle avait attendu le moment opportun pour agir contre sa cousine, son projet a bénéficié de quatre années d'observation furtive. Sarah perçait les gens à jour, elle était donc rarement prise de court. Il y avait longtemps qu'elle manipulait les autres avec dextérité. Je le sais à présent. La vérité, bien qu'apparue tard dans ma vie, m'a aidé à voir clair. Si je comprends aujourd'hui ce que Sarah m'a fait, je ne pouvais le comprendre hier.

C'est étrange : en vingt-quatre heures, mon existence a implosé, les fondations de quarante-cinq ans de vie commune se sont effondrées. Le fait d'apprendre la vérité a été salutaire. En me ressouvenant, j'ai défait l'œuvre de Sarah, j'ai mis à bas les pierres angulaires de son édifice. Bien que je n'aie rien reconstruit — il n'y a plus rien avec quoi reconstruire, plus personne avec qui le faire — j'ai au moins compris. Compris le pouvoir qu'elle avait. Ma femme, rancunière, n'oubliait jamais une offense, elle pardonnait rarement à un ennemi. En revanche, elle récompensait la loyauté avec une générosité qui vous liait à elle pour toujours si vous en étiez l'objet. Telles étaient les méthodes de Sarah. Comme je l'écoutais parler, ce soir-là, je n'avais nulle conscience — je jure que c'est vrai — de la façon dont elle commençait à exercer son influence sur moi : par degrés, avec douceur, subtilité.

— J'ai tout fait pour aider Ella, dit-elle avec une franchise pudique. Je savais qu'elle avait besoin d'aide. Tu ne peux imaginer à quel point je voulais empêcher... ce qui s'est passé à Seton. Je... je me sens responsable, d'une certaine façon.

Je crois même que ses yeux se sont remplis de larmes.

Je me souviens comme elle pleura de façon attendrissante, comme ses larmes vous donnaient envie de toucher cette peau veloutée, sous ses yeux. Je me souviens les avoir séchées délicatement, ce soir-là, pendant qu'elle m'embrassait les doigts.

— Merci, dit-elle.

Elle me caressa les cheveux.

— J'ai tout fait pour mettre la famille en garde, poursuivit Sarah, lentement. Mais personne n'a voulu m'écouter. Sauf oncle Alex. Il aura été le seul, à part moi peut-être, à reconnaître certains signes dans le comportement d'Ella. Qui avait été le comportement de sa mère, puis de sa sœur, comprends-tu ? Il a essayé d'aider Ella. C'est lui qui l'a envoyée chez tous ces docteurs. Sans doute est-ce pour ça qu'elle...

La voix de Sarah mourut.

— Mais Ella refusait son aide, reprit-elle, et celle de quiconque, d'ailleurs. Elle était butée. Quand j'ai essayé elle... Non, je ne peux pas te dire ce qu'elle a fait, c'est trop affreux.

— Dis-moi, murmurai-je.

Une part de moi-même voulait réellement savoir le pire.

— Je ne peux pas.

— Dis-le-moi.

Elle me regarda, ses yeux bleus se remplirent à nouveau de larmes.

— Eh bien, si tu veux absolument le savoir...

— Dis-moi, plaidai-je doucement.

— Elle a menacé de me tuer, moi aussi.

Il y eut un silence, tandis que Sarah attendait que ses mots fassent leur effet.

— Je n'ai jamais cru qu'elle passerait à l'acte, bien sûr, dit-elle, quand elle vit qu'elle avait obtenu le résultat souhaité. Si seulement j'avais su qu'elle ne plaisantait pas... j'aurais pu faire quelque chose. J'aurais pu agir...

— Ce n'est pas ta faute, dis-je, donnant, à mon insu, la réplique attendue.

— Mais je me sens responsable !

— Tu ne devrais pas.

Je la tins serrée contre moi durant un long moment de compassion injustifiée.

— Non, tu as raison, finit-elle par dire. Je ne devrais pas.

Avec grâce, délicatesse, Sarah se sécha les yeux.

— Après tout, c'est Ella qui n'a jamais voulu admettre qu'elle avait des problèmes. Tous les docteurs lui ont dit la même chose : il faut prendre conscience de sa maladie avant de pouvoir en guérir. Ella refusait de le reconnaître. Elle se butait. A part la faire interner, quel recours avions-nous, Alexander, Pamela, moi, ou quiconque ?

— Aucun, murmurai-je.

Je m'efforçais de faire taire la voix d'Ella, dans ce café bondé, à Prague, des années plus tôt, j'essayais de noyer cette voix qui me demandait, avec ironie, si je savais l'équilibre qu'il faut avoir pour survivre à une séance avec un psychiatre renommé.

— Tu as fait de ton mieux, dis-je à Sarah.

En disant cela, je décidai de ne plus me torturer avec le passé, de ne plus m'en mêler.

— Oui, je sais, dit-elle. Je sais que je ne devrais rien me reprocher.

Elle posa la tête sur ma poitrine.

— Elle était tellement jalouse de moi, James. Affreusement jalouse.

— Je sais.

— Elle te l'a dit ?

— Oui.

— Qu'a-t-elle dit ?

— Elle a surtout parlé de votre grand-mère.

— Et de Seton ?

— Oui.

— Elle n'a jamais supporté que ce lieu m'aille mieux qu'à elle. Elle me haïssait parce que j'étais anglaise, anglaise comme elle ne saurait jamais l'être j'entends, bien qu'elle fût née ici.

Je ne dis rien.

— Elle me haïssait parce que j'avais une connaissance de cette île qu'elle n'aurait jamais. Elle a passé sa vie à essayer de prouver qu'elle serait une meilleure châtelaine que moi. Le plus triste est qu'elle connaissait à peine cet endroit !

— Vraiment ?

— Elle y venait seulement pour les anniversaires, et parfois à Noël.

Je regardai Sarah. Elle ne pleurait plus.

— C'était une responsabilité énorme pour elle, poursuivit Sarah, changeant légèrement de ton. Un poids. Elle était terrifiée à l'idée de ne pas être à la hauteur.

— Pauvre Ella.

Je me souvins du jour où elle avait pleuré, dans la

tour, des années plus tôt, de ses larmes brûlantes dans mon cou.

— Oui, moi aussi elle me faisait de la peine, dit Sarah.

Elle marqua une pause.

— Peut-être est-ce la raison pour laquelle elle a tué oncle Alex devant tant de gens : peut-être voulait-elle qu'on l'arrête, en un certain sens. Du moins est-ce ainsi que je le comprends.

— Pourquoi aurait-elle désiré cela ?

— Pour que Seton ne soit jamais à elle.

— Qu'entends-tu par là ?

Au moment où je posai cette question, j'entendis la voix d'Ella me dire, dans un lointain souvenir, qu'une catholique ne pouvait hériter. Ni une divorcée ni une femme reconnue coupable d'un crime.

— Elle ne pourra plus jamais l'avoir, dit doucement la cousine de mon amour.

— Alors, qu'adviendra-t-il à la mort de ton oncle ? Maintenant qu'Alexander est mort.

Sarah leva la tête vers moi, l'air grave, comme il se devait. L'intensité qui émanait de ses grands yeux bleus avait pourtant quelque chose de gênant.

— Seton sera à moi, déclara-t-elle.

Je revois la scène, je me souviens qu'elle se délecta des mots suivants :

— L'île, le château, le titre, dit-elle, tout sera à moi.

— Et Ella ?

— Elle n'aura rien.

Nous étions allongés sur le lit. Sarah me caressa le dos.

— J'ai du mal à croire que je suis là, dit-elle enfin.

— Moi aussi j'ai du mal à le croire.

— Mais tu es heureux que je sois là ?

— Heureux que tu sois là ? dis-je lentement.

Elle acquiesça.

— Très heureux, oui.

— Tu es sincère, n'est-ce pas ?

Il y eut un silence.

— Plus que tu ne peux l'imaginer, finis-je par dire.

Pendant un moment, nous restâmes allongés sans parler. Les longs cheveux de Sarah me chatouillaient le menton. Je bougeai la tête. Elle se mit sur le dos, s'écarta un peu de moi, me regarda avec sérieux.

— Puis-je te demander quelque chose ?

— Bien sûr.

Elle se tut, sembla réfléchir à la façon de formuler sa question. Sa voix, quand enfin elle parla, fut d'une douceur désarmante.

— Est-ce que ça t'effraie de penser qu'Ella était folle ?

— Qu'est-ce qui te fait dire ça ?

— C'est effrayant, non ? dit-elle en éludant ma question.

Je ne répondis pas. Mais dans ce silence, les larmes me montèrent aux yeux, je me sentis rougir. Gêné, pour une raison quelconque, j'acquiesçai d'un hochement de tête, cillai pour chasser mes larmes.

— Dans ce cas nous ne penserons plus jamais à elle, dit lentement Sarah, calmement mais fermement. Nous ne penserons plus jamais à elle.

Je contemplai le visage d'Ella, un visage aux yeux bleus, et non plus verts, avec un front plus haut que dans mon souvenir. Je me penchai pour baiser des lèvres que je connaissais à peine, mais dont j'étais tombé amoureux des années plus tôt.

— Plus jamais, dis-je.

Six mois plus tard nous étions mariés.

31

C'est curieux, curieux de penser que j'ai presque fini de raconter ma vie, que j'arrive à la fin de cette histoire, alors que j'ai fait l'impasse sur plus de quarante années. Quarante-cinq, en fait : la durée de mon mariage. Cela semble long, tout à coup. Cela donne l'impression d'être long, en tout cas. Quarante-cinq ans. La majeure partie de mon existence. Le meilleur de la vie, disent la plupart des gens. C'est étrange : il y a encore une semaine, un mois, dix ans, j'aurais dit la même chose. Sans réfléchir, mais en toute sincérité, j'aurais dit devoir mon bonheur à ma femme. Et j'aurais eu raison de le dire, en un sens. Même à présent je le pense. Même maintenant, alors que je sais ce qu'elle a fait.

Ma gratitude perdure : on a du mal à se défaire des vieilles habitudes. Or notre mariage était, sous tous rapports, un mariage heureux. Sarah était, sur de nombreux plans, une excellente épouse, une femme aimante. Je n'aurai aucune difficulté à pleurer à son enterrement. Au contraire, mes larmes couleront sans effort. Debout à ma place dans la chapelle, la semaine prochaine, sur l'estrade des Harcourt, à angle droit par rapport aux fidèles, sous des bannières effilochées, sous des arches où nichent des araignées, je pleurerai. En public je pleurerai ma défunte épouse, comme il se doit, je verserai des larmes pour la mère de mon enfant. En privé je pleurerai pour nous tous : pour Ella, pour Eric, pour Sarah, pour moi aussi. Peut-être surtout pour moi, si j'arrive à me voir — si tard dans ma vie — capable d'un tel égoïsme. Je suis le dernier d'entre nous. C'est moi qui dois continuer, seul, impuni. On aurait pu penser que la vérité me libérerait, me redonnerait de l'allant. Or il n'en a rien été. Raconter tout cela, me souvenir, me défaire de tout ce que Sarah m'a appris, m'a laissé... plus fatigué qu'autre chose. La journée a été longue, je suppose. Et puis une part de moi-même se refuse toujours à voir au-delà des artifices de Sarah, à détruire l'édifice qu'elle a construit avec un tel soin, pendant si longtemps. Une part de moi-même aspire encore à la sécurité que procurait ses faux-semblants. Les fondations ont pourtant été ébranlées, les murs s'écroulent. Les eaux profondes remontent. Je suis allé trop loin : je ne puis revenir en arrière. Je ne peux plus me réfugier dans les hauts-fonds où elle me gardait avec une si douce autorité. Je dois me rappeler notre mariage, je sais que je dois le faire. Je dois le reconsidérer, à la lumière, brûlante, de ce que j'ai appris. Je ne peux plus trouver un réconfort dans les enseignements, si habiles, de Sarah.

Mais quels sont les faits marquants de notre union ? Les années, quoique longues, semblent curieusement vides d'événements. Du moins est-ce l'impression que j'ai maintenant, à la lumière du passé. Sarah avait une façon d'aplanir la vie, d'en réduire l'impact. Les émotions l'effrayaient, je pense. Elle m'apprit à en avoir peur aussi. Elle œuvra à éliminer le sentiment de nos deux vies, à atténuer le pouvoir déstabilisateur, incitatif des sensations. Elle avait pour cela un talent dont je commence à peine à soupçonner l'ampleur.

Je me souviens de mon premier voyage ici en tant que propriétaire. Je me rappelle le reflet du soleil sur les girouettes, quand nous passâmes devant le château en train. Je me souviens des paroles de triomphe que me souffla Sarah : « Voilà notre île. » Me ressouvenant de ce moment, je me rappelle également à quel point elle aimait ce château ; et je sais que sa peur des émotions ne la privait pas de tout sentiment.

Au contraire, ma femme était capable d'éprouver un amour intense, possessif. Les sentiments que lui inspirait ce château se reportèrent plus tard sur notre enfant. Sarah est toujours restée intrinsèquement féodale. Elle avait besoin d'une héritière. A la naissance de Maggie, j'ai été soulagé, en mon for intérieur, parce que ma fille était à l'évidence une Farrell. Je ne montrai rien de ce sentiment. Si Blanche avait trouvé sa réplique parfaite, à la fois dans Sarah et dans Ella, elle ne pourrait revivre dans son arrière-petite-fille. Cela me réjouissait. Cette nouvelle rupture avec le passé, symbolique, me réjouissait.

Nous l'avons appelée Margaret, comme le désirait Sarah, en souvenir de la première comtesse de Seton. Elle est adulte à présent, elle a elle-même des enfants. Elle sera là demain matin. Sa famille l'accompagnera, j'imagine. La maison sera à nouveau pleine de vie ; la vie au cœur de la mort. Je devrai lui dire comment sa mère s'est tuée : d'une balle dans la tempe, dans son salon privé. Je me demande ce qu'on dira aux enfants, mais je laisserai leur mère s'en arranger. C'est à elle d'en décider. Peut-être la mort de Sarah nous rapprochera-t-elle, car Maggie — et sans doute son mari, que je n'aime pas — sont tout ce qui me reste au monde. Or rien ne nous a tant éloignés que l'amour obsessionnel que nous portait Sarah, à l'un et à l'autre. Je me rends compte à présent que ma femme nous aimait de façon égoïste. Elle voulait être tout pour moi, et tout pour Maggie. Aussi restait-il peu de place pour que vive un amour entre ma fille et moi. Sans doute m'a-t-on incité à être un père encourageant mais distant, et c'est ce que je suis devenu. Car Sarah m'avait bien dressé, à ce stade, et je n'aurais pas pensé à contester ses exigences.

C'est étrange de voir à quel point j'étais soumis à ma femme. Cela me paraît curieux à présent : j'ai beau n'avoir jamais eu un tempérament de chef, je ne suis pas un homme servile. Ce n'est pas dans mon caractère. Cela dit, la servilité n'apparaissait pas dans ma relation à Sarah. C'était là tout l'art de mon épouse. Elle savait masquer son autorité, vous donner le sentiment que vous accédiez volontairement à ses désirs. Elle ressemblait à Regina Boardman, au moins à cet égard. Sarah joua dans ma vie affective le rôle qu'avait joué Regina dans ma vie professionnelle, au début de ma carrière. Ma femme prit mes émotions en charge. Je ne fus que trop heureux de la laisser faire.

Sous la tutelle experte de Sarah, j'appris à oublier, à bloquer les voies royales du souvenir — ce que j'avais tenté de faire, en vain, dans les années qui avaient suivi la mort d'Eric. Sarah fut le guide silencieux qui seul me permit de réussir à enterrer mon passé. Ignorant ce qu'elle savait de mon histoire avec Ella, je me suis gardé de parler de sa cousine avec elle. En fait, je n'ai presque jamais évoqué Ella durant ces quarante-cinq années. Sarah n'aborda jamais le sujet. Elle pensait ce qu'elle m'avait dit, au lit, ce premier soir. Cette absence d'ingérence ne fut pour moi qu'une preuve de plus de son tact infini. Je n'analysais pas son calme, je me contentais de l'admirer. Jamais je n'ai imaginé — et là résidait le génie de

Sarah — que son sang-froid souverain cachait une sombre vérité, ou qu'il y avait des secrets sous cette mer de sérénité.

J'avais trente ans à la mort de Cyril. Sarah et moi étions mariés depuis cinq ans. Je suis venu vivre à Seton avec elle, dans cette maison qui aurait pu être la mienne et celle d'Ella. Curieusement, j'ai eu l'impression que ma vie suivait une progression logique, volontaire. Ma femme m'avait sous son emprise, à ce stade, on m'avait bien préparé. Jamais ne me hantèrent ni le souvenir de ma première visite en ces lieux, ni celle qui fut alors mon guide : j'en étais venu à considérer mon amour pour Sarah comme l'expression plus saine d'un sentiment ancien, inopportun, pour sa cousine. Par degrés, avec art, Sarah, avait pris la place d'Ella dans ma vie, à peu de chose près. Je ne suis pas retourné dans la pièce, en haut de la tour, et j'y ai rarement pensé.

Le mariage me transforma. La force de Sarah me remodela, à plusieurs égards, je le vois à présent, pour m'être souvenu du garçon qui l'avait épousée, pour l'avoir fait revivre par à-coups. Après avoir réfléchi avec honnêteté à mes sources d'inspiration, je vois combien Sarah détestait ma musique, et comment elle l'a combattue. Je comprends son sentiment à présent, je sais comment il se manifestait — de façons subtiles et variées. Ma musique existait en dehors d'elle, offrait à mes émotions une issue qui échappait à son contrôle. Chose qu'elle ne pouvait tolérer. Pour Sarah, mon violon était un rival contre lequel elle dut lutter avec plus de zèle que n'en aurait nécessité une autre femme. Voilà pourquoi elle le détestait. Elle œuvra à sa perte avec une détermination, une délibération dont j'eus peut-être conscience, mais que je me refusais à admettre, et qui finalement eurent raison de moi.

Sarah et moi ne nous disputions pas, ses méthodes n'avaient rien de violent. Elle n'affichait pas son despotisme. Les orages qui mettent en péril la plupart des unions n'avaient pas leur place dans la nôtre. Au lieu de ça, par degrés, elle m'attira dans l'univers de Seton. Sans hâte, avec subtilité, elle veilla à ce que j'adopte le rythme et le mode de vie d'un châtelain : sens du devoir, du rituel, des privilèges. Le monde extérieur — que Camilla, un jour, dans un moment de frustration, lors d'une visite, appela la « réalité » — devint par conséquent moins réel. La pression due à un emploi du temps chargé, enregistrements, concerts, devint dérangeante, triviale. Et je finis par renoncer.

Je cessai de me produire en public pour une autre raison, qui donne une meilleure idée de ce que fit Sarah, du pouvoir immense qu'elle avait. Ayant cédé à son influence, je perdis tout respect pour mon jeu. Avec le respect s'envola le désir de jouer en public. On ne peut jouer qu'avec émotion. Or l'émotion était précisément ce que me refusait Sarah. Ma foi en ma musique, si longtemps déterminante dans ma survie, s'évapora avec mon mariage. Je me félicite qu'il en ait été ainsi. Ayant joué comme j'avais joué à une époque — le soir de l'Hibberdson, par exemple —, quand il me semblait que l'amour d'Ella, et tout ce qu'il impliquait, allait me revenir, je ne pouvais me contenter de la médiocrité.

Seul, ce soir, sans autre compagnie qu'une liasse de vieilles critiques jaunies, mon arrogance me choque. Qui suis-je pour proférer de telles affirmations ? Qui suis-je pour dire qui j'aurais pu devenir ? Je ne vaux pas grand-chose, c'est sûr. Autant le reconnaître, même si c'est dur. Feindre ne sert plus de rien. Cependant je sais au moins ce que j'ai été, à une époque. En racontant ma vie, j'ai compris que je n'étais pas l'unique artisan de mon succès, chose que je n'aurais jamais imaginé pouvoir faire, que je n'aurais jamais tenté de faire avant aujourd'hui. Aussi puis-je dire, sans prétention, que mon enregistrement du concerto en mi mineur de Mendelssohn est parmi les meilleurs, mais une telle réussite entraîne certaines responsabilités. Après cela je ne pouvais que progresser, je ne pouvais m'autoriser ce banal privilège de jouer en public sans brio. J'ai la chance d'avoir toujours été bon juge de mes propres efforts. Cela m'a permis, jadis, de ne pas gâcher la seule de mes réussites empreinte de pureté.

C'est une bénédiction que j'aie pu rester lucide sur la qualité de mes interprétations — même plus tard, quand Sarah m'avait si bien appris à m'abuser. Je sais à quel moment mon jeu a perdu sa spécificité. J'ai alors fait mon deuil de ma musique, je l'ai pleurée, mais je ne me suis pas battu pour en retrouver la magie. Lorsque je n'ai plus été capable que de prouesses techniques, quand j'en fus réduit au statut de technicien magnifique, j'ai arrêté. Je ne le regrette pas. La maîtrise parfaite de la technique s'apprend, et doit se pratiquer, mais jouer vraiment — comme vivre vraiment, j'imagine — requiert du sentiment. Or je n'avais plus de sentiment.

Cette perte ne m'inspira aucun regret, j'en portai le deuil, mais je ne comprenais pas, comme je le comprends maintenant, que Sarah m'avait volé ma magie. Peut-être en avais-je le soupçon, vague. Peut-être savais-je, de façon nébuleuse, que Sarah ne saurait m'inspirer comme Ella, ou Eric. Mais je n'en avais pas réellement conscience. Et si je l'avais su, cela m'aurait laissé indifférent. Sarah m'offrait une sérénité pour laquelle j'aurais tout sacrifié. Cette sérénité émanait, je pense, de sa capacité d'équilibre. Cette stabilité et cette facilité à s'abuser sur laquelle elle reposait étaient deux éléments essentiels du credo de Sarah. Sans oublier ce calme hypnotique qui provoquait cette impression de temps indifférencié, année après année, qui mettait tous les événements — petits, grands — sur le même plan, qui nivelait les émotions, sans qu'on puisse rien y changer, sans qu'on souhaite qu'il en soit autrement.

Je ne sacrifiai pas seulement mon violon pour une place dans le sanctuaire de Sarah. Je laissai tomber mes amis, rares, mais loyaux dans les années d'avant mon mariage. Cela me laissa moins indifférent. Ma femme ne partageait pas : elle n'allait certainement pas partager mon amour avec d'autres. Un à un, mes amis — et même mes parents — se laissèrent décourager par ce sourire glaçant avec lequel elle les accueillait. Ils acceptèrent moins volontiers mes invitations, me convièrent plutôt à des fêtes, à Londres. Où j'allais de moins en moins souvent, étant donné l'importance grandissante de mes devoirs de châtelain.

Camilla Boardman, moins enthousiaste à l'annonce de mes fiançailles que je ne l'aurais cru, persévéra après tous les autres. Elle tenta, je crois, de devenir amie — mais on ne le devenait pas, j'aurais pu le lui dire — avec Sarah. Les premières années, Camilla vint souvent nous voir à Seton. Elle était la marraine de Margaret — ma femme me laissait volontiers le choix des petites choses. Je trouvais un certain réconfort dans la nature terrienne de Camilla, dans ses boucles, toujours aussi parfaites, dans ses seins, toujours aussi présents, quoique moins agressifs, dans ses emphases, aussi marquées dans la maturité, et plus tard, que dans sa jeunesse. Lors de son dernier dîner au château — cela m'apparaît si clairement à présent ! —, elle parla haut et fort de ses clients ; le succès l'ayant rendue plus indiscrète que jamais, elle voulut que Sarah accepte des billets pour l'un de ses défilés de charité.

— Maintenant que maman est partie, *quelqu'un* doit reprendre le flambeau, j'imagine, dit-elle en collant l'enveloppe dans les mains de Sarah. Et c'est *si* fatigant de s'occuper seule des gens, à la fin des festivités. Il *faut* que tu m'aides !

De tels épanchements provoquèrent le refus de Sarah. Son regard glacial eut raison de Camilla, pourtant vive comme un papillon. Peu à peu, mon amie céda à des obligations professionnelles de plus en plus prenantes. Elle le déplorait, mais elle continua à nous inviter, Sarah et mo — et plus tard Margaret — à toutes les manifestations dont elle était l'hôte, ou l'invitée, avec cette persévérance mondaine qui la définissait.

— Je sais que Sarah ne m'aime pas, me dit-elle un jour (un peu ivre peut-être, lors d'une des rares fêtes — à nouveau son anniversaire, je crois — où j'avais pu me rendre). A vrai dire, je ne l'aime pas vraiment non plus.

Camilla serra ma main dans la sienne.

— Mais ce n'est pas une *raison* pour que je te voie si peu, Jamie chéri. En outre, je dois penser à ma *divine* filleule. Qui d'autre que moi pourrait lui apprendre à survivre à Londres ?

— Oui, qui ?

Cependant je savais en disant cela — et Camilla le savait aussi, je pense — que mon mariage avait sonné le glas des beaux jours de notre amitié. Le prix que demandait Sarah était la loyauté, inconditionnelle, entière. Or j'avais trop besoin d'elle pour ne pas respecter ce contrat tacite.

Le fait de me souvenir de ces choses me donne une image vraie de mon mariage. J'en ai un nouvel éclairage, pour avoir rompu ce lien qui m'attachait à Sarah. La tuer m'a désenvoûté, libéré. Je le comprends, à présent. Je vois dans quelle solitude j'ai vécu ces quarante-cinq dernières années : coupé non seulement de ma musique et de mes amis, mais de mon moi profond. Avoir découvert la vérité m'a permis de revendiquer ce moi. Il m'a été pénible d'apprendre les faits. J'ai pourtant ainsi pu recouvrer ma liberté, même si je n'ai jamais eu conscience de l'avoir perdue.

Ma femme s'est montrée subtile dans son art, subtile et instinctive. Le fait que j'aie appris la mort d'Ella sans ciller, presque sans m'émouvoir, témoigne de son pouvoir.

J'étais dans le jardin, c'était l'hiver, je crois. Il y avait des ouvriers. Je supervisais les travaux, par un jour gris, dans un vent cinglant. Les mouettes piaillaient, je humais l'odeur salée de la brise, je donnais des instructions. Je revois la scène. Je revois Sarah, elle a un chignon serré sur la nuque, elle a les traits tirés — peut-être qu'enfin sa conscience la tenaille, qui sait ? Je la vois descendre le raidillon qui part du château : silhouette sombre, silencieuse, noire sur la nuée.

— Il faut que je parle à mon mari, dit-elle.

Les ouvriers, soucieux des bonnes manières, levèrent leurs casquettes et disparurent, nous laissant seuls.

— Oui, chérie ?

Elle m'annonça la nouvelle très vite. Sur un ton neutre elle me dit qu'Ella était morte, qu'elle s'était pendue dans sa cellule la veille au soir.

— Le directeur de la prison m'a prévenue ce matin.

Il était midi.

— Il a fait porter ses affaires personnelles.

Il y eut un silence.

Sarah restait debout, immobile, comme si elle hésitait.

— Et deux lettres, finit-elle par dire. J'ai lu la mienne. Les mêmes divagations qu'au procès.

— Je vois.

— Cela ne ferait que te contrarier de lire la tienne, chéri.

Je continuai à me taire. Ma femme se dirigea vers moi, vers la falaise. Je vis dans sa main une enveloppe avec mon nom écrit dessus en lettres irrégulières, à l'encre marron.

— Mais c'est à toi de décider, bien entendu. Veux-tu lire cette lettre ?

Je sais à présent que ce fut là son apothéose. Que jamais son audace n'avait atteint un tel degré.

Je restai silencieux.

— A mon avis, tu ne devrais pas la lire, poursuivit-elle d'une voix douce. Fais-moi confiance, je sais de quoi je parle. Elle délirait au moment de mourir. Mieux vaut ne pas garder d'elle cette image-là.

Sarah me regarda. Ma requête mourut sur mes lèvres.

— Il n'y a qu'une chose à faire, en réalité, dit-elle.

Et sous mes yeux, à quelques pas de moi, elle déchira la lettre en mille morceaux, lentement, délibérément. Nous regardâmes ces confettis tomber dans la mer.

— Rentrons, dit-elle en me prenant le bras.

32

Il n'y a plus grand-chose à dire. Restent des détails, sur lesquels Sarah a levé le voile pour moi, hier, avec un égocentrisme qui fait froid dans le dos. Je suis heureux d'avoir achevé cette confession, j'ai hâte que tout se termine. Quand ma femme sera enterrée, quand j'aurai regardé son cercueil descendre lentement dans le caveau, en présence d'une famille éplorée, tout sera fini. Il y a là quelque chose de poignant. Poignant, car lorsque je mourrai, nous reposerons tous les trois ensemble, enfin unis. Ella, Sarah et moi, côte à côte dans des cercueils plombés, nous décomposant en harmonie.

A mon âge, de telles images ont leur charme.

Rien ne transparaîtra de notre tragédie. Il ne restera aucune trace — hormis des articles dans de vieux journaux — des liens qui nous unissaient réellement. C'est très bien ainsi. Margaret ne doit pas savoir ce qu'a fait sa mère, et elle ne le saura pas. Mieux vaut qu'elle pense qu'elle s'est suicidée et peut-être qu'elle n'était pas aussi équilibrée qu'elle le paraissait, même si elle doit en souffrir. Car la vérité la briserait, et notre tragédie — la mienne, celle d'Ella, celle de Sarah — se perpétuerait dans des générations qu'elle ne concerne pas.

Je vais devoir suivre l'exemple de Sarah et

m'employer à feindre, comme elle a réussi à le faire pendant si longtemps.

Or j'ai brillé dans l'art de la dissimulation, hier. La police ne soupçonnera rien, assurément. Et je dis cela sans suffisance aucune. Un faisceau de preuves confirmera pour le coroner la thèse du suicide : les empreintes digitales de ma femme sont sur l'arme qui l'a tuée, on a retrouvé le revolver dans sa main, serrée dessus comme un étau, dans la *rigor mortis*. La justice des hommes et ses représentants n'auront aucune prise sur moi. S'ils n'ont pas découvert la vérité il y a plus de quarante ans, ils n'ont pas la moindre chance d'y arriver maintenant. Seul, sans entraves, je me présenterai devant la justice suprême : la mort.

Mais à nouveau j'anticipe.

Il me reste seulement à raconter les événements d'une journée. D'une semaine, tout au plus. Je reviens dessus, et l'ironie de la chose me frappe : j'aurais pu ne jamais rien découvrir, ne jamais tomber sur cette preuve, si Sarah avait été un peu moins zélée dans les préparatifs de mon anniversaire. Son perfectionnisme l'aura finalement trahie. Son perfectionnisme et les petits signes à travers lesquels elle entendait me prouver son zèle. Elle aimait que son devoir d'épouse soit reconnu. Reconnu et apprécié. Depuis des semaines, je savais qu'elle préparait quelque chose. J'ai toutefois des principes en ce qui concerne les réceptions : je n'aime pas qu'on invite les habitants de l'île ; je n'aime pas certains des amis de ma femme, que je trouve trop empressés. Sarah ne s'entourait pas d'égaux, mais de flagorneurs. Or je n'avais aucune envie de les recevoir pour mon anniversaire. Il était donc naturel que je souhaite consulter la liste d'invités. Ainsi, j'aurais pu exprimer mes désirs par allusions. Un bon moyen de circonvenir Sarah. Elle se laissait fléchir sur les petites choses.

J'ai fouillé son bureau lundi dernier, dans l'après-midi. Elle était absente, elle supervisait la vente des billets, derrière le nouveau guichet. Par hasard, j'ai trouvé le tiroir dans lequel elle l'avait gardée toutes ces années : un minuscule tiroir, masqué dans le relief du bois. Il s'ouvrait grâce à un ressort caché.

C'était une drôle de clé : grosse, lourde, dont l'acier brillait trop pour une clé destinée à une serrure ancienne. Pendant une ou deux minutes je l'ai retournée dans ma main, je me suis demandé pourquoi elle était là, à quelle pièce elle était destinée. Il semblait étrange que ma femme l'ait rangée dans un tiroir secret. Un autre détail me parut curieux : cette clé, bien que de forme ancienne, ne pouvait avoir plus de quarante ou cinquante ans. Et puis elle portait le poinçon d'un serrurier de Londres, alors que toutes les clés de la maison viennent d'une serrurerie de Penzance, et ce depuis des générations. Intrigué, sans plus, j'ai glissé la clé dans la poche de ma veste : j'en parlerai à Sarah après mon anniversaire, je lui avouerai, avec désinvolture, avoir fouillé dans son bureau à la recherche d'une liste d'invités. La clé est restée là presque une semaine. Bien que cette veste soit l'une de mes préférées et que je la porte souvent, je ne vérifie pas le contenu des poches. Il y a toujours des choses dedans.

Si j'ai su la vérité, c'est pure coïncidence. Mais la vie doit plus au hasard qu'on veut bien le dire, et le hasard a joué un trop grand rôle dans mon histoire pour que je fasse l'impasse sur lui maintenant. C'est le hasard qui m'a présenté Ella ; le hasard qui a envoyé Eric à Vaugirard avec mon violon, ce soir d'horreur ; le hasard qui m'a fait choisir cette veste, hier, quand je me suis changé pour recevoir et assister à une visite guidée du château. Sarah et moi sommes tous deux exigeants en ce qui concerne les guides. Avant d'intégrer quelqu'un au personnel, nous lui demandons dc faire une visite guidée à laquelle assiste l'un d'entre nous — une sorte de dernier test d'évaluation.

Hier après-midi, il s'agissait d'une jeune Miss Reid, je crois. J'ai assisté à sa visite, vaguement préoccupé par d'autres affaires concernant le château, mais aimable, comme je le suis toujours, avec le groupe de touristes présents. Aimable et détaché : l'attitude qu'il convient d'adopter avec eux. Nous leur avons montré la maison ; après avoir traversé la galerie des porcelaines, nous sommes passés devant la porte de l'escalier, aujourd'hui verrouillée, qui conduit à la pièce d'Ella, dans la tour. Nous avons vu la chambre du roi, avec son lit à baldaquin du XIXe siècle et ses paravents chinois. Nous avons finalement émergé dans le grand hall. L'esprit ailleurs — je connais le texte de la visite par cœur —, j'écoutais d'une oreille distraite le monologue du guide. Nous avons quitté le hall. Le groupe s'est massé derrière la porte, pour l'examiner. Je me suis alors souvenu de mes devoirs : observer et écouter. Le guide expliqua avec assurance l'origine de la serrure, censée être la plus ancienne encore en usage dans le pays. Je sentis alors la clé dans ma poche. Elle tintait contre des pièces de monnaie.

M'étant souvenu de cette clé, je me souvins aussi — Miss Reid me l'avait rappelé — que la serrure du grand hall est la plus grande de la maison. Je sortis la clé, et sans réfléchir, sans avoir conscience de la signification de mon geste, je l'introduisis dans la serrure. Je fus ravi de voir qu'elle rentrait si facilement. Ravi, oui, car on venait de me dire que la serrure fonctionnait bien. Avec effort — le graissage annuel n'avait pas encore été fait —, je fis tourner la clé.

A ce moment-là seulement, j'eus comme une réminiscence, une très vague réminiscence. Le procès d'Ella, comme la mort d'Eric, remontait à l'époque d'avant mon mariage. Or j'avais soigneusement évité de penser à ces deux événements — les leçons de Sarah avaient porté leurs fruits. N'ayant nulle envie de me souvenir, j'avais essayé d'oublier. Et pour l'essentiel j'y étais arrivé. Cependant, j'avais toujours eu l'œil pour les détails. Or quelque chose affleura à la surface de ma conscience, hier, quand je retirai cette clé de la serrure, un souvenir non identifié ressurgit des profondeurs de mon esprit, et refusa de s'évaporer. Comme la visite se poursuivait, je remontai peu à peu en arrière ; troublé, je tentai de saisir la nature du souvenir qui m'échappait. Lentement, obscurément, un témoignage me revint. Comme je m'efforçais de me rappeler ses termes exacts, j'entendis un témoin de l'accusation décliner son identité, donner l'adresse de son lieu de travail, dire que la plupart des clés se ressemblent mais qu'il n'avait pas oublié celle-là. Ce fut alors que tout s'éclaira.

Il est difficile de décrire le choc que provoqua ce souvenir, comment tout se mit en place, subitement, de façon alarmante. La rapidité du phénomène m'effraya, je crois. La rapidité avec laquelle tant de choses se décomposèrent : mon passé, mon mariage, la confiance aveugle que j'avais dans ma femme. La colère ne vint pas tout de suite, ce ne fut pas ma première réaction. Je restais sous le choc, incrédule. Je n'arrivais pas à comprendre. Pendant quelques minutes, cette paralysie mentale me protégea. Elle me permit de sourire à Miss Reid de façon encourageante, d'attendre, impassible, que les touristes s'éloignent. Je pus me calmer avant de regagner le corridor et de saluer d'un signe de tête les gardes stationnés à son extrémité. La rage me prit plus tard, comme je revenais dans mon bureau, parcourais les longs couloirs de cette maison qui aurait dû être la mienne et celle d'Ella. Une fois seul dans ce sanctuaire tapissé de livres, les larmes me montèrent aux yeux. Je sanglotais avec ces haut-le-cœur affreux d'un homme qui n'a plus l'habitude de pleurer.

Je suis assis dans ce bureau, à présent. Les événements d'hier après-midi me semblent appartenir à un lointain passé, plus ancien que le procès d'Ella ou la mort d'Eric. J'ai le sentiment que des années se sont écoulées, alors que la chose date d'hier. Ce n'est qu'hier que je me suis assis à ma table, en larmes, parmi les photos encadrées de notre passé, à Sarah et à moi. Ce n'est qu'hier que j'ai su ce que je devais faire.

Je suis allé chez Sarah bien plus tard.

J'étais plus calme : il s'était écoulé plusieurs heures. L'idée que tout était organisé, et moi convenablement préparé, me rassurait aussi. Je ne pouvais compter sur mon sang-froid : même à cette heure, connaissant l'affreuse vérité, je savais aussi le pouvoir qu'avait ma femme de m'émouvoir. Après une nuit de larmes et d'explications, je perdrais toute résolution. Si je devais agir, c'était sans tarder. Je m'armai de courage en me rappelant la voix calme de Sarah m'annonçant qu'Ella s'était pendue dans sa cellule, que cela me contrarierait de lire sa lettre.

J'attendis dans son salon en désordre, je regardai ses affaires — ses livres, ses papiers, ses photos : la photo du baptême de Margaret, sur son bureau, cette photo de moi, gardée scrupuleusement, moi en train de saluer une dernière fois, le soir de la finale de l'Hibberdson. Je n'arrivais pas à croire que la femme à qui appartenaient ces objets innocents, la femme avec qui j'avais passé tant d'années, pour laquelle j'avais sacrifié tant de choses en échange d'une vie tranquille, ait pu commettre un acte pareil. A ce stade, j'espérais encore me tromper, je crois. Même à ce moment-là, qui sait, je voulais peut-être qu'on me détrompe. Ce qu'allait entraîner la culpabilité de Sarah commençait à m'apparaître, déjà les conséquences m'effrayaient. Je ne souhaitais nullement entendre sa confession, savoir réellement ce qui s'était passé. Avec plus de sang-froid, elle aurait pu continuer à m'abuser : je n'étais pas encore son égal. Avec un plus grand sang-froid, elle aurait pu me convaincre — en dépit d'une preuve aussi accablante — que j'avais fait une terrible erreur, que c'était moi, pas elle, qui méritais d'être châtié.

Je l'attendis dans son salon. Les vagues s'écrasaient sur les rochers, en contrebas : implacables, éternelles. Enfin, avec soulagement, j'entendis ses talons sur la pierre du couloir, le craquement des gonds, quand elle ouvrit la porte. Elle me vit, elle sourit, étonnée sans doute de ma présence. Il est rare que je sois le premier aux repas.

33

Ce fut son expression qui la trahit. Elle perdit toute couleur, ses mains se mirent à trembler. Oh, à peine, et elle maîtrisa vite ce tremblement. Mais suffisamment pour que je sache. A ce souvenir, maintenant que tout est clair — que ma femme m'a tout expliqué elle-même —, j'éprouve, même si je sais, au-delà de ma révulsion, une espèce de... d'incrédulité. De fascination, dirais-je : il y avait du courage dans son ignominie, un courage pervers — ce courage dont elle était si fière. Je n'ai pas de mots pour décrire ce que je ressens. A la fin de cette longue journée, ma vie a subi de trop grands bouleversements pour que je trouve cette paix à laquelle j'ai aspiré. Je sais désormais qu'on ne se trouve pas forcément mieux d'avoir compris, qu'on ne voit pas toujours plus clair quand on sait.

Elle s'emporta à la fin : elle arpentait nerveusement la pièce, elle parlait vite, avec une espèce d'impatience, d'excitation. Il y avait quelque chose d'hypnotique dans l'intensité de ses propos, dans sa lucidité. Sans doute était-elle soulagée d'avoir enfin trouvé un auditoire, soulagée d'être reconnue comme elle n'avait jamais pensé l'être. Ce fut sa résolution qui me choqua le plus, l'orgueil avec lequel elle me dit — espérant quoi ? des louanges ? — ce qu'elle avait fait. Peut-être m'étais-je attendu à ce qu'elle nie, ou montre du remords — les deux, en fait. Or elle fut sans remords jusqu'à la fin. Pas un instant elle ne pensa que j'aurais le courage de la châtier pour ce qu'elle avait fait.

Mais à nouveau je m'égare, j'essaie de trouver un minimum de sens à tout cela, l'indice — n'importe quel signe m'irait — d'un projet plus élevé. Car nous ne souffrons pas pour rien : il y a certainement une raison à la souffrance d'Ella, à la mienne, même à celle de Sarah. Il doit y avoir une raison. Laquelle ? Je serais bien en peine de le dire.

Mon épouse commença par m'attaquer, mais renonça bien vite à cette tactique. « Les hommes ont-ils pour habitude de fouiller le bureau de leur femme ? » Elle ne dit rien de plus. Je ne répondis pas. Elle haussa légèrement les épaules, comme si elle admettait que l'indignation était une piètre défense, indigne d'elle. Elle se tapota les cheveux — des mèches s'échappaient de son chignon serré, elle vint s'asseoir sur le sofa devant la table à thé. Elle s'était ressaisie, elle semblait égale à elle-même. Sarah avait le don de calmer le jeu, elle a usé de cette faculté maintes fois en quarante-cinq ans de mariage. Peut-être a-t-elle cru, hier, qu'elle réussirait une fois de plus à me circonvenir : elle s'est mise à servir le thé, comme d'habitude. Une seule chose trahit son agitation : le bruit, inhabituel que faisaient les tasses et les soucoupes qu'elle disposait sur la table.

— Qu'est-ce que c'est que ça ? dis-je doucement. Ce n'était pas vraiment une question, car je savais.

— Comment, chéri ?

Ma femme ne leva pas les yeux. Elle feignit de s'activer avec divers accessoires du service à thé. Je la revois, les cheveux striés de gris, le corps aussi mince et gracieux qu'au premier jour, se pencher sur la théière, hésitante. Ce manque d'assurance la trahit, cette vulnérabilité soudaine, non calculée, leva le voile sur les larmes adorables versées par une manipulatrice, dans le passé. Sa façade, si longtemps inébranlable, se fissurait. Je l'avais percée, je l'ai su tout de suite. Et sa force, qui avait toujours semblé inépuisable, s'échappait par la brèche à vue d'œil.

Elle servit le thé en silence.

Comme il éclaboussait l'intérieur des tasses, je me dis, imprudent, presque éperdu, qu'elle était devenue plus belle avec les années, que ce genre de beauté, fragile et trompeuse, qui fut aussi celle de sa cousine, allait avec les marques, le sérieux, et une certaine raideur dus à l'âge. Sarah portait une longue robe démodée, bleu-gris, un ton de bleu plus soutenu que ses yeux. Ses bras me parurent fins quand elle souleva la lourde théière.

— Dis-moi ce que c'est, répétai-je, avec moins d'insistance cette fois.

J'avais le pouvoir, à présent, et je découvrais — ce n'était pas une surprise — que je ne savais pas comment l'exercer. Je m'en remettais à la volonté de Sarah depuis si longtemps, je m'étais si souvent incliné devant ses désirs, et pour tant de choses ! Cette inversion des rapports de force me mettait mal à l'aise, me désorientait. Une part de moi-même — craignant de me voir succomber *in extremis* et manquer de résolution pour la châtier comme elle le méritait — se félicita que ma décision fût arrêtée. Dans ma fureur, elle me fit pitié. Elle le sentit à ma voix : elle leva les yeux vers moi, me regarda sans rien dire, avec grand art. Même à ce stade, elle était sûre de ses effets. Je dus user de toute ma force pour résister à son appel muet.

Mais je me tus. En silence, elle me tendit ma tasse de thé.

— C'est la clé du grand hall, dit-elle, de façon tout à fait inattendue, quelques instants plus tard.

Elle avait parlé calmement, d'une petite voix pleine de considération : elle connaissait mes faiblesses, elle me savait désarmé devant sa vulnérabilité. Elle restait assise les mains sur les genoux, la tête légèrement penchée sur le côté. On voyait ses fines clavicules, au-dessus du col de sa robe.

— Dis-moi comment tu te l'es procurée, dis-je enfin.

J'espérais presque qu'elle refuserait de répondre, je craignais de l'entendre.

— Je n'ai rien à cacher, James, dit-elle lentement.

Elle était l'image de l'innocence blessée.

Et dans sa fragilité, jusqu'alors magistralement jouée, perça un éclair de fierté. Pendant un instant, elle sembla fière, sans peur. Elle eut beau détourner les yeux, les essuyer comme si une larme s'en était échappée, c'était trop tard. Et elle le savait. Lorsqu'elle reprit la parole, ce fut sur un tout autre ton.

— Nous en sommes réellement là ?

— Oui, dis-je d'une voix neutre.

Je tirais des forces de ma répulsion, je laissais son orgueil mal déguisé et tout ce qu'il générait en moi nourrir ma fureur. Je luttais contre la nausée. Assise sur le sofa, ma femme continuait à me regarder, mais son charme avait vécu, et elle le savait. Pour la première fois depuis quarante-cinq ans de vie commune, ses yeux bleu pâle ne m'émouvaient pas. Désormais j'étais libre.

— Dans ce cas, pose-moi toutes les questions que tu voudras, dit Sarah avec une certaine morgue, consciente de mon détachement. Je vois que tu as fouillé dans mon bureau, que tu as trouvé quelque chose que tu n'aurais pas dû trouver.

Elle se leva, traversa la pièce jusqu'aux fenêtres. Elle regarda la mer, ou peut-être les rochers, tout en bas. Elle me tourna le dos avec une indifférence splendide. Elle avait renoncé à m'amadouer : Sarah ne perdait pas son énergie en vain, elle ne jetait pas des perles aux pourceaux. Elle savait où elle en était. Un dernier effort de dissimulation prit des allures d'avertissement grave.

— Tu ferais bien de réfléchir avant de me demander quoi que ce soit, dit-elle, car je te dirai la vérité. Or la vérité n'est pas toujours aussi plaisante qu'on le souhaiterait. Je vais te donner un bon conseil : rends-moi ce que tu m'as pris, et n'y pense plus.

Je savais, en l'écoutant, que l'oubli prôné par Sarah ne me convenait plus. Nous ne pouvions plus revenir en arrière. Nous étions allés trop loin. Son pouvoir d'illusion était mort. Peut-être savais-je déjà que nous approchions de la fin.

— Est-ce que tu as tué Alexander ? demandai-je calmement.

Dans le silence qui suivit, je me dis que Sarah ne s'était sans doute pas attendue à une question aussi directe. Qu'elle allait perdre ses moyens. Or sa réponse, lorsqu'elle daigna répondre, trahit seulement son irritation, son agacement devant ma rébellion. Elle n'avait pas pour habitude de passer la main, mon audace toute nouvelle semblait l'exaspérer.

— Tu as décidé d'ignorer mon avertissement, à ce que je vois, dit-elle, glaciale.

— Oui.

Disant cela, la défiant, j'éprouvai un sentiment proche de l'euphorie.

— Dans ce cas tu vas devoir entendre ma réponse.

— Oui.

— Ma réponse est oui.

Pour la première fois depuis qu'elle s'était mise à la fenêtre, ma femme se retourna pour me faire face. Dans le contre-jour, je voyais à peine son visage, mais une aura flamboyante enveloppait ses cheveux.

— Je l'ai tué, dit-elle lentement.

Puis, après un silence :

— Quant à ta prochaine question, c'est encore oui. Ce n'est pas un hasard si Ella est allée en prison pour le meurtre de son père.

Ainsi c'était fait, c'était dit. Je connaissais la vérité, à présent, plus sûrement que tout à l'heure, dans le hall, quand je regardais les touristes s'éloigner, incrédule, et ne souhaitais plus qu'une chose : être seul. Je savais, j'avais les réponses à mes questions. Mais à vrai dire, à cet instant — à cet instant précis —, je n'éprouvais quasiment aucune émotion. Peut-être avais-je déjà commencé à sombrer, sans le savoir. C'était Sarah et son calme surnaturel — mes seuls garde-fous pendant si longtemps — qui me tiraient vers le fond. Cela m'apparaît clairement maintenant.

Puis je ne vis plus rien, j'eus seulement conscience que le décor se brouillait devant mes yeux : des larmes brûlantes, des larmes d'enfant me noyaient le regard. Je ne pus que lui demander pourquoi, pourquoi elle avait fait cela.

Il y eut un silence durant lequel ma femme sembla considérer la question. Elle choisit ses mots avec une précision qui me fit froid dans le dos.

— Elle avait tout, dit Sarah doucement. Et elle m'a

pris l'être qui comptait le plus pour moi, quand je n'avais rien ni personne !

En parlant, Sarah s'était éloignée de la fenêtre, elle avait traversé la pièce, très droite dans sa robe bleue, des petites mèches s'échappaient de son chignon bien épinglé. Elle s'assit à côté de moi sur le sofa, je sentis son odeur chaude, propre : poudre et eau de rose. Elle ne fumait plus. Mais ce sont ses yeux, pas son odeur, que je n'oublierai pas, ses yeux et ses paroles. M'en ressouvenant à présent, la dureté de son regard tandis qu'elle me parlait m'est insupportable ; sa proximité, physique, décuplait ce fossé qui nous séparait. Car alors j'appris — ce que sans doute je ne commence à accepter que maintenant — combien j'avais peu compté dans sa vie, que je n'avais été pour elle qu'un outil. Je me dis à présent que la fausseté de ma femme l'empêchait de se lier aux autres. Elle ne pouvait s'ouvrir à eux en toute franchise, quels que fussent ses efforts pour y parvenir, à cause de ce qu'on lui avait pris. Je crois ne pas me tromper en disant cela. A l'époque où Sarah m'épousa, elle était incapable d'éprouver des sentiments, quoiqu'elle simulât l'amour avec brio. Je n'étais rien d'autre que le couronnement, glorieux, de son succès, je le comprends à présent. Une part de moi-même sait qu'il n'aurait pu en être autrement.

Le plus douloureux, sans doute, fut de réaliser qu'elle m'avait toujours menti. Je la soupçonnais, tandis qu'elle parlait, d'avoir toujours feint des sentiments pour moi. Cela réduisit notre passé à néant. Cette certitude, même inavouée, faisait de toutes ces années une farce. Je compris, en écoutant ma femme parler, que la Sarah que j'avais connue — et aimée — n'avait jamais été autre chose qu'un imposteur de génie, cette façade pour conserver mon allégeance, faire durer ma sujétion. Car la cousine d'Ella avait toujours vécu dans la peur de la trahison.

Les feux du couchant la ranimèrent, l'illuminèrent d'une lueur triomphante. Le contraste entre ses paroles et sa beauté me terrifia, la façon dont, pleine d'orgueil, elle me parla d'abandon, de chagrin, de jalousie et de vengeance me glaça.

— Je n'ai sans doute pas besoin d'énumérer les faveurs divines dont jouissait Ella, dit Sarah.

Elle était crispée par la fureur, telle une enfant. Sa voix était celle d'une petite fille.

— Elle avait un père qui l'adorait, une immense liberté, des amis, cette maison. Le meilleur des mondes possibles. Et malgré tout elle me l'a pris, à moi, qui n'avais personne !

— Qui t'a-t-elle pris ?

Il fallait que je lui demande, il fallait que je sache, même les yeux déjà noyés de larmes.

— Charlie Stanhope, dit Sarah à voix basse.

Pour la première fois depuis des années, je pensai à Charlie Stanhope : grand, maladroit, loyal.

— Charlie ?

— Oui.

Ma femme me regarda. A nouveau elle se leva, alla jusqu'à la fenêtre, parla avec agitation. Le soleil disparaissait derrière l'horizon, la pénombre gagnait le salon.

— Ella me l'a pris. Elle me l'a volé, elle m'a montré qu'elle pouvait me le prendre, et après elle l'a laissé tomber. C'est ce qui a été le plus dur : elle ne le voulait même pas !

Je revis Ella, des années plus tôt, regarder ce même océan, devant une autre fenêtre, me dire, en pleurs, ce qu'elle avait fait.

— Le jour où elle a rompu ses fiançailles, je me suis promis de lui prendre tout ce qu'elle chérissait, continua Sarah. Qu'elle voie ce que ça fait de perdre les gens qu'on aime.

Je ne dis rien, j'étais incapable de dire quoi que ce soit.

— Et je crois avoir tenu ma promesse, conclut ma femme, avec un sentiment de triomphe tranquille.

Je restai incapable d'émettre le moindre commentaire.

— Cela n'a pas été une tâche facile, je peux te l'assurer. Il faut que tu en aies conscience, même si tu me juges.

— J'en ai conscience.

Je réalisai également que Sarah vivait un grand moment, qu'à partir de maintenant elle ne pourrait plus s'empêcher de revendiquer sa part de gloire.

Elle n'avait avoué cela à personne, elle s'était tue, durant ces longues années de dissimulation forcée. Or le besoin de parler était toujours demeuré, désir ardent d'une nature fière qui veut voir sa valeur reconnue. Hier après-midi, après que sa culpabilité eut été dévoilée, Sarah perdit toute peur : elle avait dépassé ce stade. Du moins est-ce ainsi que j'analyse son attitude. Même à ce moment-là, Sarah s'est crue invulnérable. Le fait qu'elle n'éprouve aucune honte l'a incitée à parler. Debout devant la fenêtre, dans le couchant, Sarah rayonnait, victorieuse. Je la revois, bien qu'il fasse sombre dans la pièce, et froid, bien qu'elle soit morte, et presque enterrée, je la revois avec une clarté qui jamais ne faiblira. Je la vois toujours, je l'entends toujours, je l'écoute toujours.

Elle a commencé avec forfanterie, exultant froidement devant ce défi.

— Tu n'imagines pas à quel point *ça* a été compliqué, dit-elle. Priver Ella de tout ce qu'elle avait : de son père, de ses amis, de cette maison et de tout ce qui allait avec. Ça n'a pas été une tâche facile. Il a fallu de l'audace, crois-moi. Du courage.

Sarah s'interrompit, regarda la mer.

— Et aussi toute une préparation, finit-elle par ajouter. Le succès de la chose résidait dans son élaboration, j'en avais bien conscience. Il me fallait accorder une attention particulière aux détails. Quant au risque encouru, j'ai fait tout mon possible pour le minimiser, tu l'admettras.

— Mais...

— Ne m'interromps pas ! C'était il y a si longtemps. Je n'y ai plus songé depuis des années. Ne me trouble pas dans mes pensées.

Elle poursuivit avec une superbe indifférence. Elle se parlait autant à elle-même qu'elle s'adressait à moi, elle se délectait de chaque détail de son audacieuse machination.

— La réception d'oncle Cyril a été une bénédiction, bien sûr, dit-elle doucement, comme si elle s'en faisait la réflexion. Et puis le fait qu'Ella et moi nous ressemblions autant. Mon plan devait reposer là-dessus, je le savais. Et, chose curieuse, c'est toi qui m'as montré que ça pouvait marcher.

— Moi ? dis-je d'une voix rauque.

— Ce fameux soir, à l'Hibberdson, quand tu m'as aperçue dans le public. Vu ta déception, ensuite, c'était évident que tu m'avais prise pour Ella.

Elle sourit.

— J'ai pensé que si toi tu nous confondais à distance, d'autres feraient la confusion. Surtout si chaque détail concordait : les cheveux, les vêtements, l'attitude. Tu imagines bien.

J'imaginais très bien.

— Il me fallait découvrir ce que ma cousine allait porter — sans le lui demander, ce qui aurait pu me trahir. C'était la première étape. Et ta ridicule amie est intervenue à point nommé.

— Qui ça ?

— Elle s'appelait Camilla Boardman, je crois ?

J'acquiesçai, la gorge sèche.

— Je suis allée la voir, pour des essayages, j'ai misé sur son indiscrétion notoire. Et lors de mon deuxième rendez-vous, de façon prévisible, sans que j'aie besoin de le lui demander, elle m'a dit, dans « le plus grand secret » — les yeux de Sarah brillèrent au moment où elle imitait mon amie — qu'Ella porterait un smoking d'homme. Cela servait mon dessein magnifiquement : c'était repérable, original, aisément imitable.

— Je vois.

— Camilla n'a pas apprécié que je me passe de ses services, que je porte la robe d'un concurrent. Mais je ne pouvais faire autrement. Il fallait qu'on me voie dans cette foule, tu comprends. Il fallait que j'attire l'œil au point de pouvoir disparaître cinq ou six minutes sans qu'on le remarque. C'était le temps que ça prendrait, selon moi, si je planifiais tout à la perfection. Ça a duré sept minutes, en réalité. Un petit laps de temps dans une fête, surtout quand on a parlé à une foule de gens.

— Ce que tu as fait...

— Bien entendu.

— Tout le reste avait été prévu à l'avance.

Sarah parlait vite, à présent. Dans sa hâte de tout dire, elle bafouillait presque.

— J'avais les vêtements qu'il fallait ; une perruque blonde avec de vrais cheveux, coupés comme ceux d'Ella, avec une raie sur le côté ; les clés du grand hall, en double. L'une de ces clés était dans la poche d'Ella avant même que la réception ne commence.

— L'autre, c'est celle-ci ?

— Oui. Je l'ai gardée en souvenir.

— Je vois.

— C'est idiot, je sais. C'était une erreur, mais je n'avais pas pu résister.

Je ne pleurais plus. J'observais ma femme avec attention et dégoût. Elle se déplaçait dans la pièce, réfléchissait en s'agitant. Elle se posa sur le sofa, alla devant la fenêtre, revint près de la cheminée. La vaisselle du thé était restée sur la table, nos tasses pleines, auxquelles nous n'avions pas touché. Dans la lumière crépusculaire, Sarah frôla l'anse de la théière, faillit la renverser, sembla ne pas le remarquer. Elle se mit à parler avec une rapidité hypnotique. Je l'écoutais, je pensais avec horreur à ce qu'elle avait fait, à ce qu'il me restait à faire. Or je ne suis pas d'une nature violente, Sarah continua à parler, sans s'inquiéter de moi ni de ce que je pensais. Elle monologua avec une fierté grandissante, flots de paroles débridées qui balayaient sa réserve habituelle.

— Ça a été facile de subtiliser l'original de la clé dans le bureau de Cyril pour une nuit, le temps de faire des doubles à Londres. J'ai mis la perruque pour aller chez le serrurier. C'est le genre de détail qui fait toute la différence. Je n'avais qu'une chance minime de réussir, mais j'ai pensé qu'en m'habillant et en parlant comme Ella, l'homme pourrait la reconnaître, plus tard, en voyant des photos d'elle dans les journaux. Il viendrait alors témoigner.

— Ce qu'il a fait.

— Oui.

— Ensuite il y avait la préparation physique.

— C'est-à-dire ?

— Alexander était un homme de grande taille, et je n'ai pas une force herculéenne. J'ai dû m'entraîner à soulever une lourde charge, pour m'assurer que j'y arriverais. C'était plusieurs semaines avant. Le soir même, il y avait des milliers de choses à régler, une foule de détails. Et en si peu de temps ! La réussite de la chose reposait sur le minutage.

— Qu'as-tu fait ?

Sarah se tut, désorientée. Je vis que j'avais interrompu son discours.

— Pendant que la famille s'habillait, reprit-elle plus lentement, comme si elle s'efforçait de se souvenir de tout, de ne laisser aucun détail dans l'ombre, j'ai glissé un mot sous la porte d'Ella. Ce mot lui disait de retrouver son père dans sa chambre, à huit heures, en secret. De l'attendre s'il était en retard. Je ne pouvais prendre le risque de la voir paraître n'importe où pendant que j'étais sur le balcon avec oncle Alex.

Ma femme me sourit.

— J'ai convaincu Alex de monter en lui disant qu'il valait mieux faire le discours depuis le balcon que sous la tente. Une bonne idée, selon lui. Il m'a attendu pendant que je me changeais. Ma tenue l'a amusé, je crois. Je lui ai dit qu'Ella et moi avions décidé de nous habiller de la même façon par facétie.

— Continue.

— Jusqu'ici tout allait bien, mais le risque majeur était à venir.

Ma femme me regarda. Je me demandai soudain comment j'avais pu vivre aussi longtemps avec elle, et si mal la connaître. Notre union, si paisible, si riche de petits riens, paraissait soudain irréelle. Irréelle en regard du feu cruel dans les yeux de Sarah.

— Je ne pouvais m'exposer ainsi déguisée pendant trop longtemps, dit-elle. Quelques minutes, ça passerait, mais au-delà, je prenais un trop grand risque. Une fois sur le balcon, je suis restée le plus possible derrière lui. Si tu savais comme ça m'a perturbée, quand lord Markham m'a crié de me montrer. Il me fallait désormais agir vite.

— Alors tu l'as poussé.

— Je l'ai soulevé, puis poussé. Une manœuvre assez compliquée, en fait. Mais il ne s'y attendait pas, et la balustrade est très basse. Ça n'a pas été difficile, finalement. J'ai failli perdre mes moyens quand il s'est accroché à la rambarde. J'ai cru qu'il allait crier mon nom. Je devais donc lui faire lâcher prise rapidement.

— C'est à ce moment-là que les gens ont pensé que tu l'aidais.

— Oui, et je me demande pourquoi. Ce qui se passait était évident. C'était d'ailleurs l'idée. Dès qu'il est tombé, j'ai quitté le balcon, j'ai couru dans ma chambre. J'ai enlevé la perruque et mes vêtements. Je les ai mis dans le tiroir de l'une des vitrines, où personne n'irait les chercher. J'ai enfilé ma robe, je suis descendue. Sept minutes en tout. Pas une seconde de plus. Oh, et en descendant, j'ai récupéré le mot que j'avais glissé sous la porte d'Ella. Il était sur sa coiffeuse, heureusement. Un mot imprimé, bien sûr. Le risque était nul. Si quelqu'un l'avait trouvé, la police aurait pensé qu'Ella se l'était écrit à elle-même. J'étais tout de même contente d'avoir pu le récupérer. Le lendemain, quand les choses ont été plus calmes, j'ai descendu le sac sur les falaises, j'ai ajouté quelques pierres, et je l'ai jeté. L'affaire était réglée.

— Mais Ella t'a accusée.

J'étais pris par son histoire. Pris par l'histoire de

Sarah, par sa confession éloquente, compulsive. Elle sauta sur ma remarque avec bonheur.

— Bien sûr qu'elle m'a accusée ! Je savais qu'elle le ferait. Etant elle-même innocente, elle était la seule personne à connaître la vérité.

— Mais tu avais préparé le terrain, dis-je lentement.

La stratégie de Sarah m'apparut avec une clarté écœurante.

— C'était intelligent, non ?

Je ne dis rien.

— Cette petite monographie, mon livre. Tout a ouvert la voie. Quand Ella s'est montrée assez faible et bête pour prétexter la folie comme motif de sa rupture avec Charlie, la partie était gagnée. On ne devrait jamais sous-estimer le pouvoir de la presse. Le jury n'avait pas encore pénétré dans la salle d'audience qu'il avait déjà pris sa décision. Et puis Ella mentait à la famille depuis si longtemps ! Son crime supposé n'a surpris personne. Ça les a choqués, bien sûr, mais pas étonnés. Elle voyait des psychiatres depuis des années quand j'ai tué Alexander. De plus, son hystérie, aussi compréhensible est-elle pour toi, ou pour moi, ne lui a pas servi. Même quand elle a essayé de dire la vérité — et elle a tout raconté de sa relation avec moi aux médecins nommés par le tribunal —, on ne l'a pas crue. Elle était piégée, à ce stade. Elle n'avait plus rien à quoi se raccrocher.

Il y eut un silence.

— Je n'y crois pas, dis-je d'une voix rauque.

— Oh si, tu y crois.

Cependant je regardai encore avec une certaine incrédulité cette silhouette qui se détachait sur l'horizon embrasé. Je compris alors que la dernière chose qu'elle avait prise à Ella, c'était moi.

— Le fait de perdre Charlie m'a servi de leçon, dit doucement Sarah, plus calme à présent. Ça m'a appris à observer, à percer les gens. Pour la première fois de ma vie, j'ai appris à séduire.

Je la regardai longuement.

— La séductrice avait toujours été Ella, poursuivit-elle. Je n'avais jamais pu rivaliser avec elle.

Sarah marqua une pause.

— Mais quand elle m'a pris Charlie, j'ai décidé d'employer ses méthodes. Et j'ai découvert que les hommes cédaient facilement aux femmes.

Elle s'arrêta net, comprenant ce qu'elle était en train de dire, peut-être.

Dans le silence qui suivit, je me souvins de notre déjeuner, le jour de la condamnation d'Ella, de la facilité avec laquelle j'avais succombé.

Je sortis de la pièce sans jeter un seul regard à ma femme.

34

La nuit tombait. Assis devant la fenêtre, au bout du couloir sombre, je vis les derniers touristes attraper le dernier bateau, comme Ella et moi, il y avait des années de ça — même si nous l'avions pris dans l'autre sens, la première fois que j'étais venu sur l'île. Peut-être m'attendais-je plus ou moins à ce que Sarah me rejoigne, à ce qu'elle ait un geste ou une parole de regret. Au dernier moment, j'ai failli perdre tout courage, j'ai presque fait marche arrière, dans l'espoir de pouvoir pardonner.

Or on ne m'a pas demandé mon pardon — je savais qu'elle ne le demanderait pas. J'écoutais les vagues s'écraser sur les rochers, je restais assis là, tout seul, je fixais la porte du salon de ma femme. Quel droit aurais-je eu de lui accorder son pardon, de toute façon ? Aucun, je le savais. Aussi restai-je assis, à regarder devant moi, tandis que l'ombre gagnait le couloir, se peuplait d'images — les premières parmi celles qui reviennent me hanter. Ella dans le parc, les ongles rongés : le début de cette histoire. Ella assise dans mon grenier ensoleillé. Ella dans cette salle d'audience bondée, les yeux rouges, quand je l'avais perdue, la croyais folle et refusais de lui sourire.

Je m'efforçais de ne pas imaginer son corps, des

années plus tard, pendu au plafond de sa cellule. J'essayais d'oublier que je ne l'avais pas pleurée.

Lentement je me levai. Dans le noir, je marchai vers le rai de lumière, sous la porte de Sarah. Elle lisait quand j'entrai. Du moins était-elle assise, tranquille, un livre sur les genoux, la tête baissée. Elle ne dit rien. Elle ne sembla même pas remarquer ma présence. Perdue dans ses pensées, elle ne leva pas les yeux quand j'ouvris le tiroir du bureau, enfilai les gants, pris le revolver. Ce fut en me dirigeant vers elle que je vis la peur sur son visage. La frayeur, l'étonnement, la stupeur.

Je tirai au-dessus de son oreille droite, presque à bout portant. J'enjambai son corps calmement et refermai les doigts mous de sa main droite sur le revolver. Après quoi je quittai la pièce, j'allai dans ma chambre. Je me lavai, je m'habillai, sans hâte, avec des gestes mesurés. Sarah avait toujours accordé de l'importance aux détails. J'avais retenu la leçon.

Quand je sortis, la maison était plongée dans l'obscurité. Seule une lumière brillait à la fenêtre de ma femme. Guidé par cette lueur, je portai le sac qui contenait mes vêtements et mes gants jusqu'au bord de la falaise, à l'endroit — je suis sentimental, même maintenant — où Sarah m'avait annoncé la mort d'Ella, par cet après-midi venteux, des années plus tôt.

Le vent ne soufflait pas, hier soir. La lune était pleine. Je crois avoir trouvé l'endroit exact.

Composition réalisée par JOUVE

IMPRIMÉ EN ESPAGNE PAR LIBERDUPLEX
Barcelone
Dépôt légal éditeur : 37873-09/2003
Édition 1
LIBRAIRIE GÉNÉRALE FRANÇAISE - 43, quai de Grenelle - 75015 Paris.
ISBN : 2 - 253 - 18240 - 0

31/8240/9